Mea Suna

Seelenfeuer

Band 2

von Any Cherubim

Verlag:
BookRix GmbH & Co. KG
Sankt-Martin-Straße 53-55
81669 München
Deutschland

Bildmaterialien: Casandra Kramer

www.casandrakrammer.de

Model: Oleg Gekman - Shutterstock.com

Hintersgrund: Susanitah - Shutterstock.com

Lektorat/Korrektorat: Bookix / Anja Horn

http://www.bookrix.de/-anita75

ISBN-13: 978-1497430877
ISBN-10: 1497430879

… alles verloren … trotzt dem Schicksal … das Wagnis vor Augen … in Freundschaft vereint … eine Entscheidung … die Liebe verbindet … bis in den Tod … Heil und Verderben …
Morgions Bedrohung - unaufhaltsam und zerstörend …
Jades Seelenfeuer - herrschend und vernichtend …
Lucas Kampf - Rache und Tod …

Auf meinem Handrücken saß ein orangefarben leuchtender Schmetterling. Wie ungewöhnlich zutraulich! Etwas Seltsames geschah. Meine wütende, leuchtendrote Aura hüllte ihn komplett ein. Er sah aus, als würde er in meinen Flammen aufgehen. Energie übertrug sich von meiner Hand auf den Schmetterling. Genau in dem Augenblick verloren seine Flügel jegliche Farben, wurden grau wie Asche und Rauch qualmte aus seinem Körper.
Die Flügel zerfielen vor meinen Augen zu Staub und der flügellose Körper fiel tot zu Boden.
Fassungslos sah ich, wie die Staubreste glitzern durch die Sonne in der Luft schwebten. Der Schmetterling war tot. Ich hatte ihn getötet.

Fängt der Albtraum damit erst an?

Farbskala

Grün:	gemischte Gefühle, durcheinander
Gelb:	emotional, besorgt, unausgelassen
Orange:	nervös, aufgeregt, beunruhigt
Rosa:	verliebt, Freude, fröhlich, guter Dinge
Gold:	romantische Stimmung, leidenschaftlich
Rot:	wütend, aggressiv, verärgert, wütend, beunruhigt
Lila:	absolut glücklich
Schwarz:	ängstlich, verzweifelt, traurig
Grau:	gelangweilt, frustriert, beleidigt
Blau:	entspannt, gelassen, ruhig, ausgeglichen
Weiß:	geheimnisvoll, verschwiegen

Solange ich stehen kann,

kämpfe ich für dich,

solange ich atme,

verteidige ich dich,

solange ich lebe, liebe ich dich.

Autor unbekannt

Irgendwo in New York:

»Schalt den Fernseher ein, sie bringen bestimmt etwas darüber«, sagte er und setzte sich in den Sessel. Natürlich würden die Medien darüber berichten. Es war das Ereignis in Bayville.
Eine Nachrichtensprecherin berichtete über die Tragödie, die der Familie Lewis zugestoßen war. Von dem luxuriösen Anwesen war nicht viel übrig geblieben, eigentlich nur Schutt und Asche. Überall waren Rettungskräfte im Einsatz und Rauchschwaden stiegen in die Luft. Schaulustige standen schon seit Stunden hinter einer Absperrung, um dabei zu sein, wenn die Ära Finley Lewis unterging.
»Wir berichten live von dem Anwesen Lewis in Bayville. Mein Kollege Jonathan Falls ist an der Unglücksstelle«, richtete die hübsche Nachrichtensprecherin ihre Worte in die Kamera.
»Jonathan, weiß man schon mehr? Wie kam es zu dem Unglück und gibt es Überlebende?«
»Nein, wie genau es zu den Detonationen kam, ist noch völlig unklar. Augenzeugen berichteten von mehreren Explosionen und einem riesigen Feuer, das die Menschen hier in Bayville letzte Nacht in Atem hielt. Das Gelände rund um die Villa wurde weiträumig abgesperrt. Leider sind noch keine Einzelheiten bekannt. Ob jemand aus der Familie Lewis die Explosion überlebt hat, ist völlig unbekannt.
Die Einsatzkräfte sind seit Stunden vor Ort, der Brand ist in der Zwischenzeit unter Kontrolle.
Die Polizei hält sich in diesem Fall noch sehr bedeckt. Im Laufe des Tages sollen erste Informationen von dem

Pressesprecher bekannt gegeben werden. Die Ermittlungen von CIA und FBI laufen in alle Richtungen. Dabei steht die Vergangenheit von Ex-Senator Finley im Mittelpunkt. Tatsächlich stellt sich die Frage, ob der frühere Senator Finley Lewis wirklich etwas mit den kriminellen Machenschaften zu tun hatte, die man ihm seit Jahren nachsagt. Unklar ist leider auch der Verbleib seiner beiden Nichten Jade und Amy Lewis. Ob sie sich zum Zeitpunkt der Detonation im Haus aufgehalten hatten, ist unbekannt.«

»Gibt es weitere Überlebende?«

»Das lässt sich nicht sagen. Bisher wurden nur Tote geborgen. Mehrere Leichenwagen fuhren vor ein paar Minuten vom Gelände. Man sucht unter den Trümmern nach weiteren Überlebenden. Allerdings wird mit jeder Stunde die Hoffnung geringer. Nähere Details erwarten wir in Kürze. Jonathan Falls aus Bayville«.

»Danke Jonathan. Sobald es neue Einzelheiten zu diesem Fall gibt, schalten wir noch einmal live zu dir.

Kapitel 1

Wirre Stimmen nahm ich wahr. Vor mir lag Onkel Finley. Meine Hand lag auf seinem sterbenden Körper. Mit geschlossenen Augen versuchte ich all meine Konzentration aufzubringen - suchte den heilenden Nebel. In seinem Blick lag so viel Enttäuschung.
»Ich kann es nicht, Onkel«, hörte ich von Weitem meine eigene Stimme und senkte beschämt den Kopf.
»Hol Amy«, forderte er mit letzter Kraft.
»Sie ist nicht hier«, erwiderte ich leise.
Verwirrung und Panik glühten in seinen Augen auf. Jetzt sah ich die Verachtung und Kälte, die mir entgegen kam.

»Deine einzige Aufgabe bestand darin, auf deine Schwester aufzupassen und nicht mal das schaffst du?«

Wieder und wieder hallten seine Worte nach, die sich tief in meinem Herzen eingruben. Sie wurden lauter, fast unerträglich, bis die Hitze in mir entflammte. Sie breitete sich in meinem Körper aus, wandelte meine Enttäuschung und meine seelischen Verletzungen in Wut und Zorn. Neue, unbekannte Flammenzungen loderten auf und ließen meine Aura rot-gold leuchten. Glut brodelte in meinem ganzen Körper und Schweißperlen bildeten sich auf meiner Stirn, bis ich die angestaute Wut nicht länger zurückhalten konnte. Der Zwang, die Worte auszusprechen, die mir Erleichterung verschaffen würden, war so viel stärker, als dass ich sie zurückhalten konnte.
»Sie ist tot.«
Kaum hatte ich diese Lüge ausgesprochen, wichen die Feuerzungen zurück, wurden kleiner und erloschen

schließlich. Nichts war mehr da von der Glut, die wie ein Seelenfeuer meinen Körper, meine Gedanken und meine Sprache eingenommen hatte. Erschrocken über mich selbst, sah ich zu, wie Tränen aus Onkel Finleys Augen traten und nur Sekunden später wurde sein Blick starr und sein Herzschlag, den ich durch meine Hände gespürt hatte, schwächer. Schließlich verstummte das Pochen in seiner Brust für immer.
Erleichterung und eine gewisse Befriedigung hallte in mir nach, bis ich die wirren Stimmen wieder hörte:

»Du hast ihn umgebracht. Du hast deinen Onkel getötet.«

Ich sah mich um - niemand war bei mir. Dennoch hörte ich diese Stimmen laut und deutlich. Sie wiederholten sich und wurden drängender, warfen mir etwas Grausames vor. Mein Herz raste, es zersprang fast in meiner Brust. Der Schweiß rann meinen Rücken hinunter und plötzlich starrte Onkel Finley mich mit seinen toten Augen an.
Ich kniff meine Augen zusammen, legte meine Hände auf meine Ohren – nichts sehen, nichts hören. Wollte meine Schuld nicht eingestehen, obwohl selbst meine Seele ganz laut die gleichen Worte schrie. Nein! Ich wollte das nicht tun, das war ich nicht – nicht wirklich!

»Jade! Jade, wach auf!« Jemand rüttelte mich. Erschrocken riss ich meine Augen auf. Lucas warmer Blick ruhte auf mir.
»Du hast geträumt, Mea Suna. Du bist in Sicherheit«, sagte er und strich mir eine Haarsträhne aus meinem verschwitzten Gesicht.

Ja, ich hatte geträumt. Die schrecklichen Bilder, die ich eben noch vor mir hatte, verschwammen, doch das Gefühl versagt und etwas Schreckliches getan zu haben, blieb.
Eindeutig fehlte mir Schlaf, aber genau da lag das Problem, die Angst vor dem Einschlafen hielt mich schon zu lange wach. Wo genau wir uns befanden, wusste ich schon lange nicht mehr. Ich stellte keine Fragen, sondern wartete geduldig ab, bis wir endlich ans Ziel gelangen würden. Ich ließ die Meilen einfach an mir vorüberziehen. Bevor wir das Flugzeug verließen, gab man mir eine dunkle Sonnenbrille und ein Tuch, welches ich um meinen Kopf binden sollte, schließlich musste ich unerkannt bleiben. Brav gehorchte ich und tat, was man von mir verlangte. Mr. Chang öffnete die Luke und ließ die kleine Treppe des Flugzeugs hinab. Unsicher blieb ich am Treppenabsatz stehen und sah mich um. Der Flugplatz war groß. Der Pilot hatte unseren Flieger etwas abseits der anderen großen Maschinen gelandet, sodass wir allein auf dem Rollfeld waren.
Luca nahm meine Hand und sofort fühlte ich mich sicherer. Die Luft roch salzig und ein milder Wind blies. Es war sehr warm und keine Wolken zierten den Himmel. Die Häuser strahlten weiß in der Sonne und Palmen bewegten sich im Wind hin und her. Ein dunkler Wagen mit getönten Scheiben wartete schon auf uns, unmittelbar in der Nähe des Flugzeuges. Gepäck hatte ich keines, dafür blieb bei der Flucht keine Zeit.
»Die Fahrt wird nicht lange dauern. Ruh dich einfach aus, Mea Suna«, sagte Luca lächelnd und hielt mir die Wagentür auf. Ich stieg ein. Mr. Chang nahm auf dem Beifahrersitz Platz und Luca setzte sich neben mich. Den Fahrer kannte ich nicht, jedoch schüttelte Mr. Chang ihm

freundschaftlich die Hand. Während der Fahrt sprachen wir kaum und ich versuchte, nicht an die schrecklichen letzten Stunden zu denken und konzentrierte mich auf die an mir vorbeiziehenden Strandabschnitte. Das gleichbleibende Motorengeräusch und das leichte Schunkeln des Wagens ließen mich ermüden.
Luca zog mich in seine Arme. Sofort entspannte ich mich, schlafen konnte ich jedoch nicht.

Als der Motor verstummte, löste ich mich aus seinen Armen und sah mich um. Wir parkten an einer kleinen Bootsanlegestelle. Eine wunderschöne Bucht erstreckte sich vor uns. Türkisblaues Wasser und weißer Sandstrand. Wo war ich nur?
Der Fahrer stieg aus und öffnete mir die Tür.
»Wir haben es bald geschafft. In einer halben Stunde sind wir da. Zieh bitte die Sonnenbrille und das Tuch wieder an«, forderte mich Luca auf und reichte mir beides. Wer würde mich hier schon erkennen? Onkel Finley hatte früher immer sehr darauf geachtet, dass unsere Gesichter nie abgelichtet wurden. Trotzdem tat ich es. Es tat gut, sich die Beine zu vertreten. Mr. Chang folgend, liefen wir die Stufen zum Pier hinunter. Am Ende des Holzstegs wartete ein kleines Motorboot auf uns. Luca reichte mir seine Hand, half mir beim Einsteigen. Mr. Chang telefonierte, bevor er selbst das Boot aus der menschenleeren Bucht steuerte. Wir fuhren aufs offene Meer hinaus. Ich war froh, dass ich dieses Kopftuch trug, der Fahrtwind hätte mein langes Haar zerzaust.
Es dauerte nicht lange, als ich von Weitem eine kleine Insel entdecken konnte. Wir steuerten direkt auf das Land zu, das mit seinem weißen Sandstrand, den Palmen

und großen Bäumen wie das Paradies aussah. Er verringerte das Tempo, der Motor wurde leiser und erstarb schließlich. Luca machte das Motorboot mit einem Seil fest. Erst jetzt bemerkte ich einen kleineren, rundlichen Mann. Er trug einen Sonnenhut, ein schmutziges Hemd und eine ebenso verschmutzte Hose. Seine Haut war von der Sonne dunkel gebräunt. Herzlich begrüßte er Mr. Chang, sie umarmten sich, während Luca mir aus dem Boot half.

»Jade, darf ich dir meinen alten Freund Quinn vorstellen? Quinn, das ist Jade Lewis«, sagte Mr. Chang. Er nahm seinen Hut vom Kopf, wischte seine verschwitzte Hand an seiner Hose ab und reichte mir diese.

»Willkommen auf Grace Island. … Du hast mir gar nicht gesagt, dass sie so hübsch ist«, beschwerte er sich und boxte Mr. Chang leicht in die Rippen. »Es ist mir eine Ehre, dich kennenzulernen. Meine Frau, Johanna, kann es kaum erwarten«, säuselte er. Fasziniert sah er mich an. Ich sollte wohl auch etwas sagen, doch ich brachte keinen Ton heraus. Gerade so schaffte ich es, ein Lächeln über meine Lippen huschen zu lassen.

»Sie ist müde, Quinn«, rettete mich Mr. Chang.

»Natürlich! Folgt mir!«, lenkte er ein und setzte seinen Hut wieder auf. Schweigend liefen wir den Steg entlang, der aus der Bucht führte.

»Wo sind wir eigentlich?«, wollte ich endlich wissen, als wir am Ende der Anlegestelle eine Steintreppe hinauf stiegen.

»Wir sind auf einer der Bermudainseln, auf Grace Island«, antwortete Mr. Chang. »Hier bist du in Sicherheit.«

Zwischen einer größeren Palmengruppe tauchte vor uns eine weiße, luxuriöse Villa auf, die große Glasfenster hatte. Ein Pool glitzerte im Licht der Sonne und Blumen und Büsche waren gekonnt angelegt. Das Grundstück war wunderschön umsäumt von einer saftigen, grünen Wiese. Die Insel verlieh das Gefühl von Urlaub - ein kleines Paradies.
Ein Schotterweg führte durch die Parkanlage, die den Blick über die Insel freigab. Es erinnerte mich ein wenig an Zuhause. Ich zwang mich, an etwas anderes zu denken.
Quinn und Mr. Chang liefen voraus, an der schönen Villa vorbei. Wir folgten ihnen, bis wir schließlich durch dichte Bäume ein kleineres Haus sehen konnten, welches sich fast auf der anderen Seite der Insel befand. Nach einem kleinen Fußmarsch erreichten wir den Vorhof. Überall lag Spielzeug, das bunt in der Sonne leuchtete. Die Eingangstür wurde knarrend aufgestoßen und drei Kinder traten neugierig auf die Veranda. Sechs aufgeweckte Augen sahen uns an.
»Naoki, Naoki!«, rief ein Junge und sprang sogleich Mr. Chang entgegen. Dieser fing ihn auf und begrüßte ihn herzlich. Die anderen Kinder blieben schüchtern zurück und beobachteten ihren Bruder.
»Das sind meine Kinder«, sagte Quinn eifrig und rief sie von der Veranda zu sich, um sie uns vorzustellen. »Das sind Samuel, Sebi und Erin. Unsere Jüngste, Rose, hält bestimmt ein Schläfchen«, verkündete er stolz.
»Das sind Jade und Luca. Sagt brav guten Tag, Kinder.«
Fast wie im Chor gehorchten sie und grüßten uns. »So, jetzt geht spielen«, rief er und wir sahen ihnen nach, wie sie hinter dem Haus verschwanden. Ein weiteres Mal knarrte die Verandatür und eine Frau mit langen

schwarzen Haaren erschien. Freundlich lächelte sie uns entgegen. Als sie Mr. Chang erblickte, lief sie die Stufen zu uns hinunter. »Ihr habt Glück, das Essen ist gleich fertig«, sagte sie und begrüßte uns fröhlich. »Es freut mich, euch kennenzulernen. Ich bin Johanna. Ihr seid bestimmt müde von der Reise.« Nickend stimmte ich ihr zu.

»Quinn, willst du unsere Gäste nicht ins Haus führen?«, tadelte sie ihn.

»Oh, natürlich!«, sagte er schnell und wies uns an, sein Haus zu betreten. Ich staunte, als wir den großen Wohnbereich betraten. Das Haus wirkte von innen größer als von außen. Das Wohnzimmer und die Küche waren ein riesiger Raum. Zwei gemütliche Sofas umsäumten den großen Kamin. Liebevoll waren sie mit vielen bunten Kissen drapiert. Es roch nach Braten und hätte ich Hunger, wäre mir das Wasser im Mund zusammengelaufen.

»Setzt euch, Johanna wird euch gleich etwas zu trinken bringen«, sagte Quinn und bat uns am großen Küchentisch Platz zu nehmen. Luca schob mir den Stuhl zurecht, während Mr. Chang mir zuzwinkerte. Er hatte meine Schüchternheit bemerkt und wollte mich damit ein wenig auflockern. Neugierig sah ich mich um. Bilder ihrer Kinder und anderer Familienmitglieder zierten die Wände. Die Möbel waren alt, jedoch gut gepflegt. Alles war einfach und zweckmäßig eingerichtet. Man konnte es nicht mit unserem Haus vergleichen. Dafür hatte Onkel Finley zu sehr Design und teure Gegenstände geliebt. Ich empfand es als gemütlich und konnte mir vorstellen, hier ein paar Tage zu verbringen. Jedoch fiel mir auf, dass es in dem Wohnzimmer keinen Fernseher gab. Auch ein Telefon konnte ich nicht entdecken. Wie

gern hätte ich ein paar Informationen aus meiner Heimat erfahren, oder die Stimme von Agnes gehört.
Johanna brachte uns Getränke. Sie war die Herrin hier im Haus, das spürte man sofort. Ich schätzte sie auf Ende dreißig. Ihre schwarzen, langen Haare trug sie zusammengebunden. Ihre Haut war schön, auch wenn sich die eine oder andere Falte um ihre Augen gebildet hatte. Sie trug keinen Schmuck, was ihre Schönheit nicht schmälerte. Braune, glänzende Augen und ihre schlanke Figur ließen sie attraktiv erscheinen. Sie schenkte uns frischen Eistee ein, während eine bedrückende Stille eintrat.
»Wie lange wollt ihr bleiben, Naoki?«, fragte Quinn und trank einen großen Schluck aus seinem Glas.
»Tja, ich denke, wir sollten eine weitere Reise nicht überstürzen. Ich habe dir ja schon mitgeteilt, wie brisant die Situation ist.«
Quinn nickte wissend und sah Luca an. Eine Mischung aus Neugier und Misstrauen konnte ich darin lesen.
Auch Mr. Chang verstand den Blick. »Keine Sorge, ich übernehme für ihn die Verantwortung. Er steht unter meinem persönlichen Schutz, genau wie Jade«, sagte er.
»In Ordnung. Wenn Naoki dir traut, will ich es auch tun.« Er schien bereit zu sein, Luca als Ex-Taluri hier auf der Insel akzeptieren zu können. »Es ist sehr wichtig, dass ihr ein paar Dinge über Grace Island wisst«, meinte er und sein Blick wanderte zu mir. »Ich darf doch Jade sagen, oder?«
»Natürlich.«
»Ich bin der Verwalter. Vico Tramonti ist der Besitzer der Insel.«

Wow! Ich war sehr beeindruckt. Bisher kannte ich nur Johnny Depp und George Clooney, die so reich waren, dass sie sich gleich eine ganze Insel leisten konnten.
»Mr. Tramonti besitzt auf der ganzen Welt Immobilien. Sie dienen den Illustris und den Padres als Zufluchtsort. Denkt daran, erzählt niemandem davon. Es ist wichtig, dass sie geschützt bleiben«, sagte Quinn zu Luca und mir. »Du kannst, wann immer du möchtest, hierher kommen. Diese, wie auch alle anderen Zufluchtsorte, werden auf eine ganz besondere und streng geheime Weise überwacht.«
Es waren mir keine Kameras, Zäune oder andere Sicherheitsmaßnahmen aufgefallen. Eigentlich konnte jeder mit einem Boot zur Insel fahren und sie betreten.
»Hast du schon einmal etwas von Drohnen gehört?«
Drohnen? Ich dachte kurz nach. Nein, dieser Begriff war mir völlig unbekannt. »Was ist das?«
Stolz hob Quinn den Kopf, bevor er mit seinen Erklärungen fortfuhr. »Drohnen sind unbemannte Fluggeräte, die ununterbrochen auf der ganzen Insel im Einsatz sind. Sie werden über Funksignale gesteuert. Sie geben ein Alarmsignal, falls sich jemand der Insel unerlaubt nähert, egal, ob über das Wasser oder aus der Luft.«
»Ihr benutzt Bienen?«, fragte Luca amüsiert. Es war das erste Mal, dass er überhaupt etwas sagte.
»Du weißt davon?«, fragte Mr. Chang erstaunt.
»Nicht, dass ihr damit arbeitet, aber ich kenne die Technik. Wie groß sind sie und wie viele davon habt ihr im Einsatz?«
Unsicher bedachte Quinn Mr. Chang mit einem skeptischen Blick, was dieser jedoch mit einer Handbewegung abtat. »Mehr als zehn. Sie sind ungefähr

so groß wie meine Hand und sehen aus wie übergroße lebendige Bienen. Sie sind scharf, wenn du verstehst, was ich meine«, erklärte Mr. Chang.
»Ich weiß nicht, Naoki. Ob es richtig ist, ihm jetzt schon zu vertrauen?«
»Ich trage keinen Spy mehr, also, was könnte ich schon anrichten? Ich habe ihn mir freiwillig entnommen«, versuchte Luca, Quinns Bedenken zu zerstreuen. Er lehnte sich zurück und verschränkte seine Arme. Quinn überlegte. Als Mr. Chang zuversichtlich nickte, schien er sein Misstrauen fallen zu lassen.
»In Ordnung. Dann weißt du sicherlich auch, dass du hier rund um die Uhr bewacht wirst. Sobald du eine Waffe an dich nimmst, wird der Alarm ausgelöst und die Drohnen werden dich töten. Das soll keine Drohung sein, verstehst du? Sie sind zu eurem Schutz«, erklärte er in ernstem Ton.
»Jetzt hör schon auf, Quinn. Du erschreckst ja die jungen Leute. Das arme Ding! Siehst du nicht, wie erschöpft sie ist? Ich glaube, es reicht für heute«, schimpfte Johanna mit ihrem Mann, als sie zu uns an den Tisch gelaufen kam. »Soll ich dir dein Zimmer zeigen?« Eindringlich sah sie mich an, bis ich schüchtern nickte.
»Na komm! Nimm dein Glas mit«, meinte sie und ging voran. Mr. Chang, Luca und Quinn sahen uns schweigend nach, als Johanna mich die Stufen hinauf führte. Ich wusste, dass sie jetzt über mich sprechen würden, doch das war mir egal. Ich konnte es kaum erwarten, allein zu sein.
Oben erstreckte sich ein schmaler Flur, von dem viele Zimmertüren abgingen. Johanna öffnete die letzte Tür im Flur und trat ein. Sofort ging sie zum Fenster hinüber und schloss es. Das Zimmer war ebenso einfach

eingerichtet wie das Wohnzimmer. Aber ich freute mich über saubere Laken und eigene vier Wände, in die ich mich zurückziehen konnte. Links stand ein großes Bett, gegenüber ein dunkler, massiver Schrank. Daneben befand sich ein kleiner Schreibtisch. Das große Fenster durchflutete den Raum mit Licht und die Holzdielen waren die gleichen wie im unteren Stock.
»Hier kannst du dich ausruhen, das Badezimmer musst du mit jemandem teilen, aber ich glaube, das wird kein Problem sein«, sagte sie freundlich.
»Danke, das ist sehr nett von Ihnen«, sagte ich leise.
»Oh, sag einfach Johanna zu mir. Das blöde "Sie" brauchen wir nicht.« Ihr Lächeln erinnerte mich an Agnes, obwohl sie ihr überhaupt nicht ähnlich sah.
»Frische Handtücher findest du hier im Schrank.« Johanna öffnete die Seitentür, ein Stapel bunter Handtücher lag darin, zwei davon legte sie auf das Bett. Ebenfalls gab sie mir Unterwäsche, eine saubere Short und ein T-Shirt. »Die müssten dir passen. Falls nicht, kannst du selbst nach etwas anderem schauen.« Sie lächelte mich freundlich an. »Falls du noch etwas brauchst, sag es einfach«, meinte sie, drehte sich noch einmal zu mir um und hielt kurz inne.
»Ein schlauer Mensch sagte einmal: „Zurück ins Leben findet man erst im Durchleben der Trauer“. Wenn du reden willst, ich bin jederzeit für dich da.« Sie strich mir über meinen Arm, schloss leise die Tür.

Ihre Worte linderten meinen Schmerz nicht. Verzweifelt hatte ich in den letzten Stunden versucht, nicht daran zu denken, welches Unglück uns widerfahren war. Onkel Finley, Tom und Alegra waren tot und meine Schwester Amy hatte ich verloren. Sie wurde uns entrissen. Ob sie noch lebte? Mein Zuhause hatten wir selbst dem Erdboden gleichgemacht, als wir flüchteten. In den letzten 48 Stunden hatte ich so ziemlich alles verloren. Meine Familie, meine Freunde, mein Leben. Die Einzigen, die mir geblieben waren, waren Luca und Mr. Chang.

Ich setzte mich aufs Bett und starrte aus dem Fenster. Die Sonne schien und die Vögel zwitscherten. Es war ein schöner Tag. An solchen Tagen hatte ich mich gerne in unserem Park aufgehalten. Bilder von unserem See durchfluteten meine Gedanken. Eine meiner letzten schönen Erinnerung an mein Zuhause war, als Tom mir seine Kette geschenkt hatte, die ich jetzt um meinen Hals trug.

Tränen liefen in kleinen Rinnsalen meine Wangen hinunter. Mein Gott! Ich war nun ganz allein. Was sollte nur aus mir werden? Musste ich mich für den Rest meines Lebens vor den Taluris verstecken? Und was war mit Amy passiert? Was hatte Matteo mit ihr gemacht, nachdem er sie Mr. Chang aus den Armen gerissen hatte? Innerlich verbot ich mir, auch nur eine Sekunde lang zu glauben, dass Amy nicht mehr am Leben war. Erschöpft ließ ich mich in die Kissen fallen. Meine Glieder entspannten sich, mein Körper wurde schwer und ich schlief ein.

Kapitel 2

Als ich das nächste Mal erwachte, stand die Sonne hoch am Himmel. Tropisch feuchte Luft hatte sich in meinem Zimmer breitgemacht. Es war bestimmt schon spät. Wie lange hatte ich geschlafen? Schnell sprang ich unter die Dusche, putzte meine Zähne. Nachdem ich meine Haare ordentlich gekämmt hatte, machte ich mich auf den Weg nach unten.

In der Wohnküche war niemand, sodass ich mich suchend nach Mr. Chang und Luca umsah. Da vernahm ich plötzlich Geräusche vom Garten. Gerade wollte ich die Verandatür öffnen, als ich Lucas wütende Stimme hörte.

»Ich kann nicht glauben, dass Sie wirklich mit dem Wissen weiterleben konnten. … Das war grausam und macht Sie nicht besser als Morgion«, brüllte er aufgebracht. Er baute sich bedrohlich vor Mr. Chang auf. Scharf sog ich die Luft ein und versteckte mich schnell neben der Tür, sodass ich sie weiter belauschen konnte.

»Beruhige dich, Luca«, schrie Quinn.

»Ich soll mich beruhigen? Wie können Sie überhaupt noch nachts schlafen?«

»Du weißt nicht, was du da sagst«, versuchte Mr. Chang sich zu verteidigen. In seinem Gesicht konnte ich keine Angst erkennen, doch hatte ich den Eindruck, dass jeder Vorwurf, den Luca ihm machte, ihn tiefer traf, als er zugeben wollte.

»Das alles ist nicht so einfach zu erklären. Glaub mir, ich hatte meine Gründe.«

»Nicht einfach? Nicht einfach? Meinen Sie, Maxi fand es einfach, als man ihn zum Tode verurteilte, weil

Morgion glaubte, er hätte etwas mit Ihrem Verschwinden zu tun? Er bezahlte mit seinem Leben. Und Sie sagen, ich soll mich beruhigen?«
Mr. Chang wurde bleich. Erschrocken wich er einen Schritt zurück und sah mit schmerzverzerrtem Gesicht in die Ferne.
»Das … wusste ich nicht, … es tut mir leid.«
»Sie wollten viele Dinge nicht wissen. Sie haben sich feige von uns abgewandt und uns einfach im Stich gelassen. Sie haben meine Brüder und mich unserem Schicksal überlassen und jetzt verlangen Sie, ich soll mich den Padres einfach so ausliefern? Was sind Sie nur für ein skrupelloser Mensch?« Luca schrie und mir sträubten sich die Nackenhaare.
»Was blieb mir anderes übrig? Hast du darüber schon einmal nachgedacht? Mein Leben ist nichts wert, ich habe lediglich die Chance wieder einiges gutzumachen.«
Luca lachte höhnisch. »Das nennen Sie wieder gut machen? Sie hatten die Wahl zu sterben, … aber sich hinter den Padres zu verstecken und ein wenig mit den Illustris zu spielen, empfinden Sie das als die bessere Lösung?«
»Ich verstecke mich nicht hinter den Padres. Nur leider hat unser letzter Versuch, Morgion zu töten, zu viele Opfer verlangt. Wir konnten uns weitere Angriffe nicht leisten, außerdem bringt das die Illustris nur noch mehr in Gefahr.«
Egal, was Mr. Chang versuchte Luca zu erklären, es schürte nur weiter seine Wut.
»Sie trugen die Verantwortung für so viele von uns. Wir sahen zu Ihnen auf. Wir glaubten an Sie!« Luca stockte.
Mein Gott! Was hatte Mr. Chang getan? In der Nacht, bevor wir von den Taluris attackiert wurden, gestand er

uns ein, dass er vor vielen Jahren einmal ein Lehrer der Taluris gewesen war. Durch die Grausamkeit Morgions wurde er zu vielem gezwungen und beschloss schließlich, seinen Tod vorzutäuschen, um sie für immer zu verlassen. Schon in dieser Nacht hatte ich mich gefragt, was genau in Rom vorgefallen war. Einmal hatte ich mich in sein Haus geschlichen und viele Fotos von Kindern in einer Vitrine entdeckt. Damals konnte ich mir nicht erklären, wer diese Kinder waren. Heute wusste ich, dass es die noch jungen Taluris waren, die er zu Mördern ausgebildet hatte.

»Ich konnte nicht anders, Luca. Vertrau mir und komm mit uns zu den Padres.«

Luca schnaufte verächtlich. Schließlich packte er Mr. Chang am Kragen, drückte ihn gegen den Holzpfeiler neben der Treppe. In seinem Gesicht stand blanke Wut.

»Jetzt, wo ich keinen Spy mehr in mir trage, kann ich endlich klar denken. Glauben Sie wirklich, ich falle darauf herein? Die Padres werden die Letzten sein, die mir helfen wollen. Sie sind ein Verräter und der letzte Dreck, Chang.«

»Lass ihn los!«, schrie Quinn neben ihm und versuchte, Luca von Mr. Chang wegzudrücken. Luca holte aus und traf Quinn so heftig, dass dieser ins Gras fiel. Genau in dem Augenblick konnte sich Mr. Chang blitzschnell aus Lucas Griff befreien. Überrascht starrte Luca ihn an und wütend ballte er seine Fäuste, bis die Knöchel weiß hervortraten.

»Ich war genauso wütend. Und du weißt nicht, wie groß meine Last und Schuld ist, die ich trage. … Ich ging erst Jahre später zu den Padres. Aber es vergeht kein Tag und keine Nacht, ja noch nicht mal Stunden, in denen ich mir nicht bewusst bin, was ich euch angetan habe. Es hat mich innerlich zerrissen. Oft wünschte ich mir nichts lieber, als zu sterben. Aber soll ich dir sagen, warum ich weiter machte? … Es ist mein Glaube, dass alles gut werden könnte. Davon bin ich überzeugt. Dafür kämpfe ich, solange ich lebe. Ich will die Mädchen schützen und sie am Leben erhalten. Ich träume davon, euch Taluris aus diesem Sumpf zu befreien und Morgion zu vernichten.« Er machte eine Pause und sah Luca dabei eindringlich an. »Du stehst genau an dem Punkt, an dem ich damals war. Ich bin allein durch diese Gefühlshölle gegangen. Die Padres können uns helfen, glaub mir! Du hast am eigenen Leib gesehen, wozu das Mädchen fähig ist. Begreifst du nicht, Luca! Vielleicht ist das die Wende? Vielleicht sind wir mit ihr der Lösung so nahe wie noch nie!«

Aufgeregt und nervös stand ich hinter der Tür und hatte alles mit angehört. Seit Stunden war die Anspannung zwischen Luca und Mr. Chang spürbar gewesen. Ich wusste von den Vorwürfen, die Luca ihm machte, jedoch begriff ich nicht, was ich damit zu tun hatte.

»Komm mit uns. Es ist die Chance, die Taluris zu befreien, um selbst frei zu sein!« Unruhig fing mein Herz an zu klopfen und ich fixierte Luca. Versuchte, aus seiner Haltung seine Meinung zu deuten. Doch so sehr ich mich anstrengte, ich konnte nicht erkennen, ob Mr. Chang zu ihm durchgedrungen war.

Grimmig und ungläubig sah er auf. »Frei sein? Ich werde dort niemals frei sein und das wissen Sie.«

Ich stieß die Verandatür auf und ging langsam die Stufen hinunter. Tausend Fragen überschlugen sich in meinem Kopf.

Überrascht sahen Luca und Mr. Chang auf. »Jade, geh ins Haus zurück. Es ist alles in Ordnung«, rief Luca mir zu. Ich ließ mich nicht beirren und ging einfach weiter. Mr. Changs Miene war ernst und er wirkte erschöpft. Ihm war klar, dass ich das Gespräch mit angehört hatte. Durch die Stimmen der Kinder, die alle auf einmal durch das Haus in den Garten rannten, wurden wir unterbrochen. Luca nutzte die Gelegenheit, ließ uns einfach stehen und verschwand. Ich sah ihm hinterher, bis Quinns Kinder in den Garten stürmten und Johanna die wenigen Stufen zu uns hinunter gelaufen kam.

»Da seid ihr ja endlich!«, rief Quinn aufgesetzt fröhlich. Johanna bemerkte die angespannte Situation sofort, sie war ja schließlich nicht dumm. Sie blickte von ihrem Mann zu Mr. Chang und schließlich zu mir. »Was ist geschehen?«

»Nichts, meine Liebe. Würdest du uns einen Kaffee machen?«, bat Quinn und versuchte, sie so abzulenken. Fragend blickte sie nochmals in unsere Gesichter, als niemand bereit war, ihr eine angemessene Antwort zu geben und lief zurück ins Haus.

»Ich will ein paar Erklärungen von Ihnen, Mr. Chang«, forderte ich ihn auf.

»Wir sollten uns alle beruhigen. Setzen wir uns.« Er meinte es mehr zu sich selbst. Die Stille, die entstand, war gespenstisch. Mein Gefühl sagte mir, dass mehr dahinter steckte, als er zugeben wollte. Und wieso glaubte er, mit mir der Lösung so nahe zu sein? Hatte es etwas mit der Heilung zu tun?

Müde wischte er sich durchs Gesicht. Ich setzte mich zu ihnen an den Tisch auf der Veranda.

»Was habe ich mit der Lösung Ihrer Probleme zu tun?«

Er suchte nach den richtigen Worten und ich wusste, dass er mir nicht gerne darauf antwortete.
»… Deine Gabe ist schon sehr außergewöhnlich. … Ich hätte dir schon längst etwas erzählen sollen«, sagte er und strich sich durch sein graues Haar. »Es gibt eine Legende aus der alten Mythologie. Demnach zeugten Illis, die Göttin des Heils und ihr Gemahl Luma, Gott des Lichts, viele Töchter. Alle trugen die Gabe der Heilung in sich, wie ihre Mutter. Eines Tages betrog sie ihren Gatten mit Ado, Gott des Verderbens. Aus dieser Verbindung gebar sie ein Kind, welches sowohl die Gabe der Heilung, als auch die des Verderbens in sich trug und dadurch stärker war, als die anderen.«
Beide Gaben? Ist es möglich, dass ich beide Gaben in mir vereine? Schnell konzentrierte ich mich wieder auf Mr. Chang.
»Trotzdem liebte sie dieses Kind genauso, wie alle ihre Töchter. Aus Angst vor der Rache Lumas gab sie dieses Kind als sein eigenes Fleisch und Blut aus. Eines Tages erfuhr Gott Luma von dem Betrug. Da Illis nicht bereit war, ihm den Namen des Kuckuckskindes zu nennen, schwur er Rache, in dem er alle Töchter töten wollte. Alles Flehen und Weinen von Illis half nichts. Deshalb beschloss sie, alle ihre Töchter zu retten. Sie warf sie als Illustris vom Himmelszelt hinunter auf die Erde. … Natürlich wissen wir, dass dies nur eine Legende ist, die einem Märchen gleichkommt. Aber verstehst du, was ich dir damit sagen will?«
Ich war zwar durcheinander, doch ich glaubte, den Grund zu verstehen. »Sie wollen mir damit erklären, dass ich eine Illustris mit zwei Gaben bin?«

»Das weiß ich nicht, Jade. Bisher habe ich nur gesehen, wie du Luca geheilt hast und dies war sehr außergewöhnlich für eine Illustris.«
Scheiße! Was, wenn diese Legende wahr ist? Was würden die Padres mit mir machen, wenn sie wüssten, dass ich vielleicht auch diese dunkle Gabe in mir trug?
»Ich habe die Hoffnung, dass du uns helfen kannst, andere Taluris zu retten.«
»Ich …? … Sie meinen, weil ich Luca gerettet habe? Das kann ja nicht ihr Ernst sein. Das mit Luca war etwas völlig anderes. Ich glaube nicht, dass ich in der Lage dazu bin.«
»Unterschätze dich nicht. … Die Padres werden deine außergewöhnliche Gabe näher untersuchen und dann werden wir sehen.«
Ich konnte ja noch nicht mal Onkel Finley retten. Außerdem schlummerte dieses Düstere in mir, dieses Bedrohliche und Gefährliche, was mir Angst einjagte. Ich blickte auf meine Hände. Vielleicht bildete ich mir das aber auch nur ein? Das musste ich unbedingt herausfinden.
»Woher wissen Sie von der Überlieferung?«
»Natürlich von den Padres. Die Gelehrten dort haben vor vielen Jahren diese Legende in ihren Archiven entdeckt. Bisher konnte man keinen Wahrheitsgehalt finden. … Aber darum geht es nicht. Jetzt müssen wir Luca überzeugen, mit zu den Padres zu kommen. Er wird das allein nicht überstehen und er weiß auch nicht, was es bedeutet, diesem Gefühlssturm ausgesetzt zu sein. Er braucht uns, genau wie wir ihn brauchen. Hilfst du mir, ihn dazu zu bringen, zu den Padres zu gehen?«
Natürlich wollte ich, dass Luca mit uns kam. Ich glaubte fest daran, mit ihm meine Schwester wiederzufinden und

außerdem war da noch dieses tiefe Gefühl, das mich mit ihm verband. Ich wollte in seiner Nähe sein, ich brauchte ihn. Ich nickte und ganz langsam entspannten sich Mr. Changs Züge, bis er mich schließlich dankbar anlächelte.
»Ich werde es versuchen«, versprach ich. Luca musste einfach einsehen, dass er bei den Padres genauso sicher war, wie damals Mr. Chang. Und meine Schwester? Das schreckliche Gefühl in meinem Bauch wurde stärker, wenn ich an sie dachte.
»Was ist mit Amy? Haben Sie schon etwas herausgefunden?«
Er schluckte, faltete seine Hände und es sah nicht danach aus, als würde er mir eine direkte Antwort geben.
»Zuerst müssen wir für einige Tage hier bleiben, bis eine Reise sicher genug ist.«
»Eine Reise? Aber sollten wir nicht lieber nach Amy suchen?«, wollte ich wissen, als Johanna mit einer Kanne und ihrem Baby auf dem Arm wieder kam. Sie stellte das heiße Gebräu auf dem Tisch ab, übergab ihrem Mann das Kind. Als sie uns allen eingeschenkt hatte, setzte sie sich neben mich.
»Wir müssen hier abwarten. Im Augenblick können wir nichts tun, Jade. In ein paar Tagen schmuggeln wir dich zu den Padres nach Madrid. Von dort aus können wir mehr über deine Schwester in Erfahrung bringen. Vielleicht haben die Padres bis dahin nähere Informationen.«
»Erst in ein paar Tagen?«, gab ich schrill von mir. Fassungslos erkannte ich, dass man mich weiter im Ungewissen lassen würde. Das hielt ich nicht aus. Amy war in Gefahr. Vielleicht würde Matteo sie töten oder war sie schon tot? Es war schwer für mich, sie nicht in Sicherheit zu wissen. Ich konnte es fast nicht ertragen.

Schon immer fühlte ich mich für sie verantwortlich. Es wurde enger in meiner Brust. Schnell unterdrückte ich die Panik, die mehr und mehr Besitz von mir ergriff.
»Ich kann doch nicht tatenlos herumsitzen und darauf warten, dass irgendetwas passiert, während Amy vielleicht um ihr Leben kämpft«, rief ich wütend.
Mr. Chang beugte sich zu mir vor und legte seine Hand auf meine. »Ich weiß, Jade. Es muss fürchterlich für dich sein. Ich bin mir sicher, dass die Padres schon nach ihr suchen«, versuchte er, mich zu beruhigen. Verärgert zog ich meine Hand zurück und stand auf. Ich brauchte mehr Platz, hielt es am Tisch nicht länger aus.
»Wir können nicht warten. Meine Schwester ist in den Händen dieses Monsters. Wer weiß, was er alles mit ihr anstellt. Warum können wir nicht zurückfliegen und nach Matteo suchen?« Meine Stimme klang verzweifelt. Ich fühlte mich schwach, aber in dem Moment war es mir egal, wie naiv ich mich anhörte.
Mr. Chang war ebenfalls vom Tisch aufgestanden und trat zu mir. »Es ist einfach zu gefährlich, Jade.«
Heiße Tränen stiegen in mir auf, die ich jedoch schnell wieder hinunterschluckte. Wütend sah ich ihn an und ignorierte das wellenartige Gefühl, das in meinem Bauch meine Verärgerung weiter schürte. Leuchtendes Rot, gemischt mit schwarz, strömte aus mir, was Mr. Chang, Johanna und Quinn nicht sehen konnten. An das Schwarz, das mich seit jener Nacht immer leicht umhüllte, hatte ich mich fast gewöhnt. Nur Luca war bis vor ein paar Stunden noch in der Lage gewesen, meine Aura zu sehen.
»Sie hören sich schon an wie Onkel Finley«, flüsterte ich weinerlich.

Johanna und Quinn sahen mich mitleidig an. Ihre Blicke verletzten mich, da sie offensichtlich nicht daran glaubten, dass wir Amy lebend wiederfinden würden.
Johanna stand auf und legte mir die Hand auf die Schulter.
»Ich kann dich verstehen, Jade. Aber die Situation ist nicht gerade leicht. In Bayville ist jetzt bestimmt die Hölle los. Überall wird Polizei sein. Wenn man dich entdeckt … dann haben wir wirklich ein Problem. Ich bin mir sicher, dass sie seit gestern jeden Winkel nach dir absuchen. Morgion hat bestimmt von einer Maori-Krähe von deiner besonderen Gabe erfahren«, sagte sie und streichelte zärtlich über die Wange von Rose, die bei ihrem Vater auf dem Schoß saß.
Diese ganze Situation war so ausweglos für mich, ich wünschte, ich hätte mein altes Leben wieder. Mein Neues glich einem Trümmerhaufen. Ich fühlte mich allein und sehnte mich nach meinem Zuhause.
Johanna zog mich in ihre Arme. Ich ließ es geschehen und kurz konnte ich mich fallen lassen. Das Gefühl, nicht ganz allein zu sein, tröstete mich. Tränen liefen an meinen Wangen hinunter, die ich nicht länger aufhalten konnte. Schließlich löste ich mich von ihr, schüttelte den Kopf und ging ein paar Schritte rückwärts, bis ich schließlich losrannte.
Ich lief durch den Garten, folgte dem Schotterweg, ließ den Vorplatz hinter mir, rannte weiter an den angrenzenden Strand. Sie riefen nach mir, doch ich ignorierte sie. Ich wollte einfach nichts mehr davon hören. Ich rannte so schnell ich konnte. Jeder Meter, den ich mich entfernte, tat so gut.
Vor mir lag die Bucht, aus der wir gekommen waren. Ich verringerte mein Tempo und joggte weiter. Der Sand

und die kleinen Steine knirschten unter meinen Sohlen. Wie vertraut sich dieses Geräusch anhörte, fast wie zu Hause. Das Knirschen wurde gestört durch ein leises Summen. Direkt über mir entdeckte ich eine dieser Drohnen. Sie folgte mir und ich erhöhte mein Tempo, um dieses Ding abzuschütteln. Doch ich hatte keine Chance. Die Biene, wie Luca sie nannte, hatte kein Problem, mit meinem Tempo mitzuhalten. Erschöpft und außer Atem gab ich irgendwann auf, setzte mich in den Sand und sah zum Horizont.
Sanft schlugen die Wellen ans Ufer und niemand war zu sehen. Meine jüngere, rebellische und oft so kindliche Schwester war in den Klauen dieses Monsters. Und ich saß hier und konnte nichts tun. Ich hasste dieses Gefühl von Machtlosigkeit. Ich fühlte mich als Versagerin und das, obwohl ich es mir selbst erst vor ein paar Tagen geschworen hatte, sie mit meinem Leben zu beschützen. Und jetzt saß ich hier auf dieser verdammten Insel fest.
Meine Brust schnürte sich zu und mein Magen krampfte, wenn ich darüber nachdachte. Ich war wütend und unendlich traurig. Ich wischte mit dem Handrücken meine Tränen fort und starrte gedankenverloren auf das Meer hinaus. Das Summen der Drohne war nicht mehr zu hören, nur das Rauschen des Meeres nahm ich friedlich in mir auf. Im Stillen verfluchte ich den Tag, an dem Onkel Finley mich über die Illustris und das Schicksal meiner Schwester aufgeklärt hatte. Wie einfach und süß das Leben davor noch geschmeckt hatte. Ich war noch immer erschüttert, wie gemein und ungerecht sich Onkel Finley mir gegenüber verhalten hatte und das über Jahre. Dabei dachte ich immer, er liebte mich.

Sand knirschte hinter mir und ich wusste, auch ohne mich umzusehen, wer sich mir näherte. Luca sagte kein Wort und blieb ein paar Schritte hinter mir stehen und … Was tat er nur? Es raschelte und hörte sich an, als würde er sich ausziehen. Ich drehte mich zu ihm. Sein weißes T-Shirt lag bereits im Sand und sein muskelbepackter Oberkörper glänzte vor Hitze in der Sonne. Der Anblick ließ mich erschaudern. Er öffnete gerade seine Hose, als sich unsere Blicke trafen. Ein Kribbeln durchfuhr mich und mein Mund wurde trocken.

»Was tust du?«, fragte ich irritiert und konnte mich nicht von dem Spiel seiner Muskeln lösen.

Er grinste. »Wonach sieht es denn aus?«, gab er knapp zurück, befreite sich noch von seinen Socken und warf sie achtlos zu seiner Hose und dem T-Shirt in den Sand. Nur mit Boxershorts bekleidet, die locker an seinen Hüften saßen, stapfte er an mir vorbei, direkt aufs Wasser zu. Er zögerte kurz, als er mit seinen Füßen schon knöchelhoch im Wasser stand. Er drehte sich zu mir um. »Komm auch, Mea Suna. Es wird dir guttun.« Jetzt rannte er los und warf sich in die Wellen.

Was war aus seiner Wut geworden? War sie wirklich so schnell verraucht? Ich beobachtete ihn und nach wie vor erstaunte es mich, wie sehr mein Herzschlag und mein Puls auf ihn reagierten. Er kraulte ein paar Meter hinaus und ich sah fasziniert, wie das Wasser weiß unter seiner Kraft aufschäumte. Keine Frage, Luca war der attraktivste Typ, dem ich je begegnet war. Seine Vergangenheit kannte ich. Er war ein Taluri, ein Mörder, der schon viele Mädchen getötet hatte. Doch diese Erkenntnis hatte mein Herz nicht davon abgehalten, Gefühle für ihn zu entwickeln. Von Anfang an fühlte ich mich stark zu ihm hingezogen. Er wollte mich töten und

zum Schluss hatte er versucht, uns alle zu retten. Er war so geheimnisvoll und doch hatte ich das Gefühl, ihn schon sehr lange zu kennen.
Sollte ich zu ihm ins Wasser gehen? Er schwamm näher ans Ufer.
»Komm schon, Jade! Es ist wundervoll«, rief er begeistert und peitschte das Wasser in meine Richtung. Schüchtern schüttelte ich den Kopf, während Luca mit den Schultern zuckte und wieder abtauchte. Mir war einfach nicht danach. Außerdem wollte ich nicht, dass er mich nur in Unterwäsche bekleidet sah. Auch wenn sich auf meiner Haut keine Ornamente mehr bildeten, war es mir unangenehm.
Ich sah auf, eigentlich müsste er jeden Moment wieder auftauchen, also wartete ich. Sekunden vergingen. Er blieb weiter verschwunden. Konnte er so lange unter Wasser bleiben? Nervös strich ich eine Haarsträhne hinter mein Ohr und suchte fieberhaft die Wasseroberfläche nach ihm ab. Unruhig richtete ich mich auf, um tiefer ins Wasser blicken zu können. Das gab es doch nicht! Er musste doch Luft holen. Er war schon so lange unten.
»Luca, hör auf mit dem Quatsch«, rief ich. Verunsichert lief ich hin und her, rief noch einmal nach ihm. Verdammt!
»Luca!« Mein Gott, war ihm vielleicht etwas zugestoßen? Kurz entschlossen zog ich meine Turnschuhe aus und rannte die ersten Meter hinein.
»Luca!«, rief ich nochmals, als ich es mit der Angst zu tun bekam. Kleine Wellen schlugen sanft um meine Beine. Gerade nahm ich all meinen Mut zusammen und wollte selbst im Wasser abtauchen, als er keine drei

Meter von mir entfernt lachend auftauchte. Erschrocken fuhr ich zusammen und schrie kurz auf.
»Verdammt!«
Außer Atem lachte er laut und spritzte Wasser in meine Richtung. Wie konnte er mich nur so erschrecken? Insgeheim erleichtert, aber dennoch wütend lief ich zurück, setzte mich in den Sand und zog meine Schuhe an, während er mich vom Wasser aus beobachtete.
»Sei nicht böse. Ich wollte nur einen Spaß machen.«
Der hatte vielleicht Nerven! »Du wolltest einen Spaß machen? Mir ist nicht nach Späßen zumute. Ich habe mir wirklich Sorgen gemacht«, rief ich sauer und zog den Schnürsenkel meines Turnschuhs etwas zu fest an.
»Es tut mir leid, es ist einfach über mich gekommen. Es ist Jahre her, dass ich schwimmen war. Du solltest es auch ausprobieren. Man bekommt den Kopf frei und die Muskeln lockern sich«, rief er.
Darauf gab ich ihm keine Antwort und band den zweiten Schuh. Luca stand noch hüfthoch im Wasser.
Ich stand auf und funkelte ihn wütend an. »Tu das nie wieder! Verstanden?«
Sein Grinsen wurde breiter. »Du hattest Angst um mich, stimmt's? Wärst du wirklich ins Wasser gekommen, um nach mir zu suchen?«
Ein paar Sekunden zu lange sah ich ihn an und wurde durch die Wassertropfen, die sich auf seinem Oberkörper einen Weg nach unten suchten, abgelenkt. Beeindruckt von seiner Schönheit hielt ich den Atem an. Ich fragte mich, wie sich seine Haut wohl anfühlen würde und unterdrückte den Drang, mit meinen Fingern darüber zu streichen. Er legte seinen Kopf schief und grinste. Ich fühlte mich ertappt und errötete sofort. Mist! Wieso tat er das mit mir? Verlegen senkte ich den Blick und

fixierte eine Muschel im Sand. Fieberhaft dachte ich nach, was ich ihm sagen sollte.
»Das ist doch nicht normal! Niemand kann so lange unter Wasser bleiben. Da mache ich mir eben Sorgen«, erklärte ich und fand endlich wieder den Mut, ihm entgegenzublicken.
Er stemmte seine Hände in die Hüften. »Was machst du eigentlich hier? Weiß Chang, dass du am Strand bist?«
Was sollte das nun wieder bedeuten? Seit wann musste ich mich bei Chang abmelden, wenn ich mich aus seiner Nähe entfernte.
»Nein, er weiß nicht, wo ich bin«, gab ich gereizt zurück. »Außerdem bin ich ihm keine Rechenschaft schuldig. Ich kann tun, was ich will.« Stolz hob ich mein Kinn und sah ihn herausfordernd an.
»Was ist los? Hast du schlechte Laune?»
Ja, ich hatte schlechte Laune und das lag nicht an seiner Aktion von eben. Es war mehr der unzufriedene Gesamtzustand, der mich wütend machte. Das sollte er eigentlich wissen. Es gab so viele Dinge, die ich nicht wusste. Alles war neu und einiges merkwürdig und ich weigerte mich zu glauben, dass Luca nicht mit uns kommen wollte.
»Ich will, dass wir nach Amy suchen. Du kennst Matteo. Was hat er mit ihr vor?« Sofort verengten sich seine Augen und mit einem grimmigen Gesicht lief er aus dem Wasser.
»Los, sag schon! Was wird er mit ihr tun, Luca? Ich will es wissen.«
Finster sah er mich an und nahm sein T-Shirt aus dem Sand. »Ich weiß es nicht, Jade«, sagte er leise.
Ich glaubte ihm kein Wort. »Aber du musst es doch wissen. Du warst auch ein Taluri.«

»Ich kann dir nicht sagen, was er vorhat.«
»Und wieso nicht? Ich verstehe einfach nicht, warum er das getan hat. Mr. Chang und du hattet ihm doch den Chip mit dem Obsensium entnommen. Er hat sogar gegen seine eigenen Brüder gekämpft. Kurz bevor Mr. Chang es geschafft hatte, uns Amy zu übergeben, hat er sie uns einfach entrissen.« Wütend strömte das Rot so heftig aus mir, dass ich es schon in mir brodeln hörte. Ich spürte genau, dass er etwas wusste und es mir nicht sagen wollte. »Du musst geduldig sein, Jade.«
Geduldig sein? So langsam konnte ich diese Worte nicht mehr ertragen. »Du redest schon genau wie Mr. Chang, aber das werde ich nicht akzeptieren«, fuhr ich ihn gereizt an. »Was macht ihr mit den Mädchen? Tötet ihr sie gleich oder bedient ihr euch vorher noch an ihren Körpern?«, platzte es aus mir heraus.
Wütend warf Luca sein T-Shirt wieder in den Sand und kam zwei Schritte auf mich zu. In seinen Augen loderte die Wut und deutlich konnte ich sehen, dass er sich zusammenriss, um nicht wie ein Löwe über mich herzufallen.
»Was willst du damit sagen?«, knurrte er. Erst jetzt erkannte ich, wie viel größer und stärker er war. Sein Oberkörper plusterte sich auf und in seinen Augen glitzerte es gefährlich. Obwohl ich das Obsensium restlos zerstört hatte, wich ich kurz respektvoll zurück. Seine Kraft war zwar nur noch menschlich, doch ich ahnte, dass ich keine Chance gegen ihn hätte. Er war einen ganzen Kopf größer als ich. Meine schmale, schlanke Figur wirkte gegenüber seinem durchtrainierten Körper, schmächtig. Trotzdem würde ich nie kampflos aufgeben. Stolz hob ich meinen Kopf und sah ihm direkt in die Augen. Ich wusste, dass ich zu weit ging mit

meinem Vorwurf, aber meine Angst um Amy ließ nicht zu, daran zu glauben, dass Matteo ihr nichts antun würde. Schon einmal konnte ich seine lüsternen Blicke und seine Berührungen im Collections beobachten. Damals spürte ich sofort, dass etwas mit dem Typ nicht stimmte.
»Ich will damit nur sagen, falls er ihr etwas antut, dann werde ich ihn töten, auch wenn er dein Bruder ist.«
Sein Blick war kalt, aber auch ich gab nicht nach. Ich hielt ihm stand. »Dazu bist du nicht in der Lage.«
Mein Kampfgeist war geweckt. »Ach, wirklich? Was macht dich so sicher?«, fragte ich und ging einen Schritt vor ihm in Stellung, so wie es Mr. Chang mir beigebracht hatte.
»Du solltest jetzt lieber den Mund halten, Jade. Ich werde mich nicht auf einen Kampf mit dir einlassen«, erwiderte er, drehte sich um und ließ mich einfach stehen.
Das war doch die Höhe. Das war es? »Hey!«, schrie ich wütend und rannte auf ihn los, wollte mich auf seinen Rücken werfen. Blitzschnell hatte er mein Vorhaben bemerkt und drehte sich zu mir. Er umschlang meinen Körper, während ich versuchte, mich mit aller Kraft aus seinem Griff zu befreien.
»Hör auf, Jade! Du machst dich nur selbst verrückt.«
»Lass mich los!«, schrie ich ihn an und trat ihn, was nur zur Folge hatte, dass sich sein Griff verstärkte und ich mich kaum mehr bewegen konnte.
»Beruhige dich.«
»Ich will mich aber nicht beruhigen!«, brüllte ich, trat ihn erneut und windete mich in seinen Armen. Mein Ärger war grenzenlos und schon spürte ich die Glut in mir wachsen. Es wurde immer schwerer für ihn, mich

festzuhalten. Ich brachte ihn ins Wanken und schließlich fielen wir beide in den feuchten Sand. Er drehte mich auf den Rücken und hielt dabei meine Armgelenke fest.
»Verdammt, Jade! Ich würde es dir sagen, aber ich weiß es wirklich nicht, glaub mir.«
Mein Atem ging schneller und ich hatte Mühe, den Energieschub, der mich zu überrollen drohte, unter Kontrolle zu halten. Das Meerwasser umspülte meinen Körper und half mir, mich zu besinnen. Er sagte die Wahrheit. Er hatte Matteo den Chip aus dem Oberarm entnommen. Niemand konnte wissen, wie der Taluri ohne das Obsensium im Blut reagieren würde. Es war ein Fehler gewesen, Matteo schon so früh zu vertrauen. Doch dafür war es jetzt zu spät. Ich schloss meine Augen, versuchte, meinen inneren Vulkan zu beruhigen, indem ich tief ein- und ausatmete.
»Ich habe Schreckliches getan, Jade.«
Stumm kämpfte ich gegen meine aufkommenden Tränen an und schluckte.
»Es tut mir leid. Ich habe einfach so schreckliche Angst um sie, dass ich es nicht ertragen kann, hier tagelang zu sitzen, um dann die Nachricht zu erhalten, dass sie tot ist. Verstehst du?«
Als ich wieder in seine Augen blickte, war die Kälte in seinem Gesicht verschwunden. Sanft und verständnisvoll sah er mich an. Sein Griff lockerte sich und erst jetzt wurde mir seine Nähe bewusst. Auch er schien zu bemerken, wie nah er mir war. Seine sinnlichen Lippen hielten meinen Blick gefangen. Voll und weich hatte ich sie in Erinnerung. Meine Sehnsucht nach Berührung und Nähe wurde plötzlich grenzenlos. Luca strich einzelne Strähnen aus meinem Gesicht.

»Weißt du eigentlich, wie schön du bist?«, flüsterte er und gab meine Arme nun ganz frei. Sein Gesicht kam immer näher und schon nahm ich den Duft von Salzwasser, die herbe Frische seines Aftershaves und der süßen Verführung wahr. Mein Blick verharrte in seinem und ich wusste, er sehnte sich genau wie ich danach. Ich konnte es nicht mehr länger erwarten, schloss meine Augen und bot ihm meine Lippen an. Nur Sekunden später spürte ich sie sanft und zärtlich. Berauscht gab ich mich ihm hin. Ein elektrisierendes Zucken durchfuhr mich und kribbelte in meinem Schoss. Seine Zunge suchte meine und als sie sich fanden, entfuhr ihm ein Stöhnen. Sein Kuss wurde drängender und fordernder. Meine Arme umschlangen seinen Hals, fest drückte ich ihn an mich. Ich wollte ihn mit Haut und Haaren und ich wollte mehr. Seine Lippen wanderten über den Hals zu meinem Dekolleté. Dort, wo sie meine Haut berührten, kribbelte es wunderschön. Seine Küsse waren leidenschaftlich und lösten ein ungekanntes und neues Feuer in mir aus, das mich völlig in seinen Bann zog. Seine Hände streichelten sanft über meine Brust hinab zu meiner Hüfte. Ein Beben überkam mich, kurz vergaß ich, weiter zu atmen. Ich wünschte mir, dass dieser Moment nie endete. Meine Hände gruben sich in sein Haar und leicht drückte ich ihm meine Hüften entgegen.
Mit einem Mal unterbrach er seine Zärtlichkeiten und rollte von mir. Zuerst glaubte ich, er würde sich anders zu mir legen, doch dann sah ich, wie er neben mir saß und mir den Rücken zuwandte. Ich setzte mich auf, sah ihn fragend an.
»Es tut mir leid. Ich kann nicht.«
Stirnrunzelnd betrachtete ich ihn und verstand kein Wort.

»Was ist los? Was kannst du nicht?«
Er stand auf und ich tat es ihm gleich. Wortlos nahm er sein T-Shirt und zog es an.
»Jetzt sag schon, habe ich etwas falsch gemacht?« Nicht zu wissen, warum er so plötzlich alles beendet hatte, war unerträglich für mich. Seine Lippen spürte ich noch wie Feuer auf meinen und überall dort, wo er mich berührt hatte, fühlte ich dieses leise Kitzeln. Noch nie war ich einem Mann so nahe gewesen. Röte schoss mir ins Gesicht.
»Ist es, weil ich … nicht so erfahren bin?« Beschämt schaffte ich es nicht, ihm in seine Augen zu schauen.
Erstaunt sah er auf. »Nein, nein! Nichts dergleichen. Es liegt nicht an dir. … Ich glaube, wir sollten zurück. Sie machen sich sicher schon Sorgen um dich.«
War das Thema für ihn damit erledigt? Würde er mich wirklich so stehen lassen?
»Und das war‘s? Mehr willst du mir nicht sagen?«, bohrte ich weiter. Als er mir keine Antwort darauf gab, klopfte ich enttäuscht den nassen Sand von meiner Kleidung. Das Ganze war mir peinlich. Was war nur mit ihm los? Gefiel ich ihm nicht? Warum sagte er vorhin noch, dass er mich schön fände?
Luca lief voraus und ich folgte ihm, ich achtete darauf, einen Abstand zu ihm zu halten. Noch nie war ich so geküsst worden. Seine plötzliche Zurückweisung verletzte mich. Seine Blicke, seine Berührungen taten so gut und fühlten sich richtig an. Wie konnte er so etwas Schönes einfach unterbrechen? So lange waren wir gezwungen gewesen, einen Sicherheitsabstand einzuhalten und jetzt, wo der nicht mehr nötig war, hielt er ihn freiwillig. Oder hatte ihn mein Vorwurf gegenüber Matteo härter getroffen, als er zugeben wollte?

»Luca! Ich habe mich doch schon bei dir entschuldigt. Was willst du noch?«, rief ich ihm hinterher und verlangsamte dabei meine Schritte. Schließlich blieb er stehen und drehte sich zu mir um. Eine Weile sah er mich düster an. »Lass gut sein, Jade. Wir sollten zurückgehen. Vielleicht hat Chang schon Neuigkeiten.« Wir wussten beide, dass dem nicht so war. Damit drehte er sich um und ließ mich einfach am Strand stehen.

Es tat weh, so zurückgewiesen zu werden. So musste sich Tom gefühlt haben. Auch ich hatte Tom mehr als einmal hart zurückgewiesen.

Ich straffte meine Schultern und lief mit einem großen Abstand Luca hinterher zurück zum Haus.

Kapitel 3

Gegen Abend zog ich mich um und beeilte mich, in den Garten zu kommen. Luca war weder in der Küche noch draußen auf der Veranda und ich war froh darüber. Wahrscheinlich wäre meine Konzentration dahin gewesen, wenn er mich beim Training beobachtet hätte.
Etwas abseits ahmte Mr. Chang Kampfbewegungen nach. Wie in Zeitlupe bewegte er sich. Gebannt saßen die drei Jungs von Quinn im Gras und beobachteten ihn. Mein Trainer ließ sich nicht stören und schlug und trat mit geschlossenen Augen sanft einen imaginären Gegner. Da ich die Choreografie kannte, lief ich zu ihm und glitt nahtlos mit ein. Völlig synchron und im Einklang ging ich im Geiste alle Bewegungen durch. Dabei kam es nicht auf Kraft oder Schnelligkeit an, sondern auf Genauigkeit und Konzentration. Amy hatte schon immer Probleme damit gehabt. Sie war viel zu zappelig. Oft brachte sie die vielen Kombinationen durcheinander oder vergaß die Abläufe. Es war der ausdrückliche Wunsch von Onkel Finley, dass Amy und ich Unterricht in Selbstverteidigung nahmen. Er meinte damals, es sei sehr wichtig, gerade für junge Frauen, sich zur Wehr setzen zu können. Natürlich hatten wir ihm vorbehaltlos geglaubt. Seine damaligen Erklärungen leuchteten uns ein. Dann stellte er Mr. Chang ein und fortan trainierten wir im C.O.B. Jedoch als wir weitaus mehr als nur Selbstverteidigung lernten und Onkel Finley einmal ausflippte, weil Amy nicht die gewünschten Fortschritte machte, fragten wir uns schon, was das Ganze sollte. Dennoch wagten wir nicht, ihm zu widersprechen geschweige denn, ihn danach zu fragen.

Als ich vor wenigen Wochen zufällig ein Gespräch zwischen Onkel Finley, Mr. Chang und Mr. Tramonti belauscht hatte, hatte ich noch keine Vorstellung gehabt, wie wichtig dieses Training für uns sein würde. Heute hing mein Leben davon ab.

»Es tut mir leid wegen heute Morgen. Ich ...«

»Du brauchst dich nicht zu entschuldigen, Jade. Ich verstehe dich. Du hast viel durchgemacht und natürlich liegt dir viel daran, deine Schwester zu finden«, sagte Mr. Chang, als wir das Training beendet hatten und friedlich auf der Wiese saßen. Die Jungs waren schon vor einer Weile von ihrer Mutter ins Haus gerufen worden. Nur unter Protest hatten sie auf Johanna gehört.

Mr. Chang stand auf und strich sein Hemd glatt. »Ich verspreche dir, wir werden weiter nach Amy suchen. Es wird zwar nicht einfach werden, aber wir geben nicht auf.«

Ich schluckte meinen Kummer hinunter. »Warum hat Matteo das getan? Es sah doch zuerst so aus, als würde er auf unserer Seite stehen? Er hat sogar gegen seine Brüder gekämpft.«

Mr. Chang nickte nachdenklich. »Die einzige Erklärung, die ich habe, ist, dass das Obsensium und die Emotionen komplett verrückt gespielt haben. Aber an sich ist Matteo kein schlechter Kerl. Ich kenne ihn schon lange. Wir müssen einfach hoffen, dass er nicht bis zum Äußersten gegangen ist.«

Matteo war kein schlechter Kerl? Zuerst hatte er versucht, mich zu töten, er hatte es schließlich geschafft, ein Messer in meinen Oberschenkel zu rammen, hatte mehrmals Onkel Finley angeschossen und dann die Entführung von Amy. Nein! Im Augenblick konnte ich

keine Sympathie für ihn entwickeln, egal, was Mr. Chang und Luca über ihn sagten.
»Kennst du noch die drei Grundsätze, die ich dir zu Beginn unseres Kampftrainings erklärt habe?«
Auch ich erhob mich und versuchte, mich an seine Worte zu erinnern. »Die 3 Grundsätze ... «, überlegte ich.
Mr. Chang sah mich erwartungsvoll an und wartete offensichtlich darauf, dass ich sie aufzählte.
»Entkommen, ausweichen und … auf den Feind einwirken?«
»Richtig und weißt du auch noch, was auf den Feind einwirken für dich selbst bedeutet?«
»Ähm, …!« Oh, Mist! Das hatte ich vergessen.
»Das ist wichtig, Jade. Also präge es dir ein. … Überwinde deine inneren Hindernisse. Wut, Trauer und mangelnde Wahrnehmung, davon solltest du ablassen. Schalte die negativen Gefühle aus. Nur so wirst du zu dir selbst finden.« Ernst sah er mich an. Wie sollte ich das schaffen? Das ging nicht so einfach. Wie sollte ich meine Wut und meinen Hass abstellen? Nein, innerlich war ich viel zu sehr aufgewühlt und durcheinander, als dass ich keinen Hass gegenüber den Taluris empfinden könnte. Mr. Chang verbeugte sich und erwartete, dass ich das Gleiche tat. Ich zögerte, doch schließlich gehorchte ich.

Luca bekam ich in den folgenden zwei Tagen kaum zu Gesicht. Ich sah ihn nur zu den Mahlzeiten. Er vermied es, mich anzusehen und sprach sehr wenig. Er schien tief in seinen Gedanken versunken zu sein. Quinn bat ihn, sich auf der Insel nützlich zu machen. So half er ihm, die Gartenanlage der Villa in Ordnung zu halten. Bevor ich zum Frühstück hinunter kam, war er meistens schon fort. Mr. Chang und Luca sprachen auch nicht viel miteinander. Schweigend akzeptierten sie sich gegenseitig, was die Stimmung jedoch nicht verbesserte. Luca war ständig in meinem Kopf und meistens wachte ich mit der Angst auf, dass er nicht mehr hier sein könnte. Ich vermisste ihn, auch wenn wir uns noch nicht so lange kannten. Er war ein wichtiger Teil meines Lebens. Was hatte ich getan, dass er mich so ignorierte? Hatte ich mich so in ihm getäuscht? Noch bevor wir aus Bayville geflohen sind, glaubte ich, er würde genau wie ich diese starke Anziehungskraft zwischen uns spüren. Bevor wir von den Taluris angegriffen wurden, war er auf unser Grundstück gekommen, um mich zu warnen. Er wusste, dass Onkel Finleys Männer ihn töten würden und wenn nicht die, dann seine Brüder. Der Verrat an seinen Brüdern hatte ihn auf der Todesliste ganz nach oben katapultiert. Doch ihm schien dies alles egal gewesen zu sein. Selbst als er gefesselt in unserem Wohnzimmer saß, flehte er mich mit seinen stummen Blicken an, endlich zu fliehen. Und nun behandelte er mich wie Luft. Ich brauchte ihn. Mit ihm wollte ich Amy finden. Luca war der Einzige, der wissen konnte, was Matteo vorhatte. Ich war mir sicher, nur mit seiner Hilfe würde es mir gelingen.

Ich schreckte hoch, keuchte und wartete, bis die grausamen Bilder vor meinen Augen verschwammen und in Erinnerungsfetzen von mir fielen. Ich hatte mal wieder geträumt. Von jenen Ereignissen, die mich in den letzten Wochen schockiert und mir Angst eingejagt hatten.

Es dämmerte bereits, als ich mich anzog. Der Himmel war bedeckt. Vielleicht würde es heute sogar regnen. Ich beschloss, einen morgendlichen Spaziergang zu machen. An Schlaf war ohnehin nicht mehr zu denken. Die Vögel zwitscherten und das leise Summen der Drohne ließ mich kurz innehalten. Ich sah mich um, versuchte meinen kleinen Stalker zwischen den großen Palmenblättern auszumachen. Doch diesmal entdeckte ich das kleine silberne Metall-Ding nicht. Es erinnerte mich an Gavin. Eigentlich hatten beide die gleichen Funktionen. Beobachten, bewachen und spionieren. Die Krähe sowie die silberne Biene sendeten Bilder und Informationen, nur mit dem Unterschied, dass die Drohne mich beschützen und Lucas Maori-Krähe mich verraten sollte. Gavin wäre mir trotzdem lieber gewesen. Was wohl aus ihm geworden war? Erinnerungen durchströmten mich, als ich an die Nacht zurückdachte, in der ich seine Krähe das erste Mal berühren durfte. Wie schwer ihr Körper und wie gefährlich nahe ich dem scharfen, spitzen Schnabel gekommen war. Gavin war wunderschön. Seine Federn schimmerten schwarzblau und glänzten im Mondlicht silbern. Das Außergewöhnlichste an ihm waren die typischen kobaltblauen Wangen und die Tatsache, dass dieser Vogel echt war und nicht aus Metall und Drähten bestand. Luca hattc ihn als seinen Freund bezeichnet, was anfangs zwar merkwürdig klang, doch heute verstand ich, dass der Vogel zu ihm gehörte - wie Amy zu mir ...

Die Insel war größer als sie den Anschein machte. Grace Island war wunderschön. Noch nie zuvor hatte ich so viele unterschiedliche Pflanzen und Blumen gesehen. Agnes würde es hier gefallen. Die Schönheit der verschiedenen Pflanzen und die Vielfalt in unserem Garten in Bayville hatten wir ihrer Kreativität zu verdanken. Ich vermisste sie. Ich wünschte mir so sehr, dass ich ihr ein Lebenszeichen von mir geben konnte. Sie kam bestimmt um vor Sorge.

Ich schlug einen neuen Weg ein. Ich hatte keine Ahnung, wohin der verwilderte Pfad mich führte. Ich ließ mich einfach treiben, bestaunte die dicht bewachsenen Palmen und Bäume, die hier so hoch ragten, dass in den kleinen Dschungel nicht viel Tageslicht fiel. Das Zwitschern der Vögel und das Zirpen der Insekten wirkten beruhigend auf mich. Es war so friedlich und idyllisch hier, dass es mir leicht fiel, mein Schicksal für einige Zeit zu vergessen. Amy hätte entsetzt und ängstlich aufgeschrien und hinter jedem Blatt eine eklige Spinne und hinter jedem Geräusch eine gefährliche Schlange vermutet. Ich war nicht so ängstlich wie sie. Ich strich die Äste und großen Blätter, die mir den Weg versperrten, einfach mit meiner Hand beiseite.

Plötzlich wurde meine Aufmerksamkeit auf ein schlagendes Geräusch gelenkt. Neugierig ging ich weiter und spähte zwischen den Bäumen und den Pflanzen hindurch. Es dauerte eine ganze Weile, bis ich hinter einem großen Busch vor einer Lichtung stand. Vorsichtig bog ich die Blätter so weit auseinander, bis ich die Quelle der dumpfen Schläge sehen konnte. Abgeholzte Bäume und Palmen lagen nebeneinander. Ein kleiner Holzschuppen, dessen Tür offen stand, befand sich auf der anderen Seite des kleinen Platzes. Rauch stieg aus einer Feuerstelle etwas abseits der Hütte. Inmitten dessen stand Luca mit nacktem Oberkörper und einer Axt in der Hand. Rechts von ihm stapelten sich die Holzscheite, die er bereits geschlagen hatte.

Ich hielt die Luft an, aus Angst, er könnte mich sonst entdecken. Seine Arme und sein Gesicht waren verschmutzt. Er verausgabte sich sichtlich, atmete schwer und hin und wieder entfuhr ihm ein kraftvolles Stöhnen. War dies seine tägliche Beschäftigung, um mir nicht über den Weg laufen zu müssen? Zwei Tage war es her, seit ich das letzte Mal mit ihm gesprochen hatte.
Kraftvoll schwang er die Axt in die Höhe und mit jeder Bewegung bewunderte ich das Spiel seiner Muskeln. Sollte ich zu ihm laufen und mit ihm sprechen? Kurz dachte ich darüber nach. Mein Vorwurf, ob die Taluris die Mädchen vergewaltigten, bevor sie sie töteten, hatte ihn in Rage versetzt. Er war wütend auf mich und auch jetzt konnte ich das gefährliche Glitzern in seinen Augen erkennen.
Ich wollte mich gerade zurückziehen, als Luca zu einem weiteren Schlag ausholte und abrupt innehielt. Er blickte in den Himmel und da sah er die verflixte Biene, die mich seit meinem Spaziergang verfolgte. Sie flog zu Lucas Drohne in die Mitte der Lichtung. Ruhig schwirrten beide ein paar Meter über dem Boden. Was taten die fliegenden Stalker da? Tauschten sie etwa Daten aus?
Sofort sah Luca sich um, instinktiv wusste er, dass jemand in seiner Nähe sein musste. Die Axt hielt er drohend vor seine Brust und ging suchend ein paar Meter umher.
Was sollte ich tun? Am besten ich schlich mich leise zurück. Doch das würde bedeuten, dass eine der Drohnen mir folgen würde und mich damit verriet. Jetzt, da er aufmerksam geworden war, würde er jedes Geräusch wahrnehmen. Also beendete ich das Versteckspiel und trat hinter dem Busch hervor.

Kaum betrat ich die Lichtung, schoss eine Drohne auf mich zu. Das Gefühl, ertappt zu sein, überkam mich und ich spürte, wie sich meine Wangen rot färbten. Luca entspannte sich sofort, als er mich erkannte. »Keine Sorge. Ich bin's nur«, sagte ich und hob ergeben meine Arme. Er musterte mich.
»Was willst du, Jade? Wieso schläfst du nicht mehr, es ist noch sehr früh am Morgen!« Langsam lief er zurück zu seinem Holzstapel und arbeitete weiter, ohne mich dabei zu beachten.
»Das Gleiche könnte ich dich fragen.«
Er holte aus und schlug die Axt mit solcher Wucht in den Baumstamm, dass einige Splitter davonflogen.
»Ich arbeite.«
»Das sehe ich. Nur wusste ich bis jetzt nicht, wo du dich den ganzen Tag versteckst und was du tust«, meinte ich und trat langsam näher. »Schläfst du denn nie? … Ich meine, wie lange bist du schon hier?« Auf diese Frage gab er mir keine Antwort und langsam kam ich mir echt bescheuert vor. Grimmig schlug er die Axt in das Holz. Holzspäne splitterten ab und einige verfingen sich in seinen Haaren. Ich unterdrückte den Impuls, sie aus seinem Haar zu zupfen. Nachdenklich senkte ich meinen Blick und beobachtete ihn eine Weile.
»Es tut mir leid, Luca. Ich verstehe ja, dass du sauer auf mich bist, aber ich denke, meine Frage neulich war berechtigt. Ich weiß nichts über dich oder deine Brüder. Ich weiß nur, dass ihr Mädchen und Frauen tötet, dass Roy Morgion euch manipuliert und du eine Menge erlebt hast. Du kannst dir nicht vorstellen, wie groß meine Angst um Amy ist. Sie ist alles, was ich noch habe.« Meine Gefühle gingen mit mir durch. Keinesfalls wollte

ich wieder anfangen zu weinen. Ich riss mich zusammen. Egal wie grausam die Ereignisse der letzten Tage gewesen waren, ich musste stark bleiben. Stark für Amy. »Außerdem … ich brauche dich. Ich dachte, wir sind mehr als … Freunde.« Meine Stimme wurde heiser.
»Das sind wir auch«, sagte er nach einer Weile und unterbrach seine Arbeit. »Hier sind wir es. Aber du brauchst mich nicht wirklich, Jade. Du brauchst die Padres de Luz. Sie können dir helfen.« Sein grimmiger Ausdruck blieb, Traurigkeit und Hass mischten sich in seine Stimme.
»Das hört sich an als ob …! Hast du beschlossen, wirklich nicht mitzugehen?«, fragte ich zögerlich. Mein Herz pochte und ich hoffte so sehr, er würde mich endlich ansehen. Irritiert trat ich näher. »Luca, du kannst mich nicht alleine lassen.« Endlich sah er mich an. Seine Augen suchten meine.
»Jade, … die Padres vertrauen mir nicht. Sie werden in mir den Taluri sehen, auch wenn ich kein Obsensium mehr in mir trage.«
»Das glaube ich nicht. Du hast uns gerettet. Mr. Chang und ich sind Zeugen. Wir haben gesehen, wie du gegen deine Brüder gekämpft hast. Außerdem, wo willst du denn hin? Du kannst nicht zurück.« Ich stand direkt vor ihm, nahm die Wärme, die er ausstrahlte, wahr.
»Ich kann nicht mit dir kommen, Jade«, sagte er tonlos und presste seine Lippen aufeinander.
Sprachlos sah ich ihn an. Nein, das durfte nicht sein. Ich brauchte ihn doch! Er war frei und konnte endlich selbst über sein Leben entscheiden. Er sah mich nach wie vor an und um seine Lippen spielte ein entschlossener Zug, der mir schlagartig klar machte, dass er es ernst meinte. Seine Entschlossenheit machte mir Angst. Ich konnte

diesen Blick nicht länger ertragen und senkte langsam meine Stirn auf seine Brust. Endlich ließ er eine Berührung zu.
Müdigkeit machte sich in meinem Herzen breit. Ich dachte, ich könnte mich auf ihn verlassen. Er war so wichtig für mich und vielleicht das Einzige, was ich noch hatte. Eine Weile verharrten wir so. Ich lauschte seinem Herzen, wie es gleichmäßig schlug.
»Ich werde nie frei sein, Jade. Du hast keine Ahnung, wie mein Leben war, bevor ich dich traf. Du weißt nicht, was ich getan habe. Du hast keine Ahnung von den Dingen, die ...«
Ich hob meinen Kopf. »Natürlich weiß ich, was du getan hast. Ich weiß alles. Aber das ist Vergangenheit. Ich habe dich geheilt, Luca. Du bist nicht länger ein Taluri. Du bist ein Mensch.«
»Da sind die Padres bestimmt anderer Meinung. Ich bin schlecht und meine Seele ist verdorben, auch wenn du das Obsensium in meinem Körper zerstört hast - meine Seele ist tot!«
Glaubte er das wirklich? Sah er denn nicht, dass er jetzt die Chance hatte, sein Leben zu ändern? Er hatte gemordet, mehrfach, und ich wollte mir nicht ausmalen, wie grausam er das Leben der Mädchen ausgelöscht hatte. Aber das war doch jetzt vorbei.
»Wie kannst du nur so etwas sagen? Luca, du kannst doch nichts dafür. Vor jedem Gericht würde man dich freisprechen.«
Er lachte höhnisch auf, nahm ein paar Holzscheite und ging zur Feuerstelle. »Genau, und wahrscheinlich würden sie mich noch als Held feiern.«
»Du kannst dir deinen Sarkasmus sparen«, keifte ich zurück und lief ihm hinterher. So schnell wollte ich ihn

nicht aufgeben. Er warf die Holzstücke ins Feuer und sah in die Flammen. Die Hitze strahlte in mein Gesicht. Meine Wangen glühten, als ich an unseren Kuss im Flugzeug dachte. Eine ähnliche Wärme hatte ich am Strand gespürt. Und jetzt sollten sich unsere Wege trennen? Verzweifelt dachte ich nach.

»Nein, Jade, die Padres würden mich niemals in deiner Nähe lassen. Und falls ich doch mitgehen würde, was würde mich dort erwarten? Sie würden mich foltern.«

»Foltern? Wie kommst du denn darauf?« Was hatte er für Vorstellungen? Die Padres wollten doch helfen, zumindest hatte man mir sie so beschrieben.

»Wie ich darauf komme?« Er grinste böse. »Was glaubst du, macht die Sunshine Foundation, wenn wir einen von den Padres erwischen? Glaubst du wirklich, wir fassen die mit Samthandschuhen an?« Weiter sprach er nicht, um mir klar zu machen, was er jahrelang erlebt hatte. Ich schluckte und dieser Horrorgedanke schickte mir einen eiskalten Schauer über den Rücken. Ich wollte mir das nicht vorstellen. Daher konzentrierte ich mich auf das, was mich mit ihm verband.

»Und was ist mit … uns?«, platzte es aus mir, bevor mir klar wurde, dass ich es laut ausgesprochen hatte. Seine Wangenknochen traten hervor und sein Blick wurde dunkel. Ich hatte Angst vor seiner Antwort, doch ich spürte deutlich, dass ich ihm nicht egal war.

»Ich weiß es nicht, Jade. Du kennst meine Gefühle für dich. Aber ich bin mir nicht sicher, ob das gut ist. Du bist eine Illustris, noch dazu eine mit einer besonderen Gabe. Ich habe kein Recht, mit dir zusammen zu sein.«

Was? Ich verstand kein Wort. Er hatte kein Recht?

»Dann vergiss das doch einfach. In erster Linie bin ich ein normales Mädchen, … das sich verliebt hat.« Mein

Gott, es war das erste Mal, dass ich jemandem solch ein Geständnis machte und mein Herz raste dabei. Schüchtern senkte ich meinen Blick und wartete auf eine Reaktion von ihm. Doch er blieb still. Was hatte ich mir nur dabei gedacht? Wie konnte ich nur so dumm sein und von ihm erwarten, dass auch er die Worte laut aussprach. Verdammt!

»Wieso sagst du nichts? … Ich hätte es dir nicht sagen dürfen, wie ich empfinde«, erkannte ich leise und wollte mich gerade von ihm abwenden.

»Warte … Geh nicht!« Ich sah ihm an, wie er mit sich rang. Mir war klar, wie schwer es ihm fallen musste, über seine Gefühle zu sprechen. »Ich habe dir schon gesagt, wie ich für dich empfinde. Kannst du dich erinnern, in der Turnhalle?«

Natürlich erinnerte ich mich. Wie könnte ich diese Worte jemals vergessen?

»Aber in mir tobt ein Gefühlschaos. Ich habe so viele neue Gefühle in mir und weiß einfach nicht, wie ich damit umgehen soll. … Ich brauche Zeit, Jade.«

War er sich nicht mehr sicher? Das machte mir Angst.

»Lass mich dir helfen, dein Chaos zu ordnen.«

»Nein, Mea Suna. Das muss ich alleine schaffen.«

Alleine, alleine! Wieso ließ er nicht zu, dass ich ihm half? Waren seine Gefühle nicht so stark, wie meine? Es verletzte mich.

»Glaub mir, es ist besser so«, meinte er mit abgewandtem Blick.

Immer wusste jemand besser, was gut für mich war. Wohin hatten all die Ratschläge und das gute Zureden geführt? Das enttäuschende Gefühl vergrub ich tief in mir, gab der aufkeimenden Wut und meinem Kampfgeist freien Lauf.

»So leicht mache ich es dir nicht! Wenn die Padres mich haben wollen, dann nur mit dir zusammen«, schrie ich, hob meinen Kopf und sah ihn kampflustig an. Dann drehte ich mich um und marschierte allein zurück.
Wütend stapfte ich durch den Dschungel. Leuchtendes Rot strömte aus mir, welches wie ein Schweif hinter mir her fegte. Ich war so unglaublich wütend. Und genau das war es, was Mr. Chang gemeint hatte. Ich sollte mich davon befreien. Auch wenn mein Schmerz und meine Angst groß waren. Doch das Gefühl war so übermächtig, dass selbst meine Atmung schneller ging. Ich wollte mit Luca zusammen sein. Oder vielleicht sollte auch ich fortgehen? Einfach von der Insel verschwinden. Aber wohin? Es gab keinen Ort, der sicher genug war. Ich hatte kein Geld, keinen Pass. Ich hatte nichts! Ich war abhängig. Die Erkenntnis traf mich und zwang mich, stehen zu bleiben. Die Drohne über mir hörte auf zu summen, landete auf einem Zweig und beobachtete mich. So aufgebracht, wie ich war, konnte ich auf keinen Fall zurückgehen. Ich sollte mich beruhigen und sah mich um. Etwas abseits des kleinen Weges entdeckte ich einen alten Baumstumpf. Ich setzte mich in das weiche Moos, lehnte mich an den alten Stamm. Die Vögel zwitscherten. Wie friedlich es hier war. Dennoch fühlte ich mich gefangen. Gefangen in einem System, zu dem ich nie einverstanden gewesen war. Alles war so durcheinander und so unwirklich. Ich musste dringend einen Weg aus diesem Chaos finden. Es musste doch möglich sein, ein Leben zu führen mit ein wenig Glück und Zufriedenheit. Warum gab es immer neue Probleme? Meine Gedanken überschlugen sich und während ich versuchte, meine Gefühle unter Kontrolle zu bringen, wurde die Glut in mir nicht weniger. Meine

Hände zitterten, in meinem Kopf drehte sich alles und ich spürte, wie eine heiße Welle in mir hochstieg. Tief einatmend versuchte ich mich zu beruhigen, schloss meine Augen und konzentrierte mich auf das Zwitschern der Vögel.
Völlig unerwartet flatterte ein großer, orangefarben leuchtender Schmetterling auf meinen Handrücken. Kurz zuckte ich zusammen, doch dann hielt ich ganz still, um ihn nicht zu erschrecken. Ich betrachtete ihn. Er war wunderschön, sein samtig schwarzer Körper glänzte in der Sonne und seine leuchtenden Flügel besaßen ein einzigartiges weiß-braunes Muster. Er bewegte leicht seine Flügel, blieb jedoch auf meiner Hand sitzen. Wie ungewöhnlich zutraulich!
Etwas Seltsames geschah! Meine wütende, leuchtend rote Aura hüllte ihn komplett ein. Er sah aus, als würde er in meinen Flammen aufgehen. Energie übertrug sich von meiner Hand auf den Schmetterling. Genau in dem Augenblick verloren seine Flügel jegliche Farben, wurden grau wie Asche und Rauch qualmte aus seinem Körper. Die Flügel zerfielen vor meinen Augen zu Staub und der flügellose Körper fiel tot zu Boden. Fassungslos sah ich, wie die Staubreste glitzernd durch die Sonne in der Luft schwebten. Der Schmetterling war tot. Ich hatte ihn getötet. Panik überfiel mich. Entsetzt darüber, was ich getan hatte, sprang ich auf, starrte ungläubig auf meine Hände.
Mein Gott! Eine Welle der Übelkeit erfasste mich. Was hatte ich getan? Wie war das möglich? War das wirklich ich? Ich musste weg, aber wohin? Ich konnte ja schließlich nicht vor mir selbst davon laufen? Erschrocken wich ich ein paar Meter zurück. Mein leuchtend roter Schweif hatte sich komplett in mich

zurückgezogen und auch meine Wut war fast verschwunden. Zurück blieben Angst und Verzweiflung. Mein Atem ging gleichmäßig und die Hitze war verflogen. Was war mit mir passiert? Jetzt erinnerte ich mich. Dieses Gefühl war mir nicht völlig fremd. Schon einmal hatte mich das Seelenfeuer so intensiv eingenommen. Es war der Tag, an dem Onkel Finley starb. Damals wollte er, in seinen letzten Minuten, dass ich ihn heilte. Doch ich war nicht in der Lage dazu. Seine Vorwürfe und die Erkenntnis, dass ich es nicht konnte, schürten damals meine Wut. War ich also tatsächlich auch für seinen Tod verantwortlich? Ich wollte darüber nicht nachdenken. Mein Kopf war voll mit anderen Problemen, wobei ich wusste, dass dieses Problem noch viel größer werden konnte, wenn ich es nicht unter Kontrolle bekam. Niemand durfte davon erfahren. Es musste ein Geheimnis bleiben. Ich hatte Angst. Die Legende – jetzt war ich mir sicher. Ich trug die Gabe des Verderbens in mir.

Zurück am Haus, war Johanna in der Küche damit beschäftigt, das Frühstück anzurichten. Die Kinder spielten schon im Garten, nur die kleine Rose saß in einem Hochstuhl und wartete geduldig auf ihre Mahlzeit. Von Quinn und Mr. Chang war weit und breit nichts zu sehen. Schüchtern und immer noch geschockt betrat ich die Küche. Jedoch versuchte ich, mir nichts anmerken zu lassen. Rose quiekte fröhlich, als sie mich entdeckte, und zappelte unkontrolliert mit ihren Ärmchen.
»Ja, meine Kleine, du bekommst gleich deinen Brei«, sagte Johanna, drehte sich zu ihrer Tochter und bemerkte mich.
»Oh, guten Morgen. Du bist aber früh unterwegs.«

Ich setzte mich an den Tisch, direkt zu Rose. »Ich … war spazieren«, gab ich noch etwas benommen und unsicher von mir. Johanna lächelte mich an. Erst jetzt fiel mir die unglaubliche Ähnlichkeit mit Rose auf. Sie hatten die gleichen Augen, die gleiche Haarfarbe und dieselben Gesichtszüge. Ich wunderte mich, dass mir das nicht schon vorher aufgefallen war. Pustend rührte Johanna in einer kleinen Schüssel den Brei und stellte ihn dann auf den Tisch. Sie achtete darauf, dass die kleinen Fingerchen ihrer Tochter die Schüssel nicht zu greifen bekamen, damit sie sich nicht verbrannte. »Hast du Lust, sie zu füttern?«
»Ich? … Oh, ich weiß nicht, ob ich das kann«, erwiderte ich unsicher.
»Natürlich kannst du das. Es ist überhaupt nicht schwer.« Sie schob die Schüssel in meine Richtung und drückte mir einen kleinen Plastiklöffel in die Hand. »Du musst nur darauf achten, dass der Brei nicht mehr allzu heiß ist.«
Unsicher nahm ich die Schüssel und tauchte den Löffel hinein. Der Brei sah vielleicht nicht unbedingt appetitlich aus, dafür roch er sehr gut. Süß, mit dem Aroma der Vanille und leicht säuerlichem Apfel. Vorsichtig lud ich eine kleine Portion auf den Löffel, pustete kurz und bot ihn der Kleinen an. Sie öffnete brav ihren Mund. Es war wirklich nicht so schwierig, wie ich gedacht hatte.
»Siehst du, du kannst das.«
Rose schluckte und brabbelte munter vor sich hin. Löffel für Löffel fütterte ich sie und spätestens nach der dritten Ladung war meine anfängliche Unsicherheit wie weggeblasen. Es machte sogar Spaß.

»Du machst das sehr gut, Jade«, lobte mich Johanna. Die Schüssel war halb leer, als Rose sich mit spielen ablenkte und sie länger brauchte, bis sie meinen Löffel annahm.
»Ich glaube, sie ist satt!«
»Bring sie dazu, dass sie noch zwei oder drei Löffel isst«, sagte Johanna, während sie Geschirr in der Küche wegräumte.
»Rose! Hey Rosi!« Zu meiner Verwunderung reagierte sie prompt auf meine Rufe. Sie zappelte zwar weiter, doch ich schaffte es, sie mit einem weiteren Löffel zu füttern. Als ich diesen wieder herausnehmen wollte, biss sie auf das Plastik und pustete die Pampe vom Löffel. Der Brei spritzte in mein Gesicht, auf ihr Lätzchen und auf den Tisch.
»Uahhh!«, entfuhr es mir. Rosi kicherte und aus Richtung Küchentür kam ein schallendes Gelächter - tief und rau. Ich hatte Luca noch nie lachen gehört. Erschrocken, dass er mitbekommen hatte, wie der Brei in meinem Gesicht gelandet war, starrte ich ihn mit aufgerissenen Augen an.
»Rosi! Das macht man doch nicht!« Johanna kam zu uns an den Tisch und wischte ihrer Tochter das Gesicht und die Hände sauber. »Ich glaube, sie hat wirklich keinen Hunger mehr.« Luca löste sich breit grinsend von der Tür und schlenderte zu uns an den Tisch. Johanna gab mir ein Küchentuch, damit ich mir die Flecken aus dem Gesicht wischen konnte.
»Hast du etwa auch Brei genascht?«, fragte er, während Johanna die kleine Rose aus ihrem Hochstuhl nahm und mit ihr die Küche verließ. Sein Gesicht war immer noch verschmutzt und die Holzspäne hingen noch in seinen Haaren. Sein Blick war intensiv, genau wie bei unserem

letzten Kuss. Röte schoss mir in die Wangen, als ich daran dachte. Er verunsicherte mich. Schnell konzentrierte ich mich darauf, mein Shirt zu säubern.
»Chang erwartet dich draußen. Er will mit dir trainieren«, sagte Luca leise. »Meinst du es wirklich ernst, dass du nicht mit zu den Padres gehst, wenn ich nicht auch mitkomme?«, fragte er und sah mich eindringlich an.
»Wenn du einen wichtigen Grund hast, warum du nicht mitkommen kannst, dann sag es mir«, gab ich ihm zu bedenken.
»Das ist alles nicht so einfach, Jade.« Er stand auf und ging in der Küche umher.
»Dann erklär es mir.«
Er strich sich nachdenklich durch sein Haar, die Holzspäne lösten sich und fielen zu Boden. »In Ordnung, wir reden heute Abend.« Dann folgte wieder ein langer Blick von ihm, der so viel sagte. Eine tiefe Sehnsucht nach seiner Nähe überkam mich. Doch ich musste mich zurückhalten. Ich durfte dem Gefühl nicht nachgeben. Seine Augen wanderten auf mein Shirt. Ein paar Mal setzte er an und holte Luft, als wolle er noch etwas sagen. Wartend starrte ich auf seinen sinnlichen Mund.
»Dann sollte ich gehen«, sagte ich leise, stand auf und ging hinauf in mein Zimmer. Mit all den Ereignissen würde es schwer werden, mich auf das bevorstehende Training zu konzentrieren. Mal wieder ärgerte ich mich über mich selbst. Ich durfte nicht vergessen, dass er über viele Jahre keine Gefühle empfinden konnte. Da lag es doch auf der Hand, dass es ihm schwerfallen musste. Die Masse an Emotionen, die mit aller Wucht auf ihn einströmten, war bestimmt nicht leicht zu verarbeiten.

Schöne, neue, aber auch schlechte Gefühle berieselten ihn den ganzen Tag, noch dazu befanden wir uns auf der Flucht. Mr. Chang hatte ihm gesagt, dass seine Brüder ihn nun jagen würden. Ich wusste, dass er sie liebte. Seine Brüder waren das einzige Gefühl von Familie gewesen, das er je kennengelernt hatte. Und nun war daraus Hass entstanden.

Noch vor dem Training zwang ich mich, wenigstens eine Banane zu essen, fiel dann aber zum Mittagessen fast über die Mahlzeit her, die Johanna für uns gekocht hatte. Quinn und Mr. Chang waren in einem Gespräch vertieft. Sie unterhielten sich über den steigenden Tourismus der letzten Jahre, über die teuren Lebenshaltungskosten der Inseln und über die Cricket-Nationalmannschaft.
»Tja, ich kann nur sagen, wir können froh sein, dass das Gelände am Flughafen nicht mehr an die US Army verpachtet wird. Dadurch ist unsere Tarnung sicherer.« Mr. Chang nickte und trank einen Schluck Wasser. Ich nahm den letzten Bissen und lehnte mich satt und zufrieden zurück. Johanna war eine gute Köchin, fast so gut wie Agnes. Mit der Serviette wischte ich über meinen Mund und hielt inne. Jemand starrte mich an. Ich sah auf und stellte fest, wie nicht nur die Blicke von den Kindern, sondern auch von Luca auf mir ruhten. Hingen in meinem Gesicht etwa noch Reste? Wie peinlich! Schnell wischte ich mir zur Sicherheit noch einmal über den Mund. Doch als sie immer noch starrten, als wäre ich ein Außerirdischer, sah ich fragend in die Runde.
»Was?« Das Gespräch zwischen Mr. Chang und Quinn unterbrach für einen Moment.
»Meine Güte, du kannst aber viel essen!«, staunte Samuel, was Sebi und Erin kichern ließ. Hatten die mich

etwa die ganze Zeit über beobachtet? Mein Appetit war groß gewesen nach dem Training, sodass ich mich aus dem Gespräch herausgehalten und mich einfach nur auf das Essen konzentriert hatte.
»Wer viel arbeitet, muss viel essen. Samuel, Sebi, Erin, geht euch die Hände waschen«, mischte sich ihre Mutter ein und befreite mich so aus der unangenehmen Situation. Während die Jungs taten, was ihre Mutter verlangte, räumte ich mit Johanna das Geschirr vom Tisch, froh darüber, Lucas Blicken zu entkommen.
»Ich serviere euch den Kaffee draußen auf der Veranda. Während Quinn und Mr. Chang zusammen mit Luca hinausgingen, half ich Johanna in der Küche.
»Du kannst hier bleiben, bis du gehen willst. Ich kann immer eine helfende Hand gebrauchen«, meinte Quinn zu Luca. Mir wurde ganz schlecht, wenn ich nur daran dachte. Ich trug das Tablett hinaus auf die Veranda. Natürlich erstarb in dem Augenblick das Gespräch, als ich die Fliegentür aufstieß, doch ich hatte nicht vor, gleich wieder hineinzugehen. Zu meiner Verwunderung zog Mr. Chang einen Stuhl für mich heran und wies mich an, mich neben ihn zu setzen. Luca starrte in seine Tasse, die er mit beiden Händen umschlungen hielt, während Quinn aus dem Wohnzimmer eine Flasche Whiskey und Gläser holte.
»Es gibt Neuigkeiten, Jade«, sagte Quinn, kippte das eingeschenkte Whiskeyglas in einem Zug und schenkte Mr. Chang, Luca und sich selbst noch einmal nach.
»Was für Neuigkeiten?«
»Morgen geht es los. Wir brechen morgen Nacht auf.«
»Morgen schon? Aber ...« Überrascht und ängstlich blickte ich von Mr. Chang zu Luca. Ich hatte nicht damit gerechnet, dass unsere Reise schon so schnell organisiert

werden könnte. Bedeutete dies, dass Luca ab morgen nicht mehr bei mir sein würde?
»Du und ich fliegen morgen Nacht nach Europa. Johanna wird dir mit der Tarnung helfen. Du bekommst einen neuen Pass und einen neuen Namen.«
Ich war sprachlos, sah von einem zum anderen und wusste nicht, was ich sagen sollte. Einerseits müsste ich froh sein, da ich mehr über Amy, mein Zuhause und vielleicht auch über die Illustris erfahren würde.
»Einen neuen Namen?«
»Ja, nur für die Reise. Du darfst auf keinen Fall erkannt werden. Das würde einfach zu viele Fragen aufwerfen und Morgion auf deine Fährte bringen.«
»Aber sicher weiß er doch, dass ihr versuchen werdet, mich zu den Padres zu bringen«, erwiderte ich und nahm einen Schluck von meinem Kaffee. Quinn und Mr. Chang grinsten sich an.
»Tja, wenn er wissen würde, wo genau unser Hauptquartier ist. Dieses Geheimnis ist ihm bisher verborgen geblieben.«
Quinns Lächeln erstarb sofort, als er Luca ansah. Die Tatsache, dass er ein Taluri war, verunsicherte ihn nach wie vor.
»Keine Sorge, er wird nichts verraten. Habe ich recht, Luca?« Es war das erste Mal seit dem Streit von neulich, dass er ihn direkt ansprach. Luca saß mir gegenüber und ich spürte, wie er mit sich rang. Was hatte das zu bedeuten? Wo wollte er hin? Fassungslos sah ich ihn an und schüttelte leicht den Kopf. »Das glaub ich einfach nicht. Willst du zurück nach Rom? Aber, … die werden dich töten.« Das wäre reiner Selbstmord. Oder wollte er um Gnade winseln, damit Morgion ihn wieder zu dem machte, was er vorher war?

Er stand auf und verließ wortlos den Tisch. Quinn war unter seiner sonnengebräunten Haut bleich geworden und wollte sich erheben, doch Mr. Chang hielt ihn zurück.
»Lass ihn, Quinn. Er muss nachdenken. Ich weiß, wie er sich fühlt und das braucht Zeit. Ich vertraue ihm.«
»Aber er kann doch nicht ernsthaft zurück wollen. Sie müssen das verhindern«, rief ich aufgebracht.
»Ganz ruhig, Jade. Ich werde versuchen, ihn umzustimmen. Ich möchte, dass er mit nach Madrid geht. Aber er muss diese Entscheidung selbst treffen und das ist nicht so einfach.«
»Aber Mr. Chang, wenn er zurückgeht, wird er sterben oder zu einem Taluri werden. Das heißt, er würde mich töten, wenn er mich findet.«
»Ich weiß, seit das Obsensium nicht mehr über ihn bestimmt, werden Erinnerungen in ihm wach, die ihm das Leben schwer machen. Ich habe Jahre gebraucht, um zu verstehen, dass ich zwar Täter, aber auch Opfer war. Er hat nichts im Leben. Keine Familie, keine Freunde, keine Heimat. Es gibt nichts außer die Erinnerungen an ein Leben, das er lieber nicht gelebt hätte.«
»Er weiß aber schon zu viel. Wir können ihn nicht einfach gehen lassen, Naoki«, mischte sich Quinn ein. Ich sah Luca nach, bis er hinter den Büschen verschwunden war.
»Das sehe ich auch so. Wir sollten ihn mitnehmen«, meinte Mr. Chang. Quinn und Mr. Chang sahen mich an. »Wir schaffen das schon, Jade.«
Ich hatte Luca geheilt, hatte ihn aus dem dunklen Nebel befreit und fühlte mich mitverantwortlich für sein Dilemma.
»Wie lange werde ich bei den Padres bleiben?«

»Wir werden sehen, Jade. Dein Fall ist, naja … speziell. Du weißt, was ich meine.«
»Sie meinen meine Ornamente und die Heilung ohne Berührung und die Sache mit der Legende?« Deutlich konnte ich sehen, dass es Mr. Chang nicht gefiel, dass ich so offen und provokant über meine Fähigkeiten sprach.
Er nickte. »Ja, aber bitte tue mir einen Gefallen. Sprich mit niemandem darüber und schon gar nicht mit den anderen Illustris.«
»Warum?«
»Weil … die Mädchen eben Mädchen sind. Es könnte für Streit sorgen und zu Eifersucht führen. Unsere Ärzte wollen dich erst mal in Ruhe untersuchen und herausfinden, warum es bei dir so anders ist.«
Ich kam mir vor wie ein Sonderling und fühlte mich auch so. Ein mulmiges Gefühl machte sich in mir breit. Was erwartete mich dort? Einsamkeit? Wenn ich daran dachte, dass Luca nicht bei mir sein würde, musste ich mich anstrengen, nicht in Panik zu verfallen. Wollte ich das alles über mich ergehen lassen?
»Und wenn ich mich entschließe, nicht zu den Padres zu gehen?« Entsetzt sahen mich Quinn und Mr. Chang an.
»Aber … du musst mitkommen. Nur dort bist du sicher!«, platzte es aus Quinn heraus.
»Das versucht ihr mir die ganze Zeit einzureden, aber ehrlich gesagt, weiß ich nicht, ob ich dort hin will.«
»Um Gottes Willen, Jade. Das meinst du doch nicht ernst, oder? Wo willst du denn sonst hin?«
»Ich weiß noch nicht. Am liebsten würde ich mich mit Luca irgendwo verstecken. Natürlich ist das nicht möglich!«
Mr. Chang kräuselte seine Stirn und sah mich abschätzend an.

»Was soll das, Jade? Luca kann sich nicht um dich kümmern. Er hat genug mit sich selbst zu tun.«
Johanna betrat die Veranda mit einer Tasse Kaffee in der Hand. Mr. Chang hielt seine Augen standhaft auf mich gerichtet und ließ sich von Johanna nicht unterbrechen. Doch so leicht konnten sie Quinns Frau nichts vormachen. Verwundert blickte sie um sich.
»Was ist denn hier los?«
»Es ist nichts, Jo«, beeilte Quinn sich. Doch sie kannte ihren Mann wohl besser. »Quinn, wenn du mich Jo nennst, dann weiß ich genau, dass etwas los ist. Also sag schon.« Unruhig wanderte sein Blick von seiner Frau zu Mr. Chang. Er fühlte sich ertappt und rutschte auf seinem Stuhl umher. »Es ist nichts, worüber du dir Sorgen machen müsstest, Johanna.«
Ich setzte mich aufrecht hin. »Luca hat weder den Spy in sich, noch verfügt er über Kräfte, die ihn zu einer Bedrohung für die Padres machen. Er ist ein Opfer, genau wie die Mädchen, die er getötet hat. Die Padres sollten ihm genauso helfen wie den Illustris. Daher habe ich mich entschieden, wenn Luca nicht mitkommen wird, dann werde ich auch nicht mitgehen, sondern bei ihm bleiben. Ich finde Amy auch ohne euch. Sagen Sie den Padres, dass man ihn normal behandeln soll und nicht wie einen Gefangenen. Das sind meine Bedingungen und den Rest lassen Sie mal meine Sorge sein.«
Damit stand ich auf und im Augenwinkel sah ich, wie ein leichtes Grinsen auf Johannas Lippen zuckte. Mit meinem fordernden Ton hatten weder Quinn noch Mr. Chang gerechnet. Ihm kippte fast die Kinnlade herunter und Mr. Chang kratzte sich fragend am Kopf. »Das ist die Idee, Jade. Mit dieser Forderung könnten wir ihn umstimmen«, sprach Mr. Chang laut seine Gedanken aus.

Kapitel 4

Lehnte ich mich zu weit aus dem Fenster? Hatte ich überhaupt ein Recht, etwas zu verlangen? Ich kannte die Antwort nicht, doch für mich stand fest, wenn die Padres mich haben wollten, mussten sie Luca akzeptieren und nicht wie einen Feind behandeln.
Ich lag in meinem Bett und starrte an die Decke. Meine Gedanken wollten sich einfach nicht abschalten lassen. Was hatte Luca für Pläne? Nie hatte er ein Wort darüber verloren und mein Gefühl sagte mir, ich sollte dringend mit ihm reden. Er wollte sich mit mir heute Abend treffen und dann könnte es zu spät sein. Ich musste jetzt zu ihm.
Ich setzte mich auf. Das Beste wäre, es sofort zu klären. Ich musste herausfinden, was er eigentlich will. In dem Moment, als ich meine Schuhe anzog, klopfte es an meine Tür.
»Jade, ich bin‘s. Kann ich rein kommen?«, fragte Johanna.
Ich überlegte kurz, doch schon stand Johanna mit einem Karton in meinem Zimmer. Sie lächelte sanft und gab mir gleich das Gefühl, dass sie nicht böse auf mich war. Im Gegenteil, seit ich ihr Grinsen gesehen hatte, war ich überzeugt, dass sie mich verstand.
»Geht es dir gut?«, fragte sie und schloss die Tür hinter sich. Leise ging sie zu meinem Bett und stellte den Karton ab. Sie beobachtete mich, wie ich das Fenster schloss und mich zu ihr umdrehte.
»Ja, es geht mir gut.«

»Ich habe hier ein paar Sachen für dich.« Sie nahm den Deckel des Kartons ab. Eine blonde Perücke, schwarzer Stoff und mehrere Pässe kamen zum Vorschein.
»Die Frage ist, ob du diese hier tragen willst, oder ob wir dein Haar schneiden.« Sie nahm die Perücke und zupfte die einzelnen Strähnen zurecht. Nie im Leben hätte ich weder eine solche Haarfarbe, noch so einen Schnitt für mich selbst ausgesucht. Die Frisur war ein kinnlanger Bob, der durch den vollen Pony eher zu einer Geschäftsfrau gepasst hätte. Amy wäre entzückt gewesen. Sie liebte es, sich zu verkleiden, das blonde Teil hätte sie begeistert. Aber ich war da eher der sportliche Typ. Johanna übergab mir das falsche Haar, nahm den schwarzen Stoff aus dem Karton und hielt ihn mir hin. Ich betrachtete das schwarze Kostüm, dessen Rock meiner Ansicht nach viel zu kurz und zu eng geschnitten war. Das war also mein Reiseoutfit? Ich pustete schwerfällig meinen Atem aus und zog meine Augenbrauen in die Höhe. Begeistert war ich nicht.
»Keine Sorge, wenn du die Perücke nicht willst, können wir dein Haar auch färben.«
Färben? Heiliger Bimbam, dann müsste ich ja dauerhaft so herumlaufen. Auf keinen Fall! Ich mochte mein Haar so wie es war. »Weder schneiden, noch färben. Falls ich zu den Padres gehe, dann mit dieser Perücke«, meinte ich entschlossen und zeigte auf das blonde Ding in ihren Händen.
Johanna sah mich eine Weile an und schob dann den Karton auf die Seite. Sie setzte sich auf mein Bett und klopfte mit ihrer Handfläche auf den freien Platz neben sich. »Komm, lass uns reden.«
Ich zögerte erst. Sie wollte mir bestimmt klarmachen, dass es sinnlos war, Forderungen an die Padres zu stellen

und dass ich mit Mr. Chang allein nach Madrid reisen sollte. Doch dann setzte ich mich schließlich und sah sie erwartungsvoll an.
»Du hast mit deiner Bedingung für eine Menge Aufregung gesorgt, meine Liebe. … Er ist dir wichtig, nicht wahr?«
Meine Gefühle für ihn sollte ich jetzt nicht offenlegen, aber es fiel mir schwer, diese zu verbergen. »Er ist genau wie ich in Gefahr. Er hat mir mehrmals das Leben gerettet, hat für mich alles aufgegeben. Irgendwie bin ich ihm etwas schuldig.«
Johanna nickte wissend. »Aber da ist noch mehr, stimmt‘s?«
Ich senkte meinen Blick und nickte. Sie wusste, dass ich mehr empfand, als nur diese Schuldigkeit.
»Und will er auch zu den Padres?«, fragte sie leise.
Wie weit konnte ich ihr vertrauen? Sie kam mir so mütterlich vor. In so vielen Dingen erinnerte sie mich an Agnes.
»Ich weiß es nicht. Ich wollte ...«
»Sieh mal Jade«, unterbrach sie mich, »vor ein paar Tagen noch, war er ein Taluri. Dazu erzogen, Mädchen wie dich zu töten. Er hat fast sein ganzes Leben in Rom verbracht. Er weiß Dinge, die den Padres vielleicht helfen können. Kannst du dir vorstellen, wie wichtig er für sie sein könnte?«
Verblüfft sah ich sie an. Was wollte sie mir damit sagen?
»Schau nicht so überrascht. Ich bin auf deiner Seite und blind bin ich auch nicht. Man sieht es euch beiden an. Ihr seid verliebt. … Er ist noch so durcheinander, verwirrt und weiß nicht genau, was nun richtig und falsch ist. Das muss er erst noch herausfinden. Sein Leben lang hat man ihm eingebläut, dass die Padres und die Illustris Feinde

sind. Und plötzlich verliebt er sich ausgerechnet in die größte Feindin. Was glaubst du, wie er sich fühlen mag? Er will dich schützen, zumindest hat er das die ganze Zeit über getan. Jetzt, wo er erfahren hat, dass er sein Leben lang für die falsche Seite gekämpft hat, traut er niemandem, wahrscheinlich noch nicht einmal sich selbst.«

Ihre Worte leuchteten mir ein, doch ich verstand immer noch nicht, was sie mir damit sagen wollte.

»Worauf willst du hinaus?«

»Sieh mal, du bist etwas Besonderes und keiner weiß genau, wozu du wirklich fähig bist. Noch dazu ist Luca ein Ex-Taluri, der über ein beachtliches Wissen verfügt. Ihr beide seid wertvoll und du solltest dich nicht von deinem Weg, diese Forderungen, die du gestellt hast, abbringen lassen. Es wird Zeit, dass der Rat und seine Professoren von ihren Regeln abweichen und offener werden.«

Sagte sie das wirklich? Ich konnte es nicht fassen, dass Johanna mir wirklich Mut zusprach, mich gegen die Padres durchzusetzen.

»Warum sagst du mir das?« Ihr Lächeln wurde breiter.

»Nenn es weibliche Intuition. Ich kann es dir nicht genau sagen, aber eines weiß ich genau, es gibt einen Grund, warum alles so ist, wie es ist. Dir sind wirklich schlimme Dinge widerfahren. Du hast fast deine ganze Familie verloren und trotzdem habe ich noch nie eine Illustris gesehen, die so viel Stärke und Kampfgeist besitzt wie du.«

Sah sie mich so? Stark und kämpferisch? Ich empfand mich eher als depressiv, langweilig und schwach. Auf jeden Fall alles andere als stark.

»Mach dir keine Sorgen, Mr. Chang wird den Padres deine Forderungen so mitteilen, dass ihnen klar wird, was sie verpassen, wenn sie ablehnen und dass sie zu schätzen wissen, was sie bekommen. In ein paar Stunden wissen wir mehr.« Ich spielte mit der Perücke in meiner Hand und nickte.
»Das solltest du Luca aber noch klar machen. Er muss wissen, dass er sich und dich nicht opfern muss. Rede mit ihm. Du findest ihn unten am Strand. Er repariert eines unserer Boote«, sagte sie augenzwinkernd.
Sie hatte Recht, ich sollte wirklich nicht länger warten und mit ihm sprechen. Johanna erhob sich, nahm mir das blonde Kunsthaar aus der Hand und legte alles wieder sorgfältig in den Karton zurück. »Darum kümmern wir uns später.«

Sie ließ mich allein. Natürlich, Johanna hatte mir die Augen geöffnet. Den Padres gegenüber war ich absolut in der Lage, Forderungen zu stellen. Sie wollten schließlich auch etwas von mir. Wer wusste schon, was für Gerätschaften oder Versuche auf mich dort warteten. Ich sah mich schon auf einem Stuhl sitzen, neben mir eine Maschine, mit der ich durch verschiedene Kabel und Schläuche verbunden war. Ein Schauer lief mir den Rücken hinunter. Schnell schob ich diese Horrorversion beiseite, öffnete die Tür und machte mich auf den Weg zum Strand.
Mittlerweile ging die Sonne unter und der Horizont färbte sich rötlich. Die Wolkendecke war am Nachmittag aufgerissen und der erhoffte Regen blieb aus. Mein T-Shirt und meine kurze Hose klebten an mir, so schwül war es.

Ich verließ das Haus und lief zielstrebig den Weg an der Villa vorbei, hinunter zur Bootsanlegestelle. Ich sah ihn schon von Weitem, wie er mal wieder mit freiem Oberkörper an einem kleinen Holzboot arbeitete.
»Luca!«, rief ich nach ihm. Er sah auf. »Können wir jetzt reden?«
»Was ist los? Ist etwas passiert?«
»Nein, nein! Ich will nur nicht bis heute Abend warten. Wir müssen uns jetzt unterhalten.«
»Jade, ich ...«
»Bitte, Luca. Es ist mir sehr wichtig.«
Er fuhr mit seiner Hand durch sein Gesicht. Er sah müde aus.
»In Ordnung. Lass uns dort in den Schatten der Palme sitzen«, gab er schließlich nach. Ich folgte ihm, zog meine Schuhe aus und lief barfuß durch den Sand. Luca ging ans Wasser, wusch sich den Schweiß vom Gesicht und fuhr sich mit den nassen Händen durch sein Haar. Er setzte sich neben mich und sah auf das Meer. Hellblau und paradiesisch leuchtete das Wasser. Die kleinen Wellen brachen sich leise, während ich versuchte, einen klaren Gedanken zu fassen. Wie sollte ich ihm begreiflich machen, dass ich bei ihm bleiben würde, egal wie die Padres sich entschieden?
»Ich habe die Forderung gestellt, dass ich ohne dich nicht zu den Padres gehen werde.«
»Du hast was … ?« Perplex sah er mich an. Die Überraschung stand ihm deutlich ins Gesicht geschrieben. »Du bist eine Illustris. Du kannst nicht einfach entscheiden, nicht zu den Padres zu gehen.«
»Sagt wer?«
»Na, …« Er überlegte und schüttelte den Kopf.
»Luca, hör mir bitte zu.»

»Nein, jetzt hörst du mir zu, Jade. Ich passe nicht zu den Padres. Wenn ich dort wäre, würde ich ständig daran erinnert werden, was ich wirklich bin. Außerdem, was glaubst du wohl, was die mit mir machen? Meinst du, sie feiern eine Party? Nein Jade, ich bin ihr Feind und das wird sich nicht ändern. … Ich muss mir klar werden, was ich mit meinem Leben anfangen soll. Ich weiß noch nicht einmal, ob meine Eltern noch leben, ob ich Geschwister habe, eine Familie oder ein Zuhause, verstehst du?«
»Aber wenn du zurückgehst, dann … werden wir nicht zusammen sein.« Meine Lippen bebten.
»Ich frage mich schon die ganze Zeit, ob es überhaupt Sinn macht, Jade. Was hast du davon, wenn wir zusammen sind? Es wäre nicht gut für dich. Ich bin nicht gut für dich.«
In meinem Bauch schlugen die Hitzewellen über. Abrupt stand ich auf und sofort wich das Grün, das durch meine Aufregung und meine Unsicherheiten aus mir drang. Rot pulsierte nun wütend aus meinem Körper. Selbst meine Wangen fingen an zu glühen.
»Jetzt reicht es mir aber! Wieso glauben immer alle, über mich und mein Leben entscheiden zu dürfen? Verdammt! Du kannst doch gar nicht wissen, was gut für mich ist. Ich bin es, die darüber entscheidet, nicht du. Hast du vergessen, was uns verbindet? Hast du vergessen, wie gut es sich angefühlt hat, als wir uns das erste Mal geküsst haben? Ich weiß, dass es dir genauso ergeht, Luca.«
Er stand auf und stemmte seine Hände in die Hüften. Eine kleine Falte hatte sich zwischen beiden Augenbrauen gebildet und ernst sah er mich an.

»Nein, das habe ich nicht vergessen«, sagte er genauso aufgebracht, »du bist eine Illustris und solltest dich nicht mit mir einlassen.« Jetzt schrie er mich an und ich wich einen Schritt zurück. »Wieso machst du es uns beiden denn so schwer?« Er schloss für einen Moment seine Augen und warf seinen Kopf nach hinten. Mutig trat ich einen Schritt in seine Nähe. Meine innere Glut erstarb langsam und ein wohliger Schauer durchfuhr mich. Ich sehnte mich so sehr nach seinen Armen. Ich wünschte, er würde mich festhalten. Dieses Gefühl von Geborgenheit vermisste ich schmerzlich, besonders in diesem Augenblick.

»Weil ich dich brauche, Luca. Mit dir fühle ich mich stark genug, das alles auszuhalten. Ich weiß, dass ich etwas in dir auslöse, das dir fremd ist. Für mich ist es auch das erste Mal, dass ich so … tief empfinde. Aber es ist gut, … es ist schön. Ich will all diese Gefühle und noch mehr. Ich will alles von dir wissen. Mich interessiert, was du denkst. Ich will mit dir reden, mit dir schweigen, einfach mit dir zusammen sein. Damals im C.O.B durften wir uns nicht zu nahe kommen, aber dieser eine Augenblick damals, den wir hatten, der verband mich mit dir. Nie war ich dir näher gewesen. Kannst du dich daran erinnern?«

Er nickte leicht und mein Herz pochte wild in meiner Brust. Ich ging noch weiter auf ihn zu, bis ich schließlich direkt vor ihm stand und in seine braunen Augen blickte. Ich sah Feuer in ihnen aufleuchten. Sanft legte ich meine Hand auf seine linke Brust.

»Schließ deine Augen und sag mir, was fühlst du jetzt, genau in diesem Augenblick.«

Ich spürte, wie sein Herz genauso schnell schlug wie meins. Seine Mundwinkel zuckten und tatsächlich schloss er seine Augen.
»Ich habe Angst, Mea Suna«, brach es aus ihm heraus. Es war kaum mehr ein Flüstern, was über seine Lippen kam. Ich nahm seine Hand und legte sie auf meine Brust.
»Ich habe auch Angst. Aber, was ist da noch?«
Es dauerte eine Weile. Er schien tiefer in sich zu gehen und das, was er wahrnahm, versuchte er zu beschreiben.
»Es ist warm, genau an der Stelle, wo deine Hand jetzt ist. Und … ich möchte … mehr.«
Ein kurzes, erleichtertes Gluckern entfuhr mir. »Ja, weiter ...«, flüsterte ich.
»Ich will dich überall berühren, obwohl ich weiß, dass es für mich verboten ist. Ich will … dich ständig ansehen. Ich mag deinen Duft und deine Haare. Ich mag es, wie du dich bewegst und ich will … dich für mich allein. Ich will dich lachen hören, ich will sie alle töten, die dir das angetan haben. Ich will dich.«
Es gab nichts mehr, was ich wissen musste. Er hatte all die Dinge gesagt, die wichtig waren. Ich fuhr mit beiden Händen über seine Brust hinauf zu seinem Hals, ohne dass ich dabei die Augen öffnete. Ich spürte ihn ganz nah bei mir und ich konnte nicht anders und zog ihn zu mir herunter. Jetzt nahm ich seine Wärme wahr und sog seinen Duft tief ein. Berauscht von seiner Nähe öffnete ich ein klein wenig meinen Mund und nahm seine Lippen zwischen meine. Jetzt spürte ich seine Hände auf meinem Rücken. Sanft presste er mich an sich. Wir beide gaben uns den Wellen unserer Gefühle hin, genossen den Augenblick und vergaßen alles um uns herum. Millionen Augenblicke später beendete er den Kuss, sah mir in die Augen und strich mit seinem

Daumen über meine Lippen. »Dieses Gefühl ist Wahnsinn, Jade!«
Unfähig, etwas zu erwidern, nickte ich nur und hielt seinem Blick stand. Es war wirklich Wahnsinn, dieses Gefühl. Schmetterlinge flogen in meinem Bauch umher und dieser kleine Funken konnte nur er zu einem Inferno wachsen lassen. Ich war vollkommen überzeugt davon, aus diesem Schlamassel einen Ausweg zu finden.
Sein Blick wurde wieder etwas sachlicher, dennoch hielt er mich weiter in seinen Armen. »Was macht dich so sicher, dass die Padres deine Forderung akzeptieren werden?«, wollte er schließlich wissen. Innerlich triumphierte ich.
»Ich weiß es einfach. Vertrau mir.«
Eine Weile sah er mich an und küsste meine Nasenspitze.
»Okay, Jade! Du hast gewonnen. Wenn sie es zulassen, werde ich dich begleiten.«

Seit langer Zeit fühlte ich mich endlich erleichtert und bestärkt. Mit Lucas Zusage, bei mir zu bleiben, fiel mir ein so großer Stein vom Herzen, dass ich glaubte, diesen tatsächlich fallen zu hören. Jetzt hieß es nur noch abwarten, was die Padres de Luz dazu sagten. Ehrlich gesagt konnte ich mir nicht vorstellen, dass sie sich weigerten, Luca bei sich aufzunehmen.
Die Atmosphäre beim Abendessen war angespannt. Johanna und die Kinder sorgten durch kleine Witze für Gekicher am Tisch, doch Quinn schien mit seinen Gedanken ganz woanders zu sein. Finster sah er seine Frau an, die beiden mussten sich gestritten haben, so plump, wie sie ihm seine Portion auf den Teller knallte. Ihr Blick war kalt. Als sie mich sah, schaltete sie ihre

Maske auf Lächeln um, das wirklich sehr aufgesetzt wirkte. Seit dem Gespräch auf der Veranda war Mr. Chang verschwunden. Anfangs dachte ich noch, er würde einen Spaziergang machen, doch als er zum Abendessen immer noch nicht auftauchte, wusste ich, dass er wegen mir unterwegs war.
Quinn ließ Luca nicht aus den Augen. Auch mir gegenüber verhielt er sich zurückhaltend. Und als Johanna und ich die Küche aufgeräumt hatten, und sie ihre Kinder zu Bett brachte, wurde die Anspannung am Tisch fast greifbar. Niemand sagte etwas. Luca und ich tauschten fragende Blicke aus. Schließlich hielt ich dieses Schweigen nicht mehr länger aus. Krampfhaft suchte ich nach einem Anfang.
»Wo ist Mr. Chang denn so lange?« Sofort waren alle Augen auf mich gerichtet. Quinn lehnte sich zurück und verschränkte seine Arme. »Er ist unterwegs und teilt den Padres deine Ansprüche mit.« In seinem Ton hörte ich deutlich sein Missfallen darüber.
»Meine Ansprüche? Ich denke nicht, dass man das so nennen kann. Es ist mehr … eine Bitte.«
»Eine Bitte?«, rief er verächtlich. »Glaubst du wirklich, dass die Padres sich darauf einlassen? Ich habe nichts gegen dich und deinen Freund, aber trotzdem bringt das alles ein gewisses Risiko mit sich. Und ehrlich gesagt finde ich es ungeheuerlich, dass du versuchst, deine Gabe dafür auszunutzen.«
»Ich nutze meine Gabe aus?«
»Ich verstehe euch Mädchen einfach nicht. Ihr solltet dankbar sein.«
Was waren das denn für Töne? Sicherlich galten die Padres als eine gute Organisation, die versuchten, den Mädchen zu helfen.

»Du kannst dich glücklich schätzen, dass Naoki und meine Frau dich offensichtlich mehr verstehen können als ich«, sagte Quinn tonlos. So feindselig wie jetzt war er noch nie zu mir gewesen und ich wunderte mich über seine Worte. Verärgert lehnte ich mich an den Tisch und sah ihn abweisend an.
»Ehrlich gesagt ist es mir scheißegal, ob Sie mich verstehen oder nicht. Ich bin nicht scharf auf diese Gabe, auch auf die Padres nicht. Das alles bringt nur Angst und Tod mit sich«, gab ich schnippisch zurück.
Erstaunt blickte Quinn mich an. »Was redest du da? Du bist gesegnet mit Fähigkeiten, die der Menschheit helfen kann. Du könntest großartige Dinge vollbringen. Und das Einzige, was dir einfällt, ist, so abfällig darüber zu sprechen?« Er war entrüstet und vielleicht auch enttäuscht über meine Haltung.
»Meine Schwester und ich wurden nicht darauf vorbereitet. Unser Haus, unsere Familie und fast alles, was wir liebten ist für immer zerstört. Nie wieder können wir in unser früheres Leben zurück. Meinen Sie wirklich, ich könnte etwas Gutes daran finden, eine Illustris zu sein?« Erinnerungen kamen hoch. Bilder, wie mein Zuhause in die Luft flog, wie Tom vor meinen Augen zusammenbrach und wie Alegras toter Körper mit abgetrenntem Kopf auf dem Fußboden im Badezimmer lag und wie verzweifelt Onkel Finleys Blick auf mir ruhte, als er mich bat, ihn zu heilen. Nein! Ich konnte nichts Positives aus dieser Sache ziehen.
Quinn schüttelte über meine Worte den Kopf. »Du musst über den Rand des Tellers schauen, Jade. Du wirst bei den Padres viel lernen und dann wirst du anders darüber denken.«

Gerade wollte ich einen bissigen Kommentar dazu abgeben, als Mr. Chang das Haus betrat. Fast zeitgleich kam auch Johanna in die Wohnküche.
»Er ist zurück«, rief sie und wir alle sahen ihn erwartungsvoll an, als er die Tür hinter sich schloss. Sein Hemd war durchtränkt von Schweißflecken und seine Stirn glänzte. Die Schwüle machte ihm zu schaffen. Müde setzte er sich zu Quinn und Luca an den Tisch, während Johanna ihm ein Glas Wasser und sein Abendessen reichte.
»Und? Hast du eine Antwort erhalten?«, fragte Quinn neugierig.
Mr. Chang nickte, nachdem er das Glas in einem Zug geleert hatte. Luca und ich tauschten Blicke aus und ich konnte es kaum erwarten, bis er endlich zu sprechen anfing. Aus Lucas Miene war nichts zu deuten. Ich fragte mich, ob er insgeheim hoffte, dass die Padres meine Forderungen ablehnten.
»Die Padres de Luz sind einverstanden«, sagte Mr. Chang in die angespannte Stille. Sekundenlang starrten wir ihn an und Quinn schüttelte ungläubig den Kopf.
Innerlich hüpfte ich im Kreis und jubelte über meinen Sieg. Äußerlich ließ ich mir nichts anmerken, ein zufriedenes Blau strömte aus mir.
»Allerdings … «, Mr. Chang machte eine kleine Pause und räusperte sich. »Sie stellen Bedingungen.«
»Und die wären?« Ausdruckslos musterte ich Mr. Chang und egal welche Antwort er ihm geben würde, Luca schien mit allem zu rechnen.
»Sie erwarten deine vollkommene Kooperation.«
Luca grinste verächtlich.
»Was bedeutet das?«, fragte ich und plötzlich hatte ich kein so gutes Gefühl mehr.

»Es war doch klar! Sie wollen von ihm profitieren und alles wissen. Macht euch keine Sorgen. Luca soll ihnen einfach alles erzählen, was er weiß«, mischte sich Johanna schnell ein. Die Art, wie sie es sagte, ließ mich aufhorchen und ich wusste, sie wollte die Forderung der Padres schmälern. Luca wusste es. Jetzt verstand ich sein Grinsen. Er wusste, es würde nicht angenehm werden und ich fragte mich, mit welchen Methoden sie ihn zum Sprechen bringen wollten.

»Sie garantieren dir Schutz, Unterkunft und medizinische sowie psychologische Behandlung, wenn du dies wünschst.«

Es folgte ein langer Blick und schließlich nickte Luca einverstanden. Damit war die Sache endgültig entschieden. Morgen Nacht führte uns unsere Reise nach Madrid, zu den Padres de Luz.

Kapitel 5

Luca

In dieser Nacht, wie in all den vergangenen Nächten, schlief sie sehr unruhig. Doch diesmal hörte ich sie wimmern. Genau wie ich, träumte sie von den blutigen Bildern, die sie gesehen hatte. Und in dieser Nacht würde ich zu ihr gehen, sie aus dem Albtraum aufwecken. Mitleid durchflutete mich und ließ mich nicht länger ruhig in meinem Bett liegen.
Durch die Verbindungstür betrat ich leise ihr Zimmer. Der Mond schien hell, sodass ich ihre Umrisse im Bett erkennen konnte. Dort lag sie. Das Mädchen, das mich aus meinem Albtraum befreit hatte und mir einen neuen schenkte. Mit ihrem Kuss hatte sie das letzte Obsensium in meinem Blut endgültig zerstört, welches die Erinnerung an meine Taten verschleiert hatte.
Nacht für Nacht drangen nun die Bilder und die Schreie der Mädchen so laut zu mir, dass ich glaubte, es nicht länger ertragen zu können. Ich war jetzt fähig etwas zu empfinden, meine schrecklichen Taten brannten sich in meine Gedanken. Ich sah die Qualen, die ich den Illustris antat, aber auch die Grausamkeit, zu der viele von uns verdammt waren. Ich musste lernen, es auszuhalten. Tagsüber lenkte ich mich mit Arbeit ab, nachts jedoch war es fast unerträglich.
Leise ging ich an ihr Bett und schaltete das kleine Nachtlicht ein. Ihr Kopf schlug hin und her und ihre Atmung ging viel zu schnell. Ihr nasses Haar klebte an ihrer Stirn und Schläfe.
»Jade!«, sagte ich sanft und rüttelte sie vorsichtig. »Jade, wach auf! Du träumst!«

»Was?« Sie schlug ihre Augen auf. Erst nach und nach begriff sie, dass sie geträumt hatte. Verwirrt, aufgewühlt und den Tränen nahe, wanderten ihre Pupillen suchend hin und her, bis sie wieder klarer wurde. Verschlafen wischte sie sich über ihre Augen.
»Du hast geträumt«, wiederholte ich leise. Sie fuhr sich durch ihr Haar und setzte sich auf. »Wie viel Uhr ist es?«
»Kurz nach drei. … Du hast gewimmert, da dachte ich, ich sehe mal nach dir.« Ich reichte ihr ein Glas Wasser. »Geht es wieder?« Sie nickte. Mein Herzschlag erhöhte sich und es wäre wohl besser, wenn ich sie wieder schlafen ließ. Eine merkwürdige Spannung hing in der Luft, während sie mich ansah.
»Also, dann versuche noch etwas zu schlafen« Gerade wollte ich ihr Zimmer wieder verlassen, als sie mich leise rief.
»Luca!«
»Ja?« Ich drehte mich zu ihr um.
»Kannst du … kannst du bei mir bleiben?« Wie ein verängstigtes Kind sah sie mich an und ich wusste, ich würde nicht nein sagen können.
»Bitte, nur diese Nacht. Ich …«
Wie konnte ich ihr diese Bitte abschlagen? Ich kannte dieses Gefühl, nach einem Traum alleine wach zu liegen.
»Wenn du das möchtest!«
Ein zufriedenes und entspanntes Lächeln erschien in ihrem Gesicht. Sie rutschte und machte Platz für mich. Ich legte mich zu ihr und sorgte dafür, dass sie ganz zugedeckt war. Wir lagen uns gegenüber und sahen uns an. Im Stillen bewunderte ich, wie schon so oft, ihre Schönheit. Ihr langes dunkles Haar, ihre makellose Haut

und ihre strahlend blauen Augen, in denen ich mich verlieren konnte.
»Was ist eigentlich mit Gavin? Vermisst du ihn?«, flüsterte sie nach einer Weile. Ich stützte mich auf meine Ellenbogen.
Gavin, meine Maori-Krähe. Lange hatte ich sie nicht mehr gesehen. Ich musste sie bei der Flucht aus Bayville zurücklassen.
»Er wird wieder in Rom sein, vermute ich.«
»Was geschieht jetzt mit ihm?«
»Wenn ich ehrlich bin, weiß ich das nicht so genau. Wenn ein Taluri stirbt, dann folgt die Maori einem Signal, das von einem meiner Brüder gesendet wird. Und falls sie kein Signal bekommt, kann sie erstmals ihr Vogelleben genießen, bis sie aufgespürt wird.«
Die letzten Bilder, die Gavin mir geschickt hatte, waren Aufnahmen vom Grundstück in Bayville gewesen. Er war mein ständiger Begleiter, ein Spion, der mir half, meine Aufträge auszuführen. Halb Maschine, halb Tier. Für mich war er mehr gewesen als nur ein Arbeitsmittel. Er war mein Freund. Ich kannte seine Vorlieben und seine Abneigungen. Er konnte gefährlich sein, doch in Wahrheit besaß er ein sanftmütiges Wesen.
»Wirst du ihn je wiedersehen?«
Ein leichter Schmerz durchfuhr mich. Es tat weh.
»Nein! Das darf ich nicht. Ich darf ihn niemals wieder in meiner Nähe wissen. Ich habe zwar keinen Spy mehr, doch die Bilder, die er von mir einfangen könnte, würden so nach Rom gelangen.«
»Damit wärst du dann in Gefahr«, erkannte sie richtig.
Gavin niemals wieder zu sehen, machte mich traurig. Ähnliche Gefühle verursachte Jade bei mir, nur dass diese viel stärker waren und mich überwältigten. Den

Gedanken, sie zu verlieren, konnte ich nicht ertragen. Verdammt! Niemals hätte ich gedacht, dass mein Leben so kompliziert werden würde.
Sie rückte ein wenig näher zu mir und kuschelte sich an mich. Ich spürte ihre Körperwärme, die mich sofort auf andere Gedanken brachte. Dazu strömte ihr süßer Duft in meine Nase. Ich konnte nicht anders, ich musste sie berühren. Mein Finger streichelte ihre Schulter, malte langsam unsichtbare Kreise. Sie schloss kurz ihre Augen. Eine Gänsehaut bildete sich auf ihrem Arm.
Zögernd streckte sie mir ihr Gesicht entgegen, ihre vollen Lippen waren verlockend. Sie war die reinste Versuchung und nur allein mit ihrer Geste, wie sie mir ihre Lippen anbot, schmolz mein Widerstand dahin. Sanft legte ich meine Lippen auf ihre. Sie waren weich und schmeckten süß. Ein Schauer fuhr durch meinen Körper, als ich mit meiner Zunge über ihre Lippen fuhr. Ein leises Stöhnen entfuhr ihr und mein Körper reagierte sofort darauf.
»Jade, wir sollten nicht ...«, flüsterte ich, mit meiner Beherrschung ringend. Sie sah mir in die Augen und ich las darin die Enttäuschung. Doch ich wollte nicht, dass sie es bereute. Sie war durcheinander und ich wollte ihre Situation nicht ausnutzen.
Schon am Strand schaffte ich es mit letzter Kraft, von ihr zu lassen und Gott allein weiß, wie schwer es mir gefallen war. Sie seufzte tief.
»Versuch zu schlafen, Mea Suna.« Ich streichelte ihren Arm bis ihr Atem leise und gleichmäßig ging. Sie war eingeschlafen. Ruhig blieb ich neben ihr liegen und genoss den Frieden, der sie umgab. Sie war eine Kämpferin und es erstaunte mich jedes Mal aufs Neue, wie sie nach allem, was ihr widerfahren war, stur blieb,

um die zu schützen, die ihr am Herzen lagen. In vielen Dingen war sie mir ähnlich. Sie war gerissen, klug und unerschrocken. Und ich zweifelte keinen Augenblick daran, dass sie ihre Schwester finden würde. Selbst die Padres de Luz konnte sie bezwingen. Sie hatte Macht, derer sie sich noch nicht voll bewusst war. Doch ein fahler Geschmack blieb. Sie sah in mir den Mann, der an ihrer Seite gegen das Böse kämpfte. Ich spürte deutlich, wie dunkel und verdorben meine Seele immer noch war. Nichts konnte sie daran ändern. Nicht einmal ihr heilender Nebel vermochte dies. Der Teufel, der mein ganzes Leben beherrschte, hatte sich um meine Seele gelegt und versuchte, mich in die Knie zu zwingen. Genau wie sie träumte ich Nacht für Nacht von dem vielen Blut, das durch meine Hände geronnen war, die Schreie und die Augen derer, die den kalten Stahl meines Schwertes gespürt hatten, bevor ich ihnen die Kehle durchschnitt. So intensiv waren die Emotionen, die mich ständig begleiteten.

Sie verstand nicht, wenn sie sagte: "Du bist frei, Luca!", dass ich noch genauso gefangen war und es für mich keinen Ausweg gab. Sie hatte keine Ahnung, welch grausame Geheimnisse hinter den Mauern von Rom lauerten. Und ich wollte auch nicht, dass sie es je erfuhr. Ihre Seele war rein und blütenweiß und ich wünschte mir so sehr, sie an einem Ort zu wissen, an dem sie glücklich war. Das Versprechen, das ich ihr gab, würde ich halten. Ich würde mit ihr kommen und versuchen, Amy zu finden. In diesem Zuge würde ich meinen Durst nach Rache löschen.

Kapitel 6

Eine merkwürdige Stimmung hing den ganzen Tag schon in der Luft. Die Anspannung wegen unserer Abreise schwebte über uns. Selbst die Kinder spielten heute leiser als sonst. Johanna stand den ganzen Vormittag in der Küche und kochte. Mit einem besonderen Abendessen wollte sie sich von uns verabschieden. Quinn und Mr. Chang gingen mit mir stundenlang die Details durch. Nichts überließen sie dem Zufall. Meine neue Identität legte sich wie eine zweite Haut auf mich nieder.

»Name?«, fragte Mr. Chang.

»Lynn Bakerfield«, gab ich monoton zur Antwort.

»Wohnort?«

»New York.«

»Dein Reiseziel?«

»Ich besuche meinen Vater, John Bakerfield. Er erwartet mich in Madrid.«

»Wie alt bist du?«

»Zwanzig. Ich wurde am 24.06.1993 in New York/Manhattan geboren.«

Die Befragung ging schon über Stunden. Mr. Chang erwartete von mir Perfektion. Die Antworten sollten wie im Schlaf über meine Lippen kommen. Nur für den Fall, dass man mich am Flughafen festhalten würde.

»Wir reisen getrennt. Luca und ich werden zwar in der gleichen Maschine wie du sitzen, doch wir werden uns nicht kennen. Hörst du, Jade? Du darfst uns noch nicht einmal ansehen.«

Nickend sah ich Mr. Chang an. Seine Anspannung war ihm deutlich anzumerken. Immer wieder im Laufe des

Tages überfiel er mich fast mit seinen Fragen, auf die ich sofort die richtige Antwort geben sollte. Ständig zupfte er sein Hemd glatt und strich unsichtbare Fusseln weg. Das tat er sonst nie.

»Am Flughafen in Madrid wirst du erwartet. Eine Frau wird dich in Empfang nehmen. Folge ihr! Sie führt uns wieder zusammen.«

»Und woran erkenne ich sie? Der Flughafen ist bestimmt nicht klein. Er wird voller Menschen sein.«

»Richtig. Angela ist eine Nonne und sie wird ein Schild hochhalten, auf dem dein Name steht.«

»Und wie komme ich zum Flughafen?«

Mr. Chang sah auf seine Uhr. »In circa fünf Stunden wirst du von einem Boot abgeholt. Luca und ich folgen ein paar Minuten später. Du brauchst keine Angst zu haben, das sind alles Leute der Padres. Du musst dich nur an das halten, was ich dir gesagt habe. … In Madrid wirst du dich so normal wie möglich verhalten. Schau immer geradeaus und verhindere Gespräche mit Beamten oder anderen Personen. Ich werde immer in deiner Nähe sein. Je schneller wir das Flughafengelände dort verlassen, desto besser.«

Luca blieb wie auch an den vergangenen Tagen verschwunden. Wahrscheinlich verausgabte er sich beim Holz hacken. Erst zum Abendessen sah ich ihn wieder. Ein Lächeln überzog seine Lippen, als sich unsere Blicke trafen und das warme Gefühl breitete sich in mir aus. Die Kinder schafften es sogar, ihn zum Lachen zu bringen. Nach dem Essen verabschiedeten wir uns von ihnen, mit dem Versprechen, eines Tages wiederzukommen. Dann brachte Johanna ihre Kinder ins Bett. Der Abschied fiel mir schwerer als erwartet. Johanna half mir mit meiner Verkleidung. Sie zupfte die

blonde Perücke zurecht und ich war jetzt schon froh, wenn ich dieses Ding wieder abziehen konnte. Es juckte und kratzte mich überall.
»Tja, die wirst du eine Weile tragen. Du wirst knapp zwölf Flugstunden damit überstehen müssen«, sagte sie mitfühlend und ich verzog genervt mein Gesicht. Meine Güte, ich würde unerkannt nach Madrid fliegen, aber dieses Ding würde mich den letzten Nerv kosten. Aber gut, ich fügte mich meinem Schicksal. Was ich in den Trolley packen sollte, den Quinn für mich besorgt hatte, verstand ich nicht. Ich besaß ja nichts mehr. Alle meine persönlichen Dinge waren in Bayville zurückgeblieben. Selbst die Kleidung, die ich trug, gehörte nicht mir.
»Na, mach schon! Du kannst die Sachen alle mitnehmen. Was glaubst du, werden die am Zoll denken, wenn sie deinen leeren Koffer durchwühlen«, lachte sie und fing an, T-Shirts, ein paar Hosen und Unterwäsche einzupacken. Einen kleinen Waschbeutel mit Zahnbürste und -Pasta, Shampoo und Duschgel packte sie auch gleich mit ein und so füllte sich langsam mein Gepäck. Zusätzlich gab Johanna mir eine schwarze Handtasche, in der ein Handy und ein paar andere Utensilien steckten. Sie passte gut zu meinem geschäftsmäßigen Outfit.
Mr. Chang zog ein buntes Hawaiihemd, eine helle Hose und einen Strohhut auf. Mit der Sonnenbrille wirkte er wie ein Tourist der aller schrecklichsten Sorte und ich musste mir das Lachen verkneifen. Doch als ich Luca sah, war es um meine Selbstbeherrschung geschehen. Ein lautes Kichern entfuhr mir. Johanna machte aus dem sexiest Man alive eine Vogelscheuche. Sie zog ihm eine langhaarige, ungepflegte Perücke auf, die überhaupt nicht zu ihm passte. Hinzu kam sein mürrisches Gesicht.

Mit den langen Zotteln sah er aus wie ein explodierter Besen. Zudem verpasste sie ihm einen künstlichen Bart und eine Brille. Was sie allerdings mit dem Buch bezweckte, war mir ein Rätsel. Er sah aus wie eine Mischung aus einem Hippie, einem Prediger und einer Sportskanone, die versehentlich zu viele Anabolika geschluckt hatte. Er pustete sich genervt einzelne Haare aus dem Gesicht und sah mich finster an, als er hörte, wie ich lachte.

»Was?! Ich habe versucht, ihn in ein Hemd von Quinn zu quetschen, aber er hat einen zu muskulösen Oberkörper, da passt er einfach nicht hinein. Habt ihr vielleicht eine bessere Idee?«, verteidigte sich Johanna, als Mr. Chang das Wohnzimmer betrat und ungläubig erst zu Johanna und dann zu Luca starrte.

»Was soll das mit dem Buch?«, fragte ich schmunzelnd. Es passte so gar nicht zu ihm. Ein Bär von einem Mann mit Brille und Buch? Deutlich war Luca anzusehen, dass sein Interesse definitiv nicht an literarischen Texten lag.

»Ich dachte, mit der Brille und dem Buch könnte man etwas von seiner … Sportlichkeit ablenken. Oder was meinst du, Naoki?«, fragte Johanna und trat ein paar Schritte zurück, um ihr Werk besser begutachten zu können.

»Also, ganz ehrlich. Meinst du nicht, dass er so noch mehr auffallen wird? Jade und ich sind wahrscheinlich die Einzigen, denen man die Rolle glaubhaft abnehmen würde. So kann er auf keinen Fall gehen. Er sieht so noch nicht einmal menschlich aus.«

»… Johanna, er sieht aus …, nein, ich sag es lieber nicht.« Mr. Chang nahm ihm das Buch aus der Hand und Luca riss sich die Perücke vom Kopf. Schmunzelnd sah ich ihn an, wie er sich mit seinen Fingern durch sein

Haar fuhr und sich kratzte. Ihn juckte das Ding genauso wie mich.
»Ist ja schon gut. Dann muss er eben in seinen Kleidern gehen«, gab sie mürrisch zurück.
»Das stimmt«, sagte Mr. Chang und sah auf die Uhr. Wir hatten noch eine Stunde, bis man mich abholen würde. Ich setzte mich auf das Sofa und überließ die Unterhaltung über unsere Maskerade Mr. Chang und Johanna.
Wie würde es in Madrid sein? Ich war noch nie in Europa gewesen. Natürlich hatte ich viel gelesen über Paris, London und die anderen Städte. Tom erzählte einmal, dass es in Paris ganz wundervolle kleine Cafés an jeder Straßenecke gab. Bilder von den Gipfeln der Schweiz kannte ich aus dem Internet und die Berliner Mauer hatte ich in den Geschichtsbüchern unserer Schule gesehen. Ob ich jemals diese Orte besuchen könnte? Tom und ich träumten oft davon. Mein Herz wurde schwer, als ich an ihn dachte. Er hatte nicht verdient, so zu sterben. Seine braunen Augen sah ich vor mir. Sein letzter Blick ging mir durch und durch. Nie würde ich ihn vergessen können.
Ich hatte nicht bemerkt, wie meine Fäuste sich anspannten und wie in mir ein kleines loderndes Feuer ausbrach. Ich erstarrte. Die aufkeimende Glut, die durch die Flammen entstand, lechzte nach mehr Größe. Ich musste mich anstrengen, dieses Gefühl nicht überkochen zu lassen. Ich versuchte, die Glut durch ein- und ausatmen unter Kontrolle zu bringen.
»Alles in Ordnung?«, hörte ich plötzlich eine tiefe Stimme neben mir. Luca setzte sich zu mir und sah mich an. Sofort wich die Erregung.
»Ja. … Ich schätze, ich bin etwas aufgeregt.«

Lucas Ausdruck wurde sanfter. »Es wird schon gut gehen. Du brauchst keine Angst zu haben. Ich werde dich nicht aus den Augen lassen.« Ich nickte und senkte den Blick. Mit seinem Finger strich er mir über meinen Nacken. Dort, wo er mich berührte, wurde meine Haut warm. Ein angenehmer Schauer lief mir über den Rücken.

»Warst du schon mal in Madrid?«, fragte ich ihn, um mich von seinen zärtlichen Berührungen abzulenken.

Er nickte leicht, senkte jedoch seinen Blick dabei. Ich wollte mir nicht vorstellen, was genau er dort getan hatte. Das wusste ich bereits. Es tat mir leid, ihn daran erinnert zu haben.

»Was gibt es dort für Sehenswürdigkeiten?«

»Es gibt einiges. Zum Beispiel das Königshaus, die Plaza de Major oder die Catedral Nuestra Señora de la Almudena. Es gibt viele schöne Plätze, … aber ich kann mir nicht vorstellen, dass du in Madrid einfach so spazieren gehen kannst.«

Daran hatte ich noch nicht gedacht. »Sie werden uns ja nicht einsperren«, sagte ich leicht schnippisch.

»Das nicht, aber deine Hauptaufgabe wird nicht das Sightseeing sein. Hast du Bayville schon einmal verlassen?«

Seine Frage erinnerte mich an früher. Onkel Finley hielt uns eigentlich immer in Bayville fest. Außer unserem früheren Wohnort Portland waren weder Amy noch ich irgendwo anders gewesen. Er ließ es niemals zu, dass wir fortgingen. Daher waren die Pläne, die Tom und ich gemacht hatten, nichts als nur Wunschträume, die nie in Erfüllung gehen würden.

»Nein, aber ich habe es mir schon oft vorgestellt, zu verreisen. Ich frage mich, wie die Menschen in Paris

sind, was für Bücher sie lesen oder welche Musik man in der Schweiz hört. Ich bin einfach nur neugierig. Europa ist so weit weg. Man hört in den Medien viel davon und ich würde gerne alles mit meinen eigenen Augen sehen.«
Lucas Blick nahm einen merkwürdigen Ausdruck an, den ich nicht deuten konnte.
»Vielleicht kannst du dir diesen Wunsch eines Tages erfüllen. Das Flair jeder Stadt ist anders, aber im Moment ist jede Stadt für dich eine große Gefahr.«
Mein Blick wanderte wieder zu ihm zurück.
»Du solltest nicht nur die Taluris meiden, Jade. Ganz Europa wird von verschiedenen Leuten, die zu uns gehören, überwacht.«
Seine Worte hallten in mir nach. In ganz Europa? Mein Gott, dieser Morgion hatte ein ganzes Netz aufgebaut. War es dann überhaupt möglich, ihnen zu entkommen?
»Es geht los, Jade. Das Boot kommt«, sagte Quinn, der das Haus betrat. Luca und ich erhoben uns, er nickte mir noch einmal zu, bevor ich zu Johanna trat.
»Komm her!«, sagte sie mit tränenerstickter Stimme und zog mich in ihre Arme. Gerne erwiderte ich ihre Umarmung herzlich und dankte ihr dafür, dass sie mir die Tage hier einigermaßen erträglich gemacht hatte.
»Du weißt, du kannst jederzeit herkommen. Du findest hier immer Unterschlupf.« Ich konnte nichts sagen. Auch mir fiel der Abschied schwer. In der Zeit, in der ich hier war, war Johanna immer sehr freundlich und lieb zu mir gewesen. Es tat weh, zu wissen, sie für ungewisse Zeit nicht sehen zu können.
»Und du versprich mir, dass du auf sie aufpasst«, sagte sie zu Luca und umarmte ihn ungehemmt. Luca zögerte erst. Er war unsicher. Doch schließlich legte auch er seine Arme um sie.

»Mach ich«, antwortete er leise.
Quinn, der meinen Trolley zog, begleitete Mr. Chang, Luca und mich an die Bootsanlegestelle. Als wir das Haus verließen, hörte ich ein letztes Mal das Summen der Drohnen, die uns folgten. Mittlerweile hatte ich mich so an sie gewöhnt, dass ich sie schon gar nicht mehr richtig wahrnahm. Wir liefen den Holzsteg entlang. Das Meer rauschte leise in dieser Nacht und mein Herz klopfte viel zu schnell, als ich von Weitem das Boot auf uns zukommen sah.
»Da sind sie«, sagte Mr. Chang.
Das Boot wurde langsamer und legte an. Mr. Chang trat als Erster zu ihnen. Drei Männer, völlig in Schwarz gekleidet, konnte ich im Boot ausmachen. Er begrüßte sie und sprach mit ihnen.
»Auf Wiedersehen, Jade. Lerne so viel du kannst bei den Padres«, sagte Quinn und streckte mir seine Hand entgegen.
»Das werde ich. Danke für alles«, war das Einzige, was ich zu ihm sagte, bevor er zu Mr. Chang lief und mich und Luca stehen ließ.
Luca stand neben mir. Gleich würden wir getrennt werden. Meine Hand suchte seine in der Dunkelheit. Ein letztes Mal wollte ich seine Wärme spüren, bevor ich ging. Er sah kurz zu mir und erwiderte den leichten Druck meiner Hand. Sein Daumen streichelte mich. Wohlige Schauer überzogen meine Haut.
Mein Druck um Lucas Hand wurde stärker, als Mr. Chang, Quinn und die Männer auf mich warteten.
»Keine Angst, Mea Suna. … Geh, wir sehen uns im Flugzeug«, flüsterte Luca leise und sah mir tief in die Augen. Ich hoffte, er würde Recht behalten. Er hob seine Hand und fuhr zärtlich über meine Wange. Zögerlich

löste ich meine Hand aus seiner und schritt langsam auf das Boot zu.
Die Männer halfen mir beim Einsteigen und wiesen mich an, mich in den hinteren Teil des Bootes zu setzen.
»Bis später, Jade«, rief Mr. Chang. Der Motor wurde angelassen und mein Trolley wurde von einem der Männer entgegengenommen.
Mein Blick blieb auf Luca haften. Ich fühlte mich schrecklich, als das Boot sich in Bewegung setzte. Zweifel überkamen mich. Was, wenn etwas schief ging? Was, wenn es Luca nicht in das Flugzeug schaffen würde? Ich sah ihnen nach, bis ich sie nicht mehr erkennen konnte und die Dunkelheit sie völlig verschluckt hatte.

Kapitel 7

Am Hafen wartete eine schwarze Limousine auf mich, die mich in einer halbstündigen Fahrt zum Flughafen bringen sollte. Man gab mir die Flugtickets und erklärte, dass ich nun ständig überwacht werden würde. Ich sollte mich so unauffällig wie möglich verhalten. Eigentlich genau das Gleiche, was Mr. Chang mir stundenlang eingebläut hatte.

Obwohl es spät war, war der Flughafen voll mit Menschen. Hauptsächlich waren es Touristen, die ihren Urlaub auf einer der Inseln verbracht hatten, Männer mit Aktentaschen und Anzügen, die geschäftlich hier waren. Ich passte wirklich in dieses Bild, mit meinem Kostüm, der Perücke und dem Trolley. Der Flughafen war sehr groß und ich brauchte eine Weile, bis ich den Schalter fand. Ich passte meinen Laufschritt den Geschäftsleuten an, die eilig vor mir herliefen. Von da an war alles recht einfach. Trotzdem blieb meine Nervosität. Mir war schrecklich heiß und die Perücke juckte furchtbar. Meine Handflächen waren verschwitzt. Normalerweise hätte ich sie an meiner Jeans abgewischt, doch das konnte ich dem Kostüm nicht antun. Außerdem, falls mich jemand beobachtete, würde das nicht zu meinem äußeren Erscheinungsbild passen. Sobald ich im Flugzeug saß, beschloss ich, wenigstens den Blazer auszuziehen. Schließlich hatte ich noch einige Flugstunden vor mir.

Ich gab mein Gepäck am Schalter ab und begab mich zum Gate. Auf dem Weg dorthin passierte ich den Zoll, die Beamten beachteten mich kaum, was mich erleichtert aufatmen ließ. Am Gate suchte ich mir einen Sitzplatz. Nach einer halben Stunde wurde mein Flug aufgerufen.

Eine hübsche Flugbegleiterin nickte mir freundlich zu, während ich das noch fast leere Flugzeug betrat.
»Hier ist ihr Platz, Mrs. … Bakerfield. Wenn ich etwas für Sie tun kann, dann lassen Sie es mich wissen«, sagte sie lächelnd und lief den Mittelgang wieder zurück.
Mist! Ich saß ziemlich weit vorne, so konnte ich überhaupt nicht sehen, ob und wann Luca und Mr. Chang eintrafen.
Wieder kamen Zweifel, ob es richtig war, zu den Padres zu fliegen. Damit entfernte ich mich immer mehr von Amy und meinem Zuhause. Seit Tagen hatte ich keine Nachrichten, keine Informationen, noch nicht einmal einen kleinen Hinweis bekommen.
Das Gemurmel der Leute, die ihren Platz im Flieger suchten, wurde mehr und damit stieg auch meine Anspannung. Ich traute mich nicht, einen Blick hinter mich zu werfen. Mr. Chang wollte, dass ich mich so unauffällig wie möglich verhielt. Aber was war schon dabei? Vielleicht könnte ich einen von ihnen zwischen den Sitzschlitzen erkennen. Nicht zu wissen, ob sie es in den Flieger geschafft hatten, machte mich wahnsinnig. Doch ich riss mich zusammen. Ich sollte wenigstens noch warten, bis fast alle Passagiere ihren Platz gefunden hatten.
Endlich wurde es ruhiger. Ich wollte mich gerade umdrehen, um zwischen den Sitzspalten Luca oder Mr. Chang auszumachen, da setzte sich jemand auf den Sitz neben mir. Im ersten Augenblick glaubte ich, es wäre Luca. Doch als ich den Mann ansah, stellte ich enttäuscht fest, dass er es nicht war. Ein typischer Geschäftsmann Mitte vierzig, mit leicht meliertem grauem Haar und einem Schnauzbart. Na toll!

Er nickte mir zu, verstaute sein Gepäck in die obere Ablage, setzte sich und faltete eine Zeitung auseinander. Ich achtete nicht weiter auf ihn und starrte aus dem kleinen Fenster. Noch waren wir am Boden. Minuten, die sich wie Stunden anfühlten, verstrichen. Der Pilot meldete sich über die Sprechanlage und teilte uns unseren unmittelbar bevorstehenden Start mit.

Der Start war geglückt. Als der Applaus für den Piloten verebbte, leuchtete das Signal auf, dass die Passagiere sich abschnallen durften. Jetzt war jeder Gedanke an einen Rückzieher zu spät, aber meine Unsicherheit wuchs. Die meisten Gespräche waren verklungen. Die Stewardessen hatten kleine Kissen ausgeteilt. An das monotone Geräusch der Maschine hatte ich mich schon fast gewöhnt.
»Mrs.?... Mrs. ...?«, hörte ich eine bekannte Stimme ein paar Sitze hinter mir.
»Mr. Chang, was kann ich für Sie tun?«
»Hätten Sie nicht ein anderes Kissen für mich? Dieses hier scheint etwas zu klein zu sein.«
Mein Herz klopfte erleichtert. Sofort wusste ich, dass dies seine Art war, mir zu sagen, dass alles in Ordnung ist. Er würde auch auf einem Nagelbrett liegen können. Er war der anspruchsloseste Mensch, den ich kannte. Niemals hätte er sich wegen einem Kissen beschwert. Grinsend sah ich aus dem kleinen Fenster. Jetzt musste ich nur noch wissen, ob Luca auch bei uns war. Ich stand auf, und während ich langsam den Flur entlang lief, versuchte ich, aus den Augenwinkeln sein dunkles, lockiges Haar unter den Passagieren erkennen zu können. Mr. Chang entdeckte ich genau vier Reihen

hinter meinem Platz. Kurz erwiderte er meinen Blick, sah jedoch sofort wieder weg.
Langsam lief ich weiter, bis ich seine Augen auf mir spürte. Ohne zu wissen, wo er saß, durchströmte mich dieses warme Gefühl, das mich mit ihm verband. Ich hielt die Luft an, und meine Augen suchten nach seinen. Dann sah ich ihn. Sofort blieb mein Blick an ihm heften. Er saß in der letzten Reihe am Gang. Ein ganz leichtes Grinsen zuckte an seinem Mundwinkel. Ich zwang meine Beine, weiterzulaufen. Ich kam ihm immer näher und bevor ich an ihm vorbei lief, zwinkerte er mir zu. Erleichtertes Blau umhüllte mich, als ich die Tür zur Toilette öffnete und sie hinter mir schloss.
Mit geschlossenen Augen lehnte ich an der Tür. Ich war so unsagbar froh, dass dieser Teil unserer Reise geklappt hatte. Es klopfte leise und erschrocken schlug ich meine Augen auf.
Mit dem Wissen, dass es nur Luca sein konnte, öffnete ich und schnell trat er hinein. Der Raum war zu eng für uns zwei, doch das störte mich nicht. Ich war so froh, ihn zu sehen, dass ich mich sofort in seine Arme warf. Sein vertrauter Duft stieg mir in die Nase und endlich spürte ich seine Arme, die mich fest umschlangen. »Es ist alles gut gegangen«, hauchte er und küsste meine Stirn.
»Ich kann nicht lange bleiben, Jade.«
»Ich weiß. Ich bin nur so froh, dass du hier bist.«
Er strich mir das falsche Haar aus meinem Gesicht und sah mir in die Augen. »Du machst deine Sache gut. Aber denk daran, egal, was passiert, du hältst dich an die Abmachung.«
Ich konnte nur nicken. Sein Daumen strich über meine Lippen, was meine Sehnsucht nach ihm nur noch verstärkte. Er war mir so nah, doch niemals nah genug.

Dann lagen seine Lippen auf meinen und der süße Strom, der durch meinen Körper fuhr, durchzuckte auch ihn. Seine Zunge liebkoste meine Unterlippe, bis ich ein sehnsüchtiges Ziehen in meinem Unterleib spürte. Unser Kuss dauerte nicht lange. Viel zu schnell und mit Mühe löste er sich von mir, schloss die Tür auf und verschwand leise. Völlig benebelt von seinem Kuss hielt ich inne. Meine Augen hielt ich geschlossen, um das zauberhafte Gefühl so lange wie möglich bei mir zu behalten. Er hinterließ ein beschwingtes, leichtes und mit neuem Mut erfülltes Mädchen. Mein Gott! Immer wieder erstaunte es mich, wie viel Macht er über meine Gefühle hatte. Erleichtert sank ich wenige Minuten später in meinen Sitz und fand tatsächlich in den Schlaf.

Den restlichen Flug überstand ich besser als erwartet. Meine Perücke zupfte ich zurecht, bevor ich aus dem Flugzeug stieg und folgte dem Strom der Leute. Am Zoll bildete sich eine kleine Warteschlange, doch schneller als erwartet kam ich an die Reihe. Ich lud meinen Koffer auf das Band und mit klopfendem Herzen beobachtete ich, wie die Zollbeamten alle Papiere der Passagiere durchgingen. Sollte ich ihnen in die Augen sehen, wenn ich dran kam, oder nicht? Was hatte Mr. Chang noch einmal gesagt? Fieberhaft dachte ich nach und noch bevor es mir einfiel, war ich auch schon an der Reihe.
»Haben Sie etwas zu verzollen?«, fragte mich ein übergewichtiger, müde wirkender Beamter.
»Nein.« Er sah meine Papiere durch und ich zupfte nervös an meinen Fingern. Innerlich ermahnte ich mich, nicht so aufgeregt zu sein, doch das war, in Anbetracht meiner Lage, nicht so einfach. Länger als bei den anderen Passagieren betrachtete er meinen Ausweis.

Blickte ständig zu mir auf und verglich wohl das Foto. Mein Vordermann hinterließ schon eine größere Lücke zwischen uns, was mein Herz fast zum Rasen brachte. Wo genau in der Schlange sich Luca oder Mr. Chang befanden, wusste ich nicht. Ich hatte ihre Spur in der Masse verloren.

»Hey, Carlos!«, rief der Beamte einen Kollegen auf Spanisch zu sich. Ich hielt die Luft an. Oh Gott! Die beiden Männer unterhielten sich über mich, doch sie sprachen so leise, dass ich nichts verstand. Carlos nahm dem Beamten meinen Pass aus der Hand, beäugte abwechselnd mich und dann das Foto.

Ich starb fast vor Angst in diesen Sekunden. War jetzt alles vorbei? Was konnte ich tun? Plötzlich wurde es laut hinter mir. Ein lautes Schimpfen und Brüllen lenkte die Beamten von mir ab. Ich drehte mich um und konnte kaum glauben, was ich sah.

Mr. Chang stand ein paar Meter hinter mir. Überall auf dem Boden und auch auf dem Gepäckband lagen seine Kleidungsstücke. Er fluchte auf Chinesisch wie ein Rohrspatz auf Luca ein. Ich verstand zwar kein Wort, doch er schien Luca für seinen kaputten Koffer verantwortlich zu machen. Dieser hob immer wieder entschuldigend Socken, Hemden und auch Unterwäsche von Mr. Chang auf, welche er ihm wütend aus der Hand riss. Damit lenkten sie die Aufmerksamkeit der Beamten auf sich.

»Was ist denn hier los?«, fragte einer der Beamten. Er übergab mir meine Papiere und wies mich an, weiter zu laufen, während Carlos sich um Mr. Chang kümmerte. Irgendwie brachte ich dann doch ein Lächeln zustande, als er mir meine Papiere aushändigte und lief eilig weiter. Extra langsam nahm ich meinen Trolley vom

Band, um mitzubekommen, wie sich die Lage zwischen Mr. Chang und Luca entwickelte. Bevor ich langsam aus dem Zollbereich trat, sah ich noch, wie Mr. Chang seinen Koffer wieder schloss.
Es war Vormittag und die gut klimatisierte Flughalle war voller Menschen. Ich folgte dem Strom und betete innerlich, dass die beiden durch den Zoll kommen würden. Den Leuten folgend kam ich zur großen Haupthalle. Die Begrüßung einiger Leute war sehr herzlich. Familienmitglieder, die sich liebevoll und voller Freude in die Arme schlossen, konnte ich nun wirklich nicht ertragen. Kurz sah ich mich um. Wie Mr. Chang es gesagt hatte, wusste ich sofort, welche Person auf mich wartete. Eine Nonne in Kutte mit einem weißen Schild in der Hand, auf dem Lynn Bakerfield stand.

Die Nonne war einen ganzen Kopf kleiner als ich und trotz der Nonnenkutte konnte ich ihre weiblichen Formen erkennen. Ihr Lächeln war warm und freundlich, wobei sie bestimmt auch streng sein konnte.
»Da bist du ja. Ich freue mich, dich kennenzulernen«, sagte sie auf Spanisch und zum ersten Mal war ich Onkel Finley dankbar, dass er darauf bestanden hatte, dass Amy und ich fließend Spanisch, Französisch und Deutsch lernten. Meine Schwester war oft viel zu faul, die vielen Vokabeln zu lernen, mir hingegen hatte es immer Spaß gemacht.
»Mein Name ist Schwester Angela.«
Jetzt wechselte sie auf Englisch und gerade wollte ich ihr sagen, dass ich auch spanisch sprechen konnte, da sah sie an mir vorbei und ihr freundlicher Gesichtsausdruck verschwand.

»Wir müssen gehen. Sofort. Folge mir!«, sagte sie, drehte sich um und lief mit eiligen Schritten in Richtung Ausgang. Zu gern hätte ich mich umgedreht, doch ich traute mich nicht.
Es war der Sommer, der in Madrid für hohe Temperaturen sorgte. Mir stockte der Atem, als wir endlich den Flughafen verließen. Schwester Angela schien das nichts auszumachen. Sie drehte sich zwar ein paar Mal nach mir um, dennoch hielt sie ihr Tempo bei. Schließlich kamen wir an einen weißen Transporter, den sie aufschloss und die Seitentüre öffnete. Die Scheiben waren abgedunkelt, sodass man nicht ins Wageninnere sehen konnte.
»Was ist mit … «, wollte ich gerade einwenden, als ich mich auf die Rückbank setzte. Sie hob kommentarlos ihre Hand, ich sollte mich gedulden.
Die Nonne stieg ein und fuhr den Wagen aus dem Parkplatz. Doch wir verließen das Flughafengelände nicht. Sie fuhr in eine Art hinteren Parkplatzbereich, der wohl nur für Angestellte zu benutzen war. Dort hielt sie direkt an einem kleinen Gebäude, das mit dem Flughafen verbunden schien, schaltete den Motor aus und nahm ein Handy aus dem Handschuhfach.
Kaum eine Minute später wurde die Tür des Gebäudes geöffnet und Mr. Chang erschien mit seinem Koffer, aus dem immer noch ein paar Wäschestücke heraushingen. Er öffnete die Schiebetür und stieg ein.
»Wo ist Luca?«, fragte ich irritiert.
»Haben sie ihn etwa erwischt?« Die Nonne sah verwundert zu Mr. Chang.
»Ich weiß es nicht. Nach dem Zoll habe ich ihn aus den Augen verloren. Es gab einen polizeilichen Einsatz, aus dem ich gerade noch entkommen konnte.« Besorgt sah

er sich um. Jetzt hörte ich auch die Sirenen von ankommenden Polizeiwagen, die an uns vorbei fuhren. Mein Gott! »Wir müssen ihn suchen!«
»Wir müssen los«, sagte Schwester Angela.
»Nein, wir können nicht ohne ihn losfahren. Vielleicht braucht er unsere Hilfe!«
Mr. Chang wischte sich mit einem Taschentuch den Schweiß von der Stirn und sah sich suchend nach Luca um. »Und wenn er nicht kommt? Wir können nichts für ihn tun, Jade.«
Tränen sammelten sich an, die ich jedoch schnell versuchte, fortzublinzeln. Schwester Angela startete den Motor.
»Nein, bitte, Schwester. Warten Sie noch, bitte!«, flehte ich sie an. »Bitte, er muss gleich auftauchen. Vielleicht hatte er nicht so viel Glück wie Mr. Chang und musste einen anderen Weg gehen.«
»Das Problem ist, man wird weite Teile des Flughafens absperren. Wenn wir jetzt nicht losfahren, sind wir auch ihre Gefangenen«, rief sie.
Verzweifelt sah ich zur Tür, die verschlossen blieb. Ich ließ die Tür auch dann nicht aus den Augen, als Schwester Angela langsam anfuhr. Ich betete innerlich, dass Luca die Tür öffnen würde.
»Da! Da ist er! Anhalten!«, schrie ich, als die Tür aufgerissen wurde. Luca rannte auf unseren fahrenden Transporter zu und hechtete hinein. In Zivil gekleidete Männer waren ihm auf den Fersen. Schwester Angela gab Vollgas. Die Reifen quietschten, schnell schloss Mr. Chang die Schiebetür, während Luca sich aufrappelte.
»Geschafft! Das war knapp!«, sagte er völlig außer Atem.

Ich blickte zurück. Bis jetzt konnte ich keine Verfolger hinter uns ausmachen. Aber dies ließ Schwester Angela nicht die Geschwindigkeit drosseln. Im Gegenteil, sie fuhr mit hohem Tempo, als wäre der Teufel in Person hinter ihr her.

»Was war das Problem?«, fragte Mr. Chang.

»Wahrscheinlich haben Morgions Männer mich erkannt. Da musste ich kurzfristig einen kleinen Umweg in Kauf nehmen«, sagte er immer noch atemlos. Er setzte sich neben mich und sah mich erschöpft, aber erleichtert, an. Er nahm meine Hand und verflocht sie mit seiner.

»Verbinden Sie ihm die Augen«, sagte Schwester Angela, als wir das Flughafengelände verlassen hatten. Sie reichte Mr. Chang ein schwarzes Tuch, das er Luca um den Kopf band.

»Wozu soll das gut sein?«

»Es ist eine reine Sicherheitsmaßnahme, Jade. Vertrau uns.«

»Das ist doch völliger Schwachsinn. Was soll er denn anrichten?«, entfuhr es mir verständnislos.

»Er soll einfach nicht wissen, wo die Padres ihren Unterschlupf haben.«

Luca hatte Recht. Sie vertrauten ihm nicht und so schnell würde sich das auch nicht ändern. Im Gegenteil, er musste vielleicht mehr über sich ergehen lassen, als ich vermutet hatte. War aber nicht Teil unserer Abmachung, dass er nicht wie ein Gefangener behandelt werden sollte?

»Ist schon okay, Jade. Damit habe ich schon gerechnet.« Beruhigend streichelte er meine Hand.

Kapitel 8

Der Verkehr zwang Schwester Angela, langsamer zu fahren. Madrid war so riesengroß. Es erinnerte mich an New York, nur fehlten hier die Wolkenkratzer. Wir fuhren an vielen wunderschönen Gebäuden vorbei, die ich gerne genauer angesehen hätte. Vielleicht ergab sich die Möglichkeit ja zu einem anderen Zeitpunkt.

Es erstaunte mich, dass Madrid viele und vor allem großflächige Grünanlagen besaß. Um genau zu sein, ungewöhnlich viele für eine Großstadt. Der Verkehr war genauso zähflüssig wie in New York, dennoch faszinierten mich die kleinen Seitenstraßen. Die Wohnhäuser der Leute bestanden zum größten Teil aus rotem Sandstein. Unter fast jedem Fenster hingen viereckige Kästen - Klimaanlagen, die die Bewohner vor der fast unerträglichen Hitze schützen sollten. Auch ich hatte mein Fenster ganz heruntergekurbelt, damit mich der Fahrtwind etwas abkühlte.

Endlich! Schwester Angela steuerte den Wagen an einem großen Haus vorbei, das mich an ein Operngebäude oder Theater erinnerte. Sie hielt an einem der Nebengebäude, vor einer großen Garageneinfahrt. Eine Kamera summte, erfasste uns im Wagen, während Schwester Angela einen Code an einer Schalttafel eingab. Kurz darauf öffnete sich das Metalltor und wir fuhren ins Innere.

Mit klopfendem Herzen und einem mulmigen Gefühl stiegen wir aus. Die Garage entpuppte sich als privater Parkplatz. Lucas Augen waren noch immer verbunden und ich half ihm beim Aussteigen. Alles war hell erleuchtet und links von uns, hinter einer Glasscheibe, standen zwei Männer, die jetzt zu uns traten.

Bildschirme flackerten und ähnlich wie zu Hause, erkannte ich, dass es sich um eine Art Sicherheitszentrale handeln musste.
»Sag ihm, dass wir da sind«, forderte Mr. Chang einen der Männer auf. Sie erinnerten mich an unsere Gorillas. Nicht, dass sie Anzüge trugen, aber ihre Körperhaltung verriet sie.
»Kommt, ihr werdet schon erwartet«, sagte Schwester Angela. Sie ging voran, öffnete eine Metalltür. Wir standen in einer Art Flur, ein paar Meter weiter ging es in einen Aufzug.
Der Lift fuhr nach oben. Luca hielt mich an der Hand, was mir einen fragenden Blick von Schwester Angela einbrachte. Wir folgten ihr durch einen langen Flur, bis sie schließlich vor der letzten Tür stehen blieb und anklopfte.
»Ja, bitte!«, rief jemand und wir betraten den Raum. Das Zimmer war riesengroß. Viele bunte Buchrücken schmückten die ganze rechte Wandseite. Eine Vitrine mit wahrscheinlich sehr kostbaren Kunstgegenständen befand sich zwischen den beiden Fenstern. Ein schwerer, ausladender Teppich lag vor einem dunklen Mahagoni-Schreibtisch. Drei bequeme Stühle standen davor, die perfekt zum Tisch passten. Auf einem Schränkchen, welches als Bar fungierte, standen mehrere Flaschen Alkohol. Es roch nach alten Büchern und Zigarren. Sofort sah ich unsere Bibliothek vor mir - genau so hatte es dort auch gerochen. Inmitten dessen saß ein mir bekanntes Gesicht und ich freute mich, ihn wiederzusehen.
»Jade, willkommen!« Sofort stand Professor Tramonti auf und lief uns freudestrahlend entgegen. »Ich freue mich, euch endlich hier zu haben«, sagte er und zog

mich väterlich in seine Arme. Er sah noch genauso aus, wie vor ein paar Wochen. Sein ungepflegtes langes, graues Haar hatte er, wie immer, zu einem unordentlichen Pferdeschwanz zusammengebunden und seine silberne Kugelbrille hing ihm tief auf seiner Nase.
»Naoki!« Er tätschelte Mr. Chang am Oberarm.
»Schön, euch alle munter hier zu haben. Aber Naoki, nimm ihm doch bitte die Augenbinde ab«, sagte er vorwurfsvoll. Mr. Chang nahm Luca die Binde ab und er brauchte einen Augenblick, bis sich seine Augen an das Licht gewöhnt hatten. Dann sah er zu Mr. Tramonti, der wirklich klein und schmächtig gegen ihn wirkte.
»Herzlich willkommen, Luca. Ich freue mich sehr«, wiederholte Mr. Tramonti seine Willkommensgrüße und streckte ihm seine Hand entgegen. Für einen kurzen Augenblick sah er auf unsere Hände, wie Luca und ich uns festhielten. Ich kann nicht sagen, ob es ihm missfiel, aber es erstaunte ihn wohl. Kurz ließ Luca meine Hand los, um sie ihm zu reichen. Mr. Tramonti bat uns, näherzutreten.
»Danke, Schwester Angela. Sorgen Sie dafür, dass die Zimmer hergerichtet sind und sich unsere Gäste wohlfühlen werden.« Schwester Angela nickte und schloss die Tür hinter sich.
»Eines muss ich euch gleich sagen. Es geht nicht, dass ihr hier ein Paar seid. Das ist eine unserer Regeln. Ich bitte euch, dies zu akzeptieren.«
Fragend sah ich zu Luca, der immer noch meine Hand hielt. Das war eine deutliche Ansage, dennoch würde ich mir Lucas Nähe nicht verbieten lassen. Erst nach einigem Zögern ließ er meine Hand los.
»Jade, es tut mir so leid, was du durchmachen musstest. Dein Onkel war ein sehr guter Freund und ich vermisse

ihn.« Sein Mitgefühl war aufrichtig. Dunkle Schatten lagen unter seinen Augen. Offensichtlich schlief auch er nicht gut in letzter Zeit.
»Haben Sie schon etwas von meiner Schwester gehört?«, entfuhr es mir, während ich mich auf den Stuhl vor dem Schreibtisch setzte. Mr. Tramonti senkte den Blick, setzte sich ebenfalls und faltete seine Hände zusammen.
»Also, um ehrlich zu sein, wir hatten eine heiße Spur und ich kann dir sagen, dass sie am Leben ist. Die letzten Aufnahmen, die wir von ihr gesehen haben, sind ein paar Tage alt und stammen aus Kanada. Aber ich versichere dir, wir arbeiten Tag und Nacht daran, sie zu finden. Es ist auch unser Wunsch, sie wohlbehalten hierher zu bringen.«
Mir stockte der Atem. In Kanada? Was zum Teufel wollte Matteo denn dort? War sie überhaupt noch bei ihm?
»Ist sie noch bei dem Taluri?«
»Ja. Zumindest gehen wir davon aus. … Aber mach dir keine Sorgen, unsere Leute sind ihnen auf der Spur«, versuchte er mich zu beruhigen.
Wieder wurde ich nur hingehalten. Ein unbefriedigtes Gefühl stieg in mir hoch, gemischt mit Traurigkeit, Angst und Wut, was dunkel aus mir strömte. Meine ganzen Hoffnungen lagen hier. Und nun war das Schicksal meiner Schwester immer noch genauso ungewiss wie mein eigenes.
»Ich glaube, du hast eine richtige Entscheidung getroffen, Luca. … Ich bin jedenfalls sehr erfreut, dass du hier bist.«
Luca sah in sein Gesicht. »Was erwarten Sie von mir?«
Mr. Tramonti schluckte. »Nun, … das werden wir in den nächsten Tagen besprechen. Ich denke, ihr hattet eine

anstrengende Reise und wollt euch bestimmt frisch machen. Aber … du wirst verstehen, dass wir eine große Verantwortung den Mädchen gegenüber haben. Diese werden wir unter allen Umständen aufrechterhalten. … Deshalb möchte ich euch beide bitten, dass ihr über Lucas wahre Identität schweigt«, sagte Mr. Tramonti und sah mich ernst an. Wir sollten also niemandem erzählen, dass Luca ein Taluri war?
»Ich werde nichts tun, was Jade in Gefahr bringt. Darauf haben Sie mein Wort.«
Mr. Tramonti grinste. »Das hoffe ich sehr. Deshalb glauben wir an eine gute Zusammenarbeit. Naoki berichtete uns von vielen schrecklichen Ereignissen, die ihr in den letzten Tagen hattet.« Er wählte seine Worte mit Bedacht, behielt Luca dabei im Auge. »Ich hoffe sehr, dass wir auf dich zählen können.«
Luca nickte und senkte seinen Blick. »Ich verstehe.«
»Schön, dann sind wir uns einig. … Ich werde euch jetzt eure Zimmer zeigen und euch dann den anderen vorstellen.«
Damit stand Professor Tramonti auf und wir folgten ihm. Er führte uns wieder zum Aufzug und diesmal öffnete er an der Schalttafel eine Klappe, unter die er seinen Daumen hielt. Ein kleines blaues Licht scannte ihn ab und schon bewegte sich der Lift nach unten. Wir fuhren hinunter und ich hatte keine Ahnung, in welcher Etage wir uns nun befanden. Als sich die Türen zu beiden Seiten öffneten, standen wir in einer Art Keller. Für einen Keller war der Raum sehr groß und sauber. Überall standen Kartons und mit Leinentücher abgedeckte Rahmen und Skulpturen. Holzkisten stapelten sich an einer Wand. Aus manchen Kisten schaute sogar Stroh heraus, das wohl als

Verpackungsmaterial diente. Alles war feinsäuberlich beschriftet und ordentlich abgestellt. Ich vermutete wertvolle Gegenstände, die hier einlagerten. Wo befanden wir uns nur?
Wir folgten ihm durch den Raum bis zu einer weiteren Tür. Ein langer heller Gang, dessen Ende ich nicht sehen konnte, erstreckte sich vor uns. In der Mitte des Ganges blieb Mr. Tramonti stehen. Hier war nichts! Zumindest konnte ich nichts Ungewöhnliches erkennen. Er legte die Handfläche an den nackten Beton und plötzlich öffnete er sich einen Spalt.
»Willkommen im Jero«, sagte Mr. Tramonti und ließ mir den Vortritt.
»Im Jero?«
Er lachte. »Ja, so nennen die Mädchen ihr neues Zuhause.« Na gut, die Mädchen würde ich ja jetzt bald kennenlernen und welche Bedeutung dieser Name hatte, könnten sie mir ja dann auch gleich erzählen. Unsicher sah ich zu Luca, der direkt hinter mir stand und mir zuversichtlich zuzwinkerte. Neugierig und zugleich schüchtern tat ich den ersten Schritt in das Herzstück der Padre de Luz.

So ungefähr musste sich Harry Potter gefühlt haben, als er das erste Mal Hogwards betrat. Ich hatte mit Vielem gerechnet - dunkle Kellergewölbe, kalte Bunker oder feuchte Verliese. Doch nichts davon bewahrheitete sich. Verwundert sah ich an mir herunter. Keine Farbe strömte aus mir, keine Aura, die mich farblich umgab. Nichts! Fragend drehte ich mich zu Mr. Tramonti, der wissend lächelte.

»Das ultraviolette Licht in den Leuchtröhren enthält einen Stoff, der verhindert, dass man eure Auren farblich sieht. Wir haben es hier überall.«
Wow! Wieder sah ich an mir herunter. Man sah wirklich keine Farben mehr. Zum ersten Mal in meinem Leben sah ich aus wie ein völlig normales Mädchen. Das war wirklich erstaunlich.
»Das hat den Vorteil, dass euch Mädchen die Privatsphäre erhalten bleibt.«
»Das ist ja fantastisch«, sagte ich total begeistert. Endlich würden meine Stimmungen meine bleiben. Niemand würde wissen, wie es mir im Augenblick ging und was ich fühlte. Mein Körper würde meine Geheimnisse nicht mehr preisgeben. Von dieser Tatsache war ich mehr als begeistert.
Ich sah mich weiter um. Ein überdimensional großes Wohnzimmer erstreckte sich vor mir. Vor uns stand das größte, orangefarbene Sofa, das ich je gesehen hatte. Kleine, weiße Kissen ließen es einladend aussehen. Ein Mädchen hatte es sich zwischen den Kissen bequem gemacht und las in einem Buch. Vor dem Sofa befand sich ein Kamin, indem jedoch kein Feuer brannte. Rechts standen ein Billardtisch und ein Flipperautomat. Musik dröhnte aus einer Musikanlage, die links neben dem großen Sofa an der Wand stand. Über dem Kamin hatte jemand ein Wand-Tattoo aufgeklebt. In einer schönen Schnörkelschrift stand dort:

Wer kämpft, kann verlieren. Wer nicht kämpft, hat schon verloren.

Wie passend! Große Blumenkübel und ein Bücherregal ließen den Raum wohnlich wirken. Das Mädchen sah

kurz auf, widmete sich allerdings gleich wieder ihrem Buch. Sofort erkannte ich ihre Schüchternheit.
»Hallo Ava«, sagte Mr. Tramonti und ging an mir vorbei.
Das Mädchen grüßte nickend zurück.
»Jade, das ist Ava. Sie ist seit vier Monaten bei uns. Ava, das ist Jade. Sie kommt aus New York.« Das Mädchen war bestimmt nicht älter als vierzehn. Vielleicht täuschte ich mich und sie war noch jünger. Sie war sehr dünn, hatte langes braunes Haar, das sie zu zwei Zöpfen geflochten trug. Ihre braunen Augen musterten mich kurz, doch ihr eigentliches Interesse galt Luca. Sie starrte ihn an, als hätte sie einen Geist gesehen.
»Hi«, war das Einzige, was ich über meine Lippen brachte. Ihre Augen blieben bei ihm. Auch er sah sie an, doch in seinem Blick las ich Scham und Entsetzen. Ich wusste sofort, dass er bewusst wahrnahm, dass das kleine Mädchen unter anderen Umständen sein Opfer gewesen wäre.
Als wir den Wohnbereich verlassen hatten und Mr. Tramonti in einen langen Flur gefolgt waren, blieb dieser plötzlich stehen.
»Naoki wird dich in dein Zimmer führen, Luca. Es befindet sich in einem anderen Trakt als die Zimmer der Mädchen. Wir sehen uns später.«
Flüchtig warf Luca mir noch einen Blick zu, bevor Mr. Tramonti eine Tür öffnete, hinter der der Mädchentrakt war.
»Und? Was hast du für einen Eindruck?«, wollte Vico Tramonti wissen. Ich musste ehrlich zugeben, dass ich mir das alles ganz anders vorgestellt hatte.
»Wenn ich ehrlich bin, gut! Zumindest das, was ich bisher gesehen habe.«

»Zwei Mädchen teilen sich ein Zimmer. Deine Mitbewohnerin ist Marie. Sie ist in deinem Alter und ich denke, ihr werdet gut miteinander auskommen.« Er klopfte an einer Tür, an der eine goldene Zehn angebracht war. Als eine Stimme uns hereinbat, öffnete er diese.

Popmusik empfing uns. Das Zimmer war ähnlich groß wie das, das ich früher mit Amy teilte. Rechts und links standen zwei Betten und an der jeweiligen Wand befand sich ein schmaler Kleiderschrank. Auf dem linken Bett erkannte ich meinen Trolley, den schon jemand aus dem Transporter geholt haben musste. Rechts war eine weitere Tür, hinter der sich das Badezimmer befand. Innerlich war ich erleichtert, das Badezimmer nur mit Marie teilen zu müssen. Sie saß auf ihrem Bett und blickte uns freundlich entgegen. An ihrer Wandseite hingen Poster von irgendwelchen Typen mit Waschbrettbäuchen und dem typischen Schlafzimmerblick, der Frauen weich werden ließ.

»Jade, das ist Marie. Marie, das ist Jade«, sagte Mr. Tramonti, was das Mädchen sofort veranlasste, ihr Magazin aus der Hand zu legen. Ihr Gesicht erhellte sich und freundlich lächelte sie mich an. »Du kannst dich frisch machen und etwas ausruhen. Schwester Angela wird dich später abholen. Wenn du Fragen hast oder du etwas brauchst, kannst du dich jederzeit an uns wenden.«

»Oder an mich«, sprudelte es aus Marie, die von ihrem Bett aufgestanden war. Sie war genauso groß wie ich, hatte blondes schulterlanges Haar, das sie offen trug. Ihre braunen Augen leuchteten und ich hatte sofort das Gefühl, dass sie auf mich gewartet hatte. Sie schaltete die Stereoanlage leiser und lächelte mich freudestrahlend an. Mr. Tramonti schien sich über ihr Engagement zu

freuen. Sein Handy klingelte und plötzlich hatte er es eilig, aus dem Zimmer zu kommen.
»Sehr schön, Marie. Also, bis später!«, sagte er und schloss nach meinem zustimmenden Nicken die Tür hinter sich.
»Du wirst müde sein von deiner Reise. Im Badezimmer habe ich meine Sachen schon zur Seite geräumt.« Also hatte mich mein Gefühl nicht getäuscht. Sie hatte mich bereits erwartet.
»Danke«, sagte ich und setzte mich auf mein Bett.
Marie musterte mich. »Ich freu mich wirklich sehr, endlich jemanden im Zimmer zu haben. Die anderen Mädchen haben schon länger eine Zimmergenossin und jetzt bin ich endlich nicht mehr allein.«
»Wie lange bist du denn schon hier?«, wollte ich wissen.
Sie überlegte und ein trauriger Ausdruck legte sich auf ihre Augen. »Hm …, ich glaube, nächste Woche sind es fünf Monate. Ja, fünf Monate.«
Ich fing an, meinen Trolley auszuräumen. »Woher kommst du?«
»Aus London. Ich vermisse meine Familie sehr. Das Beschissenste daran ist, wir alle dürfen keinen Kontakt zu ihr haben. Ja noch nicht einmal Briefe oder sonstige Nachrichten verschicken.« Marie legte sich wieder auf ihr Bett und starrte an die Decke.
»Noch nicht einmal Nachrichten? Dann wissen sie nicht, wie es dir geht?«
»Doch, das schon. Die Padres teilen den Familien von Zeit zu Zeit den aktuellen Entwicklungsstand mit. Ich hoffe, dass ich bald nach Hause darf«, sagte sie und seufzte tief.

»Aber warum wird der Kontakt zu euren Familien verboten? Das ist ja total blöd. Kein Wunder, dass du so Heimweh hast.«
»Heimweh haben wir alle. Es liegt daran, dass die Padres einfach kein Risiko eingehen möchten. Je weniger Kontakt desto besser.«
Erinnerungen von Mr. Tramontis Erzählungen spielten sich in meinem Kopf ab. In unserem letzten Gespräch, bevor er uns in Bayville verließ, erzählte er davon, dass die Mädchen Heimweh hatten und viel zu früh die Padres verließen. Mit dem Ergebnis, dass sie nicht reif genug waren, um sich gegen die Taluris wehren zu können. Jetzt Marie zu hören, wie sehr sie ihre Familie vermisste, machte mich nachdenklich.
»Und die anderen Mädchen? Wie lange sind sie schon hier?«
»Ich weiß nicht genau, die meisten sind schon länger als ich hier. Nur Ava und Miku Lu kamen erst vor ca. acht Wochen. Ava ist mit fast dreizehn die Jüngste. Sie ist unser Küken.« Marie stützte ihren Kopf seitlich ab und beobachtete mich, wie ich meine Sachen einräumte.
»Und die anderen Mädchen? Wie sind die so?«
»Oh, eigentlich komme ich mit allen klar. Sie sind eben Mädchen. Manchmal zickig und hin und wieder kleine Tussis. Aber du wirst sie bald alle selbst kennenlernen.«
»Und was macht ihr den ganzen Tag? Wie muss ich mir das Training vorstellen?«
»Tja, das hängt von unserem Stundenplan ab. Nach dem Frühstück haben wir meistens den ganzen Vormittag Kampfausbildung. Außer mittwochs, da werden wir in heilender Lehre ausgebildet. Wer nicht die üblichen Fremdsprachen spricht, bekommt Zusatzunterricht. Wie viele Sprachen sprichst du?«

»Französisch, Spanisch und Deutsch«, erzählte ich mit Stolz. Auch wenn mir Französisch schon immer schwer fiel, liebte ich den Sprachunterricht. Marie senkte ihren Blick und sah mich mit offenem Mund von unten herauf an. »Du sprichst diese Sprachen alle flüssig?«

Ich unterdrückte mir ein Lächeln. »Naja, mehr oder weniger«, nickte ich ihr zu.

»Wow, das ist wirklich beachtlich. Deine Familie hat dich wohl gut vorbereitet.« Also unter gut vorbereitet verstand ich wirklich etwas anderes. Mittlerweile wäre ich froh gewesen, Onkel Finley hätte uns schon viel früher die Wahrheit gesagt. Es war purer Zufall, dass ich damals das Gespräch hatte belauschen können. Und erst als Mr. Tramonti ihm gut zuredete, rückte er mit der ganzen Sprache heraus.

»Du bekommst einen Stundenplan und einen persönlichen Trainer, der deine kämpferischen Fähigkeiten schult und ausbaut. Für den weiteren Unterricht ist es ähnlich wie in einer normalen Schule. Aber das werde ich dir alles morgen erklären. Das Leben hier ist nicht schlecht, wenn man bedenkt, was uns da draußen erwartet.«

Marie schwieg eine Weile. Ja, was erwartete uns eigentlich? Oder besser gesagt, was erwartete man von uns? Gab es überhaupt Illustris, die ein glückliches und zufriedenes Leben führten?

»Darf ich dich mal etwas fragen?«, unterbrach sie die Stille.

»Was willst du denn wissen?«

Ihr Blick folgte mir zum Schrank, als ich den leeren Trolley hineinstellte. »Bist du schon einmal einem unserer … Feinde begegnet? Ich meine, … so richtig?«

Unsere Blicke trafen sich. Mr. Tramonti bat uns, die wahre Identität von Luca auch hier geheim zu halten. Wie würden die Mädchen reagieren, wenn sie wüssten, dass Luca ein ehemaliger Taluri war? Aber die Begegnung brauchte ich ja nicht zu verheimlichen.
»Ja, und du?«, sagte ich deshalb so belanglos wie möglich.
Ruckartig setzte sie sich auf und sah mich mit großen Augen an. »Nein, du bist erst die dritte nach Miku Lu und Ava, die eine solche Begegnung überlebt haben und jetzt hier sind.«
»Ist das dein Ernst?«
Sie nickte. »Du musst mir davon erzählen. Ich kann es kaum glauben.«
Mit dem Waschbeutel in der Hand und mit frischer Kleidung machte ich mich auf den Weg ins Badezimmer. »Aber erst gehe ich duschen.«
Was durfte oder wollte ich überhaupt erzählen? Damit würde ich die Erinnerungen, die ich die letzten Wochen unterdrückt hatte, wieder hervorrufen. All der Schmerz, den ich so tief in mir vergraben hatte, wäre dann wieder vor meinen Augen.
Die Dusche tat mir gut. Als ich ins Zimmer zurückkam, klopfte es leise. Schwester Angela betrat das Zimmer. Die Schwester wies mich an, ihr zu folgen. Geschlafen hatte ich nicht, dafür war ich viel zu aufgeregt.
»Wir sehen uns später, Marie«, sagte ich und schloss die Tür hinter mir.
»Der Rat wartet auf dich.«
Der Rat? Was für ein Rat? Ich fühlte mich, als würde ich vor ein Kriegsgericht gestellt werden. Schwester Angela sah mein skeptisches Gesicht und lachte kurz auf. »Na, na, keine Sorge, die beißen dich schon nicht. Eigentlich

sind sie alle recht freundlich. Sie möchten dich kennenlernen. Professor Tramonti wird auch da sein.«
Mit zögernden Schritten folgte ich schließlich der Nonne. Wir verließen den Schlaftrakt der Mädchen und folgten dem langen Flur. Sie klopfte an eine große, hölzerne Doppeltür, hielt kurz inne und öffnete sie. Den Raum, welchen wir betraten, konnte man als einen Konferenzsaal bezeichnen. Er war groß, hell und sehr bürokratisch eingerichtet. Mehrere Tische waren in einer U-Form zusammengestellt, in dessen Mitte befand sich ein langes Pult, an dem vier ältere Männer saßen, von denen ich nur Mr. Tramonti kannte. An einem separaten Tisch saß Mr. Chang. Er nickte mir aufmunternd zu, was mich etwas beruhigte. Die anderen Gesichter waren mir fremd.
»Komm näher, Jade, setz dich zu uns. Wir freuen uns, dich bei uns zu haben«, sagte ein älterer Mann, der neben Mr. Tramonti saß. »Setz dich zu deinem Trainer.«
Ich tat, was er mir befahl.
»Erst einmal heißen wir dich hier alle herzlich willkommen«, sagte er freundlich. »Und zweitens möchten wir dir unser aufrichtiges Beileid aussprechen. Dein Onkel war ein guter Freund und wir werden ihn sehr vermissen.«
Sie wollten freundlich sein. Bei der Erwähnung von Onkel Finleys Namen schossen Bilder von Tom und Alegra in meinen Kopf. Ich schluckte meine Trauer hinunter, hob meinen Kopf und blickte ihnen entgegen. Wenn mich nur nicht alle so anstarren würden!
»Wenn du einen Wunsch hast oder wir irgendetwas für dich tun können, um dir deinen Aufenthalt so angenehm wie möglich zu machen, dann lass es uns bitte wissen.«

Seine Stimme klang aufrichtig und ich hatte das Gefühl, ihm vertrauen zu können. Aber sollte ich das auch?
»Keine Sorge, Jade. Sie möchten nur deine Geschichte hören«, flüsterte mir Mr. Chang ins Ohr.
»Konntest du dich etwas ausruhen?«, fragte der alte Mann neben Mr. Tramonti. Sein Haar und auch sein Vollbart waren völlig weiß. Ihm würde nur noch eine kleine Brille auf der Nase fehlen, dann könnte er den Weihnachtsmann vertreten. Alle vier Männer trugen dunkle Anzüge, was sie seriös wirken ließ.
»Mein Name ist Professor Jefferson Evans, Mr. Tramonti kennst du ja bereits, hier links von mir, das sind Prof. Dr. Peter Nussbaum und Dr. Pablo Rediaz. Wir sind so eine Art Vorstand der Padres de Luz. Die restlichen Personen sind Lehrer, die du in den nächsten Tagen kennenlernen wirst.« Seine Augen blickten liebenswürdig und gütig zu mir, während ich all die anderen Blicke auf mir spürte. Es war unangenehm, in diesem Raum das einzige weibliche Wesen zu sein.
»Nun, du brauchst keine Angst zu haben. Wir waren sehr neugierig, was das für ein Mädchen sein wird, welches so viel Mut und Selbstbewusstsein besitzt, uns Forderungen zu stellen.« Er lächelte und ein Gemurmel ging durch die Reihen.
»Ich ...«
»Immer mit der Ruhe, Jade. Es ist alles in Ordnung. Du musst nur verstehen, wir hatten bisher noch nie so einen ... besonderen Fall wie den deinen. Erzähl uns doch einfach von Anfang an, wie ihr alles erfahren habt, du und deine Schwester.«
Augenblicklich verstummten die kleinen Gespräche und gebannt sahen alle zu mir. Mr. Chang nickte mir aufmunternd zu. Schließlich fasste ich meinen Mut

zusammen und begann, meine Geschichte zu erzählen. Anfangs war ich noch scheu, doch je länger ich von Amy und unseren Auren sprach, desto sicherer wurde ich, bis ich schließlich völlig frei von all den Ereignissen erzählte, die in den letzten Wochen geschehen waren. Sie sollten von der ersten Begegnung mit Luca und dem Geständnis von Onkel Finley wissen, von dem Mordanschlag, dass Luca uns gerettet hatte, von Alegra und Tom, von meinen Ornamenten und natürlich von Matteo, der mir meine Schwester geraubt hatte und seither auf der Flucht war. Selbstverständlich ließ ich die Details aus, welche Gefühle ich für Luca hegte, das ging schließlich nicht einmal den Rat etwas an.
Als ich meine Rede beendet hatte, schwiegen alle und starrten mich an. Mein Herz hatte sich zwar in der Zwischenzeit wieder etwas beruhigt, doch ein bisschen Nervosität blieb.
»Und du bist dir sicher, dass dein Onkel sagte, dass deine Schwester ihn schon einmal geheilt hatte?«, fragte Prof. Dr. Nussbaum. Ein kleiner Ohrring zierte sein linkes Ohr, was nicht wirklich zu ihm passte. Die ganze Zeit, während ich berichtete, hatte er sich Notizen gemacht.
»Ja, zumindest haben Mr. Chang, Luca und ich es so verstanden.«
»Und du wusstest bis dahin nichts davon?«, wollte Dr. Rediaz wissen. Mit seiner Halbglatze und seiner kräftigen Statur erinnerte er mich an den ehemaligen Staatschef Italiens. Ich versuchte, mich an den Namen zu erinnern. Beduini...? Oder Berlini? Der richtige Name würde mir schon noch einfallen.

Ich schüttelte den Kopf. »Ich war selbst ganz perplex, als er das sagte.« Er nickte und Prof. Dr. Nussbaum notierte sich alles.
»Kannst du uns erklären, was damals in dir vorging, als der erste Angriff auf dem Motorrad stattfand. Es war, nach deinem Bericht, das erste Mal, dass du dich so stark gefühlt hattest.«
»Ich weiß nicht genau. ... Ich war durcheinander, durch die Ereignisse, die zuvor in der Schule vorgefallen waren. Diese Ornamente auf meiner Haut und das Brennen durch, ... durch Luca. Ich spürte nur diese unbeschreibliche Angst um meine Schwester.« Fieberhaft versuchte ich, mich daran zu erinnern, wie ich mich fühlte. Das Einzige, was mir einfiel, war wirkliche Angst. »Ich war an diesem Vormittag so durcheinander. Völlig durch den Wind. Bis dahin hatte ich keine Ahnung, was zur Hölle hier genau los war. Erst als ich die Gefahr tatsächlich durch Matteos Motorradattacke erkannte, handelte ich ... instinktiv. Es kam so plötzlich.«
Mr. Tramonti nickte wissend. »In Ordnung. Es war bestimmt ein Schock für dich. Sprechen wir nun über deinen Aufenthalt hier«, wechselte er das Thema. »In den nächsten Tagen möchten wir gerne mit dir arbeiten. Bist du einverstanden, dass unser Dr. Nussbaum dich untersucht?«
Ich blickte zu ihm. Er lächelte mich an, wobei er gleich darauf wieder auf seine Notizen sah.
»Was für Untersuchungen sind das genau?« Nervös nestelte ich am Bund meines T-Shirts.
»Oh, es sind reine Routineuntersuchungen. Wir werden dich einfach durchchecken.«

Durchchecken ... hallte es in meinem Kopf nach. Ein wenig Schiss hatte ich schon, doch schließlich nickte ich einverstanden.

»Außerdem möchten wir so schnell wie möglich mit dem Unterricht und dem Training anfangen. Im Laufe des Vormittags bekommst du einen Stundenplan. Die Mahlzeiten nehmt ihr Mädchen in unserem Speisesaal zusammen mit unserem Team ein. Eure Freizeit könnt ihr gestalten, wie ihr möchtet. Wir haben ein Schwimmbad, eine Bibliothek, einen Gemeinschaftsbereich und auch eine Außenanlage, die ihr hin und wieder nutzen könnt. Aber ich bin mir sicher, das wird dir Marie alles in den nächsten Tagen zeigen.«

»Was ist mit Luca?«, platzte es aus mir heraus. Die Stille im Raum war erdrückend. Hatte ich etwas Falsches gefragt?

Dr. Evans lächelte. »Gut, dass du es ansprichst. Wie du dir vielleicht vorstellen kannst, wird die Anwesenheit eines Taluris die Mädchen und auch die Ausbilder verunsichern, vielleicht sogar schockieren.«

»Ex-Taluri«, verbesserte ich ihn und sah ihm dabei direkt in die Augen.

Er neigte seinen Kopf. »Bist du dir da sicher? Du kennst seine Vergangenheit und unter welchen Umständen er dich kennengelernt hat. Wir können das Risiko nicht eingehen, einen Fehler zu machen. Das muss dir klar sein.«

Das Misstrauen sprach aus jedem einzelnen ihrer Blicke. Was ich sogar verstehen konnte, aber war es nicht Beweis genug, dass er mein Leben rettete? »Ich verstehe, dass man vorsichtig sein muss. Dennoch kann ich Ihnen versichern, dass er mehr als einmal mein Leben gerettet hat. Ohne ihn wäre ich heute nicht hier.«

»Da muss ich Jade Recht geben. Luca hat sich den Spy selbst entfernt und zeigt keine negativen Veränderungen. Dass er damit so gut klarkommt, haben wir Jade zu verdanken«, unterstützte Mr. Chang mich.
Prof. Dr. Evans räusperte sich. »Das werden uns die Tests in den nächsten Tagen beweisen müssen«, sagte er. »Fakt ist, Jade, wir müssen seine Identität geheim halten. Nur die hier Anwesenden wissen, wer er wirklich ist. Um weiteren Fragen aus dem Weg zu gehen, haben wir einstimmig beschlossen, dass Luca als Trainer mitarbeiten soll. Wir werden ihn streng überwachen.«
Er sollte die Illustris trainieren? Welch Ironie! Würde Luca sich darauf einlassen? Wie würde es ihm damit ergehen?
»Schwester Angela wird dich wieder in dein Zimmer begleiten.«
Und das war es? Keine weiteren Erklärungen? Ungläubig starrte ich von Dr. Evans zu dem Arzt, der immer noch damit beschäftigt war, Notizen von diesem Gespräch zu machen. Die Männer erhoben sich und schon öffnete sich wie auf Knopfdruck die Tür, Schwester Angela betrat den Konferenzsaal und begleitete mich hinaus.

Kapitel 9

Marie wartete schon auf mich, als ich unser Zimmer betrat.
»Da bist du ja endlich. Und, wie war es?« Ich schloss die Tür hinter mir und setzte mich aufs Bett.
»Ganz gut, denke ich.« Marie stand vor einem kleinen Spiegel und betupfte ihre Lippen mit einem Lipgloss. Ihr blondes Haar glänzte und erst jetzt fiel mir auf, dass sie sich umgezogen hatte.
»Gehst du aus?«, fragte ich, obwohl ich wusste, dass sie diese Mauern nicht verlassen konnte.
Sie lachte. »Natürlich nicht, es ist Zeit für unser Abendessen.«
»Und dafür richtest du dich?«
Sie hielt inne und sah mich durch den Spiegel an. »Klar, wir essen immer alle zusammen mit unseren Trainern. Wenn du sie siehst, weißt du auch, warum ich mich so herausputze.« Sie fuhr sich noch ein paar Mal durch ihr Haar, bis sie schließlich zufrieden mit dem Ergebnis war. »Können wir los?«
Na toll! Ich hasste es, die Neue zu sein. Aber da führte jetzt kein Weg dran vorbei. Gemeinsam verließen wir den Mädchentrakt, während Marie munter drauf losplapperte. Sie führte mich durch den Gang direkt in ein Treppenhaus.
»Hast du eigentlich einen Freund?«
Ehrlich gesagt war ich froh, dass ich gar nicht dazu kam, ihr eine Antwort zu geben, da sie sofort weiter quasselte.
»So wie du aussiehst, hattest du bestimmt jede Menge Typen. Ist ja auch egal. Jetzt bist du hier und die Padres haben auch einiges zu bieten. Ich bin mir sicher, unsere

Trainer werden dir gefallen. Die sind nicht nur heiß, sondern auch total sexy.«
Auch das noch! Hatten die Mädchen denn nicht kapiert, warum sie hier waren? Ehrlich gesagt war ich etwas irritiert, dass Marie von den Jungs schwärmte, die uns doch etwas beibringen sollten. Je länger ich darüber nachdachte, konnte ich sie auch verstehen. Sie waren eingesperrt, über Monate von ihrem normalen Leben entfernt, dass sie sich da an die Trainer hielten, war nicht verwunderlich.
»Noah, Christiano und Daniel sehen verteufelt gut aus und ich glaube, wir sind alle total verschossen in sie. Wobei mir persönlich Daniel am besten gefällt. Leider bin ich nicht in seiner Gruppe. Er trainiert Lucia und Amber.« Schweigend gingen wir eine Etage tiefer, bis wir vor einer großen Tür standen. Klapperndes Geschirr, Musik und lachende Stimmen drangen zu uns.
»Nervös?«
Stumm nickte ich.
»Keine Sorge, das war ich auch, als ich das erste Mal hier war.« Sie öffnete die Tür und wir betraten den Speisesaal. Anders als erwartet, war der Raum sehr freundlich und hell. Er erinnerte mich an ein Bistro. Die hellgrünen Wände sorgten für eine angenehme Atmosphäre. Von der Decke beleuchteten kleine Spots den Raum. Die Tische hatte man zu einer langen Tafel zusammengestellt, auf der sogar bunte Blumen standen.
»Hey, alle mal herhören!«, rief Marie ihnen zu. »Das ist Jade.« Damit stand ich im Mittelpunkt. Sofort wurde es leiser und einige der Mädchen sahen mich an. Ich erkannte Ava wieder, die ich schon auf dem Sofa gesehen hatte, als ich mit Luca und Mr. Chang die

heiligen Hallen der Padres de Luz betrat. Heute Mittag und auch jetzt wirkte sie traurig auf mich.
Ein Mädchen mit unglaublich blauen Augen kam auf uns zu. Sie war schlank, trug große Ohrringe und ein ziemlich kurzes Kleid. Sie passte einfach nicht in das Bild von den verfolgten und in Gefahr schwebenden Mädchen, das ich bisher hatte. Sie sah aus wie ein Vamp, mit ihrer langen blonden Löwenmähne und ihren High Heels.
»Hi, ich bin Madison. Aber alle nennen mich Madi. Willkommen!« Sie lächelte und zeigte damit ihre perfekten weißen Zähne.
»Hi! Ich bin Jade.«
»Das Essen ist gleich fertig. Hast du Hunger?«, fragte sie und betrachtete mich von oben bis unten. Doch dann wurde sie durch männliche Stimmen abgelenkt, die aus der Küche kamen. Zwei gut gebaute, junge Männer trugen dampfende Schüsseln zum Tisch, während aus der Küche jemand mit französischem Akzent schimpfte.
»Mon Dieu, Christiano, wie ofte muss isch dir noch sagen, keine Alkohl in meine Küsch? Die Mädschen werden die Alkohl nischt vertragen und ich verliere meine Job!«
»Mach dir keine Sorgen, Jacques. Es bleibt doch nur das Aroma. Der Alkohol löst sich doch auf und deinen Job darfst du auch behalten.«
Marie führte mich näher an den Tisch. Die jungen Männer stellten die Schüsseln ab und wandten sich zu uns.
»Hallo, du musst Jade sein«, sagte der Blonde mit dem Kurzhaarschnitt und lächelte mich freundlich an. Er trug einen blauen Trainingsanzug, was die Farbe seiner Augen betonte. Seine Haut war hell und seine blonden

Stoppelhaare ließen ihn tatsächlich sehr männlich wirken.
»Ich heiße Daniel Koslow. Schön, dich kennenzulernen«, sagte er und reichte mir seine Hand. Diesmal riss ich mich zusammen und zögerte nicht.
»Und ich bin Noah, Noah Richards. Ich bin ebenfalls Trainer hier. Vielleicht werden wir zusammen trainieren.«
Kurz schüttelte ich seine Hand. Er war ein wenig größer als Daniel. Sein dunkles Haar war noch nass von der Dusche. Auch er trug einen blauen Trainingsanzug, unter dem sich seine Muskeln deutlich abzeichneten. Er hatte ausgesprochen schöne blaue Augen, die mich an das Meer erinnerten.
»Ja, vielleicht!«, sagte ich etwas eingeschüchtert durch seinen Charme. Ein Mann mit einer Glatze, ich schätzte ihn auf Ende vierzig, trat zu uns. »Hallo, du musst Jade sein. Willkommen. Ich bin Lorenzo Zanolla. Ich bin der Trainingsleiter.« Sein Händedruck war überraschend kräftig und kurz glaubte ich, er würde meine Finger zerquetschen.
»Hey, Leute, das Essen wird kalt. Jade kann sich ja gleich richtig bei uns vorstellen«, sagte Madi, die schon damit angefangen hatte, das Essen portionsweise auf die Teller zu laden. Während wir uns gegenseitig vorstellten, hatten wir nicht bemerkt, wie die anderen schon an ihrem Platz saßen und auf uns warteten.
»Du hast mir nicht gesagt, dass die anderen schon wussten, dass ich heute komme«, flüsterte ich Marie zu, die sich gleich neben Daniel einen Platz ergattert hatte.
»Ist das wichtig?« Nein, war es nicht. Aber ich fühlte mich etwas überrumpelt. Wo war eigentlich Luca? Wo hatten die Padres ihn hingebracht? Ging es ihm gut?

Ich setzte mich auf den freien Stuhl neben Marie. Neben mir saß die kleine Ava, die still wie ein Mäuschen auf ihren Teller starrte. Nur hin und wieder bemerkte ich, wie sie mir einen scheuen Blick zuwarf. Ich tat, als würde ich es nicht bemerken und fing an zu essen. Erst jetzt spürte ich, wie groß mein Hunger war.
»Also, Jade, erzähl uns von dir. Woher kommst du?«, fragte Mr. Zanolla, der mir direkt gegenüber saß.
Peinlicher konnte es jetzt nicht mehr werden. Meine Wangen fühlten sich an, als würde all mein Blut hineinströmen.
»Ich … komme aus Bayville. Das ist ein kleiner Vorort von New York.«
»Wow, New York! Da war ich schon eine Ewigkeit nicht mehr«, sagte ein Mädchen, etwa in meinem Alter, mit großen Augen. Sie war hübsch. Sie hatte lockiges Haar, das sie an diesem Abend mit einer blumenverzierten Haarspange seitlich abgesteckt hatte.
»Naja, Amber, New York ist ja ganz nett, aber Miami gefällt mir besser«, sagte Madi und himmelte Noah, der neben ihr saß, an. Er grinste kurz zurück, bis er meinen Blick bemerkte. Was war das denn? Lief da etwa was zwischen den beiden?
»Also ich finde New York faszinierend. Das Nachtleben hat etwas für sich«, sagte Noah mit halb vollem Mund und Madi rollte genervt mit ihren Augen.
»Leider kenne ich das Nachtleben New Yorks nicht. Nur einmal war ich im Collections in Queens.«
»Im Collections? Das kenne ich, da war ich auch einmal, bevor ich hier Trainer wurde«, sagte Noah und schmunzelte. Was für ein Zufall.
»Dass du überhaupt dort hineingekommen bist, das wundert mich«, mischte Madi sich schnippisch ein. »So

kindlich, wie du wirkst.« Was hatte das Mädel für ein Problem mit mir? War sie etwa eifersüchtig, weil Noah sich mit mir unterhielt? Das fing ja gut an. Ich ignorierte sie einfach.
»Und was machst du sonst so in deiner Freizeit?«, wollte ein asiatisches Mädchen von mir wissen.
»Ich tanze gerne und liebe es, mich im Kampfsport auszupowern.«
»Oh, Miku Lu, dann hast du ja endlich mal eine Kampfpartnerin, die Spaß daran hat«, sagte Mr. Zanolla eifrig. Vielversprechend grinste sie mich an. Die Atmosphäre wurde erträglicher für mich. Das Mädchen neben Miku Lu musste Lucia sein. Aber wie Marie mir schon erzählt hatte, fiel sie wirklich auf in der Gruppe. Sie war das einzige Mädchen, das übergewichtig war. Ein trauriger Ausdruck lag auf ihrem Gesicht. Sie wirkte eingeschüchtert und ängstlich.
Ich stocherte gedankenverloren auf meinem Teller herum, bis ich hörte, wie die Tür aufging und Mr. Tramonti mit Luca den Speisesaal betrat. Alle Köpfe drehten sich zu ihnen.
Als Luca meinen Blick erwiderte, lächelte ich ihn an. Jetzt fühlte ich mich sicher. Er war hier und sofort fing mein Herz an zu rasen. Niemand sollte von unserer Verbindung erfahren, ich musste mich zusammenreißen.
»Entschuldigt bitte meine kurze Unterbrechung. Kann ich Sie kurz sprechen, Mr. Zanolla?«
»Natürlich!« Er stand auf und ging zu Mr. Tramonti. Sie wechselten kurz ein paar Worte, dann reichte er Luca seine Hand und Mr. Tramonti verschwand wieder.
Mr. Zanolla räusperte sich. »Darf ich um eure Aufmerksamkeit bitten? Wir haben einen neuen Trainer. Er wird ab morgen helfen, euch Mädchen zu trainieren

und unser Trainerteam damit entlasten. Somit kann Christiano sich um ein paar Spezialfälle kümmern.«
Er führte Luca an unseren Tisch. Leider konnte ich ihn nicht weiter beobachten, da er auf meiner Seite des Tisches am anderen Ende einen Platz fand. So gern hätte ich ihn berührt, als er an mir vorbei ging. Doch das durfte ich nicht. Niemand durfte wissen, welche Gefühle ich für ihn hegte. Sofort hatten die Trainer ihn in Beschlag genommen. Marie wendete sich wieder mir zu. »Mein Gott, hast du den Neuen gesehen? … Ich glaube, jetzt hat Noah Konkurrenz bekommen«, flüsterte sie. Ich sah mich um und bemerkte, dass auch die anderen Mädchen, allen voran Madi und Amber, ihn nicht aus den Augen ließen.
Ein heißes Stechen durchfuhr mich. Ava neben mir stand auf, nahm ihren Teller und brachte diesen in die Küche. Niemand bemerkte, wie sie leise den Speisesaal verließ. Es war, als würden die anderen sie gar nicht wahrnehmen.
Ich musste mich irgendwie beschäftigen. Also fing ich an, das Geschirr zusammenzustellen und trug es in die Küche. Ich wünschte mir eine Reaktion von ihm. Irgendwas! Doch er schien mit Mr. Zanolla in einem Gespräch vertieft zu sein. In der Küche klapperte ein dicker Mann mit einer weißen Kochschürze mit Töpfen. Er stand mit dem Rücken zu mir und fluchte auf Französisch.
»Entschuldigung, wo kann ich das Geschirr abstellen?«
Ruckartig unterbrach er seine Meckerei und starrte mich an. Seine Stirn glänzte von der Hitze und seine Wangen waren gerötet. »Wieso räumst du die Tisch?« Fassungslos sah er mich an, bis er mir schließlich

entgegen kam, um mir die schmutzigen Teller abzunehmen. »Du bist die neue Mädschen?«
Ich nickte.
»Bonjour, meine Name ist Jacques Baptiste Lacroix. Isch bin die Koch hier. Und du?«
»Ich bin Jade.«
»Normalweis räume die Mädschen das Geschirr nicht. Sie elfen nur bei die Arbeit in die Küsch, wenn sie eingeteilt sind.«
»Oh, das wusste ich nicht.«
»Das machte nix. Trotzdem merci.« Jetzt legte sich endlich ein freundlicher Zug um seine Lippen und ich fühlte mich nicht mehr wie ein Eindringling. Aus den Augenwinkeln sah ich noch, wie Luca zusammen mit dem Ausbildungsleiter und Daniel den Speisesaal verließ und die anderen Mädchen ihnen verträumt hinterher sahen. Kaum hatte sich die Tür geschlossen, schnatterten sie ganz aufgeregt über den männlichen Neuzugang.
»Ich bin gespannt, wer von uns mit ihm trainieren darf.«
»Hoffentlich ist er nicht so streng wie Daniel, sonst könnte es genauso anstrengend mit ihm werden.«
»Hach, habt ihr seine Augen gesehen?«
Meine Güte, so langsam vergaßen sie wirklich, warum sie hier waren. Obwohl ich mir vorstellen konnte, dass Amy sich genauso verhalten würde.
Später, als Marie und ich in unserem Zimmer waren, schaltete sie leise ihre Musik ein, während ich mich umzog.
»Gehst du nicht ins Bett?«, wollte ich wissen, als sie sich immer noch nicht umzog.
»Och, ich weiß nicht. Ich bin eigentlich noch nicht müde.« Sie setzte sich auf ihr Bett und blätterte in einem Magazin.

Ich legte mich in mein Bett und dachte eine Weile über den Tag nach. Jetzt war ich bei den Padres. Die Mädchen kamen mir so normal vor. Sie benahmen sich wirklich nicht anders als andere Mädchen in ihrem Alter. Eindeutig hatte ich etwas anderes erwartet. Vielleicht lag es aber nur daran, dass ich ihre Aura nicht farblich sehen konnte. Wenn ich ehrlich war, war das schon eine tolle Sache. Endlich konnte ich meine Gefühle für mich behalten. Niemand sah, ob ich gerade wütend, fröhlich, traurig oder sonst was war. Ich hatte endlich eine Privatsphäre. Und die würde ich auch genießen.

»Was sagst du zu unseren Trainern?«

Ich blickte zu ihr rüber. Sie grinste und hatte den gleichen verträumten Dackelblick wie die anderen Mädchen vorher.

»Was soll ich sagen, … ich kenne sie ja noch nicht.«

»Das meine ich nicht. Findest du nicht, dass Daniel, Noah und Christiano toll aussehen?« Natürlich war mir aufgefallen, wie attraktiv und muskulös die jungen Männer waren. Aber mein Interesse weckte nur einer - Luca.

»Ja, das schon. Wie läuft das Training denn ab?«

»Jede von uns wird einem Trainer zugeteilt. Meistens beginnt das Training mit Aufwärmen und Fitness. Dann folgt Einzelunterricht im Kampf. Christiano ist für mich zuständig. Er zeigt mir Tricks und hilft mir, mehr Kondition und Schnelligkeit aufzubauen. Manchmal kämpfe ich gegen ein anderes Mädchen. Damit wollen sie uns messen. Miku Lu ist unsere ungeschlagene Königin. Nicht einmal Madi hat es bisher geschafft, sie zu besiegen. Wie steht es mit deinen Fähigkeiten? Bist du gut?«

Ich zuckte mit den Schultern. »Was heißt gut? Mr. Chang hat mich ein paar Monate unterrichtet. Bisher war er zufrieden mit mir. Das hoffe ich zumindest.«
Marie zog ihre Brauen hoch. »Was? Meister Chang hat dich unterrichtet? Wow! Dann musst du gut sein.«
»Wieso?«
»Na, er trainierte früher die Mädchen hier. Und durch ihn wurden sie die besten Kämpferinnen. … Und du sagst, er hat dich unterrichtet?«
»Ja, mich und ...« Sofort hielt ich inne, beinahe hätte ich mich verraten. Mist! Das durfte mir nicht noch einmal passieren.
»Und wie oft?«
»Täglich.«
Marie schnappte nach Luft. »Täglich! Wow! Dann wird sich Miku Lu warm anziehen müssen.«
»Wir werden sehen. Ich bin sehr gespannt auf das Training. Aber erst muss ich morgen zu der Untersuchung. Ich hoffe, die dauert nicht so lange.«
»In der Regel etwa eine Stunde. Dr. Nussbaum nimmt Blut ab und checkt dich eben durch.«
Naja, bei mir ist die Sachlage vielleicht etwas anders. Ich hasste es, zur Blutabnahme zu müssen.
»Also, ich bin müde. Gute Nacht!«
»Gute Nacht, Jade. Es ist schön, dich hier zu haben.«
Ich lächelte sie an. »Danke.«
Bisher waren fast alle sehr nett. Zumindest war das mein erster Eindruck. Amy würde es hier gefallen. Die Illustris waren anders als ich erwartet hatte. Sie waren so, wie Mr. Tramonti gesagt hatte, eben Mädchen. Dass sie auf die Trainer standen, konnte ich nachvollziehen, auch wenn ich selbst nur Augen für Luca hatte. Er fehlte

mir. Ich musste unbedingt einen Weg finden, um mit ihm sprechen zu können.

Gleich beim Frühstück drückte mir Mr. Zanolla meinen Stundenplan in die Hand. »Du gehst nach dem Frühstück zu Dr. Nussbaum und anschließend beginnt dein Training«, sagte er. Marie und ich setzten uns an den gedeckten Tisch. Alle waren da, nur Luca konnte ich nicht entdecken.
»Zeig mal her, wen hast du eingeteilt bekommen. Oh, du wirst von Noah trainiert. Hast du ein Glück«, meinte Marie, nachdem sie meinen Plan studiert hatte. Ava, die neben mir saß, sah mich nur kurz an. Sie aß ihr Müsli und schien nervös zu sein. Sie wippte unaufhörlich mit ihrem Fuß.
»Was bedeutet die Abkürzung HL?«
»Heilungslehre. Mr. Finta bringt uns bei, was die Aufgaben einer Illustris sind. Es gibt verschiedene Techniken und Methoden. Eigentlich echt cool, aber er zieht es vor, uns viel schreiben zu lassen. Er ist eben ein Theoretiker und hält nicht so viel vom praktischen Lernen.« Naja, solche Lehrer kannte ich von unserer Schule und sie waren bei uns genauso wenig beliebt, wie wohl Mr. Finta hier bei den Illustris.
Ungeduldig starrte ich wieder auf den Sekundenzeiger der großen Wanduhr, die im Speisesaal über dem Kücheneingang hing. Ich konnte es kaum erwarten, bis Luca zum Frühstück erschien. Da er jetzt zum Trainerteam gehörte, würde er nicht ausschlafen können und musste ja hier auftauchen. Die Tür flog auf und sofort klopfte mein Herz verräterisch. An den Gedanken, dass niemand meine Aura sehen konnte, musste ich mich erst gewöhnen. Noah, Daniel und Amber betraten den

Raum. Von Luca keine Spur. Die Minuten verstrichen nur sehr langsam und Avas Gewippe machte mich nur noch gereizter.
»Wartest du auf jemanden?« Marie schenkte sich gerade Tee in eine Tasse. Sie zeigte auf meine und fragte mit stummem Blick, ob sie mir auch einschenken sollte. Schnell hob und streckte ich ihr meine Tasse entgegen.
»Nein! … Auf wen sollte ich denn warten?«, sagte ich verlegen und ärgerte mich, weil Marie mich erwischt hatte.
»Na, weil du ständig die Tür anstarrst und auf die Uhr siehst.«
»Ach, das liegt wahrscheinlich nur daran, weil ich nervös vor der Untersuchung bin«, log ich und legte meine Hand auf Avas Oberschenkel. Mit leichtem Druck unterbrach ich ihre Wackelei.
»Bitte, du machst mich nervös.« Mit ihren großen braunen Rehaugen sah sie mich an und hörte augenblicklich auf. Ich bedankte mich mit einem Lächeln.
»Davor brauchst du keine Angst zu haben, Jade. Dr. Nussbaum ist wirklich sehr nett. Er wird dich nur eben schnell durchchecken und schon bist du fertig.« Sie griff sich einen Muffin und blickte in die Runde. Alle waren jetzt da, nur zwei Stühle waren noch frei. Ohne hinzusehen, wer fehlte, wusste ich es sofort. Madi und Luca.
»Es fehlen noch Madi und der neue Trainer«, sagte Marie und nahm einen Schluck von ihrem Tee. Kaum hatte sie es ausgesprochen, hörten wir lautes Lachen von draußen. Die Tür wurde geöffnet und eine gut gelaunte Madi und ein grinsender Luca betraten den Speisesaal.

Sie nahm gerade noch ihren Arm von Luca, den sie bei ihm eingehakt hatte. Was hatte das zu bedeuten?
Eifersucht brodelte leicht in mir, als ich die beiden so fröhlich miteinander sah. Schnell nahm ich ebenfalls einen Muffin und konzentrierte mich darauf, das Papier gewissenhaft zu entfernen.
»Guten Morgen«, säuselte Madi zuckersüß und ich nahm wieder meinen Stundenplan und versteckte mein Gesicht dahinter.
»Entschuldigt unsere Verspätung, ich traf Luca unterwegs und beinahe wäre er doch glatt ohne Frühstück in die Trainingshalle gelaufen. Das geht ja gar nicht. Selbst meine Mutter bestand immer darauf, dass man das Haus nie ohne Frühstück verlassen sollte.«
Meine Güte! Hatte die einen an der Waffel?
Sofort begann Ava, unter dem Tisch wieder mit ihrem Bein zu wackeln und ich spürte, wie sich das Mädchen versteifte. Sie unterbrach ihr Frühstück, stand auf und verschwand in der Küche. Schon gestern Abend war sie einfach aufgestanden und hatte den Speisesaal, ohne sich zu verabschieden, verlassen.
»Was hat sie denn für ein Problem? Ständig verschwindet sie und sagt kein Wort?«
»Du meinst Ava? Die Arme. ...«
Fragend sah ich Marie an. »Wieso? Was ist denn mit ihr?«
Marie atmete tief ein und sah besorgt aus. »Sie kann nicht sprechen. Sie ist stumm.«
»Oh, … das tut mir leid.« Stimmt! Bisher hatte sie keinen Ton gesprochen.
»Ja, es ist schrecklich. Sie ist die Jüngste von uns und hat Schlimmes erlebt. Sie ist erst dreizehn und mit Miku Lu die Einzige, die einen Angriff von den Taluris

überlebt hat. Das heißt, sie hatte unvorstellbares Glück. Man fand sie mehr tot als lebendig.« Marie fuhr mit ihrem Finger quer über ihren Hals.
»Du meinst ...«
Sie nickte bestätigend. Oh Gott, das arme Ding. Jetzt verstand ich auch, warum sie Shirts mit Rollkragen oder einen Schal trug. Sie verbarg darunter ihre Narbe.
»Der Taluri hat sie böse erwischt, aber eben nicht völlig. Ihre Stimmbänder konnten die Ärzte leider nicht mehr retten.« Betroffen nickte ich. Wie schrecklich das alles für sie sein musste.
»Eute Mittag gibt es eine französische Gericht aus meine Eimat, dass isch ause meine Kindheit kenne. Wer von euche iste eute eingeteilte bei die Esen vorzubereite?«, unterbrach der Koch meine Gedanken und sah in die Runde.
Lucia meldete sich per Handzeichen.
»Ah, parfait Lucia. Mit disch koche isch immer sehr gerne. Oui, oui, isch erwarte disch pünktlisch in die Küsch. Wir zwei werde etwas underbares zaubern, eute.« Er grinste vielversprechend und verschwand auch schon wieder in seiner Küche.
»Na, dann hoffen wir mal, dass die Kocherei nicht wieder in einem Desaster endet«, lachte Madi laut, was Lucia erröten ließ. Leises Gekicher war von den anderen zu hören.
»Könntest du deine unnötigen Kommentare nicht für dich behalten, Madi?« Marie funkelte sie böse an.»Wieso, man wird doch noch sagen dürfen, was ohnehin schon alle denken.«
»Es ist verletzend und das weißt du ganz genau. Also lass es.« Ich wusste gar nicht, wie böse Marie aussehen

konnte. Sie hatte es geschafft, dass Madi tatsächlich nichts mehr entgegnete und sich mit Amber unterhielt.
»Was war das letzte Mal?«, flüsterte ich Marie neugierig zu.
»Eigentlich nichts, was nicht jedem hätte passieren können. Lucia ist eine tolle Köchin und auch die Lieblingsgehilfin von Monsieur Lacroix. Das letzte Mal, als sie eingeteilt war, trug sie den großen Braten an den Tisch und stieß dabei versehentlich mit Noah zusammen. Dabei flog nicht nur der Braten auf den Boden, sondern auch der arme Noah. Seither macht Madi sich über den Vorfall lustig.«
Lucia wurde also von Madi gemobbt. Na, das passte zu ihr. Nicht, dass ich sie von vorneherein so eingeschätzt hätte, doch sie hatte etwas Divenhaftes an sich, das ihr nicht gerade schmeichelte. Außerdem konnte ich es noch nie leiden, wenn man sich über andere lustig machte.
In Gedanken versunken, trank ich meinen Tee aus und begegnete dabei Lucas Blick. Wärme durchfuhr mich. Vorsichtig grinste er mich an, was mich innerlich in Aufruhr brachte. Niemand bemerkte uns dabei und ich wagte es sogar, ihm ein Zeichen zu geben. Ich wollte ihn unbedingt sprechen.
»Wir sollten los«, funkte Marie dazwischen, stand auf und brachte ihr Geschirr an den Geschirrwagen.
»Bis später«, sagte ich in die Runde und bedachte Luca mit einem längeren Blick. Noch bevor ich den Tisch verließ, nickte er leicht und unscheinbar, als würde er verstehen, was ich von ihm wollte.

Marie führte mich zu Dr. Nussbaums Untersuchungszimmer.

»Also, wir sehen uns dann später«, sagte sie. »Und du brauchst wirklich keine Angst zu haben.«
»Ich habe keine Angst, nur die Blutabnahme mag ich nicht besonders.«
»Wer mag das schon!«, meinte sie lachend und wandte sich um.
»Bis später.«
Dr. Nussbaum rief mich gleich nach dem ersten Klopfen herein. Das Arztzimmer war ein typischer Behandlungsraum mit einer kleinen Umkleide, einer Liege, mehreren Geräten und einem Schreibtisch, auf dem sich Ordner und einige Bücher türmten.
»Oh, guten Morgen. Da bist du ja. Komm rein«, sagte er freundlich. Ich schloss die Tür hinter mir und setzte mich auf den freien Stuhl vor seinem Schreibtisch.
»Wie hast du geschlafen?«
»Ganz gut.« Es war zumindest nicht gelogen. Auch wenn ich nicht gleich in den Schlaf fand, weil Luca mir mal wieder nicht aus dem Sinn ging.
»Heute brauche ich etwas Blut, deine Größe und dein Gewicht. Anschließend machen wir ein EKG. Es wird nicht allzu lange dauern.« Ich nickte und versuchte, nicht an die Nadel zu denken, die er gleich unter meine Haut schieben würde.
»Du hast gestern erzählt, dass die Ornamente, die du in der Gegenwart der Taluris spürst, warm sind. Wie lange dauert es ungefähr, bis sie sich voll entwickelt haben?«, fragte er und öffnete einen Schrank, in dem sich verschiedene Arzneimittel, Binden, Nadeln und Pflaster befanden.
Meine Güte! Ich war bisher noch nicht auf die Idee gekommen, die Zeit zu messen. Ich zuckte mit den Schultern. »Ich weiß nicht genau. Das hängt von der

Entfernung der Taluris ab, denke ich. Je näher ich ihnen bin, desto schneller bilden sie sich und desto heißer sind sie.«

Dr. Nussbaum schloss den Schrank wieder und kam mit einem silbernen Tablett zu mir.

»Setz dich auf die Liege, bitte.« Ich tat, was er verlangte und ignorierte die Übelkeit, die sich in meinem Bauch breitmachte. Er band meinen rechten Oberarm ab, so dass sich das Blut staute. Mit Desinfektionsmittel reinigte er die Stelle, wo gleich die Nadel in meine Vene eindringen würde. Ich sah weg, bevor mich die Übelkeit völlig einnehmen konnte.

»Kannst du kein Blut sehen?«, fragte er.

»Eigentlich macht mir das Blut nichts aus, aber heute scheint es mir schlecht zu werden.«

»Na gut, ich werde schnell machen.« Ohne weitere Vorwarnung spürte ich einen kleinen Pieks. Es tat nicht sehr weh, aber unangenehm war es schon. Während er die Röhrchen mit meinem Blut füllte, schwiegen wir.

Ganz plötzlich musste ich an den Schmetterling auf Grace Island denken und das verursachte wieder diese leichte Panik. Auch wenn seit dem Vorfall nichts mehr passiert war, hatte ich Angst vor der dunklen Seite in mir. Ob ich mit Dr. Nussbaum darüber sprechen könnte? Zu gern würde ich mich ihm anvertrauen. Vielleicht wäre es schlauer, ihn erst mal zu fragen, was die anderen Illustris können.

»Wie äußert sich die Gabe bei den anderen Mädchen? Heilen sie ausschließlich?«

»Ja. Aber sie müssen es erst noch richtig lernen. Wenn sie das betroffene Körperteil berühren, wird dieses warm. Ihre Kräfte strömen in die jeweilige Verletzung und heilen diese binnen Minuten. Sie lassen zum

Beispiel Schnittwunden schließen oder Knochen wieder zusammenwachsen, auch Ausschläge verschwinden. Sie lernen hier, wie sie ihre Kräfte richtig und sinnvoll nutzen können. Dazu brauchen sie viel Übung. Wie ist es bei dir? Ich habe gehört, dass du deine Heilung ganz anders vollziehst.«
Wieder gab man mir das Gefühl, nicht richtig zu funktionieren, doch ich antwortete brav. »Da gibt es eigentlich nicht viel zu erzählen. Es war einfach so, dass ich das Obsensium in Lucas Körper sehen konnte und wie er dagegen ankämpfte. … Ab diesem Zeitpunkt wusste mein Verstand genau, was zu tun war.«
Aufmerksam hatte er mir zugehört, während er die Schlinge um meinen Oberarm wieder löste.
»Darf ich Sie mal etwas fragen?«
»Klar, schieß los!«
Wie könnte ich ihn über die Legende ausfragen, ohne mich dabei selbst zu verraten? Auf keinen Fall durfte ich den Eindruck hinterlassen, dass ich etwas mit der verderbenden Gabe zu tun haben könnte. Wer weiß, was sie mit mir anstellen würden?
»Sie kennen doch bestimmt die Legende, die man sich über uns Illustris erzählt?«
Er sah zu mir auf. »Du meinst über den Gott Luma und die Göttin Illis? … Natürlich, alle Padres kennen diese Legende. Aber du weißt schon, dass das mehr oder weniger ein Märchen ist. Warum fragst du?«
Ein Gedanke formte sich in mir. Sollte ich es wagen, ihn direkt darauf anzusprechen? Irgendwie musste ich ja mehr darüber herausfinden. »Ich fand das Mädchen mit den zwei Gaben sehr interessant.«
»Ja, das ist der faszinierendste Teil dieser Legende.«

»Könnten Sie sich vorstellen, dass es je eine Illustris gab, die zwei so unterschiedliche Gaben in sich vereinte?«
»Nein, natürlich nicht, diese Illustris müssten dann ein zusätzliches Gen in sich tragen.«
Ich stutzte und gleichzeitig wurde mir heiß. Er hatte keine Ahnung, ich wusste, dass es möglich war, schließlich saß ich vor ihm. »Können Sie mir das mit den Genen näher erklären?«
»Das ist ein komplexes Thema, aber ich werde versuchen, es dir so einfach wie möglich zu erklären. … Wissenschaftler der Padres fanden heraus, dass ihr Illustris ein bisher unentdecktes, zusätzliches Gen besitzt. Dieses Gen nannten sie Anian-3DeltaX-Gen, welches das Protein Polyextaminbetainsäure produziert. Dieses aktiviert eure Heilkräfte.«
»Aber wieso können wir dann den Heilungsprozess nicht einfach abrufen, wenn wir ihn brauchen?«
»Das ist eine berechtigte Frage, Jade. Im Mittelalter wurden die Illustris als Hexen gesehen. Daher war es für sie verboten zu heilen. Wenn sie es doch taten, endeten sie auf dem Scheiterhaufen. Über die Jahrhunderte ist die Gabe verkümmert, da sie sie nicht anwenden konnten. Heute versuchen wir mit Übungen, eure Gabe wieder voll funktionsfähig zu machen.«
Ist Amys Gen dann voll funktionsfähig? »Wie kommt es, dass meine Schwester ihre Aura abstellen kann? Sie schaltet sie aus wie einen Lichtschalter.«
Dr. Nussbaum klebte gerade das Pflaster auf meine Einstichstelle. »Das ist eine sehr gute Frage. … Wir gehen davon aus, dass es sich dabei um einen Defekt handelt.«

»Um einen Defekt?« Er konnte froh sein, dass Amy das jetzt nicht hörte. Diese Erklärung hätte ihr ganz bestimmt nicht gefallen.
»Ja. Laut Mr. Changs Bericht und unseren Studien gibt es für uns nur eine Erklärung. Normalerweise vererben Illustris ihr Gen nur an eine ihrer Töchter. Dass eure Mutter mit Zwillingen schwanger war, war schon sehr ungewöhnlich und dass ihr beide das Gen habt, ist noch ungewöhnlicher. Wir gehen davon aus, dass sich die Gabe deiner Schwester deshalb abgeschwächt äußert. Doch bei dir liegt es anders. Du kannst zwar deine Aura nicht abstellen, dafür kannst du deine Heilkräfte aus dir fließen lassen, ohne jemanden berühren zu müssen. Das ist ein einzigartiges Phänomen, das wir näher untersuchen wollen und auch müssen.«
Ich war erleichtert, dass er dies als Phänomen sah und mich nicht in Verbindung mit der Legende brachte.
»Und was hat es mit den Ornamenten auf sich?«
»Das ist schwer zu erklären, Jade. Wir forschen noch und haben bisher keine Erklärung dafür. Du bist die einzig lebende Illustris, bei der dies je aufgetreten ist. Vielleicht werden uns die Untersuchungen in den nächsten Tagen mehr Antworten liefern.«
Er stand auf, ging zu seinem Schreibtisch und nahm den Hörer ab. »Leona, sagen Sie Schwester Angela, die Blutproben können ins Labor gebracht werden.« Dann legte er auf und wendete sich wieder an mich. »So, jetzt noch Gewicht und Größe, dann machen wir das EKG.«
Als wir endlich fertig waren, war ich froh, zu meinem ersten Training zu kommen. In meinem Kopf spielte sich einfach zu viel ab. Mit den Antworten, die mir Dr. Nussbaum gegeben hatte, musste ich erst mal fertig werden. Dieses Dunkle, das in mir schlummerte, das mich veränderte, sobald ich es spürte, diese dunkle Glut, die mich zu allem fähig machte, könnte eine Gefahr für alle sein.

Kapitel 10

Das Trainingslager war nicht schwer zu finden. Es lag im letzten Untergeschoss. Sobald sich die Aufzugstüren öffneten, erstreckte sich vor mir eine riesige Halle - lichtdurchflutet und so groß wie ein Fußballplatz. In der Mitte war so etwas Ähnliches wie ein Parkour aufgebaut, der mit Seilen und verschiedenen Hindernissen etwa die Hälfte des Platzes einnahm. Die Illustris-Mädchen trainierten und in der Halle war das Keuchen und Gestöhne zu hören. Gleich links befand sich ein gläsernes Büro. Mr. Zanolla saß hinter mehreren Bildschirmen und sah sehr beschäftigt aus. Rechts an der Wand entlang erstreckten sich Gitterboxen, in denen alle möglichen Trainingsutensilien verstaut waren.

»Jade! Da bist du ja!«, rief Marie mir zu. Sie saß an einem Tisch, der sich etwas abseits des Glasbüros befand.

»Ich mache gerade Pause. Komm, setz dich«, sagte sie lächelnd.

»Und? Wie war‘s beim Doc?« Ich setzte mich zu ihr an den Tisch und sah zu den anderen.

»Ganz gut.« Mein Blick wanderte zu Luca, der gerade mit Madi verschiedene Kampfstellungen übte. Kurz hatte er zu mir gesehen, jedoch zog Madi seine Aufmerksamkeit sofort wieder auf sich, indem sie sich betont aufreizend zu ihm beugte.

»Komm, ich zeig dir, wo du dich umziehen kannst«, sagte Marie und führte mich durch eine Seitentür direkt in die Umkleidekabine. Sie plapperte fröhlich, während ich mich neugierig umsah. Alles war modern eingerichtet. Jede Illustris besaß ihren eigenen Spind, mit

dem jeweiligen Namen beschriftet. Aus einem Schrank gab sie mir zwei Handtücher.
»Deine Sportsachen, die du mir gegeben hast, hab ich dir schon mal in deinen Spind geräumt. Du bist direkt neben mir«, sagte sie und zeigte auf eine der Türen, auf der in goldenen Buchstaben mein Name stand.
»Aber jetzt erzähl schon, wie war es? Hab ich recht gehabt, dass Dr. Nussbaum ganz nett ist?«
Ich lachte. »Ja, hast du. Er war wirklich sehr nett.« Sofort war er mir sympathisch, doch mein dunkles Geheimnis konnte ich ihm nicht anvertrauen.
»Also, als erstes musst du zu Zanolla, der gibt dir so ein Armbändchen.« Sie streckte mir ihren Arm entgegen. Ein schwarzes Gummiband zierte ihr Handgelenk.
»Was ist das?«
»Das ist eine Flex. Mit dem Armband überwacht Mr. Zanolla deine Fitness und deine Kraft. Es enthält einen Chip, der deine Pulsfrequenz, deine Herzschläge und deine Leistung direkt zu ihm ins Büro überträgt. Es analysiert dein Trainingsprofil. Zumindest hat es Daniel mir so erklärt. Wir sollten uns beeilen. Zieh dich schnell um und dann melde dich bei Zanolla, damit du mit dem Training beginnen kannst«, sagte sie mit einem Lächeln.
Ich zog mich um und fühlte mich gleich wohl in meiner schwarzen 3/4 Hose und dem roten Shirt. Dann beeilte ich mich, mit Marie wieder in die Halle zu kommen.

»So, jetzt kann es losgehen. Noah wartet schon auf dich«, sagte Mr. Zanolla, als er die Bildschirme nach meinen Daten abgecheckt hatte. Mit dem Armband um mein Handgelenk lief ich durch die Halle, an Luca vorbei, der mir kurz zunickte. Ganz nach dem Motto, du schaffst das schon.

Noah, mein eingeteilter persönlicher Trainer, wartete schon auf mich. Lässig stand er am äußersten Rand am Ende der Halle und gab irgendetwas in sein Handy ein. Als er mich kommen sah, steckte er es in seine Hosentasche.

»So, unsere Zeit läuft. Also lass uns die Computer mit deinen Daten füttern. Bist du bereit?«

»Ja.« Ehrlich gesagt konnte ich es nicht erwarten, meine Muskeln mal wieder zu spüren. Einige Tage waren vergangen, seit ich das letzte Mal trainieren konnte und ich brauchte die Bewegung dringend.

Und so liefen wir uns warm in der Halle. Noah lief synchron neben mir. Während des Laufs konnte ich Luca beobachten, ich hatte den Eindruck, dass Madi viel Hilfe nötig hatte. Mit einem Schlagkissen um seinen Bauch forderte er sie auf, so hart und gezielt wie möglich zu treten. Ich wunderte mich ein wenig. Eigentlich hatte ich mir die kalifornische Schönheit beweglicher vorgestellt. Sie verlagerte ihren Oberkörper so ungeschickt, dass sie das Kissen mit zu wenig Kraft traf und Luca noch nicht einmal dagegen halten musste. Noch war ich mir nicht sicher, ob sie es mit Absicht tat oder ob sie wirklich so planlos war. Gerade, als Noah und ich ihnen den Rücken zukehrten, konnte ich noch sehen, wie Luca sich direkt hinter sie stellte, seine Hände auf ihre Hüften legte, um ihr zu zeigen, wie sie ihr Gewicht verlagern musste. Mir entging seine Berührung nicht, die sie siegessicher schmunzeln ließ. Das stechende Gefühl der Eifersucht stieg in mir an.

»So, Jade, ich glaube, jetzt möchte ich eine ganze Runde mit vollem Tempo sehen«, sagte Noah, dem nicht aufgefallen war, dass ich Luca und Madi meine ganze Aufmerksamkeit schenkte. Genau zum richtigen

Zeitpunkt durfte ich endlich meine überschüssige Energie loswerden.
Noah zog sein Handy aus der Tasche und stellte die Stoppuhr auf null. »Wenn ich "los" sage, dann rennst du, so schnell du kannst, eine weitere Runde. In Ordnung?«
»Okay!«
»Los!«
Ich rannte los und versuchte, nicht auf Madi und Luca zu achten, als ich an ihnen vorbeispurtete. Ich liebte das Gefühl der Geschwindigkeit und fühlte die Kraft, die ich in den Beinen hatte. Mir fiel erst gar nicht auf, wie Luca, Madi, Amber und ein paar andere ihre Übungen unterbrachen und mir nachsahen. Das Ziehen in meinen Oberschenkeln wurde stärker, doch ich gab nicht nach. Im Gegenteil, ich wollte diesen Schmerz spüren. Als ich die Runde beendet hatte, war ich zwar ziemlich fertig, doch ich wusste, dass meine Zeit gut gewesen sein musste.
Noah lief zu mir. »Wow, Jade, für den Anfang ist das wirklich beeindruckend.« Die anderen hatten ihr Training wieder aufgenommen. Er reichte mir eine Flasche Wasser. Gierig trank ich ein paar Schlucke. Noah sah mich lächelnd an. Auch ich war recht zufrieden mit mir. Als sich mein Atem wieder einigermaßen beruhigt hatte, ging das Training weiter.
»Hattest du schon Erfahrungen mit den Taluris?«
Diese Frage von Noah irritierte mich ein wenig. Was sollte ich ihm sagen? Ich kam ins Stottern. Verflixt!
»Also, … naja, … ja, ein oder zwei Mal schon.« Noah schaute überrascht und ich musste bei seinem Gesichtsausdruck lachen. Offenbar hatte er mit meiner Antwort nicht gerechnet.
»So? Erzähl mir, was geschehen ist.«

Oh je, jetzt hatte ich wirklich ein Problem. »Da gibt es eigentlich nicht viel zu erzählen. Ein Taluri griff mich an und ich konnte ihn mir vom Hals schaffen, somit hatte ich die Möglichkeit, zu fliehen.«
Lange sah mich Noah musternd an. Bemerkte er, dass ich ihm nicht die ganze Wahrheit sagte? Er verunsicherte mich.
»In Ordnung. Welche Waffe liegt dir besonders gut?«
Da brauchte ich nicht lange zu überlegen. »Der Stock.«
Er nickte. »Gut, dann werden wir mit dem Schwert weitermachen.« Ausgerüstet mit einer Art Schutzanzug und einem Schwert, stand ich nun Noah gegenüber. Mal sehen, wie weit ich ihn in Schach halten konnte. So viel Übung hatte ich leider nicht darin.
»Bereit?«
»Ja!«
Ich nahm die gleiche Haltung wie er ein und versuchte, mich zu konzentrieren. Als das Metall sich traf, klirrte es geräuschvoll in der Halle. Ich war mit der Kraft, mit der Noah mich bekämpfte, überfordert. Er drängte mich in eine Ecke und ich musste mir etwas einfallen lassen, wenn ich den Kampf nicht so schnell verlieren wollte.
»Wehr dich, lass dir nicht alles von mir gefallen, Jade«, rief er mir zu, während ich nur versuchte, nicht getroffen zu werden. Es war gar nicht so einfach. Die Kraft und die Wucht, mit der er das Schwert schwang, drohte mich zu überrumpeln.
Scheiße! Der Kampf mit dem Schwert war wirklich nicht meine Stärke. Irgendwann hielt ich das Schwert nur zum Schutz vor meinen Körper. Ich hatte verloren.
»Daran müssen wir noch arbeiten«, sagte er und zog sich seinen Metallschutz von der Brust.

»Ich sagte ja, dass das Schwert nicht unbedingt meine Stärke ist«, verteidigte ich mich.
»Darf ich ihr etwas zeigen?« Luca kam auf uns zu. »Ich denke, sie sollte zuerst an der Grundtechnik feilen.«
Noah und ich starrten ihn an und auch sonst waren alle Augen in der Halle auf uns gerichtet.
»Das werde ich ihr schon noch zeigen, Luca.« Es war eindeutig, dass Noah es nicht so gut fand, dass sich Luca in seine Trainingsmethoden einmischte.
»Da bin ich mir sicher. Aber wenn du vorher mit ihr genau diese übst, dann hätte sie gleich ein anderes Gefühl in den Beinen und könnte die Koordination besser umsetzen. Außerdem bekommt sie ein besseres Handling für das Schwert.«
Noahs Augen verengten sich. »Wieso mischst du dich in meine Methoden eigentlich ein? Ich denke, ich werde Jade schon fit genug machen. … Kümmere du dich um deine Patienten«, fletschte er nicht gerade freundlich.
Luca blickte zu mir und ging ein paar Schritte zurück. »Ich wollte mich nicht einmischen, ich wollte nur ...« Er war wütend. Ich erkannte tatsächlich Wut in seinen Augen, die er zurückhielt. Luca musste den Kampf beobachtet haben. Er wusste genau, wie man mit einem Schwert umging und in dem Punkt musste ich ihm Recht geben. Beinarbeit, Hieb- und Stichtechniken waren ausschlaggebend.
»Es tut mir leid, … mein Fehler«, gab Luca nach und wandte sich von uns ab. Erst als er außer Hörweite war, gab Noah nach.
»Okay, wir machen weiter mit … Tritte und Hiebe«, sagte er. Deutlich war ihm seine Verärgerung anzusehen. Ich fragte mich nur, wie Luca dazu kam, Noah dazwischen zu funken?

Mit den weiteren Übungseinheiten kam ich wesentlich besser klar, sodass sich auch Noahs Laune wieder hob. Er war sogar so zufrieden, dass er mich hin und wieder lobte und dabei lächelte. Völlig verschwitzt und mit müden Knochen durften wir Stunden später unser Training beenden und unter die Dusche.

Endlich Mittagspause! Marie und ich warfen uns total erledigt in unsere Betten. Ich hätte mich gerne in meine Decke gekuschelt und ein Mittagsschläfchen gehalten, wenn mein Magen nicht so geknurrt hätte.

»Wir sollten zum Essen«, sagte Marie, als konnte sie meine Gedanken lesen und setzte sich auf. Sie sah mich eine Weile an.

»Sag mal, darf ich dich mal etwas fragen?«

»Klar?«

»Läuft da etwas zwischen dir und Luca?«

Sofort war ich hellwach. »Was? Wie kommst du denn darauf?« Erschrocken fuhr ich hoch. Zum Glück gab es hier unten keine Aura, die verräterisch leuchtete.

»Na, es ist schon ungewöhnlich, wie er dich gestern im Speisesaal und heute beim Training angesehen hat. Ich habe Augen im Kopf, Jade. Außerdem hab ich sofort gewusst, dass du heute Morgen auf ihn gewartet hast. Habe ich Recht?«

Schnell verdrängte ich meinen Protest. Ich musste ruhig bleiben. Und ja, ich wusste genau, was sie meinte, aber ich tat so, als wäre es völlig neu für mich.

»Das meinst du nur«, erwiderte ich so lässig wie möglich.

Marie grinste. »Hey! Mir kannst du es ruhig sagen, wir sind doch Freundinnen. … Ich kenne das Gefühl,

unglücklich verliebt zu sein und ich kenne diesen Blick«, meinte sie nach einem tiefen Seufzer.
»Du spinnst. Das hast du dir bestimmt nur eingebildet.«
»Ganz sicher nicht. Er sucht ständig deinen Blick und dein Gesichtsausdruck war eindeutig, als er mit Madi heute Morgen den Speisesaal betrat.«
Das Mädel hatte eine scharfe Auffassungsgabe, das musste ich ihr lassen. Aber was sollte ich ihr jetzt sagen? Wenn sie in der kurzen Zeit schon so viel von Luca und mir mitbekommen hatte, war es nur eine Frage der Zeit, bis sie schließlich hinter unser Geheimnis kam. … Gerne hätte ich eine Freundin gehabt, mit der ich über alles sprechen konnte. Aber so gut kannte ich Marie noch nicht, auch wenn ich sie sehr mochte. Vielleicht konnte ich sie ruhigstellen, wenn ich nur einen kleinen Teil zugeben würde.
»Und wenn schon. Was ist schon dabei, wenn er mir gefällt.«
Ein siegessicheres Lächeln lag auf ihren Lippen. »Wusste ich' s doch!«
»Was ist mit dir und Daniel? Weiß er über deine Gefühle Bescheid?«, versuchte ich sie abzulenken.
»Nein. Das traue ich mich nicht. Außerdem, was soll das bringen? Wer weiß, wie lange wir noch am Leben sind?« Sie brach ihren Gedanken ab und sah mich an. »Wir sollten essen gehen.«
»Marie! So darfst du nicht denken!«
»Ach, und wie soll ich denken? Wenn wir ganz ehrlich sind, was haben wir denn für eine Chance?« Plötzlich war der Glanz in ihren Augen erloschen und Traurigkeit spiegelte sich darin. Kopfschüttelnd betrachtete ich sie. Vor mir stand ein verliebtes, junges hübsches Mädchen, das das gleiche Schicksal hatte wie ich. Sie hatte große

Angst vor ihrer Zukunft, die vielleicht keine war. Außerhalb dieser Mauern war die Welt nicht mehr die, die sie einst kannte. Sie hatte, genau wie Amy, ihren Glauben an eine Wende dieses Schicksals verloren. Ihr Wesen war Amys so ähnlich.

»Du bist genau wie meine …« Gerade rechtzeitig schloss ich meinen Mund, bevor ich noch mehr Mist bauen konnte.

Marie kräuselte ihre Stirn. »Ich bin wie wer?«

»Ach, vergiss es einfach«, sagte ich schnell. »Marie, du solltest den Glauben, weswegen wir hier sind, nicht verlieren. Ich jedenfalls habe nicht vor, mich köpfen zu lassen. Und schon gar nicht von einer Horde wild gewordener Typen, die wie ferngesteuerte Affen durch die Welt laufen.« Marie lachte. »Verstehst du? Wir dürfen uns das nicht gefallen lassen. Dahinter steckt nur ein krankes Hirn, dessen Macht wir zerstören müssen.«

»Du weißt, wer dahinter steckt? … Aber … woher weißt du das alles?«

»Das erzähle ich dir später. Los, lass uns endlich essen gehen, sonst verhungere ich gleich.« Damit zog ich sie aus unserem Zimmer und lief mit ihr zum Speisesaal.

Wie Monsieur Lacroix es versprochen hatte, tischte er uns zusammen mit Lucia ein vorzügliches Mittagessen auf. Diesmal saß Luca mir schräg gegenüber und ich spürte genau, wie Marie uns beobachtete. Deshalb beschloss ich, ihn erst einmal nicht zu beachten.

Wir saßen alle schon, nur die kleine Ava fehlte. Monsieur Lacroix und Lucia fuhren gerade einen kleinen Servierwagen an unseren Tisch.

»Mon Dieu! Wo iste diese kleine Mädschen wieder? Isch schwöre, sie iste so still und leise wie eine Mause.

Isch wollte meine Köstlischekeiten vor euche alle servieren und nu fehlte diese kleine Floh.« Suchend sah er sich in unserer Runde nach Ava um und hatte seine Fäuste in die Hüften gestemmt.
»Sie lässt sich entschuldigen. Sie fühlt sich nicht wohl«, meinte Amber, die wie immer neben Madi saß.
»Mon Dieu! Iste sie etwa kranke?«, fragte er sie. Amber zuckte nur mit den Schultern.
Der Koch schüttelte den Kopf. »Isch werde ihr eine Boullion kochen, oui, oui«, versprach er und eifrig machte er sich ans Austeilen der Speisen. »In meine Kindeit at meine Maman dieses Gericht immer einmal in die Monat gekocht. Lasst euche das Boeuf Bourguignon schmecken«, sagte er stolz.
Marie sah entsetzt auf ihren Teller und rümpfte ihre Nase.
»Meine Güte, was ist das?«, flüsterte sie. »Das sieht aus wie Hundesch ...«
»Schsch ... Marie!«
»Was! Aber wenn es doch so aussieht.«
Ich verdrehte meine Augen. »Sag doch sowas nicht. Du hast es noch gar nicht probiert.« Mutig nahm ich meine Gabel und fing an zu essen. Und es schmeckte überraschend lecker.
»Du warst schnell heute Morgen«, sagte Miku Lu. Die ganze Zeit saß sie schweigend neben mir und hatte mich bisher nicht beachtet.
»Danke.«
»Ja, Jade, das stimmt. Du lagst ganz knapp unter ihrem Rekord«, ergänzte Noah und grinste stolz. »Für dein erstes Training warst du wirklich toll.« Er hatte mich schon gelobt, aber musste er dies ausgerechnet noch vor allen anderen hier am Tisch machen? Es war mir

peinlich und Miku Lu musste glauben, dass ich ihre neue Konkurrenz sein wollte.
»Keine Angst. Ich bin überhaupt nicht neidisch. Ich würde mich vielmehr als ehrgeizig bezeichnen. Ich liebe Herausforderungen. … Vielleicht hast du Lust, mal mit mir zu laufen?«, fragte sie leise neben mir.
Ich war überrascht und hätte ihr so viel Freundlichkeit erst mal nicht zugetraut, da sie mich bisher immer nur beobachtet hatte. Vielleicht war sie ganz nett.
»Gerne, und wo?«
»In der Trainingshalle. Wir können sie jederzeit benutzen. Auch abends. Also wenn du Lust hast …?«
Ich nickte einverstanden und schob mir eine Kartoffel in den Mund. So langsam wurden die Illustris doch noch etwas offener und ich freute mich sehr über das Angebot, das mir die Chinesin machte.
»Keine meiner Kolleginnen geht außerhalb des Trainings noch gerne joggen. Und zu zweit ist es immer besser als allein. Bist du früher regelmäßig gelaufen?«, fragte sie mich.
»Ja, also … eigentlich fast jeden Tag.«
»Sehr schön!«, freute sie sich.
Sie war 18 Jahre alt und kam aus einem kleinen Dorf in China, dessen Namen ich noch nicht einmal richtig aussprechen konnte. Noch nie war mir ein so zielstrebiges und in sich ruhendes Mädchen begegnet. Sie lachte niemals laut, war immer pflichtbewusst und ihre Gedanken schienen immer unserer Sache zu dienen. An ihr gab es nichts auszusetzen und fast hörte ich schon Onkel Finley sagen: »Genau so habe ich mir Amy und dich vorgestellt. Immer fleißig lernen und arbeiten, dann bringt ihr es auch einmal zu etwas.«

Ha! Davon konnte er nur träumen. Amy war so völlig anders. Sie wollte Freiheit und Abenteuer, während sie Schule, lernen und vor allem das Training hasste. Miku Lu hingegen schien darin aufzugehen. Ich sah in ihr die perfekte Illustris. Sie war bescheiden, laut Mr. Zanolla eine starke Kämpferin und ein Mädchen, das offenbar unser Problem erkannt hatte. Sie wollte leben und vor allem in ihr Leben zurück. Aus ihren Augen sprühte der Kampfgeist.

Madi hatte Luca völlig für sich vereinnahmt. Auch wenn ich mich mit Miku Lu unterhielt, war mir nicht entgangen, wie sehr sie sich ins Zeug legte, ihn für sich zu gewinnen. Sie lächelte ihn honigsüß an und geizte nicht mit ihren Reizen. Sie trug ein Oberteil, das für meinen Geschmack einen viel zu tief sitzenden Ausschnitt hatte.

Marie stieß mich ein paar Mal an, als sich Madi viel zu weit zu Luca vorbeugte. Am liebsten hätte ich ihr etwas Boeuf Bourguignon in ihren Ausschnitt geworfen, doch ich war froh, dass es nur meine Gedanken waren, die mich zu solch einer Tat hinreißen ließen. Und Luca spielte einfach dieses Spiel mit! Oder wollte er einfach nur freundlich sein? Schlimmer noch, gefiel ihm Madi?

»Was steht heute Nachmittag denn auf dem Programm?«, wollte ich von Marie wissen, die wieder mal einen verträumten Blick zu Daniel geworfen hatte. Meine Güte, das war ja schlimm! Ich beschloss, mit ihr später noch einmal ausführlicher über ihr Liebesglück zu sprechen. Ich musste sie schon etwas kräftiger stupsen, damit sie begriff, dass ich sie etwas gefragt hatte.

»Was?« Perplex konnte sie endlich ihren Blick von ihm loseisen und sah mich fragend an. »Na, was heute

Nachmittag auf dem Programm steht? Oder haben wir etwa frei?«
»Ha, frei?« Sie lachte mich ungläubig an. »Nein, heute Nachmittag steht Meditation auf dem Plan. Aber es ist wirklich entspannend, du wirst sehen.«
Meditation? Ja, das war genau das Richtige für mich. Durch Mr. Chang kannte ich schon ein paar Techniken und bisher fühlte ich mich immer sehr bestärkt nach den Stunden.
Nach einer kleinen Einführung von Prof. Dr. Christopher Dearing meditierten alle Illustris im Meditationsraum. An der langen Wand hinter ihm klebte eine Fototapete, die einen großen See mit Gebirge im Hintergrund zeigte. Überall waren Grünpflanzen aufgestellt, die mit UV-Spots angestrahlt wurden. Wir saßen alle auf einem warmen Holzboden. Es war absolut still im Raum. In einer Ecke lagen große bunte Bodenkissen und einige Matten, die wir als Unterlage nutzen konnten.
Prof. Dr. Dearing meditierte nicht nur mit uns, sondern war auch für Geschichte und Mathe zuständig. Er erinnerte mich ein bisschen an Harrison Ford aus dem Film Indiana Jones. Seine fast jugendliche und unsichere Art jungen Frauen gegenüber ließ mich schmunzeln.

Wir Mädchen saßen an diesem Abend im Gemeinschaftsraum. Ich spielte mit Marie und Miku Lu Billiard, während Madi, Amber, Ava und Lucia es sich auf dem Sofa bequem gemacht hatten. Wo sich Luca und die anderen Trainer aufhielten, davon hatte ich keine Ahnung. Wenn ich ihn sehen wollte, dann sollte ich endlich herausfinden, wo sein Zimmer lag.
»Also ich finde ihn total süß«, säuselte Amber. Madi und sie blätterten gerade in einem typischen

Mädchenmagazin, das Jacques, der Koch, immer zusammen mit den Lebensmitteln bestellte.
»Du leidest wirklich unter Geschmacksverirrung. Justin Bieber ist doch kein Mann, der ist höchstens ein Jüngling, der auf cool macht«, schnaubte Madi verächtlich, riss ihr das Magazin aus der Hand und blätterte ein paar Seiten weiter. »Das ist ein Mann!«, und zeigte auf ein Bild aus der Zeitschrift. Amber verdrehte die Augen. »Aber ich stehe auf Typen wie Justin, er sieht so unschuldig aus.«
»Ha, unschuldig ist echt was anderes, aber egal«, meinte Madi, was Lucia zum Kichern brachte. Amber riss Madi das Magazin aus der Hand und blätterte auf die Seite mit ihrem Justin zurück. Mein Bedürfnis, Luca zu sehen - allein - stieg ins Unermessliche. Vielleicht war jetzt ein guter Zeitpunkt?
»Wo schlafen denn Noah und Mr. Zanolla?«, fragte ich Marie leise und unauffällig. Auf keinen Fall wollte ich, dass die anderen Mädchen meine Frage mitbekamen.
»Auch auf unserer Etage, nur in dem gegenüberliegenden Trakt. Warum fragst du?« Sie war gerade an der Reihe und zielte auf eine rote Kugel.
»Ach, nur so! Ich hab mich einfach nur gefragt, wo das Personal schläft. … Und unser Koch?«
»Jacques? Der schläft auch in dem Trakt. Außer den Ratsmitgliedern leben alle hier unten.« Sie holte aus und ihr Stoß traf mehrere Kugeln, wovon sie drei versenkte.
»Wir sind hier nie allein, falls es das ist, was du wissen willst«, sagte Miku Lu, die Marie beobachtete, wie sie eine Kugel nach der nächsten einlochte.
»Und? Geht ihr nie raus? Ich meine, seid ihr wirklich über Monate hier unten, ohne Sonne und Tageslicht? Geht ihr niemals unter Leute? Vermisst ihr nicht die

Sonne oder Spaziergänge oder was weiß ich, … das Leben?«
Marie unterbrach ihren nächsten Stoß und auch Miku Lu und die anderen auf dem Sofa sahen mich an.
»Du hast ihr noch nichts gesagt?« Madi stand auf und kam zu uns. Verdutzt sah ich von Marie zu Madi und den anderen und verstand nur Bahnhof. »Was gesagt?«
»Ich wusste ja nicht, ob ich ihr das sagen kann«, verteidigte sich Marie. Sie ist ja erst seit Kurzem da.«
Die Mädchen schwiegen und musterten mich eindringlich.
»Kannst du ein Geheimnis für dich behalten?«, fragte Madi schließlich. Oh je! Ein Geheimnis? Ein Gefühl sagte mir, dass es sich nicht um eines handelte, das die Padres erfreuen würde.
»Klar! Schieß los!«
Madi sah sich um, ob wir Illustris auch wirklich unter uns waren. »Also, … wenn ich dir nun unser Geheimnis anvertraue, bist du eine Mitwisserin. … Einige von uns verlassen hin und wieder für ein paar Stunden diese Gruft.« Sie sagte es leise, doch alle konnten es hören. Amber fing an zu kichern und Marie sah mich direkt an.
»Ihr schleicht euch davon? Aber wie?«
Wieder sah Madi sich um. »Es gibt einen simplen Weg hier raus, den wir dir nur verraten, wenn du mal mitgehst.«
Na prima! Jetzt wurde ich nicht nur Mitwisserin, sondern auch noch Täter? Aber nun gut, zumindest konnte ich sie verstehen. Über Monate verbrachten sie ihre Zeit hier unten, ohne Kontakt zur Außenwelt zu haben.
»Und wohin geht ihr?«
»Oh, es gibt einige Bars hier in der Nähe und die Innenstadt ist auch nicht weit«, grinste sie.

»Aber ist das nicht gefährlich?«
Madi verdrehte ihre Augen. »Das ist es doch schon die ganze Zeit, oder?« Noch bevor ich näher darüber nachdachte, nickte ich einverstanden.
»Sehr gut. Am nächsten Freitag zeigen wir dir, wie wir hier heimlich rauskommen und bis dahin musst du die Füße still halten. In Ordnung?«
Ich fragte mich, ob das wirklich eine gute Idee war. Aber was hatte ich zu verlieren? Ja, was? Onkel Finley würde sich im Grabe herumdrehen – sollte er doch - schließlich hatte er auch viele Geheimnisse vor uns gehabt.
»Und wie oft macht ihr das?«
»Ähm, … nicht so oft. Alle paar Wochen, sonst würde es auffallen«, sagte Marie.
»Und geht ihr alle?«
»Nein, natürlich nicht. Ava ist noch zu jung und Lucia will oft nicht mit. Außerdem brauchen wir jemanden, der uns warnt, falls etwas schief läuft.«
»Und was passiert, wenn die Padres es herausfinden?«
Madi zuckte mit den Achseln. »Das wollen wir nicht wissen, deshalb lassen wir uns erst gar nicht erwischen. Es sind ja nur ein paar Stunden. Nicht lange.«
»Wobei es schon einmal sehr knapp war und das nur, weil Lucia in der Küche erwischt wurde«, meinte Miku Lu.
»Du hättest ja auch mal die Überwachung übernehmen können. Du gehst schließlich auch nie mit«, gab Lucia vorwurfsvoll zurück.
»Ich habe eben meine Prinzipien. Ich habe gesagt, ich verrate euch nicht, aber ich will damit nichts zu tun haben.«
Ja, das passte zu Miku Lu. Sie würde keine Regel der Padres brechen, auch nicht für ein wenig Spaß.

Wahrscheinlich würde ich am Ende der Woche nach frischer Luft lechzen und ein paar Stunden in der Freiheit total genießen. Ich grinste und begann mich auf den besagten Freitag zu freuen.
Eine Weile unterhielten wir uns noch, während Ava so tat, als würde sie uns nicht zuhören. Oder war sie wirklich so vertieft in ihr Buch? Das konnte ich mir nicht vorstellen, da ich sie immer wieder dabei erwischte, wie sie schüchtern über den Rand ihres Buches blickte. Eigentlich musste ich sogar grinsen, weil sie immer verschämt wegschaute, wenn sich unsere Blicke trafen.
Als Marie und ich später in unserem Zimmer waren, war ich wirklich etwas aufgeregt. Die Aussicht, mich in Lucas Flur zu schleichen, vielleicht sogar sein Zimmer zu finden, löste einen Adrenalinstoß in mir aus, der sich wie Schmetterlinge in meinem Bauch anfühlte.
»Du ziehst dich noch nicht um? Bist du denn gar nicht müde?« Marie stand nur in Unterwäsche bekleidet in unserem Zimmer, während ich nervös hin und her überlegte, ob ich sie in meinen Plan einweihen sollte oder ob ich einfach abwartete, bis sie eingeschlafen war. Da die Mädchen ja Heimlichkeiten hatten und sie mich da mit einbezogen, hoffte ich, Marie als Unterstützerin für meine Sache gewinnen zu können.
»Marie, ich … brauche deine Hilfe.« Bittend sah ich sie an.
Sie kräuselte ihre Stirn. »Was ist los?«
Wie brachte ich ihr bei, dass ich zu Luca musste, ohne das sie gleich glaubte, ich hätte was mit ihm?
»Ich muss das Zimmer von Luca finden.« Sie verzog ihren Mund zu einem wissenden Grinsen. »Ich wusste,

dass da was zwischen euch ist.« Ein tiefer Seufzer entfuhr mir und ich verdrehte die Augen.
»Komm schon, Jade. Du musst mir alles erzählen.«
»Da gibt es nichts außer das, was du schon weißt.«
»Das nehme ich dir nicht ab.«
Herr Gott! Wie sollte ich sie ruhig stellen? Ihre Fragen brachten mich wirklich in Bedrängnis. »Bitte, kannst du mir nicht einfach sagen, wo ich sein Zimmer finde?«
Sie überlegte. »Es ist uns Mädchen verboten, in die Zimmer unserer Trainer zu gehen.«
»Das hab ich mir schon gedacht, aber ich muss trotzdem zu ihm. Bitte!«
»Okay, aber nur wenn du mir alles erzählst. Ich weiß, dass du die wichtigen Dinge ausgelassen hast.«
Ich dachte kurz über ihren Vorschlag nach. Wie wäre es, wenn ich ihr nur die halbe Wahrheit erzählte und die Tatsache, dass Luca ein Ex-Taluri war, einfach ausließ?
»Na gut, aber nicht jetzt. Ich muss zu ihm und mit ihm sprechen.«
Triumphierend grinste sie. »Okay, komm, ich bring dich in den Trakt.

Kapitel 11

Als Marie die Tür öffnete, hörten wir aus den Zimmern der Illustris Stimmen und Musik, sie sah sich um und schlich sich dann, mit mir im Schlepptau, hinaus. Leise huschten wir über den Flur und liefen durch die gegenüberliegende Eingangstür, die zum Schlaftrakt der Angestellten führte. Dunkel war es hier. Nur die Notbeleuchtung war eingeschaltet, genau wie in unserem Trakt.
»Es muss die zweitletzte Tür auf der rechten Seite sein. Das Zimmer stand lange leer. Sie haben ihn bestimmt dort untergebracht«, flüsterte sie.
»Danke.«
»Viel Glück und tu nichts, was ich nicht auch tun würde. ... Lass dich nicht erwischen.«
»Marie!«, fuhr ich sie an und musste selbst lachen, als ich ihr Gesicht sah. Mit einem blöden Grinsen und einem kurzen Zwinkern ließ sie mich allein zurück.
Eine passende Ausrede hatte ich mir schon einfallen lassen. Falls man mich doch ertappen würde, könnte ich immer noch behaupten, dass ich mich verlaufen hätte. So gut kannte ich mich schließlich noch nicht aus.
Direkt als ich vor der Tür stand, legte ich meinen Kopf an die glatte, kalte Oberfläche und lauschte. Es war absolut still. Schlief er schon oder war er gar nicht in seinem Zimmer? War er überhaupt hier untergebracht? Was sollte ich tun, wenn jemand anderes die Tür öffnete? Ich nahm meinen Mut zusammen, klopfte sachte an und wartete mit pochendem Herzen.
Geräusche waren zu hören. Die Tür öffnete sich und tatsächlich stand Luca vor mir. Jetzt wusste ich nicht

mehr, was ich sagen wollte. Er trug ein schwarzes T-Shirt und seine Jogginghose. Seine nassen Haare glänzten durch den Lichtstrahl aus seinem Zimmer. Überraschung lag in seinen Augen, aber auch …

»Jade? Was machst du hier? Wenn dich jemand sieht …!« Er spähte in den Flur, zog mich schnell in sein Zimmer, schloss die Tür hinter sich und drehte den Schlüssel um. Sein Zimmer war unserem ähnlich, nur etwas kleiner, aber genauso eingerichtet. Sein Bett war nicht gemacht und einige Kleidungstücke lagen auf dem Boden. Sein Schrank stand an der gleichen Stelle wie meiner und auch das Badezimmer war rechts durch eine Tür zu erreichen.

Wir sahen uns an und endlich fand ich wieder Worte.

»Ich musste einfach kommen, Luca. Ich wollte dich sehen.« Seine Züge wurden weicher und er senkte den Blick. Er hatte mir gefehlt und ich sehnte mich nach ihm. In seinen Augen sah ich die gleiche Sehnsucht auflodern. Noch bevor ich etwas sagen konnte, lag ich schon in seinen Armen und wir küssten uns innig. Sein unverwechselbarer Duft stieg mir in die Nase und meine Hände fuhren an seiner Brust hinauf bis zu seinem Nacken.

»Ist alles in Ordnung? Sind die Padres nett zu dir?«, flüsterte er zwischen zwei Küssen.

»Ja, und zu dir?«

Luca löste sich leicht von mir und zog mich auf den Rand seines Bettes.

»Morgen soll ich zu Dr. Nussbaum«, sagte er und es klang besorgt. Ich kannte ja seine Bedenken.

»Mach dir keine Sorgen. Er hat mich schon untersucht und ich finde ihn eigentlich ganz nett.« Ich versuchte zu lächeln, aber es misslang mir gänzlich.

»Weißt du, ob sie schon etwas wegen Amy herausgefunden haben?«
Luca schüttelte den Kopf. »Nein, bei allen internen Gesprächen werde ich ausgeschlossen. Aber damit haben wir ja gerechnet. Sie sehen in mir immer noch den Feind und überwachen genau meine Schritte.«
»Sie sind nur vorsichtig. Sie werden bald einsehen, dass du auf ihrer Seite bist.«
Luca grinste verschlagen, rutschte ganz auf sein Bett und lehnte an der Wand. Wir hielten noch immer Händchen und zärtlich streichelte er mit seinem Daumen über meinen Handrücken.
»Du hast mir gefehlt«, brachte ich flüsternd in der Stille hervor. Da zog mich Luca zu sich, als wäre ich so leicht wie eine Feder. Es war so schön, in seinen Armen zu liegen.
»Du hast mir auch gefehlt. Du glaubst nicht, wie sehr. Aber es ist gefährlich, wenn du hier bist. Wir müssen sehr vorsichtig sein, wenn wir uns hier treffen, Mea Suna.«
Da waren sie wieder. Diese zwei Worte, … Mea Suna. Ich liebte es, wenn er mich so nannte. Deren Bedeutung hatte er mir erklärt und von Anfang an war ich verliebt in seine Gedanken gewesen. Mea Suna - meine Sonne.
»Heißt das, ich soll wieder kommen?« Schelmisch grinste ich ihn an.
»Ja, wir könnten es versuchen. Du hast einen guten Zeitpunkt ausgewählt. Jacques verlässt zwar um diese Zeit noch einmal sein Zimmer, aber ansonsten könntest du … «, weiter kam er nicht. Ich wusste auch so, was er sagen wollte. Und ich musste gestehen, es war schon etwas gewagt, aber sehr verlockend. Vielleicht würde

Marie mich weiterhin decken, wenn ich hin und wieder zu ihm ins Zimmer schlich.
»Was wollen sie machen, wenn sie uns erwischen? Rausschmeißen können sie mich ja schließlich nicht.«
»Dich nicht, aber mich.«
»Die Padres wissen, wenn du gehst, gehe ich auch.«
Jetzt wurde sein Gesichtsausdruck wieder ernster. »Du weißt, dass ich das nicht möchte«, sagte er und gab mich frei. Ich setzte mich auf und sah ihn ernst an.
»Lass uns nicht schon wieder mit dem Thema anfangen, Jade. Wir sollten die Zeit sinnvoller nutzen.« Auch er richtete sich auf.
Er hatte Recht. Wir sollten unsere Zeit nicht mit Streitereien verbringen. »Okay, aber wenn wir schon mal dabei sind, kannst du mir mal erklären, warum du dich so an Madi hängst?« Eigentlich wollte ich das Thema nicht anschneiden, aber ein bisschen Eifersucht plagte mich. Während ich ihn fragte, stupste ich fest mit meinem Finger in seine Brust.
»Was? Aua! Was soll das nun wieder heißen? Ich mache doch gar nichts?«, verteidigte er sich grinsend und rieb sich die Stelle.
»Das Gleiche könnte ich zu dir sagen. Hast du gesehen, wie dein Trainer, dieser Noah, dich anschaut?«
Ich verdrehte meine Augen. Oh mein Gott, was war nur los? Wir saßen beide auf seinem Bett und machten uns gegenseitig Vorhaltungen über Eifersüchteleien, die eigentlich total unnötig waren.
»Luca, er muss mich anschauen, er ist mein Trainer.«
»Und Madison ist meine Schülerin«, konterte er.
Ich grinste. »Bist du eifersüchtig?«

»Ich? Ich … bin nicht eifersüchtig. Ich mag ihn einfach nur nicht. Außerdem finde ich seine Methoden etwas … veraltet.«
»Du bist eifersüchtig«, lachte ich.
»Na gut, dann bin ich eben eifersüchtig. Insgeheim hatte ich gehofft, dass ich dich trainieren darf. Ich hätte dir gezeigt, wie du deine Beintechnik verbesserst und wie man verschiedene Techniken anwendet. Du wärst in kürzester Zeit eine sehr gefährliche Kämpferin geworden. Aber so?« Verächtlich verzog er seinen Mund und ich war ganz entzückt von seinem Glitzern in den Augen. Ja, es wäre toll gewesen, wenn Luca mein Trainer geworden wäre. Aber jetzt war es nun mal Noah. Damit mussten wir beide zurechtkommen.
»Du weißt viel über das Kämpfen, oder?«
Er legte sich wieder bequemer hin und zog mich in seine Arme. Ich kuschelte mich an ihn.
»Meister Chang hat mir viel beigebracht und ich verbrachte praktisch meine gesamte Kindheit damit. Neben Lesen und Schreiben lernen, kämpften wir die meiste Zeit.«
»Wie alt warst du, als du zu Morgion kamst?«
Er überlegte. »Ich weiß nicht genau. Erst seit ein paar Tagen kann ich mich dunkel an meine Kindheit erinnern. Ich glaube, ich war 4 Jahre alt. Aber genau kann ich es nicht sagen.«
»Und du kannst dich nicht an deine Eltern erinnern? Ich meine, du warst doch nicht immer dort, oder?«
Er starrte an die Decke. »Nein, manchmal erinnere ich mich an ein Frauengesicht. Sie hatte ihr braunes Haar zusammengebunden, lächelte mich an und ich habe das Gefühl, dass sie meine Mutter war. Aber ich kann mich auch täuschen. … Bevor ich den Spy entfernte, war

Morgion immer mein Vater gewesen. Zumindest behauptete er das.« Er sah Morgion als seinen Vater an und jetzt war er der Feind, den wir vernichten mussten. Ich empfand nur Hass für ihn.
Leise brodelte es in mir auf, was mich erschreckt aufsitzen ließ. Ich durfte nicht zulassen, dass es mehr wurde, zu groß war meine Angst vor der Glut, die sich daraus entwickeln könnte.
»Was ist los? Geht es dir nicht gut?«, fragte Luca, setzte sich ebenfalls auf und berührte sanft meinen Rücken. Verzweifelt versuchte ich, all meine Gedanken auf etwas anderes zu richten. Erst als ich ein paar Mal tief eingeatmet hatte, gelang es mir.
»Doch, doch! Es ist nur …?« Ich hielt es in seinem Bett nicht mehr aus. Meine Angst, es könnte wieder etwas Ähnliches passieren wie mit dem Schmetterling, war zu groß. Schnell stand ich auf, ging ein paar Schritte.
»Jade? Was ist?«
»Nichts!« Es war schwer, meine Aufregung vor ihm zu verbergen.
»Du hast doch was. Sag es mir, … bitte.«
Mir war gar nicht aufgefallen, dass er vom Bett aufgestanden und hinter mich getreten war. Seine Nähe tat einerseits gut, andererseits hatte ich Angst. Immer wieder sah ich den Schmetterling vor meinen Augen, wie seine Flügel zu Staub zerfielen und sein toter Körper zur Erde fiel. Oh Gott, was, wenn ich das Gleiche mit Luca machen würde? Luca hatte mich zu sich gedreht und hob mit einem Finger mein Gesicht an, so dass ich ihn ansehen musste. Meine Tränen hatte ich nicht wahrgenommen, bis er sie mit seinem Daumen wegwischte.
»Du weinst ja! Erzähl mir, was los ist, Jade, bitte …«

Ich rang mit mir, suchte Kraft, um mich von ihm zu lösen.
»Ich weiß nicht, …«
»Du kannst mir alles erzählen. Das weißt du doch.«
Ich sah in seine Augen und wusste, dass ich bei ihm sicher war. Ich musste es ihm einfach anvertrauen. »Weißt du noch, was damals im Flugzeug passiert ist, als Onkel Finley im Sterben lag?«
Er sah mich an und wusste sofort, wovon ich sprach.
»Du meinst diese merkwürdigen, rotgoldenen Flammen, die aus dir kamen?« Er sagte es so leise, dass ich mich anstrengen musste, es zu verstehen. Ich nickte schließlich und weitere Tränen rollten meine Wangen hinunter.
»Ich … habe meinen Onkel belogen, als ich ihm sagte, dass Amy tot wäre. Und ich sagte es absichtlich – aus Wut. Verstehst du? … Da war plötzlich diese Hitze in mir und mein Wunsch, es ihm heimzuzahlen.«
»Ich erinnere mich an deine Aura. Sie war sehr ungewöhnlich. So etwas habe ich bis dahin noch nie gesehen«, sagte er gedankenverloren. »… Aber Jade, mach dir keinen Kopf darüber. Du hast viel durchgemacht und dein Onkel war …, nun ja, er war nicht immer fair zu dir.«
»Luca, du verstehst das nicht. … Ich habe ihn getötet!«
»Rede nicht so einen Unsinn. Er war durchlöchert von mehreren Kugeln. Das hast du selbst gesehen.«
Es stimmte zwar, dass Onkel Finley bereits mehrmals angeschossen war, doch nur ich allein wusste, dass es meine Flammen waren, die sein Herz schließlich zum Stehenbleiben gezwungen hatten.
Ich schüttelte den Kopf. »Da gibt es noch mehr, wovon du nichts weißt.« Ich schluckte. »Nach unserem Streit

auf der Lichtung waren diese Flammen wieder da und … damals spürte ich ganz deutlich, dass diese Glut aus mir heraus gekommen war. ... Ich hab einen Schmetterling mit dieser rotgoldenen Aura getötet. Und das ist noch nicht alles. Es gibt eine Legende über uns Mädchen. Darin heißt es, dass es eine Illustris gab mit zwei verschiedenen Gaben. Einer Heilenden und einer Verderbenden. Und ich weiß, dass ich auch zwei Gaben habe - eine heilende und eine tötende«, schluchzte ich. Es fiel mir so schwer, dies über meine Lippen zu bringen. Wie würde er reagieren? Würde er sich nun von mir abwenden? Sah er in mir jetzt die Gefahr, die ich in mir selber spürte? Ungläubig kniff er seine Augen zusammen und auf seiner Stirn bildeten sich viele Falten, doch er bewegte sich nicht, sah mich nur starr an.

»Ich war so wütend auf dich, verstehst du, Luca. Statt des Schmetterlings hätte ich dich töten können.«

Allein diese Vorstellung verursachte in mir die totale Panik. Ich verbarg mein Gesicht in meinen Händen.

»Weißt du, was du mir da erzählst? … Das kann doch nicht sein? Jade, … das wäre …!« Weiter sprach er nicht. Es musste ein Schock für ihn sein. Würde er womöglich jetzt alles zwischen uns beenden? Ich war eine Gefahr für ihn und für alle anderen. Ich schämte mich so sehr dafür.

»Sch… !« Zögernd legten sich seine Arme um mich. Ich ließ es geschehen. So standen wir eine Weile, bis ich mich wieder beruhigt hatte. Zärtlich strich er mir eine Haarsträhne aus dem Gesicht, als ich ihn wieder ansah.

»Ich habe solche Angst davor, Luca. Ich weiß nicht, woher das kommt oder was ich dagegen machen kann. Es passiert einfach und ich kann es nicht kontrollieren.«

Er sagte nichts und schwieg. Diesmal konnte ich nicht in seinem Gesicht lesen, was er dachte, doch zumindest hatte er mich nicht fortgeschickt – noch nicht.
»Ich will das alles nicht. Es macht mir Angst und ich weiß nicht, wie lange ich diese Sache noch geheim halten kann. Was, wenn die Padres in mir eine Gefahr sehen und mich vernichten?«
»Oder eine wunderbare Waffe«, warf er plötzlich in den Raum. Daran hatte ich bisher noch nicht gedacht.
Er zog mich wieder auf sein Bett und hielt mich eng an sich gedrückt. »Du darfst mit niemandem darüber sprechen, Jade. Hörst du?« Sein Gesicht war jetzt ganz nah bei mir und sein Blick bohrte sich in meinen. »Versprich es mir. Du musst es so lange wie möglich für dich behalten.«
»Aber vielleicht wissen Mr. Chang oder Dr. Nussbaum, was das zu bedeuten hat.«
Energisch schüttelte er mit dem Kopf. »Niemand darf dies vorerst wissen!«, wiederholte er ernst und ich verstand.
Schließlich nickte ich und gab nach. Vielleicht hatte er Recht. Ob ich den Padres wirklich hundertprozentig vertrauen konnte, wusste ich nicht. Wer wusste schon, ob sie mich einsperren würden, wenn sie davon wüssten.
»Du hast meine Aura im Flugzeug gesehen.«
»Ja. … War es da das erste Mal, dass es passierte?«
Ich nickte.
»Was fühlst du, wenn es geschieht?«
»Ich kann es dir nicht richtig erklären, aber es ist wie eine tief sitzende Glut, aus der sich wie Lava die Hitze in meinem Körper ausbreitet. Die Wut ist der Auslöser.«
»Und vorhin? Warst du da auch wütend?«

Nein, wütend war ich nicht direkt, als wir von Morgion sprachen. Aber ich spürte den Hass, den ich gegen ihn hegte.
»Es geschah, als du Morgion erwähntest, da … fing es wieder an zu brodeln und wurde heiß.«
Seine Augen wanderten über mein Gesicht, als suche er nach einer Lösung. Nachdem ich ihm alles erzählt hatte, glaubte ich, er würde sich von mir abwenden, eine Gefahr in mir sehen. Doch er blieb bei mir und tröstete mich. Es tat so gut, mit jemandem darüber zu sprechen und langsam verlor ich meine Anspannung, die sich bei dem Thema aufgebaut hatte.
»Aber du konntest es unterbrechen? Denk nach, wie hast du das gemacht?«, wollte er wissen und presste seine Lippen aufeinander.
»Ich bekam Angst, brauchte Abstand zu dir und versuchte, an etwas anderes zu denken.«
Jetzt grinste er. »Und du hast es geschafft. … Verstehst du, Jade? Es gibt einen Weg, es zu unterdrücken.«
»Ja, dieses Mal, was ist aber, wenn es das nächste Mal nicht klappt?«
»Dann musst du einfach dafür sorgen, dass du nicht wütend wirst.« Er lachte dabei, was ich nicht witzig fand.
»Pass auf, ich werde versuchen, etwas darüber herauszufinden und du wirst einfach darauf achten, dass dich niemand verärgert. In Ordnung?«
Wenn er glaubte, mit seinem Vorschlag würde alles in die richtigen Bahnen laufen, dann täuschte er sich. Eben hatte ich es tatsächlich geschafft, es zu unterdrücken, aber was, wenn meine Wut oder Verärgerung noch größer wurde? Wie sollte ich mich aus den verschiedenen Situationen zurücknehmen?

»Ich werde es versuchen«, antwortete ich trotzdem. Zufrieden zog mich Luca wieder in seine Arme. »Braves Mädchen.«

In den folgenden Tagen hielt ich mich aus brenzligen Situation heraus. Wobei ich genau wusste, dass es eine Frage der Zeit war, bis Madi mich zur Weißglut brachte. Sie flirtete ungeniert mit Luca und ich fand es echt beschissen, auch wenn ich wusste, dass er an ihr nicht interessiert war. Ich verbarg das aufkeimende Gefühl der Eifersucht tief in mir und versuchte, einfach nicht hinzusehen. Doch ihr lautes Gekicher und ihr penetrantes Parfum ließen es nicht zu, dass ich sie ignorieren konnte.
Dr. Nussbaum ließ mich am zweiten Tag das Training mit Noah unterbrechen, um weitere Blutproben zu nehmen und einige andere Tests durchzuführen. Ich war schrecklich nervös und ängstlich, dass er hinter mein Geheimnis kam. Es war schlecht einzuschätzen, ob er etwas herausgefunden hatte oder nicht. Er war immer sehr freundlich zu mir.
Von Prof. Tramonti erfuhr ich, dass Matteo in Deutschland gesichtet wurde, aber bisher von meiner Schwester jede Spur fehlte. Langsam aber sicher bekam ich wirklich Angst. Niemand konnte mir sagen, was mit Amy geschehen war und die Ungewissheit erdrückte mich fast. In Frankfurt wollten die Padres ihn aufgreifen, was leider misslang.
»Er ist sehr geschickt und hat wohl viele Verbündete, die ihm helfen«, hatte Prof. Tramonti erklärt.
Weinend und mit einer gehörigen Portion Wut im Bauch verließ ich schnell sein Büro, um nicht das Schlimmste heraufzubeschwören. Mehr als meine Wut jedoch,

überwog die Trauer um meine Schwester. Die Angst, sie nie mehr wieder zu sehen, war ein schreckliches Gefühl. Meine kleine Schwester lebte – ich spürte es und wünschte es mir so sehr.
Trost fand ich im Training und wenn ich Zeit mit Luca verbrachte. Marie behielt mein Geheimnis für sich und ich stattete ihm fast jeden Abend einen Besuch ab. Wir verbrachten endlich Zeit miteinander. Später, in meinem Bett, wünschte ich mir oft, dass Luca und ich uns unter normalen Umständen kennengelernt hätten. Wie schön es gewesen wäre, mit ihm spazieren zu gehen oder die Nervosität zu spüren, bevor er mich zu einer Verabredung abgeholt hätte. Ich träumte davon, eine normale Beziehung mit ihm zu führen. Ich war total verliebt in ihn, sodass die Illustris es sofort mitbekommen hätten, wenn hier unten unsere Auren nicht unsichtbar gewesen wären. Ich nahm seine heimlichen Blicke jetzt anders wahr und genoss das Wissen, ihm zu gehören. Nur bei Madi fiel es mir schwer, nicht eifersüchtig zu werden. Nach wie vor schmiss sie sich an ihn heran und auch Noahs Blicke, die er Luca zuwarf, waren nicht unbedingt freundlich.
Das Training und der Unterricht machten großen Spaß, außer die Heilungslehre. Dort lernten wir nur Dinge, die mit unserer Heilkraft nicht wirklich viel zu tun hatten. Mr. Finta war genau so, wie Marie ihn beschrieben hatte. Ein typischer Highschoollehrer Mitte fünfzig, dessen Anzeichen seines Alters er mit einem Toupet zu kaschieren versuchte. Er färbte sein verbliebenes, ergrautes Haar schwarz. Das bewirkte, dass man sein Toupet und die Halbglatze sofort erkannte.
In unserem Fach Heilungslehre glänzte Lucia. Ihr fiel es sehr leicht, sämtliche Kräuter bei ihren lateinischen

Namen zu benennen und sie auch richtig zu kombinieren. Ich bewunderte das Mädchen. Während ich mir die Namen stundenlang einprägen und alle auswendig lernen musste, brauchte Lucia sie nur einmal zu hören, um sie für immer in ihrem Gedächtnis zu behalten. Genauso ausgezeichnet, wie sie im Unterricht war, kochte sie. Jacques tauschte öfters unsere Arbeitszeiten, um mit ihr kochen zu können, was den anderen Mädchen nichts auszumachen schien. Eines blieb bei Lucia noch ein Rätsel. Das Mädchen war tief unglücklich. Ich sah es in ihren Augen. Sie hatte ein Problem. Ich konnte nicht sagen, welches genau, aber ich konnte ihren Kummer spüren. Vielleicht würde ich eine Gelegenheit finden, es herauszubekommen.
Um Ava, die jüngste Illustris, machten sich alle Sorgen. Sie zog sich immer mehr zurück, meldete sich krank, sodass sie oft bei Dr. Nussbaum zur Untersuchung war. Da sie nicht sprechen konnte, unterrichtete Prof. Dr. Dearing sie in Gebärdensprache. Und auch wir Mädchen wurden darin unterrichtet, um sie aus ihrer Isolation zu befreien. Sie war ein sehr scheues Mädchen und zu oft allein. Die anderen versuchten zwar, sie zu ermutigen, Zeit mit uns zu verbringen, aber ich glaubte, dass sie froh war, wenn sie in ihrem Zimmer bleiben konnte. Als bei ihr dann ein großer Gewichtsverlust zu sehen war, begann sich der Rat ernsthaft Sorgen um sie zu machen. Wir wurden alle zu Einzelgesprächen gebeten. Jacques wurde damit beauftragt, extra für sie nur energiereiche Mahlzeiten zu kochen, damit sie bei Kräften blieb. Man vermutete, dass ihr Heimweh sehr groß war und sie die Zeit hier bei den Padres abbrechen würde.
Ich hatte einen ganz anderen Eindruck von dem Mädchen. Vom ersten Augenblick an empfand ich, dass

sie sehr angespannt war. Ihre Nervosität löste in mir das Gefühl aus, dass sie mir etwas sagen wollte. Aber sicher war ich mir da nicht. Vielleicht sollte ich versuchen, einen Weg zu finden, um mit ihr zu kommunizieren.
Unsere Mittagspausen verbrachten Marie und ich meistens in der Außenanlage, die mich an einen Klostergarten erinnerte. Durch eine Nische vom Speisesaal führte ein kleiner Tunnel zu einer Wendeltreppe, von der aus man direkt ins Freie kam. Der Garten war nicht sehr groß. Eine hohe sandsteinfarbene Mauer schützte uns vor fremden Blicken. Ringsherum befanden sich Straßenlaternen, die Tag und Nacht eingeschaltet waren. Sie gaben einen leisen Brummton von sich. Marie erklärte mir, dass diese Straßenlaternen nicht nur für Licht sorgten, sondern auch diesen speziellen Leuchtstoff enthielten, welcher die Auren unsichtbar machte, wie die Leuchtröhren im Jero. Nur wenn es regnete, konnte man unsere Auren ganz leicht schimmern sehen, wenn man genau hinsah.
Ansonsten war der Garten liebevoll angelegt. Es gab ein paar Bäume und Hecken, die uns Schatten spendeten. Überall waren Rosen angepflanzt, von deren Duft wir uns betören ließen. Unser Lieblingsplatz war der hinterste Baum, der vom Eingangsbereich nicht gut einsehbar war. Dort genossen Marie und ich unsere Privatsphäre.

Prof. Dr. Nussbaum hatte bestimmt bereits meine Testergebnisse. Neugierig wie ich war, schlich ich mich in der Mittagspause in sein Untersuchungszimmer. Ich hatte Glück, sein Zimmer war nicht abgeschlossen. Schnell zog ich die Tür hinter mir zu und suchte seinen Schreibtisch nach der Mappe mit meinem Namen ab.

Nichts! Ich zog die Schubladen seines Aktenschränkchens auf und suchte weiter. Wieder kein Glück. Wo bewahrte er die Mappen denn auf? Ich sah mich um. Alles war hygienisch sauber, selbst seine medizinischen Instrumente lagen fein säuberlich aufgereiht auf einer Ablage.
Noch einmal ging ich den Aktenschrank durch. Da waren die Unterlagen von Miku Lu, Amber, Madi, Marie, Ava und Lucia. Und wieso fehlte meine? Das war ja mal wieder typisch. … Einen kurzen Augenblick hielt ich inne. Sollte ich …? Sollte ich einen Blick in die Mappe von … . Ich sah zur Tür, alles war ruhig und niemand würde je erfahren, dass ich unerlaubterweise Informationen über Lucia und Ava eingesehen hätte.
Schnell zog ich zuerst Lucias Mappe heraus und klappte sie auf. Viel konnte ich nicht entziffern, was Dr. Nussbaum geschrieben hatte. Der Mann hatte wirklich eine saumäßige Handschrift. Onkel Finley hätte das niemals bei Amy und mir durchgehen lassen. Ich blätterte weiter und dann blieb mein Blick in der Mitte der zweiten Seite hängen.

Phase 1:

22.05.13 0,5 mg Anti-Etrupiel XD, keine Symptome.
23.05.13 0,5 mg Anti-Etrupiel XD, keine Symptome.
0,5 mg Anti-Etrupiel XD, klagt über Kopfschmerzen.

Phase 2:

24.05.13 1 mg Anti-Etrupiel XD, deutlich erhöhte Temperatur
25.05.13 1 mg Anti-Etrupiel XD,

erbricht, fühlt sich schwach, erhöhte Temperatur.
26.05.13 1 mg Anti-Etrupiel XD, Depressive Stimmung, Kopfschmerzen und Appetitlosigkeit

Phase 3:

27.05.13 1,5 mg Anti-Etrupiel XD,
28.05.13 1,5 mg Anti-Etrupiel XD, große Stimmungsschwankungen.

Was hatte das zu bedeuten? Versuche? Was führten sie für Versuche mit Lucia durch? Ich blätterte weiter, als ich vom Flur Geräusche vernahm. So ein Mist! Schnell klappte ich die Mappe zu und legte sie zurück in den Schrank.
Um zu verschwinden, war es jetzt zu spät. Scheiße, was sollte ich tun? Ich spähte zur Umkleide. Sie war meine einzige Chance. Im letzten Augenblick versteckte ich mich hinter dem Vorhang und hoffte, die Bewegungen des Schals würden aufhören, bis Dr. Nussbaum das Zimmer betrat.
»Die Ergebnisse sind eindeutig, Pablo. Ich bin mir sicher, dass wir auf dem richtigen Weg sind. Das Protein im Blut und auch sonst alle Untersuchungen weisen darauf hin.«
»Aber sicher kannst du das nicht sagen?«, fragte Dr. Rediaz.
Mit wild schlagendem Herzen hörte ich, wie einige Männer des Rats ins Zimmer kamen. Jetzt half nur noch beten.
»Es fehlen noch ein paar Auswertungen, aber ich bin mir nach der Blutanalyse von Jade ziemlich sicher, dass sie der Schlüssel ist, der uns noch fehlt.« Als ich meinen

Namen hörte, presste ich mir die Hand auf den Mund, um nicht laut nach Luft zu schnappen.
»Und was ist mit Lucia? Die Versuche haben bisher nichts gebracht, außer, dass das Mädchen depressiv ist und für den Rat eine Belastung darstellt.«
»Moment, Pablo. Dass das Mädchen zu einer Belastung wurde, dafür tragen wir die Verantwortung. Das arme Ding kann nichts dafür«, mischte sich Prof. Tramonti ein. »Wir sollten die Versuche an ihr einstellen, bevor noch Schlimmeres passiert. Die Nebenwirkungen sind jetzt schon stark.«
Ein verächtliches Lachen war zu hören, das gefährlich nahe am Vorhang war. Dr. Rediaz' Stimme klang nicht gerade freundlich. »Dass du immer noch an deiner Meinung festhältst, Vico. Die Versuche sind wichtig, wie sonst sollen wir …«
»Aber nicht auf dem Rücken des Mädchens. Außerdem wissen wir nichts. Bisher ist alles im Sand verlaufen und die Investoren hängen uns bereits im Nacken«, unterbrach er Dr. Rediaz.
Das Telefon klingelte und Dr. Nussbaum nahm ab. Alle Anwesenden im Raum schwiegen. So flach wie möglich versuchte ich zu atmen. Er sagte nicht viel und antwortete nur knapp mit Ja oder Nein.
»Es gibt Neuigkeiten. Aber diese sollten wir nicht hier besprechen«, sagte er, als das Telefonat beendet war.
»Dann gehen wir in mein Büro«, schlug Prof. Tramonti vor und während ich hörte, wie die Tür geöffnet wurde, nahm Dr. Nussbaum nochmals das Telefon und gab weitere Anweisungen durch. »Veranlassen Sie, dass man sämtliche Unterlagen in das Büro von Prof. Tramonti bringt. … Danke!« Damit legte er auf und erleichtert hörte ich, wie die Tür geschlossen wurde.

Mein Gott! Was war hier los? Was taten sie der armen Lucia nur an? Und was hatte ich damit zu tun? Wozu sollte ich der Schlüssel sein? Ich war völlig verwirrt, als ich wieder in meinem Zimmer ankam. Zu gern hätte ich das Gespräch in Prof. Tramontis Büro belauscht, aber dazu müsste ich den Mädchen-Trakt verlassen und das würde bestimmt nicht unbemerkt bleiben.
Fakt war, ich hatte Recht mit meinem Gefühl, dass die Padres nicht so heilig waren, wie sie sich selbst darstellten. Und ich tat gut daran, ihnen nicht blind zu vertrauen.
Vielleicht könnte ich Lucia dazu bringen, sich mir anzuvertrauen? Ich sollte so schnell wie möglich herausfinden, was hier vor sich ging.

Kapitel 12

Luca

Warm rann das Blut durch meine Hände, während ich mein blutverschmiertes Schwert noch an ihrem Körper hielt. Nur sehr langsam verebbten ihre Schreie und als ihr Kopf vom Rumpf ihres Körpers fiel, spürte ich, wie das Brennen endlich in mir nachließ. Ich gab dem kopflosen Körper einen Stoß und er fiel vornüber. Ich schloss meine Augen und genoss die Ruhe und Erlösung, die ich in mir spürte. Wieder eine Illustris weniger. Mein Meister würde zufrieden mit mir sein. Mit dem Kopf im Nacken gab ich mich meinem Frieden hin. Der Schmerz in meinem Kopf nahm endlich ab – aber nur kurz. Etwas stimmte nicht. Diese schrecklichen Schreie wurden wieder lauter. Ich sah mich um und erschrak, als ich die vielen Gesichter, die mich anstarrten, erkannte. Ihre Augen waren blutunterlaufen und ihr Geschrei war so laut, dass ich mir die Ohren zuhalten musste. Ihre Todesangst zu spüren, ließ meinen Atem stocken. Mein Gott, was geschah hier nur? Wieso starrten mich die Illustris so an? Sie waren doch tot! Ich selbst hatte sie ermordet!

Ich schreckte hoch! Nur sehr langsam verschwammen die Bilder und ihre Schreie verklangen. Schweiß perlte von meiner Stirn. Mein Puls wurde langsam wieder normal und ich spürte dieses schreckliche Gefühl. Meister Chang hatte Recht behalten, ich erinnerte mich an Dinge, die ich lieber vergessen wollte. Jede Nacht schlichen sich Bilder meiner schrecklichen Taten in meine Träume und frischten meine Erinnerungen auf.

Ich war eine grausame, kaltblütige und gehorsame Marionette gewesen, hatte Schuld auf mich geladen. Ekel vor meinen Taten überkam mich jedes Mal, wenn ich daran dachte. Seit ich hier bei den Padres war, erkannte ich in den Mädchen zarte und reine Geschöpfe. Ich sah täglich, was es für sie bedeutet hatte, ihre Familien zu verlassen, um hier zu lernen, wie sie sich vor so einem Monster wie mir schützen könnten. Ich sah die Traurigkeit und die Todesangst in ihren Augen. Jade hierher zu begleiten war vielleicht ein Fehler gewesen, aber es war eine Möglichkeit, in ihrer Nähe zu bleiben. Sie hatte mich geheilt. Zumindest stand ich nicht mehr unter dem Zwang, die Illustris töten zu müssen.
Meine Schuld ist groß und an manchen Tagen glaubte ich, es nicht verdient zu haben, sie an meiner Seite zu wissen. Viele meiner Geheimnisse kannte sie und trotzdem hatte sie sich nie von mir abgewandt. Das lag wohl an dem unsichtbaren Band, das uns zusammenhielt, seit wir uns das erste Mal in die Augen gesehen hatten. Jene starke Verbindung, die ich bisher noch niemals zuvor erlebt hatte.
Seit ich ihr dunkles Geheimnis kannte, fühlte ich ihre Unsicherheit. Sie sollte jedoch keine Angst davor haben, sie sollte sie vielmehr als eine weitere besondere Gabe akzeptieren und so schnell wie möglich lernen, sie kontrollieren zu können. Ich würde ihr dabei helfen, so gut ich konnte. Allerdings wusste ich, dass wir nicht für immer zusammenbleiben konnten. Jeden Tag frage ich mich, ob ich gehen sollte oder nicht. Es zieht mich zurück. In Rom hatte ich ihm mein Versprechen gegeben, dass ich wiederkomme. Ich hatte Angst vor dem Tag, wenn ich Jade verlassen musste – vielleicht für immer.

Die Padres hatten mich nicht ohne Hintergedanken als neuen Trainer für die Mädchen eingestellt. Und mir war klar, dass mir das Schlimmste noch bevorstand. Die einzige Zeit, die mir etwas bedeutete, war die, die ich mit Jade verbringen konnte. Meine Gefühle zu ihr wurden von Tag zu Tag stärker. Die Geborgenheit, die ich in ihrer Nähe fühlte, ließ mich aufhorchen. Die Zuneigung zu ihr machte mich verletzlich, sie war nun meine Schwachstelle.

Dr. Nussbaum kam gerade in den Flur gelaufen, als ich bereits an seinem Untersuchungsraum angeklopft hatte.
»Entschuldige bitte meine Verspätung. Ich war noch in einer Besprechung.« Eilig öffnete er das Zimmer und setzte sich sogleich an seinen Schreibtisch. »So, wir haben heute einiges vor.« Der Arzt deutete mit einer Handbewegung an, dass ich mich setzen solle.
»Außer den üblichen Untersuchungen will ich ein paar Tests mit dir durchführen.«
Ausdruckslos sah ich ihn an. Ich hatte nichts anderes erwartet.
»Bist du damit einverstanden?«
»Habe ich eine andere Wahl?«, gab ich grimmig zurück, worauf er sich zurücklehnte und mich musterte. Ich hielt seinem Blick stand, wollte ihm damit zeigen, dass ich keine Angst hatte. Obwohl es merkwürdig flatterte in meinem Magen.
»Ich hoffe, du hast deine Meinung über unsere Kooperation nicht geändert? Du weißt, alles was wir tun, dient nur zu …«
»… meinem Schutz, ich weiß«, unterbrach ich ihn. »Hören Sie, Doktor, wir vergeuden mit dieser

Konversation nur unsere Zeit. Also, fangen Sie schon an.«

Er nickte und fuhr sich über sein kurz geschorenes Haar. »Wie du willst, Luca. Also, … wie alt bist du?«

»Ich bin 24.«

Er zog ein Blatt Papier aus einer Schublade und machte sich sogleich Notizen. »Gut, dann beginnen wir mit der Blutabnahme«, sagte er und holte alle nötigen Utensilien aus seinem Schrank. Ich ließ alles über mich ergehen. Nach der Blutabnahme, Haar- und Speichelprobe bat er mich, mein Shirt auszuziehen. Er maß den Umfang meiner Brust. »Du bist sehr gut trainiert. Dein Muskelwachstum ist durch das Obsensium erheblich gesteigert. Das ist wirklich beeindruckend.« Das Telefon klingelte und er unterbrach seine Arbeit.

»Ja?«, sagte er fragend in den Telefonhörer. Sein Blick wanderte zu mir. »In 2 Minuten«, sagte er und sah auf seine Armbanduhr.

»Tja, so wie es aussieht, müssen wir hier abbrechen. Die Padres möchten dich jetzt gleich sehen. Zieh dich wieder an.«

Ich folgte Dr. Nussbaum zum Besprechungsraum. Kurz klopfte er an und wir beide traten hinein. Das ganze Komitee der Padres war versammelt. Sie alle sahen mich mit ausdruckslosen Mienen an, nur Prof. Tramonti lächelte.

»Luca, komm und setz dich auf den freien Stuhl in der Mitte.« Vor mir saßen die Herren in ihren Anzügen. Ich wusste, was jetzt kommen würde.

»Du kannst dir bestimmt denken, warum wir dich sprechen wollen«, fragte der Professor und schob die Kugelbrille auf seiner Nase zurecht.

Ich nickte.
»Wir hoffen, durch deine Informationen mehr über Morgion zu erfahren. Es interessiert uns vor allem, was er für Pläne hat, wie er organisiert ist. Und wir brauchen noch mehr Informationen über euch Taluris.«
Mein Blick wanderte zu Meister Chang, der ganz am Ende der Padresfront vor mir saß. Sein kurzes Nicken verriet mir, dass es besser für mich wäre, auf alles ehrlich zu antworten.
»Kannst du uns sagen, wie viele Männer im Augenblick zu Taluris ausgebildet werden?«
Männer? Es waren keine Männer. Die meisten von uns waren noch Kinder. Die wenigsten waren über achtzehn.
»Im Moment sind es 20, glaub ich. Zwölf sind ausgebildete, aktive Taluris«. Ein Tuscheln war zu hören.
»Und es sind keine Männer, sondern Kinder«, ergänzte ich.
»Du meinst 20 Kinder, die das Spying erhalten haben, aber noch nicht auf der Suche nach Illustris sind?« Ich nickte. Wieder war Gemurmel zu hören.
»Dimmen Sie das Licht«, befahl Prof. Tramonti einem Sicherheitsmann, der an der Tür stand. Eine Leinwand wurde hinter mir heruntergelassen. Prof. Tramonti stand auf und ging zu einem Projektor, den er einschaltete.
»Wir haben hier eine Satellitenaufnahme von Rom. Kannst du uns bitte zeigen, wo Morgion sich genau aufhält?«
Ich stand auf und sah mir die Aufnahme näher an. Ich erkannte die Straßen, die vielen kleinen Gassen und die großen öffentlichen Gebäude Roms. »Hier! Das Grundstück der Villa Ada, dort halten wir uns seit Jahren

auf. Es ist der zweitgrößte Park Roms.« Ich zeigte auf eine große begrünte Fläche.
»Die Villa Ada ist uns bekannt.«
»Sie ist unterteilt zwischen dem öffentlich-staatlichen und dem privaten Besitz. Der private Teil, auf dem sich die Prisilla-Katakomben befinden, zählt zu unserem Areal. Unterhalb der Katakomben liegt unser Hauptquartier. Dort werden wir ausgebildet und verbringen unsere Kindheit.«
»Dieser private Bereich lässt ihn tun und lassen, was er will. Niemand würde auf die Idee kommen, dass sich unter dem Areal, welches zum Naturschutzgebiet gehört, so eine Organisation befindet«, sagte Dr. Evans.
»Das wissen wir schon von Mr. Chang. Wie viele Männer bewachen das Gelände zur Zeit?«, unterbrach ihn Dr. Rediaz.
Ich überlegte. »Ich weiß nicht genau, aber es sind weitaus mehr als vierzig Mann. Das ganze Gelände wird zudem mit Kameras überwacht.«
»Wahrscheinlich bezahlt er die Carabinieri noch immer«, warf Dr. Nussbaum ein. »Weißt du, wo das Obsensium aufbewahrt wird?«
»Nein!«, antwortete ich wahrheitsgemäß.
Misstrauisch sah mich Dr. Rediaz an. »Weißt du es wirklich nicht - oder willst du es uns nicht sagen?«
»Ich weiß es wirklich nicht.«
»Und das sollen wir dir glauben? Vielleicht belügst du uns ja?«
»Lass gut sein, Pablo. Kein Grund, feindselig zu werden. Außerdem wusste es unser guter Chang ja auch nicht. Bisher war Luca immer kooperativ«, sagte Prof. Tramonti. »Lasst uns weitermachen.«

Dr. Nussbaum richtete sich jetzt wieder an mich. »Luca, kannst du mir sagen, wie es war, als Jade dich heilte? Ich will wissen, was genau mit deinem Körper geschah und wie es dir hinterher ging. Welche Veränderungen konntest du spüren und wie schnell danach waren die ersten Erinnerungen an deine Taten da?«
Daran konnte ich mich sehr gut erinnern. Doch bevor ich antworten konnte, wurde die Tür geöffnet und Schwester Angela betrat eilig das Zimmer. Sie lief durch den Raum und flüsterte etwas in Prof. Tramontis Ohr. Sprachlos sah er sie an.
»Sind sie sicher?« Die Nonne nickte bedrückt.
»Was ist los, Vico?« Das Licht wurde eingeschaltet und die Leinwand fuhr wieder hinauf.
»Wo ist Konstantin? Er soll hereinkommen«, befahl der Professor. Sofort eilte die Nonne zur Tür zurück. Tramonti war bleich geworden.
Im selben Augenblick stürzte ein blonder junger Mann in den Raum. »Morgion plant etwas, und ich glaube, es ist etwas Großes. Er hat russische und amerikanische Waffenhändler und Terroristen zu sich nach Rom eingeladen. … Verzeihen Sie mir, dass ich hier so reinplatze. Ich bin so schnell wie möglich aus Rom angereist«, sagte er hastig, zog einen Chip aus seiner Hosentasche und überreichte ihn dem Professor. Dieser nahm ihn und gab ihn an Dr. Evans weiter, der zum Projektor ging und diesen wieder einschaltete.
»Oh mein Gott!« Kurz sah Prof. Tramonti zu mir.
»Und dieser Taluri hat das jetzt mitbekommen!«, rief Dr. Rediaz, während sich Konstantin zu mir umdrehte. Verdutzt sah auch er mich an. »Ein Taluri? Und das in unseren Reihen?«

»Jetzt ist es schon zu spät, erzähl weiter, Konstantin«, sagte der Professor.
Er wandte seinen Blick von mir ab. »Es war sehr schwierig, an Informationen zu kommen. Aus einer Quelle weiß ich, dass er vorhat, ihnen eine Waffe zu präsentieren, die in der Lage ist, alles zu vernichten.«
»Dann werden deine Befürchtungen jetzt also wahr«, meinte Prof. Dr. Dearing, lehnte sich in seinem Stuhl zurück und sah sehr nachdenklich zu Prof. Tramonti. Wieder redeten alle durcheinander und ich wusste, dass der Informant die Wahrheit gesagt hatte. Morgion verbrachte oft Stunden in seinem Labor, experimentierte dort an lebenden Objekten. Als ich das letzte Mal in Rom war, hatte Pepe mir Videos und Unterlagen gezeigt.
»Bitte, beruhigt euch! ... Konstantin, bist du dir da ganz sicher?«
»Ja, Sir. Per Zufall bekam ich einen Tipp, sonst wäre ich niemals darauf gestoßen. ... Leider ist dies alles, was ich herausgefunden habe. Meine Kontakte sind erschöpft. Es ist mir unmöglich, an weitere Details zu gelangen.« Eine laute Diskussion brach aus. Dr. Evans und Dr. Rediaz plädierten sofort dafür, ein paar Männer nach Rom zu schicken.
»Und was soll das bringen? ... Wir sollten nichts überstürzen. Schließlich birgt es ein gewisses Risiko, jemanden von uns in Rom zu postieren. Außerdem, wenn Konstantin nichts mehr herausfinden kann, wer sollte an noch mehr Informationen gelangen? Konstantin ist schon seit Monaten als Spitzel für uns aktiv«, warf Dr. Nussbaum ein.
Prof. Tramonti sah mich nachdenklich an. »Luca, wusstest du davon?«

Ich schüttelte den Kopf. »Nein, davon wusste ich nichts.«
»Aber Vico, wir können doch nicht zuschauen. Wir müssen etwas unternehmen«, forderte Dr. Rediaz aufgebracht.
»Du vergisst, Pablo, wie hoch unser Verlust war, damals. Wir können uns das nicht leisten. Wir brauchen jeden Mann hier. So viele Illustris wie jetzt hatten wir noch nie bei uns. Außerdem hast du gehört, was Luca sagte, Morgion hat mehr als 40 Mann, die allein nur das Grundstück bewachen.«
Während die Padres alle wild und laut diskutierten, wusste ich, dass dies mein Ticket nach Hause war. Es war die Möglichkeit, mein Versprechen einzulösen. Ich musste eine Entscheidung fällen. Jetzt.
Rom oder Jade. Sie zu verlassen, würde mein Herz kosten. Doch sie war hier in Sicherheit. Tat ich es nicht, wäre ich genauso ein Feigling wie Chang. Das Schicksal von Millionen Menschen stand auf dem Spiel.
»Wer weiß, was dieses kranke Hirn sich wieder ausgedacht hat«, meinte Prof. Dearing. Das Licht wurde gelöscht und die Daten des Chips auf die Leinwand projiziert. Ein Bild mit mehreren Fahndungsbildern von Terroristen, einigen bekannten Waffenhändlern und einflussreichen Industriellen erschien auf der Leinwand. Diese Gesichter waren mir nicht unbekannt. Den einen oder anderen hatte ich schon mit Morgion zusammen gesehen. Doch das war lange her. Zu dunkel waren die Bilder in meinem Kopf.
»Darf ich etwas sagen?«
Der Rat brauchte einen Moment, bis sie meine Frage wahrnahmen und bis sie von Prof. Tramonti zur Ruhe ermahnt wurden. Als endlich alle still waren, begann ich, ihnen einen Vorschlag zu unterbreiten.

»Ich kann nach Rom gehen. … Ich habe Kontakte in die Villa Ada. Rom ist mein Zuhause und ich kenne das System.«
»Das ist ja lächerlich. … Woher sollen wir dir vertrauen? Genauso könntest du uns verraten«, rief Dr. Dearing aufgebracht und schüttelte den Kopf.
»Und wieso nicht? Luca könnte uns dort sehr nützlich sein. Zumindest wäre es kein allzu großer Verlust, wenn es schief geht.«
»Pablo!!!«, rief Prof. Tramonti, stand wütend auf und ging um den Tisch herum. Er blieb nachdenklich direkt vor mir stehen.
»Luca, du bist unser Gast hier. Du brauchst nicht zurück, wenn das nicht dein ausdrücklicher Wunsch ist. … Ist dir klar, dass es dein Todesurteil bedeutet, wenn er dich erwischt?«
Ja, auch das war mir bewusst. Morgion würde mich töten, falls es schiefging. Es war eine Frage der Zeit, bis man mich in Rom entdecken würde, aber das Versprechen nagte so tief in mir, dass ich nicht anders konnte – auch wenn ich dabei starb. Jade war hier unter Ihresgleichen und mit ein bisschen Glück könnte ich ein paar von uns befreien. Ich musste es einfach tun. Die Aussicht, meine Schuld zu schmälern, ließ meine tote Seele aufschreien.
»Ich gehe nach Rom zurück«, sagte ich mit fester und lauter Stimme. Prof. Tramonti legte seine Hand auf meine Schulter und nickte langsam als Zeichen seines Einverständnisses.
Erst jetzt sah ich in den Augenwinkeln einen Schatten, der regungslos im Türrahmen stand.
»NEIN, LUCA!!!« Erschrocken sah Jade mich an. Ihr Gesicht war tränenüberströmt und sie zitterte leicht. Noch bevor ich etwas erwidern konnte, rannte sie davon.

Kapitel 13

Ein Stein fiel mir vom Herzen, als ich unentdeckt das Untersuchungszimmer von Dr. Nussbaum verlassen konnte und gleichzeitig war ich so durcheinander, dass ich dringend mit Luca sprechen musste. Seine Untersuchung würde gleich beginnen. Vielleicht hatte ich Glück und ich würde ihn vorher noch erwischen.

Auf halbem Weg traf ich Marie.

»Wo warst du denn? Ich hab dich schon überall gesucht. Unser Unterricht fängt gleich an und Mr. Finta wird schlecht drauf sein, wenn wir zu spät kommen.« Schon hakte sie sich bei mir ein und zog mich zu unserem Klassenzimmer. Die Mädchen saßen auf ihren Plätzen und auch Mr. Finta war schon da. Gleich zu Beginn des Unterrichts ließ er uns ein paar Übungsaufgaben für die nächste Klausur machen. Dazu teilte er Blätter mit Fragen aus, die wir zu beantworten hatten.

»Und bitte, jede für sich, meine Damen«, ermahnte er uns, wobei er mir einen warnenden Blick zuwarf. In einer der letzten Stunden hatte er mich ein paar Mal erwischt, wie ich versuchte, Marie bei einer Frage zu helfen.

Ich war nicht in der Lage, mich zu konzentrieren. Ständig musste ich zu Lucia blicken, die ein paar Reihen hinter mir saß. Sie sah schlecht aus, wie fast jeden Morgen. Ihr Haar war kraus und ihre dunklen Schatten unter den Augen zeugten von schlaflosen Nächten.

»Was ist denn los, Jade? Du siehst ganz bleich aus. Geht es dir nicht gut?«, unterbrach Marie meine Gedanken. Sie flüsterte, damit Mr. Finta nicht auf uns aufmerksam wurde.

»Nichts, alles gut!« Damit sie mir glaubte, nahm ich einen Stift und versuchte, mich auf die erste Frage zu konzentrieren. Doch immer wieder hallten die belauschten Worte in Dr. Nussbaums Untersuchungszimmer in meinem Kopf nach, so dass ich nicht ein Wort aufschreiben konnte.
»Pssst … Marie!«, flüsterte ich nach ein paar Minuten.
»Was?«
Mr. Finta wurde auf uns aufmerksam, sodass ich nicht weiter sprechen konnte und schnell auf mein Blatt sah.
Was sollte ich tun? Ich brauchte dringend ein paar Antworten.
Ich musste so schnell wie möglich mit Luca oder mit Prof. Tramonti sprechen. Dringend und am besten sofort. So wie es den Anschein hatte, war der Professor kein Befürworter dieser Versuche an Lucia, die ihr, wie man sehen konnte, auch wirklich schadeten. Die Padres missbrauchten Lucia für ihre Zwecke. Sie verabreichten ihr irgendein Zeug. Sie benutzen sie wie ein Versuchskaninchen.
»Marie, ich muss was erledigen. Deck mich, falls ich zu lange fort sein sollte.« Sie sah mich verständnislos an. Doch für Antworten hatten wir später noch Zeit. »Ähhh … , Mr. Finta? Kann ich zur Toilette? Mir ist so übel«, log ich und legte einen leidigen Gesichtsausdruck auf. Mein bleiches Gesicht reichte wohl aus, so dass er mich gehen ließ.

Bestimmt waren die Untersuchungen von Luca schon beendet. Gerade als ich am Aufenthaltsraum vorbei ging, lief mir Schwester Angela entgegen mit einem Fremden. Sie schien es sehr eilig zu haben und steuerte direkt auf den Konferenzsaal zu. Sie lächelte mich kurz beim

Vorbeigehen an, doch mit ihren Gedanken war sie offensichtlich ganz woanders. Und auch der Fremde wirkte ernst. Ich blieb stehen und sah ihnen nach. Sah, wie Schwester Angela die Tür des Konferenzsaals öffnete und eintrat, während der Fremde draußen stehen blieb.
Irgendetwas schien nicht zu stimmen. Gleich darauf wurde der Fremde hineingerufen und ich sah noch, wie er die Tür zuzog.
Langsam schritt ich den Flur entlang und überlegte, was ich tun sollte. Vor dem Konferenzraum lauschte ich und erkannte die Stimmen der Padres, die laut über etwas diskutierten, bis es plötzlich still war.
»Ich kann nach Rom gehen. … Ich habe Kontakte in die Villa Ada. Rom ist mein Zuhause und ich kenne das System«, hörte ich Luca laut und deutlich sagen. Diese Worte versetzten mir einen Stich ins Herz. Ich wünschte mir so sehr, dass ich mich getäuscht hatte. Doch leider war es tatsächlich mein Luca, der den Wunsch geäußert hatte, wieder zurück nach Rom gehen zu dürfen.
Der Schock saß tief und wie in Trance öffnete ich einfach die Tür. Dort saß er, vor ihm Prof. Tramonti, als Luca es laut und deutlich noch einmal wiederholte. »Ich gehe nach Rom zurück.«
Jetzt hatte ich es nicht nur gehört, sondern auch gesehen, dass er es wirklich ausgesprochen hatte. Ich konnte einfach nicht begreifen, wieso. Ich fing an zu zittern und mir wurde übel bei dem Gedanken, ihn nicht mehr bei mir zu wissen. Mit der Übelkeit kam auch die Hitze, die sich in mir langsam ausbreitete. Ich kämpfte dagegen an, bis ich die Tränen nicht mehr zurückhalten konnte. Er würde mich verlassen. Er würde gehen, ohne mich. War er wahnsinnig geworden?

»Nein, Luca!«, entfuhr es mir wütend. Unsere Blicke trafen sich und ich erkannte die Entschlossenheit in seinen Augen. Die Hitze wurde stärker und diese dunkle Glut nahm mehr und mehr Besitz von mir. Panik und Angst mischten sich mit Wut und Unverständnis. Ich sollte jetzt so schnell wie möglich gehen. Es war schwer einzuschätzen, was ich vielleicht gleich anrichten würde. Bevor ich die Kontrolle über mich völlig verlor, entriss ich mich seinem Blick und rannte weinend davon.

Ich hörte noch, wie Luca mir hinterher rief. Ich brauchte dringend frische Luft und rannte in die Gartenanlage. Sofort als ich die Wiese betrat, beruhigte sich das Dunkle in mir und Enttäuschung und Traurigkeit nahmen den Platz ein, der vorher durch die Hitze beherrscht wurde. Tief atmete ich ein und aus. Die Sonne schien heiß und ich suchte im hinteren Teil des Gartens ein schattiges Plätzchen, wo ich nachdenken konnte.
Wieso tat er mir das an? Wieso tat er sich selbst das an? Wusste er denn nicht, dass dies sein Todesurteil sein würde? Mein Gott, er war mein einziger Halt. Noch dazu war mein Misstrauen den Padres gegenüber noch größer geworden, nachdem ich gehört hatte, was sie Lucia antaten. Er konnte mich doch nicht hier allein zurücklassen! Meine Tränen versiegten langsam und Niedergeschlagenheit machte sich breit. Ich war ganz still, hatte den Vögeln und dem Leben hinter den Mauern zugehört, als ich ein leises Schniefen hörte. Ich sah mich um. Hier war doch jemand!
Neugierig stand ich auf und ging ein paar Meter in die Richtung, aus der das Geräusch kam.

Da! Hinter einem Busch entdeckte ich endlich etwas. Es war Ava. Die Kleine saß zusammengekauert zwischen Laub und den Blättern einer Hecke. Es sah aus, als wolle sie sich verstecken.
»Ava?«, rief ich sie vorsichtig. Sie hielt inne. Ich wusste sofort, sie wollte nicht entdeckt werden. Langsam, um sie nicht zu erschrecken, kniete ich mich zu ihr.
»Hey, ich bin`s. Du brauchst keine Angst zu haben. Ich bin allein«, sagte ich leise und tatsächlich lugte sie zwischen den Blättern zu mir hindurch. Ich streckte ihr meine Hand hin, welche sie nur sehr zaghaft annahm. Langsam krabbelte sie aus dem Busch hervor und blieb direkt davor sitzen. Ich setzte mich zu ihr. Ihre Augen waren gerötet vom Weinen und ihre Nase lief. Wahrscheinlich sah ich nicht besser aus.
Aus meiner Hosentasche zog ich ein Taschentuch und gab es ihr. Laut schnäuzte sie ihre Nase und eine Weile schwiegen wir. Wir beide waren traurig und konnten nicht darüber sprechen. So saßen wir ein paar Minuten, verdauten unseren Kummer.
»Warum versteckst du dich?«, fragte ich sie und hoffte, sie würde mir irgendwie eine Antwort geben können. Doch statt dass sie es mit der Gebärdensprache versuchte, nahm sie einen kleinen Stock und lief zu einer Stelle, an welcher der Boden sandig war. Dort schrieb sie etwas in den Staub. Ich sah ihr hinterher, und als sie mich zu sich winkte, stand ich auf und las die Worte, die sie mit großen Buchstaben geschrieben hatte.

ICH KENNE DEIN GEHEIMNIS!

Ihre dunklen Rehaugen sahen mich lange an. Sie kannte mein Geheimnis? … Welches der vielen meinte sie?

Perplex starrte ich sie an und als ich nichts darauf erwiderte, wischte sie mit ihrer flachen Hand die Buchstaben wieder weg und schrieb:

ICH WEISS, WER ER IST.

Woher wusste sie davon? Sie sprach von keinem anderen als von Luca, das war mir sofort klar. »Woher weißt du das?« Ich versuchte es erst gar nicht zu leugnen. Wieder folgte ein langer Blick von ihr, bis sie schließlich ihren Schal auszog und ihre Narbe freilegte.
Entsetzt starrte ich auf die lange, helle Linie, die sich quer über ihren Hals zeichnete. Sie war zwar verheilt, doch in ihren Augen sah ich den Schmerz ihrer Seele, den sie seither ertragen musste. Ich erinnerte mich, wie Marie mir erzählte, dass sie die einzige Illustris war, außer Miku Lu, die einen Taluri-Angriff je überlebt hatte. Ich brachte kein Wort mehr heraus, als ich begriff, was mit dem Mädchen los war. Plötzlich verstand ich ihr Verhalten und erschrocken legte ich meine Hand auf meinen Mund, als ich das ganze Ausmaß ihres fürchterlichen Dilemmas kapierte.
»Oh mein Gott, Ava!«, war das Einzige, was ich hervor brachte, bevor sie ihren Schal wieder anzog und ihre Narbe damit verdeckte.
Luca war der Taluri, der ihr das angetan hatte. Und er war hier. Jeden Tag wurde sie damit gequält! Die Arme! Ausgerechnet der Ort, den man ihr als sicher garantiert hatte, wurde für sie zu einem Albtraum. Kannte sie die Hintergründe der Taluris, dass sie nur Marionetten Morgions waren?

»Aber, Kleines, du brauchst vor ihm keine Angst zu haben. Er ist kein Taluri mehr. Er hat das nur getan, weil ...«
Mit einer Handbewegung unterbrach sie mich und schrieb erneut etwas.

ICH WEISS, DASS ER KEIN TALURI MEHR IST, ABER TROTZDEM HABE ICH ANGST VOR IHM.

Das konnte ich nachvollziehen. Auch wenn er den Spy nicht mehr in sich trug, war er trotzdem der Mann, der sie angegriffen hatte. Ihre Angst war absolut berechtigt. Sie war traumatisiert, stand gewissermaßen unter Schock. Mein Gott, was hatte das Mädchen in den letzten Tagen alles ausgehalten?
»Aber warum hast du nie ein Wort gesagt?«, fragte ich voller Mitleid. »Du hättest es Prof. Tramonti oder Dr. Nussbaum sagen müssen.« Es sollte nicht wie ein Vorwurf klingen, aber es war die erste Frage, die mir durch den Kopf schoss.
Sie gab mir keine Antwort. Sie sah stur in den Sand und weitere Tränen flossen. Sanft zog ich sie in meine Arme und versuchte, sie zu trösten. Es überraschte mich ein wenig, dass sie es zuließ. Sanft wiegte ich sie hin und her, bis keine Tränen mehr kamen. Sie war noch so jung und hatte so viel Schreckliches erlebt.

MR. ZANOLLA HAT MEINEN STUNDENPLAN UMGESTELLT. ICH MUSS HEUTE MIT IHM TRAINIEREN,
schrieb sie in den Sand, als sie sich wieder beruhigt hatte. Jetzt verstand ich, warum sie sich hier versteckt hielt. Nur die Vorstellung allein, wie es für sie sein

musste, jagte mir eine Gänsehaut den Rücken hinunter. In ihrer Angst wusste sie keinen anderen Ausweg, als sich hier zu verstecken.
»Keine Sorge, Ava. Ich kümmere mich darum. Du wirst nicht mit ihm trainieren müssen«, sagte ich.
Dankbar sah sie mich an und ein kleines, wenn auch noch unsicheres Lächeln zuckte auf ihren Lippen.

WIESO IST ER HIER?

»Er … hat mich gerettet und hat mich her begleitet.«

SEID IHR EIN PAAR?

Ich spürte, wie meine Wangen rot wurden und ich senkte den Blick. War das so offensichtlich?
»Du darfst es niemandem verraten, okay?«
Zögernd nickte sie und ich wusste, dass es schwer zu verstehen war für sie.

ICH WERDE NIEMANDEM SAGEN, DASS LUCA EIN TALURI WAR, schrieb sie.

»Er wird fortgehen, Ava. Ich weiß zwar nicht wann, aber bald ist er fort und du brauchst dich vor ihm nicht mehr zu ängstigen.«
Kurz war ich versucht, ihn in Schutz zu nehmen. Aber dann wurde mir bewusst, wie sie sich fühlen musste in seiner Gegenwart, wenngleich er jetzt anders war. Wie konnte ich von ihr verlangen, Verständnis für ihn aufzubringen? Für sie war er einfach nur der Mörder,

dem sie entwischen konnte. Wahrscheinlich würde sie dieser Albtraum ihr Leben lang verfolgen.
»Ich sorge dafür, dass du so wenig Kontakt zu ihm haben musst wie möglich. Mr. Zanolla wird dir einen anderen Trainer zuweisen. In Ordnung?«

Zurück im Speisesaal, huschte Ava scheu, wie sie schon immer war, hindurch, ohne auf die anderen zu achten. Alle waren hier und Jaques rief ihr auch schon hinterher.
»Eeeeh … Ava, du kleine Floh, wo willste du in? Meine Esse wird doch kalte.« Doch da hatte sie den Speisesaal schon verlassen.
»Ich werde ihr etwas bringen, wenn Sie einverstanden sind«, sagte ich zu Jacques, der ihr verständnislos hinterher blickte.
»Hey Jade, alles in Ordnung? Mr. Finta hat dich schon gesucht!«, rief Marie über den Tisch hinweg. Ich spürte Lucas Blick, wie er meinen suchte. Doch darauf konnte er lange warten.
»Es geht mir besser. Hab ich viel verpasst?«, sagte ich kühl und setzte mich zu ihr an den Tisch. Leider saß er mir direkt gegenüber, sodass es schwer war, ihn nicht anzusehen.
»Was ist denn los? Und erzähl mir nicht, dass dir übel war! Du bist eine schlechte Lügnerin, Jade!«, flüsterte Marie mir ins Ohr.
Mist! Marie konnte ich nicht länger hinhalten. Ich schuldete ihr wirklich einige Erklärungen.
»Ist ja schon gut. Später!«
Vom Essen brachte ich fast nichts hinunter, was Luca nicht verborgen blieb. »Schmeckt es dir nicht, oder hast du keinen Hunger?«, versuchte er, mit mir eine Unterhaltung zu starten. Widerwillig überlegte ich kurz,

ob ich ihm überhaupt antworten musste, doch den anderen würde das bestimmt auffallen, wenn ich es nicht tat.
»Keinen Hunger!«, sagte ich gleichgültig, ohne ihn dabei anzusehen.
»Luca, zeigst du mir heute, wie ich jemanden flach legen kann?« Madi saß neben Luca und lehnte sich an ihn, dabei achtete sie auffallend darauf, dass wir alle, und besonders ich, ihre Frage hörten. Die anderen Trainer am Tisch brachen in Gelächter aus. Ich verdrehte meine Augen. Sie machte sich damit total lächerlich. Absichtlich benutzte sie diese plumpe und naive Ausdrucksweise. Keiner legte beim Kampfsport jemanden flach und das wusste sie ganz genau. Dieser Ausdruck war einfach nur dumm.
Luca lachte nicht wie die anderen. »Nein, heute bauen wir deine Ausdauer im Laufen aus«, sagte er, ohne mich aus den Augen zu lassen. Schmollend, weil er nicht auf ihren Versuch hereingefallen war, und sie heute Nachmittag keinen direkten Körperkontakt zu ihm haben würde, lehnte sie sich wieder zurück. Deutlich war ihr anzusehen, dass sie nicht gerade begeistert war von seinem Plan.
»Oh, gute Idee. Wir veranstalten ein gemeinsames Lauftraining«, mischte sich Daniel ein und sah fragend in die Runde. Niemand schien begeistert zu sein. Trotzdem entschied er sich für das Lauftraining.
Ernst sah Luca mich an, während ich krampfhaft versuchte, meinen Blick auf dem Tisch zu halten. Ich zwang mich, ein paar Bissen zu essen, sonst würde ich später beim Laufen noch umfallen.
»Was ist denn los, Jade? Du machst so ein böses Gesicht. Geht es dir nicht gut?«, fragte Daniel.

»Manchmal, wenn es einem nicht gut geht, oder wenn man Sorgen hat, dann sollte man mit einem Freund darüber sprechen«, ergänzte Luca und ich wusste, was er mir sagen wollte.
»Oder man zündet aus Wut ein Feuer an und wartet einfach ab, was passiert. Irgendwann lösen sich Probleme in Rauch auf«, sagte ich und funkelte ihn dabei böse an. Er allein wusste, wovon ich sprach und es war mir egal, ob die anderen jetzt erst recht auf uns aufmerksam wurden.
»Dann wäre das Problem aber nicht gelöst. Weil es demjenigen nach dem Feuer meistens wieder leidtut.«
»Oder auch nicht«, gab ich bissig zurück.
»Ich will ja nichts sagen, aber wovon zum Teufel redet ihr da?«, fragte Amber. Erst als ich den Blick von Luca nahm, bemerkte ich, wie still es am Tisch geworden war. Alle sahen abwechselnd zu Luca und dann zu mir. Die Stimmung am Tisch war wie ein Pulverfass.
»Es ist nichts!« Ich stand auf und stellte meinen halb vollen Teller auf den Speisewagen und ging zu Jacques in die Küche, der gerade damit beschäftigt war, das Dessert anzurichten.
»Bist du schon satte? Oui?«
»Es war köstlich, aber ich habe heute einfach keinen Appetit. Haben Sie für Ava das Essen schon verpackt?«
»Oh, oui, oui. Sie wirde sisch freuen. Isch abe ihre Lieblingsesse gekocht.« Er ging zum Backofen und nahm eine Schüssel heraus, die mit Silberpapier abgedeckt war.
»Du musste abere daraufe achten, dass diese Floh alles aufisst. Sie musse bei die Kräfte bleiben.« Er übergab mir die Schüssel.

»Mach ich. Danke, Jacques! Ich werde es ihr gleich bringen.«
Damit verließ ich den Speisesaal, ohne dabei noch einen Blick zum Tisch zu werfen.
»Jade, warte auf mich. Wo gehst du hin?« Ohne zu reagieren, ging ich einfach weiter. »Jetzt warte doch, Jade!«, rief Marie im Treppenhaus und folgte mir.

Ava saß im Schneidersitz auf ihrem Bett und meditierte, als ich nach einmal Klopfen, zusammen mit Marie im Schlepptau, ihr Zimmer betrat.
»Hier ist dein Essen«, sagte ich und stellte es auf ihrem Schreibtisch ab. Aufmerksam musterte ich sie. Die Spuren ihrer Tränen waren verschwunden und sie schien sich beruhigt zu haben. Sie unterbrach ihre Meditation und sah mich fragend an.
»Ach so, das hätte ich beinahe vergessen. Ist es in Ordnung, wenn er nur in der Halle anwesend ist? Wir laufen heute, trainieren Kondition und Ausdauer. Wenn es dir zu viel wird, kannst du jederzeit abbrechen, aber so ist es am unauffälligsten. Was meinst du? Bekommst du das hin?«
Sie lächelte leicht und nickte vorsichtig.
»Keine Sorge, ich werde ein Auge auf dich haben.«
Marie stand neben mir und kräuselte ihre Stirn. »Jade! Also langsam wird mir das alles hier echt unheimlich. Du solltest mir wirklich mal erklären, was das alles soll.«
Die Arme war ahnungslos und verstand kein Wort. Ich nickte einverstanden. Tränen schimmerten in Avas Augen, die sie wegzublinzeln versuchte. Sie stand auf und legte ihre Arme um mich. Total überrascht von dieser Geste erwiderte ich ihre Umarmung.

»Mach dir keine Sorgen, es wird dir nichts geschehen. Versprochen!« Damit verließen Marie und ich ihr Zimmer und gingen in unser eigenes.
»So, aber jetzt will ich alles wissen. Und wenn ich sage alles, dann meine ich das auch so, Jade. Was geht hier vor?«, überfiel mich Marie sofort, nachdem sie unsere Zimmertür hinter uns geschlossen hatte. Ich warf mich auf mein Bett und am liebsten wäre ich jetzt allein gewesen.
Es war alles so furchtbar. Das Wissen, welches ich mit mir herumschleppte und die Tatsache, dass Luca zurück nach Rom gehen würde, waren einfach zu viel für mich. Jetzt, wo wir einen Anfang hatten, stürzte mein Kartenhaus wieder in sich zusammen. Wie konnte er mir das nur antun?
»Jetzt sag schon! … Was …? Du … weinst ja!?«
Es blieb mir nichts anderes übrig. Ich musste Marie alles erzählen. Sie war meine einzige Freundin hier. Wenn Luca fort ging, würde ich nur noch sie haben. Sie setzte sich zu mir aufs Bett und legte ihren Arm um mich. »Erzähl mir einfach, was los ist. Hat er was mit Madi angefangen?«
»Ach Marie, wenn du wüsstest. … Luca wird fortgehen. Er … geht zurück nach Rom. Und Ava hat ihn erkannt, er hat ihr das damals angetan. Deshalb hat sie sich auch so merkwürdig verhalten.« Ich schnäuzte in mein Taschentuch.
»Ich verstehe kein Wort. Erzähl mir doch von Anfang an.«
Die Worte sprudelten nur so aus mir heraus. Ich ließ nichts aus, außer meine dunkle Bedrohung, die in mir schlummerte und die Sache mit Lucia. Ich wollte ihr nicht unnötig Angst machen. Außerdem wusste ich

selbst zu wenig darüber. Es war so ein befreiendes Gefühl. Ich konnte gar nicht aufhören, mir alles von der Seele zu reden, doch unsere Mittagspause neigte sich dem Ende zu. Endlich trug ich diesen Mist nicht mehr mit mir allein herum.

Marie war schockiert, fassungslos und zum ersten Mal, seit ich sie kannte, sprachlos.

»… und jetzt geht er zurück. Das ist so unbegreiflich für mich. Er weiß doch ganz genau, wie gefährlich es ist und trotzdem hat er sich freiwillig angeboten.« Lange sah mich Marie irritiert an.

»Jetzt sag doch bitte etwas«, bettelte ich.

»Das ist … ich finde keine Worte.« Sie schüttelte immer wieder ihren Kopf. »Du hast eine Schwester?«

»Ja, Amy. Sie ist meine Zwillingsschwester. Seit unserer Flucht haben die Padres versucht, sie und Matteo aufzuspüren, doch ohne Erfolg.«

»Und Luca! … Aber das ist doch Wahnsinn! Die arme Ava, kein Wunder, dass es ihr so schlecht ging. Und wir haben das alle nicht bemerkt. Dass du in der Lage bist, jemanden nur mit deinem Auranebel zu heilen, das ist … fantastisch. Damit bist du einzigartig.«

»Fang du jetzt nicht auch noch damit an, bitte. Niemand kann mir sagen, warum das so ist und ich fühle mich schrecklich dadurch. Ich habe Angst.«

Sie nickte verständnisvoll und strich mir eine Haarsträhne aus dem Gesicht. »Mach dir doch nicht so viele Sorgen. Ich bin mir sicher, es wird bestimmt eine Erklärung für alles geben. Und Luca, … tja, ich bin fassungslos, dass er ein Ex-Taluri ist, das ist schon ein Hammer. Wer weiß noch davon?«

»Nur die Padres und jetzt du.«

Eine Weile sagten wir nichts. »Wir sollten los. Das Training hat bestimmt schon angefangen.« Ich stand auf und zog sie mit mir.
»Du musst mir schwören, dass du mit niemandem darüber sprichst.«
»Natürlich!«, versicherte sie mir. »Ach, Jade! Es tut mir alles so leid für dich. Das ist wirklich ganz furchtbar.« Sie umarmte mich fest und ich schluckte. Ja, es war wirklich furchtbar, aber nun hatte ich immerhin Marie, die jetzt doch einiges über mich wusste. Vielleicht konnte ich mit ihrer Unterstützung das alles hier besser ertragen.

Alle befanden sich schon in der Halle, als Marie und ich die Umkleide betraten. Alle, nur Lucia nicht. Sie saß vor ihrem Spind, während wir die Tür aufstießen, wachte sie aus ihrer Starre auf. Sie tat so, als würde sie ihre Klamotten zusammenlegen, um sie ordentlich in ihren Schrank einzuräumen. Ich war mir sicher, dass sie vorher ihre Kleidung schon feinsäuberlich in den Spind gelegt hatte. Aber weswegen drückte sie sich vor dem heutigen Training?
»Hi, Lucia! Bist du heute auch spät dran?«, fragte Marie, die sich in Nullkommanichts umgezogen hatte. Sie schnürte schon ihre Turnschuhe, während ich noch beim Umziehen war.
»Ich bin nicht spät dran, ich suche nur etwas.«
»Okay, dann bis gleich«, sagte Marie, zwinkerte mir zu und ging schon mal in die Trainingshalle.
»Was suchst du denn? Vielleicht kann ich dir helfen.«
»Nein, nein, ist schon in Ordnung. Ich finde es bestimmt gleich. Du brauchst nicht auf mich zu warten«, sagte sie. Ich spürte deutlich, dass sie am liebsten allein sein

wollte. Vielleicht traute sie sich nicht, mit jemandem zu sprechen.
Fertig umgezogen ging ich auf sie zu und setzte mich neben sie. »Hör mal, Lucia. Wenn es dir nicht gut geht, musst du es Mr. Zanolla oder deinem Trainer sagen.«
»Mir geht es gut. Sag ihnen, ich komme gleich.«
»Na gut, wie du willst. ... Wenn du jemandem deine Sorgen erzählen willst, kannst du jederzeit zu mir kommen.«
Jetzt endlich legte sie ihr Shirt beiseite und sah mich an. Sie sah wirklich nicht gut aus und ich begann, mir noch mehr Sorgen um sie zu machen.
»Das ist ... wirklich sehr nett von dir. Danke!« Ihr emotionsloser Ausdruck erinnerte mich an Luca, dessen Gesicht fast ähnlich gleichgültig ausgesehen hatte, bevor ich ihn heilte.
»Gut, dann sehen wir uns gleich.«
Die Illustris und Trainer standen in der Mitte der Halle. Mahnend klopfte Noah auf seine Armbanduhr, als ich kam. Verflixt, ich war wirklich spät dran. Mr. Zanolla hielt mir noch kurz eine Standpauke über das Pünktlichsein und schaltete dann endlich meine Flex ein, damit die Daten aufgezeichnet werden konnten.
»Was ist denn heute los mit euch? Die, die jetzt zu spät gekommen sind, drehen zwei extra Runden.« Noah war wirklich erbarmungslos. Aber ich freute mich auf die Bewegung. Vielleicht half es mir, einen freien Kopf zu bekommen.
»Also gut, fangen wir an. Ihr lauft so lange, bis wir sagen, dass ihr aufhören könnt. Achtet auf eure Atmung und eure Technik. Gut, also los!«

Wo steckte nur Lucia? Saß sie etwa immer noch in der Umkleide? Ich hätte nicht gehen sollen. Oder hatte sie Angst vor dem Lauftraining?
»Wo ist Lucia?«, rief ich zu Christiano, der ihr Trainer war. Er zuckte mit den Achseln und machte sich auf den Weg, um nach ihr zu sehen.
Marie und ich liefen zusammen und hielten mit dem Tempo, das Miku Lu vorgab, mit. Runde um Runde drehten wir, ohne dass Christiano zurückkam.
Luca stand etwas abseits von den Trainern und beobachtete mich. Ich verbot mir, über ihn nachzudenken. Es würde zu sehr wehtun und mich in meiner Konzentration stören. Also behielt ich meinen Blick auf den Weg vor mir gerichtet.
Nach endlosen Minuten kam endlich Christiano wieder. Allerdings allein. Leider konnte ich nicht verstehen, was er zu seinen Kollegen sagte.
»Die wird mal wieder keine Lust haben!«, keuchte Madi hinter uns.
»Woher willst du das wissen? Vielleicht geht es ihr nicht gut«, erwiderte ich und hoffte, Madam würde aufhören, so abfällig über Lucia zu sprechen.
»Päh! Wahrscheinlich ist sie wieder heimlich in der Küche und schlägt sich den Bauch voll!«
Leise breitete sich Hitze in mir aus. Doch diesmal hatte ich keine Angst, da ich spürte, dass ich noch alles unter Kontrolle hatte. Ich sollte nur dafür sorgen, dass sie nichts mehr sagte. Mitten im Lauf drehte ich mich zu ihr um. »Weißt du, Madi, wenn du keine Ahnung hast, dann solltest du einfach keine dicke Lippe riskieren, sonst könnte es passieren, dass ich dich nachts mit einem Taluri besuchen komme.«
»Jade!«, rief Marie.

Ups ...! Das war wohl eine Spur zu heftig gewesen. Ich war ganz erschrocken über mich selbst. Noch nie hatte ich jemanden verbal so angegriffen. Die Hitze in mir verschwand sofort, als ich das zu Madi gesagt hatte, die geschockt mit offenem Mund und großen Augen ihren Lauf unterbrochen hatte und stehen blieb.
»Was ist denn in dich gefahren? Das kannst du doch nicht zu ihr sagen, … auch wenn sie es verdient hat!« Marie wusste nicht genau, ob sie lachen oder böse mit mir sein sollte.
»Ich weiß auch nicht, Marie. Es … kam so über mich«, versuchte ich mich zu rechtfertigen. Normalerweise ist das nicht meine Art, ich würde mich niemals auf so ein Niveau herunterlassen.

Erst viel später, als ich völlig ausgepowert war und langsamer wurde, beendete Noah das Training. Miku Lu und ich hatten die meisten Runden geschafft. Madi hatte nach meinem verbalen Seitenhieb ihr Training abgebrochen und nach einer kurzen Diskussion mit Noah warf sie mir einen giftigen Blick zu, bevor sie unter die Dusche ging.
»Gute Leistung, ihr zwei«, rief Noah uns zu, als Miku Lu und ich als die letzten die Bahn verließen. Anerkennend klopfte sie mir auf die Schulter. »Gut gemacht, … auch der Spruch vorhin. Das hat sie schon lange mal verdient!«
»Ich war selber geschockt von meiner Wortwahl.«
»Wieso? Endlich hat sie mal jemand mit ihren eigenen Waffen geschlagen.«
»Meinst du nicht, dass es zu heftig war?«
»Warum? Hast du Angst vor ihrem Echo?«, fragte sie und tupfte mit ihrem Handtuch Schweiß von ihrer Stirn,

während ich einen tiefen Schluck aus der Wasserflasche nahm.
»Ich kenne Madi. Sie ist ziemlich sauer auf dich und du kannst damit rechnen, dass sie das nicht auf sich sitzen lassen wird.«
Ich zuckte mit den Schultern. Wenn es so war, würde ich es nicht ändern können. Mir war viel wichtiger, zu wissen, was mit Lucia los war. Ich sah zu den Trainern. Sie standen noch immer in der Mitte der Halle und unterhielten sich. Über was sie sprachen, konnte ich leider nicht verstehen. Nach dem Training würde ich nach ihr sehen. Als wir endlich in unserem Trakt ankamen, klopfte ich bei Lucia an.
»Ja?«
Ich öffnete die Tür. Sie lag in ihrem Bett. Es war unordentlich in ihrem Zimmer, nur die Seite von Ava war aufgeräumt.
»Hey! Geht es dir nicht gut?«, fragte ich und trat ein.
Lucia hatte mir nur einen kurzen Blick zugeworfen und drehte sich Richtung Wand, so dass ich ihr Gesicht nicht sehen konnte.
»Nein, lass mich bitte allein!« Ohoo, sie war wirklich in keiner guten Verfassung. Aber Dr. Nussbaum zu rufen erschien mir nicht als sinnvoll. Wer weiß, ob er ihr wieder dieses Zeug verabreichen würde! Was sollte ich tun? Wen könnte ich um Hilfe bitten? Hier gab es niemanden, außer vielleicht … ja, vielleicht Schwester Angela. Ich würde versuchen, mit ihr zu reden.
»Lucia, ich lass dich ja schon in Ruhe. Aber du weißt, du kannst jederzeit zu mir kommen«, sagte ich und verließ leise ihr Zimmer.

Während Marie ihr Haar kämmte, fühlte ich mich einfach total müde und hatte mich in mein Bett gelegt. Am liebsten würde ich jetzt schlafen.
»Du musst aber etwas essen, Jade«, sagte sie. Seit sie die Wahrheit kannte, war sie besorgt um mich.
»Ich habe keinen Hunger! Sag einfach, ich hätte mich gleich schlafen gelegt. Ja?«
»Soll ich dir etwas aus der Küche schmuggeln?«
»Nein, lass nur!«
»Wie du willst!«, seufzte sie und ließ mich allein.
Ob Amy noch lebte? Sie fehlte mir. Sie alle fehlten mir. Tom, Agnes und mein Zuhause. Wenn Amy wirklich nicht mehr am Leben war, was machte das Ganze noch für einen Sinn? Ich war allein, hatte niemanden mehr, dem ich vertrauen konnte. Niemanden, der mein Freund war. Außer vielleicht Marie, aber eines Tages würde auch sie die Padres verlassen.
Nein! Nein! So durfte ich nicht denken. Ich ... wusste nicht, was ich noch tun oder denken sollte. Ich wollte nicht schon wieder weinen und ging ins Badezimmer. Vielleicht würde kaltes Wasser mich klarer denken lassen.
Es klopfte. Mit dem Handtuch in der Hand öffnete ich die Tür und schluckte, als Luca vor mir stand.
»Wir müssen miteinander sprechen, Jade.«
»Was gibt es da noch zu reden? Du hast deine Entscheidung getroffen und basta«, funkelte ich ihn an.
»Bitte, Jade. Ich möchte es dir erklären.«
Ich verdrehte die Augen. Sollte ich mir seine Ausreden wirklich anhören?
»Lass mich in Ruhe, Luca«, fauchte ich und wollte ihm die Türe vor seiner Nase zuschlagen, doch schnell stemmte er seinen Fuß dazwischen und kam einfach in

mein Zimmer. »Bitte, gib mir doch die Chance, es dir zu erklären.«
»Wozu? Du willst zurück nach Rom. Das ist alles, was ich wissen muss, oder?«
Er trat ein paar Schritte auf mich zu. »Nein, da gibt es einen weiteren Grund, warum ich das tun muss.«
»Päh, von müssen kann hier wohl nicht die Rede sein.«
»Doch, ich muss, Jade!« Ich sah ihn an.
»In der Villa Ada gibt es einen kleinen Jungen namens Pepe Gambino. Er hat mir die Augen über Morgion geöffnet. Wenn er nicht gewesen wäre, hätte ich es niemals geschafft, zu dir zurück nach Bayville zu kommen. Ich versprach ihm, ihn zu befreien. Verstehst du? Außerdem gibt es noch mehr Kinder dort. … Ich schulde es ihm einfach. Er hat mir geholfen zu fliehen, er hat mich gerettet, damit ich dich retten konnte.«
Nachdenklich blickte ich zu ihm auf. Er wollte zurück, um einen kleinen Jungen zu befreien? Ich spürte regelrecht, wie mein Herz weich wurde. Auch auf Grace Island hatte er davon gesprochen, dass er jemandem sein Wort gegeben hatte und jetzt endlich verstand ich. Er redete die ganze Zeit von diesem Jungen.
»Trotzdem ist es Selbstmord. Wenn Morgion dich erwischt, dann …«
»Das wird nicht passieren, mach dir keine Sorgen.«
Ich schnaubte verächtlich. »Ich soll mir keine Sorgen machen? Luca, was glaubst du eigentlich? Meinst du, ich könnte einen klaren Gedanken fassen, wenn ich nicht weiß, ob du gerade gefoltert wirst oder überhaupt noch am Leben bist?« Ich konnte nicht anders, in meiner Verzweiflung ließ ich meinen Tränen einfach freien Lauf.

»Weine nicht, Mea Suna«, sagte er und nahm mich in seine Arme. Mit einem Schlag war mein Ärger verflogen und nur die Angst um ihn blieb zurück.
»Ich habe solche Angst, dich auch noch zu verlieren«, weinte ich in seinen Armen und sog seinen Duft ein, der mich wie eine Decke umhüllte.
»Das wirst du nicht. Ich werde für immer dir gehören.«
Ich sah in seine so lebendigen Augen und verlor mich darin. Aus seinem Blick sprach so viel Liebe, dass ich ihm glaubte.
»Jade, ich …!«, weiter kam er nicht. Das Bedürfnis, ihn zu küssen überkam mich und ich wollte nicht länger darüber reden. Innig küssten wir uns. Diese Berührung ließ mich alles vergessen. Ich nahm seinen Geschmack und sein Aroma so unendlich intensiv wahr, dass ich glaubte, zu fliegen. Seine kräftigen Arme hielten mich umschlungen und ich fühlte mich beschützt.
»Jade! Du musst sofort kommen! Madi erzählt … Oh, ich wusste nicht, dass …!«, platzte Marie ins Zimmer. Überrascht verschluckte sie die Worte. Luca und ich fuhren sofort auseinander.
»Ihr müsst sofort kommen. Madi ist dahinter gekommen. Sie erzählt allen, dass Luca ein Taluri war.«

Kapitel 14

So schnell wir konnten rannten wir in den Speisesaal.
»Marie, hol du den Professor«, rief ich ihr zu und sofort machte sie sich auf den Weg.
Als Luca und ich den Speisesaal betraten, war eine hitzige Diskussion im Gange. Die Trainer, Mr. Zanolla, Jacques und alle Mädchen stellten abrupt ihr Streitgespräch ein, als sie uns kommen sahen.
»Das trifft sich ja gut! Luca, es geht gerade um dich.« Mr. Zanolla stemmte seine Hände in die Hüften. Noah und Madi sahen uns feindselig an.
»Da kommt ja der Verräter.« Noah war wütend, ich konnte es deutlich an seinem Gesichtsausdruck erkennen. Seine Augen verengten sich zu kleinen Schlitzen und er ballte seine Fäuste.
»Na, na, Noah. Immer mit der Ruhe. Wir sollten erst mal hören, was er zu sagen hat«, sagte Mr. Zanolla demokratisch.
»Also, Luca. Eines der Mädchen behauptet, dass sie etwas über dich herausgefunden hat. Wer bist du wirklich? Bist du ein Taluri?«, fragte er.
Langsam schritten Luca und ich näher. Alle sahen ihn an und die Mädchen gingen ängstlich ein paar Schritte zurück und versteckten sich hinter den Trainern. Gebannt sahen sie auf Luca, dessen Anspannung ich deutlich spüren konnte. Nur Madi blickte zu Boden, als kannte sie bereits die Wahrheit. Aber woher wusste sie es? Hatten Marie oder Ava sich doch verquatscht? Das konnte ich mir eigentlich nicht vorstellen.
»Nun sag schon, de Nondelli, was ist an dem Gerücht dran?«, forderte Noah ihn auf. Als Luca weiter schwieg,

wurden die Augen derer, die es nicht glauben konnten, immer größer.
»Es ist wahr. … Ich bin ein Ex-Taluri.«
Noahs und Mr. Zanollas Gesichtsausdruck verfinsterte sich, auch Daniel und Christiano kräuselten ihre Stirn und konnten das Geständnis nicht glauben. Die Mädchen traten erschrocken noch einen Schritt zurück und Amber fing an zu schluchzen. Von Jacques hörte man "Moin Dieu" und er stellte sich vor die Illustris, um sie zu beschützen, falls Luca auf die Idee käme, sie anzugreifen.
Eine Stecknadel hätte man fallen hören können. Die Sprachlosigkeit stand ihnen allen ins Gesicht geschrieben.
»Ich bin nicht hier mit einem Auftrag. Ich habe Morgion den Rücken zugekehrt«, versuchte Luca, sich zu erklären. »Ich bin keine Gefahr mehr für euch.«
»Und das sollen wir glauben?«, baute sich Noah vor ihm auf.
»Bitte, Noah, es ist nicht so, wie du denkst!«, versuchte ich, Luca zu unterstützen. Aber er hörte mir erst gar nicht zu. Er wollte mich nicht hören. Es war, als hatte er endlich einen Grund gefunden, ihn sich zum Feind zu machen.
»Noah, Luca steht auf unserer Seite«, rief ich noch einmal.
»Halt dich da raus, Jade. Er hat dich wahrscheinlich schon so beeinflusst, dass du ihm alles abnimmst.«
»Das ist nicht wahr, Noah. Er hat mein Leben gerettet.«
»Pah!«, lachte er. »Natürlich, Jade! Das wird er dir erzählt haben. Selbst Madi war schon drauf und dran, ihm zu verfallen. Es hätte nicht mehr lange gedauert und wir hätten die erste Leiche hier gehabt«, feixte er.

»Du hast keine Ahnung, Junge. Ich war ein Taluri. Den Spy habe ich schon eine Weile nicht mehr und hätte ich eine Illustris töten wollen, dann hätte ich Jade nicht erst hierher begleiten müssen.« Luca biss die Zähne zusammen, sodass der Wangenknochen noch stärker heraustrat.
»Na und? Vielleicht war es dein Ziel, zu den Padres zu kommen und die Mädchen gleich alle auf einmal im richtigen Moment zu töten. Vielleicht hast du gedacht, du legst vorher noch die eine oder andere flach, damit es sich auch gleich richtig lohnt.«
Noch bevor ich etwas sagen konnte, stürzte Luca sich auf Noah und schlug ihm hart ins Gesicht. Überrascht fiel er zu Boden. Plötzlich herrschte Chaos. Amber und Madi schrien auf, während Miku Lu und Jacques die Mädchen in eine Ecke des Speisesaals drängten. Daniel und Christiano zerrten an Luca und versuchten, Luca von Noah zu ziehen.
»Hört doch auf!«, schrie ich. Es war sinnlos. Erst als Christiano seinen Griff verstärkte, gelang es ihm, Noah von Luca zu befreien. Dieser rappelte sich auf. Mr. Zanolla wollte Noah beiseite ziehen, als dieser ihn mit einem Stoß von sich schlug. Er strauchelte, konnte sich aber noch fangen. Noah warf sich in seiner Wut auf Luca und beide fielen zu Boden. Schmerzvolles Stöhnen war nach jedem Schlag zu hören. Die Situation geriet außer Kontrolle. Luca befreite sich aus Noahs Griff, stand keuchend auf und trat Noah erneut so heftig, dass er gegen den Tisch krachte. Mit einem lauten Bersten zersplitterte dieser. Daniel und Mr. Zanolla griffen sich Luca, klammerten ihn, so dass er kampfunfähig war.

»Aufhören! Sofort!«, schrie Prof. Tramonti, der mit Marie und Prof. Dr. Evans in den Speisesaal geeilt kam, während Daniel und Christiano Luca weiter festhielten.
»Was ist hier los?«, schrie Prof. Tramonti näherkommend. Marie blieb bei mir stehen und hielt ängstlich meine Hand.
»Sir, wenn ich es erklären dürfte!« Daniel räusperte sich. »Wir haben herausbekommen, dass Luca ein Verräter ist. Er ist ein Taluri. Er hat es selbst zugegeben.«
Noahs Gesicht sah mitgenommen aus. Aus seiner Nase tropfte Blut und seine Lippe schwoll an. Auch Luca sah nicht besser aus. Prof. Tramonti sah in ihre Gesichter.
»Es ist wahr. Luca ist ein Ex-Taluri. Er kam mit Jade hierher und wir haben ihm Unterschlupf gewährt.«
Fassungslos sahen uns alle an. Unglaube und Unsicherheit stand in ihren Gesichtern.
»Er ist ein Aussteiger. Damit die Mädchen sich weiter sicher fühlen konnten, beschloss der Rat, es geheim zu halten«, erklärte Prof. Tramonti.
»Sie vertrauen ihm?« Mr. Zanolla schüttelte ungläubig den Kopf.
»Wäre er sonst hier?«
»Bei allem Respekt, Sir. Ich bin mir sicher, dass dies eine Fehlentscheidung war. Er wird uns alle verraten«, presste Noah aufgebracht hervor.
»Es steht dir nicht zu, über unsere Entscheidung zu urteilen«, mischte sich Prof. Evans ein. Seine Stimme war eiskalt und sein Blick ließ jeden Vorwurf von Noah im Keim ersticken.
»Der Rat hatte seine Gründe und du solltest unsere Entscheidungen nicht infrage stellen.« Diese Worte brachten ihn zum Schweigen, doch seine Augen blickten hasserfüllt zu Luca.

Der Professor sah sich um. »Ich schlage vor, Amber, Madi und Marie, ihr geht in eure Zimmer und du auch, Jade.«
Nur widerwillig verließen wir Mädchen den Speisesaal. Zu gern hätte ich gehört, was jetzt besprochen wurde. Eigentlich hatte ich erwartet, dass Madi grinsend oder schadenfroh an mir vorbei lief. Doch sie würdigte mich keines Blickes. Sie hielt sogar einen größeren Abstand zu mir, als nötig gewesen wäre.
»Alles in Ordnung mit dir?«, flüsterte Marie leise, während wir die Stufen im Treppenhaus hinauf liefen.
»Ja, bei mir schon!«
»Was ist denn passiert?« Marie hakte sich bei mir unter, als wir vom Flur in den Mädchentrakt hineinbogen.
»Luca ist auf Noah losgegangen.«
»Oh mein Gott!«
»Na ja, Noah hat ihn provoziert und da ist es eben passiert.« Wie kam Madi nur dahinter? »Hast du es jemandem erzählt?«
»Spinnst du? Nein, Madi hat gesagt, sie hat es draußen im Garten im Sand gelesen. Zumindest hat sie es erzählt. Erst wollte ihr niemand glauben, doch als Amber es bestätigte, fingen sie alle an zu diskutieren.«
Ich erinnerte mich, dass Ava mit ihrem Stöckchen zuletzt im Sand geschrieben hatte:

"ICH WERDE NIEMANDEM SAGEN, DASS LUCA EIN TALURI WAR."

So ein Mist! Ich hätte besser darauf achten sollen, dass wir wirklich alles im Sand verwischen.
In unserem Zimmer angekommen, erzählte ich ihr in allen Einzelheiten, was genau vorgefallen war.

»Was wird der Professor jetzt machen?« Marie legte sich in ihr Bett und sah mich an.
»Ich weiß nicht, wahrscheinlich nicht viel. Da Luca sowieso nach Rom gehen wird.«
»Und hat er dir erklärt, warum er gehen will?«
Ich nickte gedankenverloren. »Ja, das hat er. Er hat einem Jungen versprochen, wiederzukommen, um ihn aus Morgions Fängen zu befreien.«
»Wow! Er begibt sich freiwillig in die Höhle des Löwen, um einen Jungen zu befreien?« Ungläubig schüttelte sie ihren Kopf.
»Es ist nicht irgendein Junge. Er heißt Pepe und hat Luca zur Flucht verholfen, damit er mich retten konnte. Ich glaube, Lucas Schuldgefühle sind so groß, da würde er viel tun, um wenigstens einen kleinen Teil wieder gutzumachen.«
Nachdenklich stimmte sie mir nickend zu. »Wahrscheinlich hast du Recht. Es muss schrecklich sein, zu wissen, was man getan hat, ohne es eigentlich gewollt zu haben. … Ich kann das alles noch gar nicht glauben. Wenn man Luca so ansieht, wirkt er gar nicht wie ein ... Killer. Ihr seht wirklich süß zusammen aus. … Da könnte ich richtig neidisch werden. … Ach, … ich glaube, aus mir und Daniel wird nie etwas«, seufzte sie. »Ich wünschte, er würde mich endlich nicht mehr als eine Illustris sehen, sondern als Frau.«
»Dann musst du es ihm eben zeigen, Marie.«
»Und wie soll ich das anstellen?«
Ich überlegte. »Du musst ihm sagen, was du fühlst. Rede einfach mit ihm. Gleich morgen nach dem Training nimmst du ihn zur Seite, wenn wir alle weg sind. Du solltest einfach die Initiative ergreifen. Vielleicht traut er sich ja nicht.«

»Ich weiß nicht, Jade. Ob ich das morgen schon wagen sollte? Vielleicht ist es im Augenblick auch ungünstig. Ich warte lieber noch, bis etwas Ruhe eingekehrt ist. Die letzten Tage waren schon aufregend genug.« Wir schwiegen und ich hing meinen Gedanken nach, bis Marie ruhig und gleichmäßig atmete.

Am nächsten Morgen herrschte beim Frühstück absolute Stille. Niemand sprach auch nur ein Wort. Als ich mich auf den freien Platz zu Amber setzen wollte, unterbrach sie ihr Frühstück, stand auf und verließ, ohne ein Wort zu sagen, den Raum. Verdutzt sahen Daniel und Christiano ihr nach. Noah sah ganz mitgenommen aus. Die Spuren der Prügelei hatten sich deutlich in seinem Gesicht abgezeichnet. Auch er sprach nicht. Die Spannung am Tisch war erdrückend und stillschweigend verließ einer nach dem anderen den Speisesaal. Nur einmal sah Noah mich an. Deutlich spürte ich seine Distanz und seine Verärgerung.
Ich blieb bis zur letzten Minute sitzen, in der Hoffnung, Luca würde auftauchen. Doch er kam nicht. Und auch in der Mittagspause blieb er verschollen. So langsam bekam ich es mit der Angst zu tun. Hatten die Padres ihn gestern Nacht noch fortgeschickt? War er gegangen, ohne sich von mir zu verabschieden? Meine Konzentration sank auf den Nullpunkt. Weder für Geschichte noch für Heilungslehre konnte ich mit meinen Gedanken bei der Sache bleiben.
Ich war die erste, die das Klassenzimmer verließ, als der Unterricht beendet war. Schnurstracks eilte ich durch die Flure, sah in allen Räumen nach ihm. Nichts! Er blieb verschwunden. Panik beschlich mich. Tränen schossen mir in die Augen. War er einfach so gegangen? Hunger

hatte ich keinen, daher beschloss ich, in mein Zimmer zu gehen, um mit meiner Traurigkeit allein zu sein.
Als ich im Gemeinschaftsraum an Ava und Lucia vorbeilief, grüßte ich die beiden und ging den Flur weiter, der zum Treppenhaus führte. Plötzlich legte jemand seine Hand auf meinen Mund und zog mich in eine dunkle Kammer. Erschrocken schrie ich auf und wehrte mich, ich wollte gerade zubeißen, als ich Luca erkannte.
»Schsch ... ich bin's.« Sofort schaltete er das Licht an und nahm seine Hand von meinem Mund.
»Luca! Du hast mich zu Tode erschreckt!«, entfuhr es mir entsetzt. Böse funkelte ich ihn an und schlug ihm auf seine Brust.
»Was tust du hier?«
Ich sah mich um. Wir standen doch tatsächlich in einer kleinen, engen Besenkammer zwischen Reinigungsmitteln, Putzeimern und Staubtüchern. Erleichtert darüber, dass er noch hier war, atmete ich auf.
Auch in seinem Gesicht sah man die Spuren, die Noahs Schläge von gestern bei ihm hinterlassen hatten. Ich widerstand dem Drang, die rote Schwellung auf seiner Wange zu berühren. Sein Veilchen leuchtete mir lilafarben entgegen.
Er grinste. »Na, auf dich warten, Mea Suna. Der Professor hat mir gestern Zimmer-Arrest verhängt und ich dachte mir schon, dass du mich suchen würdest. Also hab ich mich hier versteckt und gewartet.«
»Du hast Arrest?«
»Ja, der Professor will weitere Konflikte vermeiden und meinte, es wäre wohl besser, wenn ich die meiste Zeit in

meinem Zimmer verbringe. Er hat mich von meiner Traineraufgabe entbunden.«
»Und für wie lange?«
Sein Blick verdunkelte sich und seine Stimme klang heißer. »Bis ich fortgehe!« Da war er wieder, der Schmerz, der mich durchfuhr, wenn ich daran dachte. Ich wagte nicht, ihn zu fragen, wann das genau sein würde. Ich spürte, dass uns die Zeit davon lief.
»Kommst du heute Abend?«, fragte er leise und fuhr zärtlich mit seinem Finger über meine Wange. Eine Gänsehaut fuhr mir den Rücken hinunter. Völlig in seinem Blick gefangen, war ich nicht fähig, zu sprechen und nickte stattdessen.
Er küsste mich und sofort kribbelte es in mir. Ganz automatisch presste ich meinen Körper gegen seinen und meine Hände fuhren hinauf zu seinem Hals, vergruben sich schließlich in seinen Haaren. Seine Zunge suchte meine, sie tanzten, bis meine Knie weich wurden. Er beendete den Kuss und sofort schrie mein Körper nach mehr. Mit seinem Daumen wischte er über meine Lippe und sah mir in die Augen. »Gut, dann geh jetzt wieder. Ich warte auf dich heute Abend.«
Sanft küsste er noch einmal kurz meine Lippen und öffnete die Tür einen Spalt. Als die Luft rein war, huschte ich leicht durcheinander wieder in den Flur zurück.
Den restlichen Nachmittag verbrachte ich damit, die Minuten zu zählen, die nur langsam vergehen wollten. Das Training war nur eine kleine Ablenkung, wobei es Noah mir nicht einfach machte. Er sprach kaum ein Wort mit mir, gab nur knappe Anweisungen und ließ mich im Nahkampf richtig schwitzen. Erbarmungslos quälte er mich von einer Hallenecke in die andere. Seine

Verärgerung war deutlich zu spüren und durch die Härte und den unnachgiebigen Drill, bekam ich sie am eigenen Leib zu spüren. Er trimmte mich, bis ich nach Luft schnappend und völlig verschwitzt um eine Pause bat.
»Er nimmt dich ganz schön hart ran heute.« Marie setzte sich zu mir. Ihre Pause war fast vorbei. »Hoffentlich lässt er dir noch ein paar Kräfte für heute Abend übrig.«
»Heute Abend?«
»Sag bloß, du hast vergessen, was wir heute Abend vorhaben?«, fragte sie entrüstet und ließ dabei ihre Wasserflasche sinken.
Ups!!! Ich erinnerte mich. Das hatte ich ja total vergessen. Heute war Freitag und der heimliche Ausgang geplant, den sich die Mädchen ab und zu gönnten.
»Ehrlich gesagt, Marie, glaube ich nicht, dass die anderen Mädchen noch möchten, dass ich mitkomme, nach allem, was passiert ist.«
»Quatsch! Natürlich kommst du mit. Wir müssen ja nicht mit Madi und Amber gehen. Wir zwei können uns ja auch alleine ins Vergnügen stürzen.« Ihre Augen leuchteten und sie tat mir jetzt schon leid, dass ich sie bitter enttäuschen musste.
»Ich kann nicht, Marie. Nicht heute!«
Enttäuscht ließ sie ihre Schultern hängen. »Und wieso nicht? Die Abwechslung wird dir guttun.«
Noah gestikulierte wild mit seinen Armen und deutete auf seine Armbanduhr.
»Ich erzähle es dir später. Ich muss wieder, sonst bekomm ich noch ein paar Strafübungen von ihm aufgebrummt«, sagte ich, stand auf und straffte meine Schultern.

Wieder herrschte beim Abendessen diese merkwürdige Stimmung. Kaum einer sagte etwas, nur Jacques versuchte, die Stimmung aufzulockern, indem er sich zu uns an den Tisch setzte und krampfhaft ein Gespräch in Gang bringen wollte.
»Wie läufte die Traininge? Kommt ihre alle gute voran?«
Keiner fühlte sich angesprochen, nur Daniel sah in die Runde und antwortete ihm schließlich. »Ich denke, insgesamt können wir eine Leistungssteigerung verzeichnen, oder? Was meinen Sie, Mr. Zanolla?«
Mr. Zanolla biss gerade in sein Thunfischbrötchen und kaute genüsslich. »Wie immer, bei manchen könnten die Ergebnisse besser ausfallen, aber im Großen und Ganzen stimme ich dir zu.«
»Eigentlich hätten wir die Tatsache, dass Luca ein Taluri war, nutzen sollen. Wir hätten viel über die Taluris erfahren und lernen können, was uns sicherlich eines Tages sehr nützlich sein könnte«, sagte Miku Lu und sorgte dafür, dass selbst Ava sie aufmerksam anstarrte. Seit unserem Gespräch gestern war Ava wieder mutiger. Schon beim Frühstück war mir aufgefallen, dass sie sich zwar sofort einen Platz neben mir suchte und immer wieder angespannt zur Tür sah, doch wenigstens verließ sie jetzt zu den Mahlzeiten wieder ihr Zimmer.
»Bist du verrückt? Er ist ein Killer und vielleicht sogar einmal dein Mörder!«, betonte Madi, die das erste Mal das Wort ergriff seit gestern Abend. Den ganzen Tag über hatte sie nur mit Amber geflüstert und mir böse Blicke zugeworfen.
Das konnte ich nicht auf Lucas Schultern sitzen lassen. »Wie oft noch? Kapierst du denn gar nichts? Er ist ein

Ex-Taluri. Niemand von uns war jemals in Gefahr, seit er hier ist.«
»Pah, wie kann man nur so blöd sein? Hast du vergessen, was er schon getan hat? Außerdem, woher wollen die Padres wissen, ob er nicht ein Spitzel ist? Es könnte genauso sein, dass er uns nur ausspionieren wollte, damit die Taluris uns dann alle vernichten«.
Ihre blöde, arrogante Art ging mir langsam wirklich auf die Nerven.
»Mal ehrlich, Madi, eigentlich bist du ja nur sauer, weil du bei Luca nicht landen konntest und er dir nicht aus der Hand gefressen hat, wie Noah. Du glaubst, du bist die Schönste und alle Männer sollten dir zu Füßen liegen. Doch leider bist du nicht so unwiderstehlich, wie du denkst!«, giftete ich zurück.
Oho! Was hatte ich schon wieder gesagt? Meine Güte, wenn das so weiter ging, würde das Ganze noch in einen Zickenkrieg ausarten.
Madi schnaufte verächtlich und zu meiner Verwunderung grinste Daniel still und leise vor sich hin, was ihm einen Boxhieb von Noah einbrachte. Bevor die ganze Situation aus dem Ruder lief, beendete ich mein Essen, stand auf und verließ ohne ein weiteres Wort, aber mit dem Wissen, dass sich alle Blicke in meinen Rücken bohrten, den Speisesaal.
Diese blöde Kuh. Ich konnte nachvollziehen, dass es für alle ein Schock gewesen sein musste, aber spätestens nachdem der Professor gestern die Umstände erklärt hatte, wussten doch alle, dass keine Gefahr mehr von Luca ausgehen würde. Und Noah? So süß er war, fühlte er sich so in seiner Eitelkeit gekränkt und sah in Luca einen Konkurrenten.
Es dauerte nicht lange, da folgte mir Marie ins Zimmer.

»Der hast du's aber gegeben!«, grinste sie. »Niemand hat es je gewagt, ihr mal so die Meinung zu sagen.« Sie öffnete ihren Schrank und warf ein paar Kleidungsstücke auf ihr Bett.
»Ich hätte das nicht sagen sollen. … Es ist mir nur irgendwie herausgerutscht.«
Stirnrunzelnd sah sie zu mir. »Was denn? Endlich hat ihr mal jemand die Meinung gegeigt und ich glaube, sogar Daniel fand deine Worte recht amüsant. Mag sein, dass ihr das unangenehm war, aber verdient hat sie es allemal. … Aber hast du gesehen, wie Daniel mich anschließend angesehen hat?«, fragte sie verträumt und geriet schon wieder ins Schwärmen. »Ach, vielleicht mag er mich doch mehr, als ich dachte. Deshalb habe ich beschlossen, heute Abend auch nicht fortzugehen. Da du nicht mit willst, werde ich es mir mit den anderen im Gemeinschaftsraum gemütlich machen. Vielleicht gesellt sich Daniel zu uns und …«
»Ehrlich? Und du bist nicht sauer, dass ich nicht mitkomme?«
Sie schloss ihren Schrank und betrachtete ihre Ausbeute. »Nein, allein habe ich ja auch keine Lust und außerdem haben wir bestimmt noch genügend Möglichkeiten, auszugehen. Du wolltest mir noch erzählen, wo Luca eigentlich den ganzen Tag war?«
»In seinem Zimmer. Prof. Tramonti hat ihm Arrest gegeben.«
»Wieso das denn?« Sie unterbrach die Musterung der Kleidungsstücke auf ihrem Bett.
»Tramonti will einfach weitere Konflikte vermeiden«, gab ich achselzuckend zurück. Ich verstand ja die Beweggründe, doch solange Luca noch hier war, sollte man lieber nach einer anderen Lösung suchen. Ein

klärendes Gespräch zwischen den Trainern wäre da meiner Meinung nach der bessere Weg gewesen.
»Allerdings glaube ich, dass es für Ava schlimm gewesen wäre, wenn sie Training bei ihm hätte. Sie wird dadurch ständig daran erinnert und ich finde, dass das für sie eine große Belastung darstellt.«
»Ja, das stimmt. … Und wann gehst du zu ihm?«
»Wie immer, sobald alles ruhig ist.«

Fast zwei Stunden später war ich allein im Zimmer und wartete nervös darauf, endlich zu Luca schleichen zu können. Marie befand sich mit Lucia, Ava und Miku Lu im Gemeinschaftsraum, während Amber und Madi sich für ihren Ausflug vorbereiteten.
Ich gönnte mir eine ausgiebige Dusche, bevor ich zu Luca ging. Wartete er schon auf mich? Sollte ich auch etwas besonders Schönes anziehen? Kurz sah ich meinen Schrank durch, doch leider lagen dort nur die üblichen Sportsachen und die Kleidung, die ich von Johanna mitbekommen hatte. Ich entschied mich für meine bequeme Jogginghose und ein Spaghetti-Top und steckte meine Haare locker mit einer Haarnadel hoch.
Als ich am Treppenhaus vorbeiging, konnte ich Marie lachen hören. Schnell schlich ich vorbei, klopfte leise an seiner Tür.
»Komm schnell«, sagte er, spähte zur Sicherheit noch einmal in den dunklen Flur und schloss sogleich die Tür hinter uns.
»Die anderen sind oben im Gemeinschaftsraum. Falls jemand nach mir fragt, wird Marie sagen, dass ich mich schon schlafen gelegt habe.« Ich stand mitten in seinem Zimmer und als er mich so eindringlich ansah, erwiderte ich seinen Blick.

»Du siehst wunderschön aus!«, sagte er und trat langsam näher. Er sah mich unentwegt an.
»Was hast du so den ganzen Tag gemacht?«, fragte ich ihn, um die Stille zwischen uns zu unterbrechen. Dabei setzte ich mich auf sein Bett und sah mich in seinem Zimmer um.
»Nichts! Die meiste Zeit habe ich genutzt, um nachzudenken.«
Mein Blick fiel auf seine Sporttasche, die auf seinem Bett gepackt stand. Und erst jetzt begriff ich. Bestürzt stand ich auf und sah ihn fassungslos an. Meine Gedanken überschlugen sich. Noch bevor ich etwas sagen konnte, trat ein trauriger Ausdruck auf sein Gesicht. »Es ist unsere letzte Nacht«, sagte er leise.
»Aber … Heute schon?« Ich schüttelte ungläubig den Kopf und kämpfte gegen das enger werdende Gefühl in meiner Brust an. Das ging mir eindeutig zu schnell. Mit einem Abschied hatte ich erst in ein paar Tagen gerechnet.
»Wenn die Nacht vorbei ist, werde ich nicht mehr hier sein.«
Unfähig, etwas zu sagen, versuchte ich krampfhaft, nicht zu weinen. »Warum sagst du das erst jetzt?«, flüsterte ich mit tränenreicher Stimme.
»Prof. Tramonti hat es gestern Abend beschlossen. Er meinte, je schneller ich in Rom bin, desto besser.« Er kam auf mich zu, legte seine Arme um mich und lehnte seine Stirn an meine. Dabei schloss er seine Augen.
»Du hättest es mir sagen sollen.«
»Was macht das für einen Unterschied? Die nächsten Stunden gehören uns, Mea Suna – uns allein.«
»Vielleicht sind es die letzten … Ich habe Angst.«

»Schsch ..., denk nicht daran«, hauchte er leise. »Wir sind jetzt zusammen und niemand kann uns das nehmen. Lass uns einfach die Zeit, die wir noch haben, genießen.« Sanft küsste er mich. Diese leichte Berührung unserer Lippen löste tausende Schmetterlinge in mir aus, die wild in meinem Bauch flatterten. Ich konnte nicht anders, wie eine Ertrinkende klammerte ich mich an ihn und presste meine Lippen stärker auf seine, fuhr durch sein dunkles Haar. Ihn zu verlieren, war das Schrecklichste, was ich mir vorstellen konnte. Die Angst, ihn nie wiederzusehen, nahm mir die Luft zum Atmen, sodass ich mich noch fester an seinen Körper presste. Und auch Luca zog mich noch enger an sich. Sein Atem ging schneller und unser Kuss wurde wilder. Ich war völlig benommen von den Emotionen, die er in mir auslöste. So tief und stark.

Meine Knie drohten, schwach zu werden. Ohne Mühe trug mich Luca zu seinem Bett und legte mich sanft darauf nieder. Er löschte das Licht und schaltete die kleine Nachttischlampe ein, die neben seinem Bett auf einem kleinen Schränkchen stand. Sofort wurde das Zimmer in ein angenehmes Licht getaucht. Er legte sich zu mir und ich kuschelte mich sofort an seine Brust, wie ich es schon viele Male getan hatte. Seinen Duft, der durch das T-Shirt drang, sog ich tief in mir ein. Ich wollte ihn nie mehr vergessen. In seinen Armen fühlte ich mich geborgen, stark und alles schien vollkommen zu sein. Warum konnte es nicht immer so sein? So oft hatte ich mir vorgestellt, wie es wäre, ein normales Leben mit ihm zu führen. Eine ganz normale Beziehung mit ihm zu haben.

Luca sah mich an. »Wenn deine Ausbildung bei den Padres vorbei ist, möchte ich, dass du nach Irland gehst.«
Ich runzelte die Stirn. »Nach Irland?«
»Ja. Dort habe ich ein Haus. Es liegt etwas abgeschieden im Süden. Du bist dort sicher. Niemand weiß davon. Außerdem habe ich noch eine Wohnung in Frankreich, in La Rochelle, die ich vor ein paar Jahren gekauft habe. Beides gehört dir.«
»Luca … ich ...!«
»Nein, hör mir zu!« Er wandte sich von mir ab, öffnete eine Schublade und nahm einen großen Umschlag heraus. »Hier findest du alles, die Adresse vom Haus in Irland, der Wohnung in La Rochelle und meine Konten, auf denen Geld liegt. Viel Geld, das dir helfen wird. Es gehört alles dir. Ich will, dass du alles nimmst.«
Ich richtete mich auf. »Ich will das aber nicht.«
»Doch. Ich will dich in Sicherheit wissen, … wenn ich gehe.« Er gab mir den Umschlag, der schwer in meiner Hand lag. Ich schloss meine Augen. »Luca, ich kann das nicht.«
»Doch, du kannst – du musst. Lass mich nicht in der Gewissheit gehen, dass du keinen Schutz hast oder mittellos bist. Das ist wichtig für mich.« Schweigend senkte ich meinen Blick und ließ die Tränen stumm über meine Wangen laufen.
»Ich liebe dich, Jade. Noch nie in meinem Leben habe ich einen Menschen so sehr geliebt wie dich. Ich könnte es nicht ertragen, wenn ich dich verliere. Aber wenn ich sicher weiß, du bist in einem meiner Häuser, kann ich in Frieden gehen. Dort bist du relativ sicher.« Er tippte auf den Umschlag. »Damit hast du wenigstens eine Chance.«

Noch nie lagen Worte so schwer auf meinem Herzen. Seit unserer ersten Begegnung war ich fasziniert von ihm und jetzt war aus dieser Faszination Liebe geworden, die ich von Kopf bis Fuß spürte, die so tief und intensiv war und mich erfüllte.
»Luca ...«, flüsterte ich. Er nahm den Umschlag, legte ihn auf das Nachttischchen zurück und betrachtete mich. Er legte seine Hand auf meine Wange und wischte die Tränen aus meinem Gesicht. Sein Finger wanderte unter mein Kinn, hob es behutsam an und zwang mich, ihm in die Augen zu sehen.
»Versprich es mir, bitte.«
Die vielen Facetten seiner braunen Augen nahmen mich gefangen und wortlos nickte ich schließlich. Er lächelte leicht, trotzdem erkannte ich den gleichen Schmerz in seinen Augen, den ich fühlte. Ich wollte nicht, dass es endete – nicht so. Das Gefühl, ihn zu verlieren tat so weh. Es brachte mich dazu, jetzt alles von ihm zu fordern. Ich wollte ihn. »Schlaf mit mir, Luca! … Bitte!«

Kapitel 15

Luca

Sie hatte keine Ahnung, was sie mit ihrer Bitte in mir verursachte. Mein Verlangen nach ihr beherrschte mich. Seit ich sie das erste Mal geküsst hatte, wusste ich, dass es schwer für mich werden würde, meine Finger jemals von ihr lassen zu können.
Jetzt gab es kein Zurück mehr. Zu lange hatte ich mich zurückgehalten. Ihre Bitte und ihr Blick ließen mich leicht aufstöhnen. Ich schloss meine Augen. Nur ein kleiner Funke Vernunft ließ mich fragend ein Stück zurückweichen.
»Bist du sicher?« Meine Stimme klang rau vor Verlangen. Sie saß direkt vor mir und zögerte nicht.
»Ja!«, hauchte sie kaum hörbar. Jetzt zählte nur noch sie. Der Gedanke, wie ihre Beine meine Hüften umschlangen und ich in ihr sein würde, ließ mich erschaudern. Zum ersten und zum letzten Mal würde sie nur mir gehören.
Ihr Atem berührte mein Gesicht. Meine Augen wanderten zu ihrem Mund, verweilten dort. Und endlich, als sie mir ihre Lippen anbot, konnte ich nicht länger widerstehen. Ich küsste sie, zuerst zärtlich, dann drängender. Unsere Zungen tanzten, als sie sich fanden. Ein leises Stöhnen entfuhr ihr, was meine Erregung weiter anfachte. Mein Mund wanderte weiter zu ihrem Nacken und ihr Duft berauschte mich so sehr – machte mich süchtig. Ich wollte mehr, wollte ihre Haut spüren und schmecken. Ich zog mein T-Shirt aus und sie tat es mir nach. Sie warf ihr Top achtlos zu Boden und unsere Blicke verharrten ineinander.

Langsam umfasste ich ihren Po und zog sie auf meinen Schoß. Sofort spürte sie meine Erektion, die hart gegen ihren Schritt drückte. Verdammt, sie war so heiß! Sie schloss ihre Augen, als meine Hände zärtlich fordernd von ihrem Hals hinunter zum Schlüsselbein bis zu ihrer Brust fuhren. Ihr Atem ging schneller. Geschickt öffnete ich ihren BH. Halb nackt saß sie nun auf meinem Schoss. Ich schluckte. Sie war so unfassbar schön. Mit einem Kuss drückte ich sie zurück auf die Matratze. Sie spürte, wie mein Herz wild klopfte. Meine Hände wanderten zu ihrer Hüfte. Ich half ihr, sich von ihrer Hose zu befreien. Als meine Hand ihren Bauch berührte, fühlte ich ihre Wärme. Hitze überkam mich und das unbändige Verlangen, in ihr zu sein. Der Drang, mich sofort in ihr zu versenken, war so übermächtig, dass ich befürchtete, schon in meiner Hose zu kommen. Aber ich musste mich zurückhalten. Es war ihr erstes Mal und ich wollte, dass sie es als schöne Erinnerung behielt.
»Du bist so … wunderschön!«, sagte ich rau und fuhr mit meiner Hand über ihr Dekolleté hinab zu ihrem Venushügel. Mit geschlossenen Augen gab sie sich meinen Berührungen hin, stöhnte leise auf, als ich ihre Knospe zwischen meine Lippen aufnahm. Vorsichtig liebkoste ich sie mit meiner Zunge, biss zärtlich hinein. Scharf sog sie die Luft ein, was mich fast um meinen Verstand brachte.
»Luca, bitte ...«, stöhnte sie und ich wusste, sie wollte mehr. Sie war bereit für mich. Ihre Hüfte drängte sich mir entgegen. Keuchend schrie sie ihre Lust hinaus, als ich mit meinem Finger in sie eindrang. Sie war perfekt. Sie gab sich ihren Empfindungen hin, genoss die Bewegungen, die ich mit meinem Finger vollführte. Verdammt! Ich brauchte sie, wollte sie unbedingt.

»Du bist ein Geschenk, Mea Suna«, entfuhr es mir, zog meinen Finger aus ihr heraus und befreite mich selbst schnell aus meiner Hose. Völlig nackt legte ich mich zu ihr. Jetzt dem letzten Schritt so nahe, verspannte sie sich.
»Bist du dir immer noch sicher?« Ich wusste, es würde mich sämtliche Kraft kosten, jetzt aufzuhören. Aber für sie würde ich es tun.
»Ich will es. Ich will es mit dir«, hauchte sie. »Wir brauchen aber ein Kondom.«
Ich konnte mir ein Grinsen nicht verkneifen. »Mach dir darüber keine Sorgen, ich trage keine Krankheiten in mir. Und Kinder kann ich nicht zeugen. Das Obsensium …«, erklärte ich heißer. Schnell legte sie einen Finger auf meine Lippen. Sie wollte nicht, dass ich es aussprach und damit den Zauber zwischen uns zerstörte. Sie wusste auch so, was ich ihr sagen wollte. Stattdessen küsste sie mich und meine Worte erstarben in unserer Leidenschaft. Ein Schauer der Lust prickelte über meine Haut, als sie ihre Hände auf meine Schultern legte, während ich mich vorsichtig auf sie niedersenkte. Ich spürte ihre Schenkel und schließlich ihre Wärme. Sie hob ihre Hüften an und es kostete mich meine ganze Willenskraft, nicht mit einem einzigen harten Stoß in sie einzudringen. Sie schloss ihre Augen, als ich langsam und vorsichtig in sie eindrang. Ein kleines Hindernis ließ mich innehalten. Doch ich war zu sehr erregt, um mich jetzt zu beherrschen. Und dann tat ich es. Mit einem kurzen Stoß drang ich endgültig in sie und füllte sie völlig aus. Kurz schrie sie auf und küssend versuchte ich, sie von ihrem Schmerz abzulenken.
»Alles in Ordnung, Mea Suna?« Als der Schmerz verebbte, nickte sie und sofort entspannte sie sich wieder.

»Soll ich aufhören?«
»Nein, … mach … weiter …«
Langsam bewegte ich mich in ihr. Es war der Wahnsinn! Sie war heiß, feucht und so unglaublich eng. Sie machte mich rasend vor Lust und auch ihr schien es zu gefallen. Sie hielt ihre Augen geschlossen und bog mir ihren Körper entgegen.
»Du bist unglaublich«, presste ich zwischen zwei Stößen hervor. Nichts fühlte sich besser an, als in ihr zu sein. Niemals zuvor hatte ich mich so fallen lassen können. Mein Tempo wurde schneller und meine Stöße immer kräftiger, sie krallte sich an mich. Ich spürte, dass ein Orgasmus sie bald überrollen würde. Mit aller Willenskraft hielt ich meinen zurück.
»Jade, komm für mich!«
»Oh..., Luca!«, brach es aus ihr. Sie bäumte sich auf, als die heißen Wellen der Lust durch ihren Körper zuckten. Sie schrie auf und krallte sich noch fester an mich, was mich völlig verrückt werden ließ. Da explodierte auch ich in ihr.
»Jade! … Oh Gott!« Der Orgasmus erfasste mich und ich ergoss mich in mehreren Schüben. Es war wie ein Tsunami, der meinen Körper überflutete. Augenblicke lang glaubte ich zu schweben - ich war dem Himmel so nah. Ein nie gekannter Friede überkam mich, so dass ich meinen Kopf an ihrem Hals vergrub. Ich wollte noch länger in ihr bleiben, wollte sie nicht verlassen.
Erst Augenblicke später zog ich mich langsam aus ihr zurück, um mich neben sie zu legen. Fest nahm ich sie in meine Arme und genoss das Gefühl, die vollkommene Erfüllung mit ihr erlebt zu haben.
Ich hatte schon viele Frauen in meinem Bett, doch mit ihr war es etwas völlig anderes - etwas Neues. Jade so

nahe zu kommen, war die Erfüllung gewesen. Noch nie zuvor hatte ich mich so … angekommen gefühlt. Doch jetzt musste ich sie verlassen - vielleicht für immer. Aber mit der Gewissheit, dass ich in ihr jemanden gefunden hatte, der mich wollte, ganz egal, was ich getan hatte.
Wir verflochten unsere Hände und lösten den Knoten wieder auf, nur um unsere Finger gleich darauf wieder ineinander zu verschlingen. Dieses Spiel spielten wir eine Weile.
»Luca?«
»Hm ...?«, seufzte ich völlig zufrieden und ein wenig schläfrig.
»Ich habe eine Idee! Ich weiß, sie wird dir nicht gefallen, aber wir … es wäre eine Möglichkeit, zusammenzubleiben.«
Aufmerksam sah ich sie an. »Und die wäre?«
Sie drehte sich zu mir. »Ich komme einfach mit dir nach Rom.«
Abrupt setzte ich mich auf und wandte ihr so den Rücken zu.
»Vergiss es, Jade.« Wie kam sie nur auf solch eine Idee? Nein! Sie durfte noch nicht mal in die Nähe dieser Stadt.
»Und wieso nicht? Ich meine, was habe ich denn schon zu verlieren?«
»Was du zu verlieren hast? Dein Leben!«, gab ich grimmig zurück. »Schlag dir das aus dem Kopf. Ich kann dich nicht mitnehmen. Sie würden dich sofort finden und töten.«
»Ach, und dich nicht? Du gibst uns für einen kleinen Jungen auf und weißt noch nicht einmal, ob er überhaupt noch am Leben ist.«

Ich stand auf, zog eine Boxershorts über und fuhr durch mein verstrubbeltes Haar. »Es geht nicht nur um Pepe, Jade.«
Sie zog die Bettdecke enger um sich und setzte sich auf. »So? Um was geht es dann?«
Ich musste ihr die Wahrheit sagen, wenn ich nicht wollte, dass sie auch nur einen Schritt in die Nähe von Morgion tat. Die dunkle Vergangenheit holte mich ein und es war Zeit, ihr die Wahrheit zu sagen. »Es geht um alle Kinder, die er dort gefangen hält. Du weißt nicht, auf welch schmutzige Art und Weise Morgion an die Kinder kommt, die er als Taluri ausbildet. Er genießt in der Öffentlichkeit großes Ansehen. Das nur, weil er die Sunshine Foundation gegründet hat, bei der es sich um ein Hospiz handelt, in das fast ausschließlich Waisenkinder zum Sterben gebracht werden. Die Behörden sind natürlich froh, weil so ein krankes Kind viel Pflege beansprucht und den Staat viel Geld kostet. Er gaukelt der Welt vor, dass die Kinder in einem kleinen Paradies ihr Ende finden. Die Villa Ada ist wunderschön gelegen und um den Schein zu wahren, hat er viel Geld in das Grundstück investiert. In den Medien wird er als Heiliger gefeiert, doch in Wahrheit ist er ein Teufel. Die Krankenhäuser bringen die Kinder zu ihm. Ab dann fragt niemand mehr nach ihnen. Ein paar Wochen später, nachdem die Kinder bei ihm eingetroffen sind, gibt er deren Tod bekannt, bezahlt eine Scheinbeerdigung und damit ist die Sache für die Behörden erledigt. Die Wahrheit ist, er tötet die Kinder, indem er sie vergiftet und erweckt sie danach mithilfe eines von ihm entwickelten Heilmittels wieder zum Leben. Völlig geheilt, selektiert er die Schwachen aus, diese vegetieren verwahrlost in den Katakomben vor

sich hin. Rabas, die rechte Hand von Morgion, missbraucht die Kinder für seine Zwecke. Er benutzt sie für niedrige Arbeiten, für seine perfiden sexuellen Neigungen und quält sie somit auf Dauer bestialisch zu Tode. Die für würdig gehaltenen Jungs werden von Morgion zu Taluris ausgebildet. Und ich war einer von ihnen.
Um die Ausbildung durchzuhalten, bekamen wir ein Mindestmaß an Fürsorge. Wir wurden mit regelmäßigen Mahlzeiten versorgt und schulisch gebildet. Bis zum Zeitpunkt des Spyings bekam ich die Qualen der schwachen Kinder mit, danach verlor ich, mit der Wirkung des Obsensiums, jegliche Gefühlsregung.«
Fassungslos starrte sie mich an. Schockiert über die Dinge, die ich ihr erzählt hatte, hielt sie den Atem an. Sie wurde bleich!
»Wie kann ein Mensch so teuflisch sein?«
»Verstehst du jetzt, Mea Suna? Ich muss nach Rom. Den Padres werde ich die Informationen geben, die sie brauchen, aber ich muss versuchen, wenigstens ein paar Kinder zu retten. Das bin ich Pepe schuldig.«
Schon die ganze Zeit fand sie meinen Plan nicht gut und am liebsten wäre es ihr gewesen, ich würde hier bei ihr bleiben, auch wenn sie jetzt meine Gründe besser nachvollziehen konnte.
»Aber wie stellst du dir das vor? Du gehst dort ganz allein hin, Luca!«
Ich sagte nichts und blickte auf meine Hände.
»Du weißt, dass du es nicht überleben wirst.« Sie flüsterte, weil sie nicht fähig war, es laut auszusprechen.
»Ich kann nicht anders. Du weißt nicht, welche Dämonen in mir schlummern und mir das Leben zur Hölle machen. Meine Schuld ist zu groß, als dass ich

damit weiterleben könnte. Es zerreißt mich innerlich, wenn ich nachts von den schrecklichen Schreien und den grausamen Bildern geweckt werde. Ich kann das einfach nicht mehr länger ertragen. Ständig muss ich daran denken. Wenn ich hier die Illustris sehe, habe ich diese schrecklichen Bilder im Kopf. Wenn ich allein bin, plagt mich mein Gewissen und der Gedanke an Pepe lässt mich immer unruhiger werden. Ihm habe ich zu verdanken, dass ich die Hintergründe kenne. Die Kinder haben es verdient, dass ich es zumindest versuche, verstehst du?«
Sie dachte nach. »Das verstehe ich. Ich wäre bereit, das gleiche für Amy zu tun. … Und was ist mit der Öffentlichkeit? Wenn wir versuchen, es zu beweisen, dann könnten wir alles aufdecken.«
»Niemand würde uns glauben. Morgion hat zu viel Macht und Geld.«
»Aber es muss doch eine andere Lösung zu finden sein. Eine, die dich mir nicht nimmt. … Mein Hass zu Morgion wächst ins Unermessliche. Ich weiß nur, er war derjenige, der alles zerstört hat, was ich einst besaß. Und jetzt bringt er den Mann, den ich liebe dazu, sich zu opfern.«
Die Hoffnungslosigkeit sprach aus ihrem Gesicht. Sie kämpfte mit den Tränen, was ich kaum ertragen konnte. Sie hatte bereits so viel erlitten. Wann würde das endlich aufhören? Ich zog sie in meine Arme, küsste ihre Augen und strich ihr die Tränen aus dem Gesicht.
»Ich will dich einfach nicht verlieren, Luca. Ich liebe dich«, weinte sie.
Ihre Worte erfüllten mich, ließen mein Herz schneller schlagen und ich erkannte unbändige Freude in mir.

»Schsch …! Ich weiß, mir geht es genauso«, sagte ich und biss auf meine Unterlippe. »Der Schmerz wird vorbei gehen, versprochen.« Sie presste sich eng an mich. Ich vergrub mein Gesicht in ihrem Haar. Nie würde ich ihren Duft vergessen können. Als sich unsere Lippen trafen, wurde sofort das Feuer entfacht, welches mich mit ihr verband.

Kapitel 16

Jemand rüttelte mich unsanft. Doch ich wollte noch nicht aus dem Traum erwachen. Zu schön waren die Momente, die ich mit Luca auf einer Wiese unter einer großen Linde verbrachte.

»Jade, wach auf.« Wieder rüttelte mich jemand und seufzend schlug ich die Augen auf. Schlagartig wurde ich wach und sah erschrocken auf. Sofort wanderte mein Blick auf das leere Laken neben mir.

»Wo ist er?«, rief ich, ohne dem Bewusstsein, dass ich nichts anhatte und völlig nackt war.

»Jade!«, rief Marie entsetzt und hielt die Decke vor meinen Oberkörper. Erst jetzt erkannte ich sie und Schwester Angela. Sie schienen nicht gerade begeistert, mich in Lucas Bett vorgefunden zu haben, aber die Tatsache, dass ich nackt war, ließ ihr Verständnis auf den Nullpunkt sinken.

»Was tust du hier? Wieso schläfst du nicht in deinem Zimmer?«, bombardierte mich Schwester Angela streng mit ihren Fragen, auf die ich jetzt zu antworten nicht die geringste Lust verspürte.

»Wo ist er?«, wiederholte ich mich stattdessen und sah in Schwester Angelas Gesicht. Ihre kalten blauen Augen erwiderten meinen Blick. »Er ist gegangen, so wie es vereinbart war.«

Er war fort. Mein Herz blieb fast stehen und ich verzog schmerzlich meinen Mund, um nicht laut loszuweinen. Ich musste tapfer sein, ich hatte es ihm versprochen. Ich starrte auf den Boden vor mir und begann, meinen Oberkörper hin und her zu wiegen.

»Ich werde es melden müssen. Du weißt, dass es euch Mädchen verboten ist, sich hier aufzuhalten, noch dazu ...«
»Bitte, Schwester Angela. Sie war doch schon mit ihm zusammen, bevor sie hier herkamen. Ich kümmere mich um sie. Sie muss erst verdauen, dass er gegangen ist«, sagte Marie und legte einen Arm um mich. »Sie wird ihn nicht wiedersehen. Die Padres brauchen es nicht zu wissen. Bitte, verraten sie Jade nicht«, bettelte sie.
Ich spürte Schwester Angelas tadelnden Blick, jedoch ignorierte ich ihn völlig. Meine Gedanken waren bei Luca und es war mir völlig egal, ob die Padres oder sonst jemand davon erfahren würden. Sollten sie es doch wissen. Ich hatte nichts zu verbergen. Ich liebte ihn und würde es jederzeit wieder tun. Ich bereute nichts.
Schwester Angela überlegte, sah mich weiter eisig an. »Na gut, aber in ein paar Minuten muss sie hier verschwunden sein, Marie. Ich muss das Zimmer säubern und dieses Laken … entfernen«, sagte sie in einem abfälligen Ton.
Der kleine Blutfleck neben mir verriet, was in der letzten Nacht geschehen war und ließ Schwester Angela abwertend den Mund verziehen. Sie wollte gerade eine weitere abfällige Bemerkung von sich geben, dann beließ sie es aber bei einem tadelnden Blick, drehte sich um und ließ uns allein.
Kaum war sie verschwunden, suchte Marie meine Kleidung zusammen, die noch auf dem Boden lag wie gestern Abend.
»Komm, schnell, zieh dich an. Nicht, dass dich jemand so sieht«, sagte sie und warf mir meine Unterwäsche zu.
»Er ist fort, Marie und ich werden ihn nie wieder sehen. Morgion wird ihn töten«, jammerte ich.

»So darfst du nicht denken, Jade. Er ist stark, er weiß, was er tut«, versuchte sie, mich zu trösten. »Komm, zieh dich bitte an«, drängte sie mich ungeduldig.
Als Marie schon an der Tür stand und in den Flur spähte, gab sie mir winkend ein Zeichen, dass die Luft rein war. »Los, komm! Ich glaube, sie sind jetzt alle beim Frühstück.«
Gerade als ich zur Tür hinaus wollte, fiel mir Lucas Hinterlassenschaft ein. Eilig ging ich zurück und nahm den braunen Umschlag aus der Schublade, presste ihn eng an meine Brust. Dann sah ich noch ein letztes Mal zurück in das Zimmer, in dem ich nur für kurze Zeit glücklich gewesen war, prägte mir alles ein und verließ zusammen mit Marie den Angestelltentrakt.

Marie kümmerte sich rührend um mich. Als wir in unserem Zimmer ankamen, sorgte sie dafür, dass ich unter die Dusche kam. Sie hatte Jacques überredet, mir ein kleines Sonderfrühstück zu richten, mit der Ausrede, ich wäre krank. Natürlich tat er ihr den Gefallen und meinte es bestimmt gut, als er Toast und Croissants, meine Lieblingssorte Tee, etwas Käse und Marmelade auf einem Tablett angerichtet hatte.
»Wie lieb von ihm. Sieh mal, er hat dir sogar ein Ei gekocht. Das macht er sonst nur sonntags.«
»Ich habe keinen Hunger«, sagte ich lustlos, als ich aus der Dusche kam. Ich kämmte nicht mal meine noch feuchte Mähne. Verknotet und wirr hing sie schlaff an mir herunter. Ich war so niedergeschlagen, dass mir wirklich alles egal war.
»Du musst aber etwas essen oder wenigstens einen Schluck Tee trinken.« Ich hörte Agnes aus ihren Worten und verdrehte meine Augen. »Na gut, wie du willst«,

gab ich nach, nahm die Tasse, die sie mir schon eingeschenkt hatte und setzte mich auf mein Bett.
Als ich still dasaß und Marie mein Schweigen wohl nicht mehr ertragen konnte, setzte sie sich zu mir. »Willst du darüber reden?«
Ich zuckte mit den Schultern. »Ich bin so leer ohne ihn und ich habe Angst – so schreckliche Angst.« Sie sagte nichts, nahm mich tröstend in ihre Arme. Mehr brauchte ich nicht im Augenblick. Ich wollte einfach mit meinen Gedanken bei ihm sein.
So ging es den ganzen Samstag. Ich konnte nicht aufhören, an ihn zu denken. Marie war erleichtert darüber, dass Schwester Angela ihr Wort gehalten hatte. Niemand bemerkte, dass ich eine Nacht bei Luca gewesen war. Kaum war er fort, schien sich die Anspannung bei den anderen zu legen. Die Trainer machten wie üblich ihre Witze und auch Ava war sichtlich entspannter. Nur Madi und Noah warfen mir böse Blicke zu. Madi gewann ihre alte Sicherheit und darunter musste Lucia wieder leiden. Sie schikanierte sie, wo sie nur konnte. Dennoch war ich mir sicher, dass sie das nur tat, um mich zu provozieren. Sie forderte mich damit heraus. Kraftlos überhörte ich ihre Gemeinheiten und überließ es Marie, sie in ihre Schranken zu weisen. Ich hatte keine Kraft, Madi mit bissigen Kommentaren zurückzuschlagen. Mir ging es schlecht. Ich konnte nicht essen, nicht schlafen und trainieren schon gar nicht.
Erst am Sonntag, als ich mit Miku Lu in der Halle zum Trainieren verabredet war, versuchte ich, mich am Riemen zu reißen.
»Komm schon, Jade. Wir haben noch nie miteinander gekämpft und ich möchte schon wissen, wer von uns

beiden die Stärkere ist«, munterte mich Miku Lu auf. Sie hatte ihr schwarzes Haar zu einem lustigen kleinen Zopf zusammengebunden. Allerdings war es noch zu kurz und die meisten Strähnen hatten sich gelöst. Die Frisur verlieh ihr aber einen weiblicheren Touch.

»Ich weiß nicht. Ich bin nicht in der Verfassung, um zu kämpfen.« Schon lange wusste ich, dass sie gegen mich antreten wollte. Ihr Ehrgeiz spornte sie an, um sich mit mir zu messen. Dabei war mir immer klar, dass sie die Stärkere von uns beiden war. Außer Madi hatte Miku Lu keine wirkliche Konkurrenz.

»Och, bitte Miku! Können wir es nicht bei dem Lauftraining belassen?«

»Nein, heute nicht! Du solltest dich wegen dem Vorfall nicht so hängen lassen. Das ist nicht gut für dich. Dadurch wirst du verletzlich«, sagte sie und warf mir einen Brustschutz zu.

Hatte ich jetzt noch eine andere Wahl? Widerwillig zog ich ihn an und nahm einen Stock aus einer der Gitterboxen. Sie ließ sich auf einen Stockkampf ein, da hatte ich wenigstens eine Chance.

»Also los. Jetzt zeig mal, was du kannst«, forderte sie mich heraus und eröffnete den Kampf, in dem sie ihren Stock drohend in ihrer Hand schwenkte. Blitzschnell änderte sie die Richtung ihrer Schwenkbewegung und schlug auf meine Hüfte ein. Zum Glück konnte ich sie abwehren. Egal wohin sie mich zu treffen versuchte, blockte ich sie ab.

So waren wir beide schnell außer Puste und unser Keuchen hallte durch die Halle. Miku Lu war eine ausgezeichnete Kämpferin und ich bewunderte sie. Bei ihr sah alles so spielend leicht und einfach aus. Dabei wusste ich nur zu gut, wie viel Disziplin und Ausdauer es kostete, bis man diese Kunst beherrschte.

»Sehr gut, Jade! Sagen wir … unentschieden?«, fragte sie atemlos.

Nickend half ich ihr auf. Jetzt hätte ich die Möglichkeit gehabt, sie mit einem finalen Schlag zu erledigen. Doch bevor sie eine Niederlage über sich ergehen lassen musste, zog sie es vor, ein Unentschieden gelten zu lassen. Wir wussten beide, dass ich den Kampf jetzt gewonnen hätte.

Sie grinste und zwinkerte mir zu. Vielleicht hatte sie sich auch mit Absicht von mir schlagen lassen, damit ich heute mit einem Erfolgserlebnis aus der Halle gehen konnte. Ich mochte sie sehr. Sie war die einzige außer Marie, die nicht gleich die falschen Schlüsse aus einer Situation zog und über mich oder Luca geurteilt hatte.

Wir saßen auf einer Bank und zogen den Brustschutz aus.

»Kann ich dich mal was fragen?«

»Klar, schieß los!«

Sie überlegte und wählte ihre Worte mit Bedacht. »Also, mich würde interessieren, was du vorhast, nach deiner Ausbildung hier? Gehst du zurück nach Hause?«

Ich kräuselte die Stirn. »Warum fragst du?«

»Weil ich nicht nach China zurückgehen werde. Ich gehe nach Rom«, sagte sie selbstsicher.

Misstrauisch sah ich sie an. »Und was machst du dort?«, brachte ich hervor, obwohl ich mir die Antwort schon denken konnte.

Sie senkte ihren Blick. »Ich … werde Morgion töten.«

Sie sagte es so selbstverständlich, dass ich es ihr wirklich abnahm. Aus ihren Augen sprach die Ernsthaftigkeit und ich spürte, dass sie nichts davon abbringen konnte. Mir wurde bewusst, dass sie die Einzige war, die ihr Schicksal angenommen hatte. Sie hatte den Biss, den Willen und den Mut, sich gegen Morgion aufzulehnen. Ja, ihr würde ich zutrauen, ihm zumindest das Leben schwer zu machen.

Es klopfte an unserer Zimmertür. Marie sprang sofort auf. Fuhr sich durch ihr Haar und öffnete.
»Hallo, Marie, kann ich bitte mit Jade sprechen?«
Marie ließ enttäuscht ihre Schultern hängen, als sie Mr. Chang vor unserer Tür erkannte. Jedoch nickte sie freundlich und ließ ihn eintreten. Er war wieder da und ich freute mich aufrichtig, ihn zu sehen. Ich setzte mich auf. Mr. Chang lächelte mich an und sah etwas unsicher zu Marie.
»Tja, ich werd mal eine Runde Flipper spielen gehen«, sagte sie, als sie sein Schweigen verstand.
»Danke, Marie«, sagte er, nahm sich einen Stuhl und stellte ihn an mein Bett, während Marie sich mit Lipgloss ihre Lippen betupfte und uns schließlich allein ließ.
»Sie sind wieder da? Wo haben Sie nur gesteckt?« Es sollte nicht so klingen, doch ich konnte den vorwurfsvollen Ton nicht unterdrücken.
»Ich konnte nicht früher kommen. Es tut mir leid. Aber ich bin über alles informiert. Wie geht es dir?« Mit geschlossenen Augen atmete ich einmal tief durch. »Ich kann den Gedanken kaum ertragen, ihn dort zu wissen.«
»Das kann ich verstehen. Wenn ich es hätte verhindern können, dann hätte ich es getan, glaub mir. Ich war nicht begeistert davon, als er sich freiwillig gemeldet hat. Aber es war klar, dass die Padres sein Angebot annehmen. … Nichtsdestotrotz bin ich gekommen, um

dir zu sagen, dass er noch keinen Kontakt zu uns aufgenommen hat. Wir wissen also nicht, ob er schon in Rom angekommen ist oder nicht.« Es kribbelte in meinem Bauch und seine Worte hallten in meinem Kopf nach.
»Trotzdem möchte ich, dass du dich auf das Training konzentrierst und versuchst, wieder zu deiner inneren Mitte zu kommen. Du musst an den drei Grundsätzen festhalten, die ich dir beigebracht habe.«
»Aber es ist so schwer. So viel ist in den letzten Tagen passiert. Und ehrlich gesagt, … weiß ich nicht, ob ich den Padres noch trauen kann.«
Fragend zog er seine Brauen nach oben. »So? Und was genau ist der Grund für dein Misstrauen?« Er faltete seine Hände und legte sie in den Schoss. Sollte ich über die Entdeckung, die ich im Untersuchungszimmer gemacht hatte, erzählen?
»Was ist denn passiert?«
Ich schluckte. »Ich habe etwas entdeckt und ich bin mir sicher, dass die Padres mit Lucia etwas machen, was ihre Gesundheit in Gefahr bringt.«
Er runzelte seine Stirn. »Wirklich? Und was?«
Ich erzählte ihm in allen Einzelheiten, was ich entdeckt und belauscht hatte. Zuerst konnte er mir nicht glauben, bis er kurz darüber nachdachte.
»Und du bist dir ganz sicher?«, wollte er schließlich wissen.
»Ja, und es würde auch passen. Sehen sie sich die arme Lucia mal an. Sie sieht schlecht aus. Ihr geht es wirklich nicht gut. Noch dazu passt sie nicht zu dem Bild, das uns Illustris ausmacht.«
»Ja, stimmt. Ich weiß nur, dass sie als das Problemmädchen bei den Padres gehandelt wird. … Ich

werde sehen, was ich herausfinden kann. … Aber Jade, zu niemandem ein Wort, auch nicht zu Marie.«
»Marie weiß nichts darüber. Bisher habe ich das alles für mich behalten. Allerdings kennt sie meinen Hintergrund. Sie weiß von Amy, von der Art, wie ich Luca heilte und auch wie ich zu ihm stehe. Sie ist meine Freundin und ich vertraue ihr.«
Mr. Chang nickte. »In Ordnung. Aber bitte Jade, versuche nichts mehr auf eigene Faust herauszufinden. Ich werde mich darum kümmern. Nicht jeder, der im Rat sitzt, ist dein Freund, wenn du verstehst, was ich meine.«
Das war deutlich und machte mir sofort klar, dass auch Mr. Chang Zweifel an den Padres hatte. Ich war mir allerdings sicher, dass er mehr wusste, als er zugab.
»Ich muss gleich zu ihnen. Sobald ich etwas Neues von Luca höre, werde ich dich informieren. Du sollst nicht so im Ungewissen gelassen werden.« Er stand auf und stellte den Stuhl wieder an seinen ursprünglichen Platz zurück.
»Falls du Fragen hast oder etwas brauchst, dann frag Schwester Angela, wenn ich nicht da bin. Ihr kannst du vertrauen«, sagte er und ging langsam zur Tür. Ich verzog mein Gesicht.
»Was? Gibt es etwa ein Problem mit ihr?«, fragte er, als er meine Grimasse sah.
»Nein, ich habe kein Problem mit ihr, aber ich glaube, sie hat eines mit mir.«
Kurz hielt Mr. Chang in seiner Bewegung inne und musterte mich, dann grinste er und auch seine Wangen färbten sich leicht.
»Ach so, das …!«, er kratzte sich am Kopf. »Na ja, Jade, was erwartest du? Sie ist eben katholisch und dazu eine

Nonne mit sehr altmodischen Ansätzen, aber eine gute Seele. Du kannst ihr wirklich vertrauen.«
Röte schoss mir ins Gesicht, wenn ich an die Liebesnacht mit Luca dachte. »Sie … wissen es?! … Und ich soll ihr vertrauen? Sie hat gesagt, sie würde es für sich behalten und jetzt wissen es sogar Sie! … Wahrscheinlich hat sie es auch gleich den Padres und den anderen erzählt«, sagte ich missmutig.
»Beruhige dich. Sie hat es nur mir erzählt und das nur, weil ich sie in die Enge getrieben habe. Es fiel ihr schwer, es zu verraten. Aber mach dir keine Sorgen, die Padres sind ahnungslos und das ist auch gut so. Ansonsten ist sie wirklich eine verschwiegene Person.«
Es war ja nicht so, dass mir die Nonne unsympathisch war, aber mit ihrer strengen Art wurde ich einfach nicht warm. Ständig bedachte sie mich mit einem strengen Blick, der mir das Gefühl gab, unter besonderer Beobachtung zu stehen. Bisher hatte ich nicht so viel mit ihr zu tun und ich hoffte, das würde sich auch nicht ändern.
»Ich verlasse mich auf dich, Jade«, betonte er seine Bitte noch einmal.
»Und ich mich auf Sie«, erwiderte ich genauso ernst und begleitete ihn zur Tür.

Am folgenden Tag war es das erste Mal, dass ich in der Küche eingeteilt war. Und ehrlich gesagt, freute ich mich darauf. Ich war zwar unausgeschlafen und mit meinen Gedanken ganz woanders, doch hoffte ich, mich von den immer gleichen Ängsten und Sorgen ablenken zu können. Außerdem war ich froh, weil für mich das Training mit Noah ausfiel. Seine finsteren Blicke gingen mir langsam auf die Nerven.

Gleich nach dem Frühstück betrat ich die Küche und ein mürrischer Jacques empfing mich. Besser gesagt, er blickte mich nichtssagend an und wandte sich wieder seiner Arbeit zu. Offensichtlich war er nicht gerade erfreut, mich in seiner Küche zu haben.
Also beschloss ich, mich einfach nützlich zu machen. Ich zog eine Schürze aus dem Vorratsregal und band sie mir um. Dann machte ich mich daran, das Frühstücksgeschirr aus dem Speisesaal abzuräumen, belud die Geschirrspülmaschine und stellte Käse, Wurst und Butter in den Kühlschrank. Als der Speisesaal aufgeräumt und wieder in einem vorzeigbaren Zustand war, betrat ich die Küche und fragte mich, wann unser Koch mir endlich eine Aufgabe geben würde, die mit unserem Mittagessen zu tun hatte.
»Du kannste die Gemüs schneid«, war die einzige Anweisung, versehen mit einem kurzen Nicken in Richtung der metallenen Arbeitsfläche, auf der ein Berg Gemüse, ein großes Schneidebrett und ein Messer für mich bereitlag.
»So viel?«
»Wir sinde viele Person und die aben unger.«
Also machte ich mich an die Arbeit und schälte Kartoffeln, Zwiebeln, schnitt Zucchini und rote Paprika in kleine Streifen. Ich war eine ganze Weile beschäftigt und bemerkte erst, als Jacques zu mir rüber sah, dass ich das meiste schon erledigt hatte. Laut seinem erstaunten Gesichtsausdruck war ich wohl schneller gewesen, als er erwartet hatte.
»Du biste kein Schneck, dass musse isch dir lassen«, meinte er, als ich aus der letzten Paprika die Kerne entfernte.

»Kein Schneck?«, stellte ich mich absichtlich blöd. »Was meinen Sie damit?« Er schaltete den Herd ein und drehte sich zu mir. »Kein Schneck. … öhhh, wie sagen die Leut immer zu diese langsame, schleimige Kriechding die bei unse in Fronkreisch eine Delikatesse ist?
»Sie meinen eine Schnecke!«
»Ahhh … Oui, eine Schnecke!«
»Danke für das Kompliment. Ich gebe mir Mühe, damit Sie mit mir zufrieden sind«, versuchte ich witzig zu sein, doch irgendwie verstand er nicht, worauf ich hinaus wollte. Stattdessen zog er seine Kochmütze gerade und wandte sich wieder seinem Kochtopf zu.
»Und was soll ich jetzt tun? Ich bin fertig.«
»Ah, oui, wir dünsten es«, sagte er, nahm mir die Schüssel mit dem Gemüse aus der Hand und schüttete alles in den großen Topf. Es zischte laut und er begann zu rühren. Er würzte alles mit Salz und Pfeffer durch, gab frische Kräuter hinzu und löschte es mit jeder Menge Brühe ab.
»So, die meiste Arbeit iste getan. Jetzte haben wir eine Paus.«
Er ging zur Kaffeemaschine und goss sich eine Tasse von dem braunen Gebräu ein, lehnte sich an die Arbeitsfläche und beobachtete mich, während ich diese fein säuberlich abwischte.
»… Kann isch disch etwas fragen?«
»Natürlich!«
»Isch frage misch schon der ganz Zeit, wie konnte du diese Lüca vertrauen, wo du gewusst haste, dasse er eine Taluri war?«
Ich wusste, es würde kompliziert werden in der Küche. »Ich ...«

»Du darfste misch nischt falsch verstehen. Isch bin nur … neugierig, wie eine kleine Mädschen einem Mörder trauen kann«, unterbrach er mich.
»Es ist nicht so einfach zu erklären, aber die Wahrheit ist, er hat mir das Leben gerettet.«
Er sah mich an, doch irgendwie hatte ich das Gefühl, dass er durch mich hindurch sah. Um seine Augen trat ein trauriger Ausdruck und immer wieder schüttelte er seinen Kopf.
»Seine Veralten war sehr untypisch«, sagte er in Gedanken versunken.
»Sie meinen das von Luca?«
Er nickte. »Ja, für viele Illustris kommte es zu späte, dass diese Spy nischt rischtig funktioniert. Die Mädschen ätten eine Chance gehabt, genau wie du.« Da hatte er leider Recht.
Er nahm ein Taschentuch aus seiner Hosentasche, wandte sich um, damit ich sein Gesicht nicht weiter sehen konnte. Dafür vernahm ich Geräusche. Es war ein ganz leises Schluchzen. Hatte ich mich verhört?
»Jacques? Was ist los?« Ich trat zu ihm, versuchte, in sein Gesicht zu sehen.
»Ahhh nixe, es ist nixe, chérie.«
»Aber, … Sie haben doch was«, gab ich zurück. Seine Wangen waren gerötet und sein Blick blieb starr auf einen kleinen Thymiantopf gerichtet.
»Kommen Sie, Sie können es mir sagen.« Deutlich konnte ich ihm ansehen, dass er mit sich rang. Er zog die Nase hoch und wischte sich ein weiteres Mal über die Augen, dann stopfte er das Taschentuch wieder in seine Hose zurück und betrachtete mich eine Weile.
»Du siehste ihr ein bisschen ähnlich.«
»Wem?«

»Meine Tochter Clara.«
»Sie haben eine Tochter?« Ich wunderte mich. Niemand hatte sie bisher erwähnt.
Er nickte traurig. »Isch atte … eine Tochter. Sie war eine Illustris, genau wie dich. Sie atte auch so schöne Aare wie du und petit Füße. Sie war meine Sonnenschein. Ihre Mutter starbe früh und isch zog sie allein groß. Isch liebte sie sehr. Sie war eine fröhliche Mädschen. … Es war die Abend, bevor die Padres de Luz sie olen wollten. Isch war noch eben meine Auto tanken, da ließ isch sie für eine Momente allein.« Er lachte bitter und Tränen sammelten sich in seinen Augen.
»Sie atte misch noch ausgelacht, weil isch ihr verbot, die Tür zu öffnen.« Der Zug um seinen Mund wurde wieder härter.
»Als isch wieder kam, stand diese Tür offen und soforte wusste isch, was geschehen war. … Isch fand sie und ihn. … Er war gerade dabei … Nie werde isch diese Augen vergessen können. … Sie waren kalt, wie die Auge von eine Fisch. Leer und … . Er atte meine Clara vor meine Augen getötet. Es war der schlimmste Augenblick in meine Leben.« Er stockte, war nicht fähig, weiter zu sprechen. Ich war so geschockt von seiner Erzählung, dass ich vergaß, zu atmen. Wie schrecklich! Oh, wie furchtbar. Der arme Jacques. Er tat mir so leid. Ich konnte nachvollziehen, wie schwer es für ihn gewesen sein musste.
»Isch wollte nach ihrem Tod nischt mehr leben, verstehst du, chérie? … Der Professor nahm misch mit und gab mir diese Aufgabe ier. Es hat lange Zeit gedauert, bis isch einigermaßen damit leben konnte. Isch kenne das Geeimnis der Taluris.« Er zeigte auf den Oberarm. »Aber trotzdem fand isch es unfassbar, wie groß deine

Vertrauen zu ihme war … Naja, du biste verliebt in ihn, das sehe isch. Aber isch frage misch, schrecken disch seine Taten nischt ab?«
Was sollte ich einem Vater, der seine Tochter durch einen Taluri verloren hatte, sagen? Es musste unglaublich schwer für ihn sein.
»Das, was Ihrer Tochter passiert ist, ist wirklich schrecklich und ich weiß, wenn ich Ihnen das sage, dass es Sie nicht tröstet, aber ... Luca leidet sehr darunter. Er sagte mir, dass es nichts Schlimmeres für ihn gäbe als mit dieser Schuld zu leben.«
Jacques Tränen liefen nun in kleinen Rinnsalen seine Wangen hinunter und mein Herz wurde schwer. Ich musste fast mit ihm weinen. Letztlich trug er ein ähnliches Schicksal wie ich. Wir hatten beide alles verloren. Nur mit dem Unterschied, dass ich Luca hatte – noch.
»Oh, Jacques, es tut mir so leid«, konnte ich nur noch flüstern.
Er nickte und legte seine Arme auf meine Schultern.
»An manche Tag komme isch gut zurecht, aber es gibt auch viele Tag, da …! … Deshalbe bin isch froh, dass isch eine Aufgabe abe, die misch erfüllte und misch oft glücklich sein lässt, chérie. Isch kann meinem kleinem Mädschen jeden Tag nahe sein – durch euche. Ihr tragt sie in eure Blut eine Stück weiter, das ist der Grunde, warume isch für euche koche«, sagte er und seine Worte berührten mich auf eine ganz besondere Weise. Zaghaft lächelte ich ihn an und bewunderte seine Stärke.
»Isch wünsche mir so sehr, dass ihr alle eine normale Leben führen könnt.«
Ich nickte und kurz drückte er mich an sich. Tief atmete er ein. Unser Koch trug ein hartes Schicksal und

trotzdem stand er jeden Tag in unserer Küche und zauberte für uns französische Köstlichkeiten. Er war stärker als so mancher hier. Sein schwacher Moment war wieder vorbei. Er ließ mich los und schweigend bereiteten wir das Essen weiter zu, hingen unseren Gedanken nach.
Seine Geschichte lag wie ein dicker Kloß in meinem Magen. Wenn ein Vater mit ansehen musste, wie sein eigenes Kind auf eine so grausame Weise getötet wurde, war es schwer, sehr schwer, dies jemals zu akzeptieren, geschweige denn, zu verzeihen.

Kapitel 17

Nach dem Mittagessen verbrachten Marie und ich unsere restliche Pause im Außenbereich. Ich brauchte dringend frische Luft. Ich hatte das Gefühl, erdrückt zu werden von den vielen Dramen, die sich abspielten. Ich verstand den Sinn darin nicht, was wir hier sollten. Der Sinn, zu lernen, eine richtige Illustris zu sein, war so weit weg. Wenn ich mir die Mädchen so ansah, nahmen sie es einfach alles so hin. Sie fügten sich einfach ihrem Schicksal. Wenn ich an Marie, Lucia, Amber oder Ava dachte, dann machte ich mir Sorgen. Hatten sie wirklich eine Chance? War den Padres denn nicht klar, dass die Mädchen, die nicht so talentiert im Training waren, einen echten Angriff wahrscheinlich nicht überleben würden? Ihr Fortschritt im Kampfunterricht war verbesserungswürdig. Im normalen Leben würden die Mädchen nie den Wunsch äußern, dies in ihrer Freizeit zu erlernen. Auch wenn Mr. Zanolla etwas anderes sagte, ich hatte Augen im Kopf und wusste, dass sie einen schnellen Tod finden, sobald sie die sicheren Mauern der Padres verlassen würden.

Marie und ich gingen über die Wiese. Sie hatte sich bei mir eingehakt und plapperte unaufhörlich, seit wir den Durchgang entlang liefen, der uns in den Garten führte.

»Ich kann es kaum erwarten. Ich bin so gespannt, wie sie aussieht.«

Ich hatte ihr nicht zugehört und auch keinen blassen Schimmer, worüber sie sprach. »Wie was aussieht?«

»Na, deine Aura!«, sagte sie und setzte sich mit mir in die Sonne.

»Wieso? Was soll daran anders sein als bei dir?«

»Das fragst du noch? Also ich denke, nach allem, was ich über dich weiß, wird deine Aura bestimmt anders aussehen. Zumindest könnte ich es mir vorstellen.«
Ich zuckte mit den Achseln. »Sie spiegelt meinen Gemütszustand wieder, so wie bei dir auch. Oder nicht?«
»Echt? Und sonst nichts?« Sie klang etwas enttäuscht, aber was hatte sie erwartet? Ein Feuerwerk oder ein Meer aus Lichtern?
»Nein, und ich bin froh darüber.«
Marie genoss still die Sonne und ich fragte mich, ob sie einen Plan hatte, was ihr weiteres Leben anging.
»Sag mal, was machst du eigentlich, wenn du hier deine Ausbildung abgeschlossen hast?«
»Ich gehe nach Hause«, sagte sie völlig belanglos.
»Ich meine, was möchtest du mit deinem Leben anfangen?«
Sie schwieg einen Moment. »Ich … weiß nicht. Vielleicht werde ich studieren oder einen reichen Harvardabsolventen heiraten.«
Erstaunt hob ich meine Brauen. »Im Ernst? … Ist das wirklich dein Ziel? … Hast du dir schon einmal Gedanken gemacht, was passiert, wenn dein Leben nicht so verlaufen wird, wie du es dir vorstellst?«
Sie schluckte und sah auf ihre Hände. »Du meinst, wenn die Taluris mich finden? Meine Großmutter sagt immer, es kommt, wie es kommen muss, also … Nein, darüber habe ich mir ehrlich gesagt keine Gedanken gemacht. Mein Leben in London war bisher immer schön gewesen, bis ich eines Tages die Farben an mir entdeckte.«
»Wie war das für dich?«
»Also, wenn ich ehrlich bin, ganz fürchterlich. Damals schrie ich das ganze Haus zusammen. Ich hatte mich so

sehr erschrocken, dass ich ein Wasserglas fallen ließ und mich an den Scherben schnitt. Dadurch fanden mein Dad und meine Großmutter mich blutverschmiert in der Küche vor. Es hat eine ganze Weile gedauert, bis ich mich beruhigen konnte. Dann erzählten sie mir das erste Mal von den Illustris und dass meine Mom auch eine gewesen war. Sie wurde von einem Taluri umgebracht, kurz nach meiner Geburt. Das war so schockierend für mich, dass ich nächtelang nicht mehr schlafen konnte. Ich hatte sogar Gedanken, mir das Leben zu nehmen. Mein Vater brachte mich zu einem Psychologen, der mir dabei half, mit dem Tod meiner Mutter zurechtzukommen. Vor ein paar Monaten hat mein Vater der Ausbildung bei den Padres zugestimmt. Seitdem bin ich hier.«

»Und wenn du ganz ehrlich bist, glaubst du, du hast kämpferisch eine Chance?«

»Das kann ich nicht sagen. Bisher blieb mir ja ein Kampf mit einem Taluri erspart.«

»Hast du schon mal deine heilende Kraft ausprobiert?«

Sie kniff ihre Augen zusammen und sah mich fragend an. »Was ist los? Warum willst du das alles wissen?«

»Nichts ist los! Es interessiert mich eben.«

Marie zupfte einen Grashalm aus und zwirbelte ihn zwischen ihren Fingern. Sie sah nachdenklich aus.

»Naja, ausprobiert hab ich es schon oft, aber leider hat es nicht funktioniert. Und ehrlich gesagt, kann ich mir auch nicht vorstellen, dass ich das je schaffen werde«, meinte sie missmutig.

»Wieso?«

»Weil, … ich fühle nichts, keine innere Kraft, einfach nichts. Mr. Finta sagte, dies würde bei den Illustris mit

12 Jahren beginnen, aber ich bin schon fast 17 Jahre und bisher ist nichts Außergewöhnliches mit mir geschehen.«
Mein Gott! Sie war genauso voller Zweifel wie Amy damals. Merkwürdig fand ich es schon, dass die Padres sie nicht mehr darin unterstützten, ihre Gabe zu finden und richtig anzuwenden. Ich war mir sicher, mit mehr Meditation könnten sie es schneller lernen. Ich wunderte mich, dass Mr. Finta uns während des Unterrichts nur schreiben ließ. Unnützes Zeug wie die Kräuter- oder Signaturenlehre und Biologie. Wieso bezog sich der Unterricht nicht auf mehr Übungen? Das wäre doch viel sinnvoller. Mehr und mehr verstärkte sich der Verdacht, dass hier etwas falsch lief.
»Und die anderen Mädchen? Haben sie irgendwelche Erfahrungen?«
Jetzt stutzte Marie. »Sag mal, das ist ja wie in einem Verhör! Werde ich angeklagt, wenn ich eine falsche Antwort gebe?«, lachte sie und ich stimmte leise in ihr Lachen mit ein. Ich wollte ja nicht, dass sie hinter meine Zweifel kam. Zumindest durfte ich sie noch nicht einweihen.
»Nein, es ist kein Verhör, es interessiert mich einfach nur.«
Sie wurde wieder ernster. »Soweit ich weiß, hat außer dir noch keine von uns jemanden heilen können.«
»Also bin ich mal wieder die berühmte Ausnahme«, ärgerte ich mich und verdrehte die Augen.
»Ach komm, ich finde es toll. Ich bewundere dich …«
Die Eingangstür öffnete sich und wir hörten Stimmen, die sich stritten. Allerdings konnten wir nicht sehen, wer zu uns in den Garten lief, da wir hinter dem Gebüsch saßen, welches uns die Sicht zur Tür versperrte.

»Komm schon, Noah. Ich finde, du könntest ruhig ein bisschen netter zu mir sein. Schließlich habt ihr es mir zu verdanken, dass die Wahrheit über Luca ans Licht kam.«
Marie machte große Augen und legte sofort ihren Finger auf die Lippen.
»Pst ... das ist Madi«, flüsterte sie so leise, dass nur ich es hören konnte.
»Das stimmt, trotzdem frage ich mich, warum du mich hier in den Garten schleppst. Du weißt, wir haben gleich eine Sitzung. Und der Professor mag es nicht, wenn wir zu spät kommen.«
»Na, warum wohl? Ich hoffte, du wärst gerne mal mit mir allein.«
»Madi, lass das! Hör zu, ich mag dich, aber …!«
»Was aber? … Seit die Neue hier ist, hast du nur noch Augen für sie. Ich habe dir gesagt, wie ich für dich empfinde und es tut weh, wenn du ihr mehr Beachtung schenkst als mir.«
Marie und ich sahen uns mit großen Augen an.
»Das bildest du dir nur ein. Ich beachte Jade nicht mehr als dich. … Ich habe dir eine Freundschaft angeboten und dir gesagt, dass ich dich mag, aber du bist meine Schülerin. Mehr geht einfach nicht, verstehst du? … Ich will dir nicht wehtun. Du bist wirklich ein sehr attraktives und wunderschönes Mädchen, aber ich fühle nicht so wie du. Ich bin einfach nicht der Richtige für dich!«
»Ich bin eine Frau, Noah. Wenn du mich richtig ansehen würdest, dann könntest du das auch erkennen«, sagte sie schnippisch.
»Komm, lass uns reingehen. Dein Unterricht fängt gleich an«, lenkte er versöhnlich ein.

»Lass mich! Verschwinde einfach!«, setzte sie in gereiztem Ton nach. Die Eingangstür wurde geöffnet und fiel gleich darauf wieder ins Schloss. Dann war es kurz still, bis wir ein Schluchzen hörten.
Marie fuhr mit beiden Zeigefingern ihre Wangen hinunter und bestätigte damit meine Vermutung - Madi weinte tatsächlich. Mein Verdacht, dass zwischen Noah und Madi mehr sein könnte, hatte sich damit nur teilweise bestätigt. Sie war verliebt und er empfand nicht so wie sie. Das musste hart sein.
Ein paar Mal schnäuzte sie ihre Nase, dann verschwand auch sie durch die Tür und wir waren wieder allein im Garten.
»Wow, hast du das gehört?«, fragte Marie begeistert. Ihre Augen leuchteten auf, da wir ungewollt Zeuge dieser Szene geworden waren.
»Sie kann einem ja fast leidtun. Aber eigentlich geschieht es ihr ganz recht«, meinte Marie und erhob sich.
»Ich finde es beruhigend zu wissen, dass Noah sich an die Regeln hält. Dass er so standhaft bleibt, hätte ich nicht gedacht«, sagte ich und klopfte meine Hose sauber.
»Wenn Daniel die gleichen Ansichten teilt, dann habe ich schon verloren, noch bevor ich ihm überhaupt sagen konnte, was mit mir los ist.«
Ich lief einige Schritte Richtung Tür und hatte nicht bemerkt, dass Marie stehen geblieben war.
»Was ist?«, fragte ich und sah zu ihr zurück. Mit traurigen Augen sah sie mich an. »Ich bin echt so doof. Darauf hätte ich ja auch von alleine kommen können«, meinte sie und schlug sich mit der flachen Hand auf ihre Stirn. »Das erklärt jetzt einiges.«
»Was erklärt was?«

»Na, sein Verhalten mir gegenüber und auch die Distanz.«
»Aber vielleicht ist es doch nicht so, wie du denkst. Ich könnte mir vorstellen, dass er sich nicht traut und das auch, weil er hier keine Möglichkeit sieht. Rede doch endlich mal mit ihm.«
Sie schloss zu mir auf. »Meinst du wirklich?«
»Was hast du denn zu verlieren?«
»Ein gebrochenes Herz?«, erwiderte sie. Ich verdrehte meine Augen und zog sie zurück in den Unterricht.
Auch an diesem Nachmittag ließ Mr. Finta uns die meiste Zeit schreiben. Ein Aufsatz über altes Heilwissen, Arzneikräuter und Signaturenlehre stand für heute auf dem Programm. Innerlich stöhnte ich auf. Mir war einfach nicht danach, vor allem sah ich überhaupt keinen Sinn darin. Was sollten wir Illustris daraus Brauchbares lernen?
Ein paar Mal sah ich zu Madi. Sie saß links von mir eine Reihe weiter hinten. Die Spuren ihrer Tränen hatte sie sorgfältig beseitigt. Einmal erwiderte sie meinen Blick, doch zurück kam nur Kälte. Was hatte ich anderes erwartet? Wenn sie wirklich glaubte, ich wäre ihr in Bezug auf Noah im Wege, dann verstand ich ihr Verhalten gegenüber Luca nicht. Ich war mindestens genauso eifersüchtig gewesen, als sie sich an Luca geschmissen hatte. Was für ein Spiel spielte sie eigentlich?
»Ähhh Jade, ich schlage vor, du fängst mit deinem Aufsatz an. Du hast schon eine halbe Stunde vertrödelt und das Thema ist sehr umfangreich und die Zeit läuft«, sagte Mr. Finta, nahm eine Zeitung aus seiner Schublade, überkreuzte die Füße auf dem Tisch und war auch sofort darin versunken.

Ich richtete meinen Blick auf das weiße Blatt Papier vor mir, auf dem ich vorher nur die Überschrift von der Tafel abgeschrieben hatte. Was tat ich hier nur? Ich schüttelte den Kopf und nahm die leichte Hitze in mir wahr, die sich langsam durch meinen Körper schlängelte. Die Buchstaben der Überschrift verschwammen, wurden wieder klar und vergrößerten sich plötzlich. Kurz sah ich zu Madi. Akribisch schrieb sie ihren Aufsatz.
"Altes Heilwissen, Arzneikräuter und Signaturenlehre" Meine Güte! Wollten die mir einen Doktortitel in Botanik verpassen? Die Hitze in mir wurde stärker und noch bevor ich erkannte, wie groß meine Wut war, knallte ich lautstark meinen Stift auf den Tisch und stand auf. Es bewirkte, dass die Wärme zurückwich, jedoch gleich darauf wieder stärker wurde. Die Mädchen sahen auf, unterbrachen ihre Arbeit und auch Mr. Finta knickte eine Ecke seiner Zeitung ein und sah zu mir auf.
»Gibt es ein Problem, Jade?«
Ich rang mit mir. »Ähhh, ja … ich werde diesen Aufsatz nicht schreiben«, sagte ich entschlossen und hoffte, dass die Hitze durch meine Rebellion wieder weichen würde - und sie tat es auch, leider nur kurz.
»Und wieso nicht, wenn ich fragen darf?« Er faltete seine Zeitung zusammen und stand ebenfalls auf.
Ich schluckte, fühlte alle Blicke auf mir ruhen. Doch jetzt gab es für mich kein Zurück mehr. »Ganz einfach. Ich sehe überhaupt keinen Sinn darin, diesen Unsinn monatelang zu lernen. Ich habe nicht vor, später den Beruf der Gärtnerin oder den einer Kräuterhexe auszuüben«, sagte ich so sachlich wie möglich. Gekicher raunte durch die Klasse, aber das war mir egal.

»Das ist doch dummes Zeug! Setz dich hin und schreib deinen Aufsatz, so wie die anderen es auch tun«, forderte er mich auf.
Jetzt züngelten die Flammen deutlicher in mir hoch, was mich einerseits verunsicherte und andererseits mutiger werden ließ.
»Haben Sie mich nicht verstanden? Ich werde weder diesen Aufsatz, noch irgendeinen anderen schreiben. Ich werde diesen Unterricht auch nicht länger besuchen. Für mich ergibt das alles keinen Sinn.«
»Jade, was redest du da?«, flüsterte Marie neben mir.
»Was ich rede? … Für was brauchen wir all das? Wird es einen Taluri abhalten, dich zu enthaupten? Denk doch mal nach, Marie! Und auch ihr anderen!«, rief ich den Mädchen zu. »Falls ihr eines Tages einen Menschen vor euch habt und ihr ihn heilen wollt, könnt ihr den lateinischen Namen des Krautes auswendig sagen, aber wie ihr ihn tatsächlich heilen könnt, davon habt ihr keine Ahnung.« Das musste ihnen doch einleuchten. Fassungslos starrten sie mich an.
»Jetzt reicht es mir aber. Du hörst sofort auf, die anderen Mädchen zu beeinflussen«, brüllte Mr. Finta und bekam einen roten Kopf dabei. »Du redest wirklich wirres Zeug und ich verlange, dass du dich sofort auf deinen Hintern setzt und gefälligst das tust, was ich von dir verlange«, brüllte er mich an. Bestimmt konnte man seine Stimme bis in den Flur hinaus hören. Die Hitze hatte sich mittlerweile in meinem ganzen Körper ausgebreitet. Immer, wenn ich etwas sagte, linderte es kurz die Flammen, die dann aber umso stärker zurückkehrten und so noch mehr Macht über mich bekamen.
»Das werde ich nicht tun.«

Mr. Finta schnaubte verächtlich, nahm unser Heilungslehrebuch in die Hand und schwenkte es deutlich sichtbar vor mir hin und her. »Wie kann man nur so arrogant sein? Verstehst du denn nicht, dass das alles zusammengehört? Das bedeutet, erst kommt das Grundwissen und dann die spezifischen Themen«, klärte er mich auf.

Ich verschränkte meine Arme und war bereit, mich auf eine Diskussion mit ihm einzulassen. »Wie kann man nur so borniert und bescheuert sein und das nicht verstehen? Ich brauche diesen Unterricht nicht.«

»Junges Fräulein, werde nicht so frech.« Er ging ein paar Schritte auf mich zu und wollte mich an meinem Oberarm greifen. Er zuckte schon bei der minimalen Berührung zusammen. Sofort wich er ein paar Schritte zurück und sah mich mit weit aufgerissenen Augen an. Er spürte dieses Dunkle, diese unbändige Macht, über die ich immer mehr die Kontrolle verlor. Panik ergriff mich und mein Atem ging schnell. Was sollte ich tun?

»Wird's bald!«, fauchte er mich an, und ich spürte, wie der Lavastrom meinen Körper vollends einnahm. Es ging alles so schnell, dass ich nicht begriff, was genau passierte. Ich fühlte nur, wie die Hitze plötzlich von mir strahlte und wie das wenige Haar, das Mr. Finta noch auf dem Kopf hatte, langsam ergraute. Wie ein Lauffeuer breitete sich das Grau auf seinem Kopf aus, wurde heller, änderte die Melierung, bis es schneeweiß war. Ein paar Haare fielen sogar zu Boden. Seine Augenbrauen und Wimpern alterten innerhalb von Sekunden. Sein Toupet blieb so künstlich schwarz wie es vorher war.

Marie und die anderen Mädchen waren schockiert von ihren Plätzen aufgesprungen. Madi, Miku Lu und Lucia wichen zuerst erschrocken zurück, bis eine von ihnen

anfing zu kichern. Mr. Finta betatschte verunsichert seinen Kopf und heulte dabei auf, was alle Mädchen auflachen ließ. Meine inneren Flammen wurden kleiner und zogen sich wieder in mich zurück. Nur eine kleine Grundglut blieb.
Mr. Finta spürte die Veränderungen, hielt sich den Kopf, rannte wutentbrannt an mir vorbei und verließ das Zimmer. Die Mädchen sahen mich an. Fassungslos und ungläubig waren sie Zeugen geworden über das, was sich gerade abgespielt hatte. Doch das war für mich nicht das Schlimmste. Tausend Vorwürfe schossen mir in den Kopf. Wie sollte ich diese Hitze jemals kontrollieren können? Sie war stark und mit jedem Mal bekam ich mehr das Gefühl, ihr machtlos ausgeliefert zu sein. Mir war klar, dass Mr. Finta nur knapp einem meiner Anfälle entkommen war. Wer weiß, was ich ihm sonst noch angetan hätte?
Die Mädchen tuschelten leise, nur Marie sah mich immer noch geschockt an. Sie versuchte zu verstehen, was gerade passiert war. Da rannte auch ich aus dem Zimmer. Ich brauchte ein wenig Abstand und Zeit zum Nachdenken.
Den Tränen nahe, setzte ich mich im Garten unter den großen Baum in den Schatten. Die Sonne schien an diesem Nachmittag erbarmungslos. Es dauerte nicht lange, da liefen Miku Lu, Ava und Marie über die Wiese zu mir.
»Jade! Alles in Ordnung mit dir?« Sie setzten sich. Ich war nur froh, dass ich mich soweit wieder im Griff hatte und ich für meine Freundinnen keine Gefahr mehr war.
»Willst du darüber reden?«, fragte Marie leise und legte tröstend einen Arm um mich.

Ich konnte nichts sagen, es schnürte mir die Kehle zu, wenn ich daran dachte, was alles hätte passieren können. Klar hatten die Mädchen bemerkt, dass etwas mit mir geschehen war, aber ihnen das jetzt zu erklären, war vielleicht nicht klug.
»Jedenfalls hast du dir jetzt Ärger eingehandelt«, meinte Miku Lu, als ich immer noch schwieg. »Mr. Finta ist direkt in eine Ratsversammlung geplatzt und hat sich lautstark über dich beschwert. Wir konnten alles mit anhören.«
Sollte er doch. Er hatte ja keine Ahnung, zu was ich imstande gewesen wäre.
»Aber du hast recht, Jade. Es ist wirklich merkwürdig, dass wir all diese Dinge lernen sollen. Auf diese Art und Weise werde ich nie erfahren, ob ich wirklich jemanden heilen kann«, sagte Marie nachdenklich. »Bisher habe ich beim Versuch, ein Tier oder einen Menschen zu heilen, kläglich versagt.«
»Ich werde jedenfalls nicht weiter diesen Unsinn lernen«, gab ich trotzig von mir und zupfte einen Grashalm aus.
»Und was willst du dann?«, fragte Miku Lu und sah dabei auch fragend Marie an. Ich warf ihr einen kurzen Blick zu und überlegte. »Ich will, dass die Padres mir zeigen, wie ich am Leben bleiben kann und ich will frei entscheiden dürfen, ob ich jemanden heile oder nicht.«
Miku Lu nickte. Sie verstand meine Idee von Demokratie. Mit meinen Worten hatte ich die beiden nachdenklich gestimmt. Niemand sagte mehr etwas, jede für sich versank in ihren Gedanken.
Jeder Mensch hat das Recht selbst zu entscheiden, was er mit seinem Leben anfangen will. Und genau diese Wahl möchte ich für mich auch treffen dürfen.

Als wir zurückkamen, beorderte man mich in den Konferenzraum. Wie üblich saßen Dr. Nussbaum, Dr. Rediaz, Prof. Dr. Dearing, Mr. Chang, Dr. Evans und Prof. Tramonti auf ihren Plätzen. Auch Mr. Zanolla, Noah, Daniel und Christiano entdeckte ich in der Runde. Das ganze Team war anwesend, nur Jacques nicht.
Ich betrat den Raum und augenblicklich erstarben die Gespräche. »Jade! Komm herein. Du weißt ja, um was es geht«, sagte Prof. Tramonti. Diesmal war ich nicht so schüchtern, hob meinen Kopf und setzte mich gleich auf den Stuhl vor ihnen. Mr. Finta hatte sich ein Handtuch um den Kopf gewickelt, das ihm ständig verrutschte. Unter leisem Gekicher der Trainer versuchte er, es krampfhaft festzuhalten.
»Da! Jetzt tut sie wieder so unschuldig. Sehen Sie? ...«, platzte es wütend aus Mr. Finta heraus. Stur sah ich zu Prof. Tramonti, der Mr. Finta mit einer Handbewegung zum Schweigen brachte.
»Jetzt erzähl mal in aller Ruhe, was genau vorgefallen ist.«
»Sag ihnen die Wahrheit, Jade. Sie wissen es sofort, falls du lügen solltest.«
»Das Mädchen wird nicht lügen«, unterbrach der Professor Mr. Finta. »… Jetzt erzähl!«, forderte mich der Professor gelassen auf.
»Seit ich hier bin, schreiben wir seitenweise Aufsätze über Themen, die nichts mit unserer eigentlichen Aufgabe, dem Erlernen unserer Heilkräfte, zu tun haben. Seit Tagen lernen wir die lateinischen Bezeichnungen verschiedener Pflanzen und Kräuter auswendig. … Und heute sollten wir einen Aufsatz über "Altes Heilwissen,

Arzneikräuter und Signaturenlehre" schreiben. Tja, und da habe ich mich geweigert.«
»Und warum?«, wollte Dr. Dearing wissen.
»Weil ich keinen Sinn darin sehe.«
»Und die anderen Mädchen hat sie gleich infiziert«, mischte sich Mr. Finta aufgebracht ein. Jetzt übertrieb er wirklich ein bisschen. Ich hatte sie höchstens zum Nachdenken gebracht. Aber ich blieb still und verbesserte ihn nicht.
»Das musst du uns schon genauer erklären«, meinte Prof. Tramonti.
»... Ich habe das Gefühl, ich vergeude meine Zeit mit dem Unterricht, weil ich nicht glaube, dass das Wissen der lateinischen Namen verschiedener Pflanzen und Kräuter dazu beiträgt, meine Heilgabe auszubilden. Abgesehen davon habe ich nicht vor, mein Leben dem Heilen zu widmen, falls es überhaupt so weit kommen sollte.«
Dr. Rediaz und Prof. Dr. Evans tuschelten, während Mr. Finta mit dem Kopf schüttelte. »Sehen Sie, sie bringt Unruhe in die Klasse und sie verweigert ihre Ausbildung.«
»Das ist einfach meine Meinung, die ich Mr. Finta mitgeteilt habe«, bestätigte ich nochmals.
Prof. Tramonti blickte nachdenklich in die Runde seiner Kollegen.
»Meine Herren, ich möchte gerne mit Jade allein unter vier Augen sprechen. Würdet ihr uns für einen Moment alleine lassen?« Das Gemurmel wurde lauter. »Aber beeile dich, Vico. Wir haben noch einiges zu besprechen.« Mr. Rediaz warf mir einen unfreundlichen Blick zu, stand aber mit den anderen auf und verließ den

Raum. Erst als die Tür hinter uns geschlossen wurde, entspannte ich mich ein wenig.
»Setz dich zu mir, bitte!« Er deutete auf den Stuhl neben sich.
»Was ist los, Jade? Fühlst du dich hier bei uns nicht wohl?«
»Darum geht es nicht. Ich habe einfach nicht die Geduld, diese Dinge zu lernen. Ich weiß ja noch nicht einmal, ob ich überhaupt später jemanden heilen will. … Die Kampfausbildung empfinde ich als lebenswichtig. Aber zu wissen, wie ich aus Kräutern Tinkturen oder Salben herstelle, ist einfach nicht wichtig. Außerdem haben wir, seit ich hier bin, noch nie eine praktische Übung gemacht. Und ehrlich gesagt, wundere ich mich, dass die anderen Mädchen sich noch nie beklagt haben oder selbst auf die Idee gekommen sind.«
Er nickte nachdenklich. »Gut, ich kann dich verstehen. Aber die Lehre der Essenzen für pflanzliche Arzneien gehört zum Grundwissen und ist eine der ältesten Wissenschaften. Die früheren Illustris nahmen bei Heilungen die Kräfte der Natur in ihr Heilungsverfahren mit auf. Sie kombinierten sie, verstehst du?«
»Das mag ja sein, aber ich bin mir nicht mal sicher, ob ich jemals diese Gabe auch als solche nutzen will. Für mich verbirgt sich dahinter das Risiko, von Leuten wie Morgion entdeckt zu werden«, erklärte ich ihm.
Er schob seine Brille wieder höher auf seine Nase und sah mich nachdenklich an. »… Jade, Mr. Finta hatte Angst vor dir. Kannst du dir das erklären? Und wie kam es zu dem … naja, was ist mit seinem Haar passiert?«
Ich senkte meinen Blick und meine Wangen röteten sich. »Ich weiß es nicht«, sagte ich leise und das war noch nicht mal gelogen.

»Aber irgendetwas musste doch dieses … Ergrauen ausgelöst haben.« Ha! Wenn es nur so einfach gewesen wäre. Aber was sollte ich ihm jetzt sagen. Er wollte eine Erklärung, die ich selbst noch nicht hatte.
»Ich weiß es wirklich nicht.«
»Oder stecken noch mehr Mädchen dahinter und du willst sie nicht verraten?«, bot er mir als Ausrede an. Genau! Das könnte vorerst meine Ausrede sein – gut, es war nicht fair, aber vielleicht gewann ich dadurch etwas mehr Zeit, es selbst herauszufinden.
»Sie können fragen, was Sie möchten, ich werde keines der Mädchen verraten.« Damit beschuldigte ich niemanden direkt, ließ aber offen, dass es sich um einen Scherz gehandelt haben könnte.
»In Ordnung, Jade. Ich akzeptiere deine Prinzipien, dennoch solltet ihr dafür sorgen, dass Mr. Fintas Haar wieder in Ordnung kommt und wegen des Unterrichts muss ich dir leider sagen, dass dies nun einmal unsere Regeln sind. Ich kann da keine Ausnahme machen und dich vom Unterricht befreien. Das kannst du doch verstehen, oder?«

Noch bevor ich antworten konnte, stand er auf. War das Gespräch beendet? Das war's? Ich hatte mit einer Standpauke gerechnet, die Schüler bekamen, wenn sie zum Rektor mussten, aber das hier war …?
»Ich werde mit dem Lehrerteam sprechen und auch mit Mr. Finta. Vielleicht können sie ihre Methoden etwas … interessanter für euch gestalten. … Der Rat wartet draußen. Ich muss jetzt leider unser Gespräch beenden, aber bitte, bringt die Sache mit Mr. Finta wieder in Ordnung.« Er grinste und ich wusste, insgeheim fand er

es selbst auch ganz witzig. Zugegeben, der arme Kerl sah jetzt wirklich zum Schreien aus.
Die Mitglieder betraten wieder das Zimmer. Mr. Chang ließ alle vor ihm in den Konferenzsaal und ging als Letzter hinein. Genau in dem Augenblick, als wir noch allein im Flur standen, hielt er mich zurück.
»Jade, ist alles in Ordnung?«
»Mir geht es gut. Haben sie Neuigkeiten von Luca?«
Kurz sah er in den Raum, in dem sich die Padres noch unterhielten und zu ihren Plätzen liefen. Er zog die Tür zu, um mit mir allein zu sein.
»Nein, leider hat er sich bisher nicht gemeldet. Der Rat ist auch schon ganz verunsichert. Deshalb haben wir diese Versammlung«, sagte Mr. Chang und ich sah ihm an, dass er sich ehrlich Sorgen machte.
»Was haben die Padres denn mit ihm ausgemacht?«, wollte ich wissen.
»Eigentlich sollte er sich melden, sobald er gelandet ist. Und dann einmal täglich Bericht erstatten. Beides hat er bisher nicht getan. Ich habe einen Informanten in Rom. Der konnte bestätigen, dass Luca am Flughafen Roms gesichtet wurde, aber seit dem fehlt jede Spur von ihm.«
Verzweifelt presste ich die Faust an meine Lippen und hielt einen Moment inne. Es schnürte mir die Kehle zu, wenn ich den Gedanken zuließ, dass die Taluris ihn aufgegriffen haben könnten.
»Versuch bitte, dir keine Sorgen zu machen. Ich weiß, es ist viel verlangt, aber wir mussten damit rechnen«, meinte Mr. Chang und legte tröstend seine Hand auf meine Schulter. »Du musst jetzt stark sein, Jade. Luca hätte es so gewollt.«
»Sie reden ja schon so, als wäre er tot«, schnaubte ich ihn leise an. Ich spürte diese Hitze wieder und ließ ihn einfach stehen.

Kapitel 18

In den folgenden drei Tagen fiel der Unterricht zwar nicht aus, aber Mr. Finta meldete sich krank. Sein Haar blieb grau und selbst mit einer Coloration hätte er merkwürdig ausgesehen. Letztendlich tat er mir leid.
Prof. Dearing übernahm seine Stunden und von da an machte der Unterricht viel mehr Spaß. Die Themen änderten sich zwar nicht, aber der Professor verstand es, den Unterricht so interessant zu gestalten, dass wir alle gern bei ihm lernten.
Die Mädchen tuschelten über mich, allen voran Madi. Doch ich blendete es aus, dass sie mich leise eine "Hexe" nannte, wenn ich an ihr vorbei ging. Nur Marie ermutigte mich, ich solle mir nichts mehr gefallen lassen. Meistens winkte ich ab. Marie fand es mindestens genauso seltsam, was mit Mr. Finta passiert war, doch sie fragte mich nicht und dafür war ich ihr sehr dankbar.
Meine Nächte waren voller Albträume und auch die Tage waren nicht besser. Ich sehnte mich danach, im Bett zu bleiben, nicht aufstehen zu müssen. Jedes Mal, wenn ich erwartungsvoll Mr. Chang im Speisesaal ansah, verneinte er meine stumme Frage mit einem kurzen, kaum sichtbaren Kopfschütteln. Je mehr Tage vergingen, desto mehr trieb es mir Tränen in die Augen und meine Hoffnung sank von Tag zu Tag, Luca jemals wiederzusehen.
»Heute ist Freitag, Jade. Du hast mir versprochen, mit mir auszugehen«, wollte Marie mich aus meiner Trostlosigkeit locken.
»Oh nein, bitte … ich habe wirklich keine Lust dazu.«

»Diesmal lasse ich keine Ausrede gelten, du warst noch nicht mal im Garten in den letzten drei Tagen.« Ihr Ton klang vorwurfsvoll, aber auch Sorge schwang darin mit.
»Kannst du nicht verstehen, dass ich einfach keine Lust auf Musik und Tanz habe?« Sie setzte sich auf den Rand meines Bettes und verzog ihren Mund zu einer Schnute, die mir tatsächlich ein Lächeln entlockte.
»Wir müssen ja nicht tanzen gehen, aber lass uns raus gehen und die letzten Sommertage genießen.« Bittend sah sie mich an.
»Hör auf, so eine Schnute zu machen, das zieht bei mir nicht.«
Sie verstärkte ihren Ausdruck noch und sie sah wirklich lustig aus. »Komm schon, Jade. Gib dir einen Ruck, du wirst sehen, es wird besser, als du glaubst.«
Wieso schaffte diese Person es, mir ein Versprechen abzuluchsen, das ich eigentlich nicht geben wollte? Ich verdrehte die Augen und schon schrie Marie schrill auf vor Freude und schmiss sich in meine Arme. »Danke, Jade, du wirst es nicht bereuen, versprochen. Jetzt komm, unser Training beginnt gleich!«, sagte sie überglücklich.
Nach dem Training war ich die Letzte, die noch in der Umkleide war. Marie wollte schon vorgehen, weil sie lange brauchen würde, um ihr Outfit auszuwählen.
Meine Trinkflasche hatte ich in der Halle vergessen und ging noch einmal zurück, um sie zu holen. Das Licht war schon gelöscht und ich brauchte eine Weile, bis ich einen Schalter fand. Langsam schlenderte ich ans andere Ende, nahm meine Flasche und machte mich wieder auf den Rückweg.
In der Umkleide war ich nicht mehr allein. Es überraschte mich, Daniel an Maries Spind vorzufinden.

Offensichtlich hatte er mich nicht bemerkt und so beobachtete ich ihn eine Weile. Er durchsuchte Maries Tasche. Als er ein T-Shirt von ihr herausnahm, schloss er seine Augen und sog tief den Duft ein.
»Daniel? Was tust du hier?«
Ruckartig zuckte er zusammen und ließ das Shirt augenblicklich wieder in ihrer Tasche verschwinden. Es war ihm wahnsinnig peinlich und er wurde feuerrot im Gesicht.
»Oh, äh … Jade! Ich …! Ich … hab nur …!«
Der arme Kerl war so perplex, dass ihm keine passende Ausrede einfiel. Langsam trat ich näher, ohne ihn dabei aus den Augen zu lassen.
»Ich …, ich ... Marie hat ihr Handtuch vergessen. Ich habe es gefunden.« Er zog den Reißverschluss ihrer Tasche zu und schloss den Schrank.
Wir wussten beide, dass das eine Lüge war. Aber ich wollte ihn nicht weiter bloßstellen.
»Oh, das ist nett.«
»Ja, …!« Er war immer noch feuerrot im Gesicht. »Ich werd dann mal wieder gehen!«, sagte er noch und verschwand eiligst. Grinsend sah ich ihm nach. Ich hatte ihn doch tatsächlich erwischt, wie er an Maries Shirt roch. So etwas würde er nur tun, wenn …! Ich spielte den Gedanken nicht weiter, da mir durch Daniels Aktion etwas einfiel, womit ich selbst meine Sehnsucht lindern könnte.
Ich vergewisserte mich, dass er fort war, und schlich mich in den Umkleideraum der Trainer. Ich durchsuchte alle Schränke, bis ich den von Luca fand. Es war der letzte Spind. Es musste seiner sein! Darin befanden sich ein Handtuch und sein T-Shirt. Ich nahm es sofort an mich und roch daran. Seinen typisch männlichen,

markanten Duft sog ich tief ein, hielt ihn in mir und wollte ihn nicht wieder hergeben. Die Erinnerung an ihn war so bildlich klar und meine Sehnsucht so groß, dass ich nicht anders konnte und auch sein Handtuch an mich nahm.
Ich zog meine Turnschuhe aus und machte mich barfuß auf den Weg in mein Zimmer.
»Wo warst du so lange, wir müssen gleich los. Das Abendessen beginnt gleich.« Marie stand vor dem Spiegel in unserem Zimmer und kämmte ihr blondes Haar.
»Ich bin gleich soweit«, gab ich knapp zurück und zwang mich unter die Dusche. Während des Abendessens vermied es Daniel, mich anzusehen. Und als sich unsere Blicke doch einmal trafen, kehrte die verräterische Röte wieder auf seine Wangen zurück. Später hielten wir uns noch eine Weile im Gemeinschaftsraum auf. Doch diesmal war keiner der Trainer dabei, dafür aber Schwester Angela, die sich mit Lucia und Amber unterhielt. Ihr unermüdlicher Versuch, Lucia in unsere Gruppe zu integrieren, schien langsam Früchte zu tragen, auch wenn sie sich immer noch am liebsten in ihr Zimmer verkroch. Beim Abendessen hatte ich mitbekommen, dass die Padres eine kurzfristige Versammlung haben würden. Ob die Versammlung mit Lucas Verschwinden zu tun hatte?
»Umso besser, dann ist es für uns noch leichter, ins Freie zu kommen«, flüsterte Marie mir zu und zwinkerte dabei. Auch diesmal würden Lucia, Ava und Miku Lu nicht dabei sein. Lucia war schon den ganzen Tag sehr abwesend. Auch jetzt saß sie auf dem großen Sofa und ich war mir nicht sicher, ob sie Schwester Angelas Worten überhaupt folgte. Sie hatte deutlich

abgenommen, und sie sah wirklich schlecht aus, so dass Dr. Nussbaum entschieden hatte, sie vom Training in den nächsten Tagen zu befreien.
»Ihr Heimweh muss wirklich schrecklich sein. Sie tut mir so leid! Wenn wir doch nur etwas für sie tun könnten«, sagte Marie leise und sah zu ihr.
»Das Beste wäre, wenn man sie nach Hause lassen würde. Oder dass ihre Familie sie besuchen dürfte. Das kann doch auf die Dauer keine Lösung sein«, sagte Miku Lu und gab der weißen Billardkugel einen gekonnten Stoß, so dass diese wiederum vier weitere Kugeln versenkte.
Schwester Angela beendete das Gespräch mit Amber und Lucia und lief auf mich zu. »Jade, kannst du mir mit den Bettlaken im Waschraum helfen?« Sie lächelte freundlich, wobei Marie und ich ihre Anspielung genau verstanden.
Eigentlich hatte ich mit einer moralischen Standpauke schon früher gerechnet. Aber dass sie mir ausgerechnet jetzt den Kopf waschen wollte, passte mir nicht.
»Können wir das nicht morgen machen? Ich spiele gerade mit Miku Lu.« Einen Versuch war es wert, auch wenn ich wusste, dass sie sich darauf nicht einlassen würde.
»Ich bin mir sicher, Marie wird dich ein paar Minuten vertreten.«
Also, was blieb mir anderes übrig? Ich folgte ihr in die Wäschekammer. Tatsächlich warteten dort zwei Waschmaschinen voll mit Laken auf uns. Sofort nahm sie die nasse Wäsche heraus und ich half ihr, diese aufzuhängen.

»Jade, es sind ein paar Tage vergangen, seit du deine … ersten Erfahrungen machen konntest und ich hoffe, du hast darüber nachgedacht. Wie geht es dir damit?«
Was war denn das für eine blöde Frage? »Es geht mir gut, Schwester. Worauf wollen Sie hinaus?«
Sie nahm ein weiteres Laken und wir strafften es gemeinsam.
»Ich denke, du bist noch zu jung, um mit Männern … und vor allem mit Luca …«
Ich ließ das Laken sinken und unterbrach sie. »Ich hatte Sex, Schwester Angela. Und es war wunderschön, auch wenn Sie das vielleicht nicht verstehen können.«
Entrüstet sah sie mich an. »Das kannst du doch gar nicht wissen. Du bist noch nicht einmal achtzehn Jahre alt. Außerdem kenne ich keine Illustris, die keine Jungfrau mehr ist.«
Meine Güte! Was hatte sie für Vorstellungen?
»Das glauben Sie doch nicht ernsthaft? Ich kenne so viele Mädchen, die haben ihre ersten Erfahrungen schon viel früher gemacht als ich. Auch wenn Sie das nicht für gut heißen, denke ich dennoch, dass ich alt genug bin, selbst über mich zu entscheiden. So viele Jahre mussten meine Schwester und ich zurückstecken. Wir waren gezwungen, uns an all die Regeln zu halten, die uns unser Onkel aufgebrummt hatte. Erst jetzt begreife ich, was es heißt, für mich selbst verantwortlich zu sein! Und wissen Sie was? Es gefällt mir. Ich bin froh, Luca getroffen zu haben. Er war genau der Richtige für mich und ich würde es jederzeit wieder tun, weil ich ihn liebe.« Zornig blickte ich sie an, bot ihr meine Stirn. Okay, ich war ein bisschen lauter geworden, aber ich konnte einfach nicht verstehen, warum die katholische

Kirche nicht mit der Zeit ging und ihre moralischen Grundsätze überdachte.
»Statt mich anzuschreien, solltest du lieber beten, mein Kind. Ja, beten für deine Seele.« Sie schwieg und wir sahen uns an.
»Bitte, Schwester, ich möchte mich nicht mit ihnen streiten. Nur weil ich mich verliebt habe und ich keine Jungfrau mehr bin, verändert das nicht meinen Charakter, geschweige denn meine Seele.« Sie lächelte müde und hielt ihren Blick auf den Wäschekorb vor uns gerichtet. Für mich war das Gespräch beendet. Ich wollte zu Marie und jetzt verspürte ich sogar Lust, die Padres für ein paar Stunden zu verlassen.
»Es tut mir leid, wenn ich nicht so bin, wie sie sich eine perfekte Illustris vorstellen, aber ich werde sicher nicht die Liebe meines Lebens in Frage stellen.« Ich öffnete die Tür.
»Du bist genau wie deine Mutter«, flüsterte sie kaum hörbar.
Was hatte sie da gesagt? Hatte ich mich verhört? Sofort blieb ich stehen und sah sie fragend an.
»Haben Sie gerade meine Mutter erwähnt?«
Jetzt wurde sie unsicher und wusste nicht, wohin sie zuerst sehen sollte.
»Nein, nein. … Das hast du falsch verstanden.«
»Eben nicht. Ich habe es ganz klar verstanden. Was wissen Sie über meine Mutter?«, fragte ich und trat zu ihr. »Bitte, Schwester Angela, wenn Sie etwas wissen, dann müssen Sie es mir sagen.«
Sie wich mir aus und beeilte sich mit den weiteren Laken.
»Ich weiß nicht, Mädchen. Ich …!«

»Bitte, Onkel Finley hat uns nie viel erzählt über sie. Amy und ich sprachen oft von ihr und wir wünschten uns beide, mehr über sie zu erfahren. Sie können sich nicht vorstellen, wie es war, ohne sie. … Wir vermissten sie jeden Tag.«
Mitleid spiegelte sich jetzt in Schwester Angelas Augen. Sie überlegte und je länger ich auf sie einsprach, desto mehr hatte ich das Gefühl, sie weich zu bekommen.
»All die Jahre hat Onkel Finley über unsere Eltern geschwiegen. Und gerade Amy hätte es gut getan, mehr von unseren Eltern zu erfahren. Jetzt ist auch sie tot und ich ...« Ich schluckte tapfer meine Tränen hinunter. Ich wollte auf keinen Fall weinen – nicht vor Schwester Angela.
»Na gut, Jade. … Ich werde dir helfen.« Sie ging zu einer der Waschmaschinen hinüber, zog aus ihrem Kittel ein Stück Papier und einen Stift hervor und schrieb etwas auf.
»Hier!« Sie streckte mir das Papier entgegen, welches ich dankbar annahm. »Wenn du deine Ausbildung in ein paar Monaten beendet hast, suche diese Adresse auf, dort wirst du jemanden antreffen, der dir mehr über deine Eltern erzählen kann. Erzähle auf keinen Fall jemandem davon, dass ich dir diese Adresse gegeben habe, lerne sie auswendig und vernichte den Zettel, ich werde sie dir nicht ein weiteres Mal aufschreiben.«
»Danke, Schwester! Sie glauben nicht, wie viel mir das bedeutet.« Sie nickte und ein kleines Lächeln huschte über ihre Lippen. »Jetzt geh zurück zu den Mädchen. Vielleicht wirst du eines Tages deine Einstellung zu der gewissen Sache mit Luca überdenken.«

Ich lachte sie aus vollem Herzen an. Ich wusste, was sie meinte, doch insgeheim hatte ich die Vermutung, dass sie mich verstand.
»Nein, Schwester Angela, ganz sicher nicht. Ich bin weder katholisch, noch für ein Leben für die Kirche gemacht.« Jetzt grinste sie doch und entließ mich aus der Unterhaltung. Heute Abend würden Marie und ich nicht tanzen gehen, und auch keinen Spaziergang durch Madrid unternehmen. Wir mussten diese Adresse finden! Und ich hatte keine Ahnung, wer oder was mich dort erwarten würde.

Miku Lu sah auf ihre Armbanduhr. »Also, es ist so weit, ich denke, Jacques hat die Lebensmittelbestellung schon weggeräumt und liegt brav in seinem Bett. Viel Spaß und seid vorsichtig!«
Jetzt würde ich endlich erfahren, wie die Illustris sich hier raus schlichen. Aufgeregt lief ich Marie hinterher durch den Flur und folgte ihr Richtung Speisesaal.
»Wo sind Madi und Amber?«, wollte ich wissen, als wir durch den dunklen Saal liefen.
»Keine Ahnung, wahrscheinlich sind sie noch in ihrem Zimmer. Wir zwei wollten sowieso allein gehen und die anderen werden ihnen sagen, dass wir schon losgegangen sind.«
Im Dunkeln liefen wir schweigend in die Küche. Hinter einer Metalltür befand sich die große Vorratskammer.
»Mach mal das Licht an, Jade«, sagte sie und lief zu einem Schacht an der gegenüberliegenden Wand.
»Siehst du? Das ist das ganze Geheimnis, der Lastenaufzug!«
»Der Lastenaufzug? Der ist doch mit einem Code gesichert. Willst du mich auf den Arm nehmen?«

»Dank Madi besitzen wir den Code.«
»Dank Madi? Was hat die damit zu tun?«
Ein Grinsen breitete sich auf Maries Gesicht aus. »Per Zufall hat sie Jacques und Schwester Angela erwischt.«
»Erwischt? Wobei denn?«
»Jetzt sei doch nicht so ungeduldig. Lass mich erst mal erzählen«, grinste sie wissend. »Madi hatte eine Zeit, in der sie nachts nicht schlafen konnte. In einer dieser Nächte schlich sie sich in die Küche, um etwas zu trinken zu holen. Und du kannst dir nicht vorstellen, was sie dort entdeckte. Tatsächlich hat sie Jacques und Schwester Angela beim Sex in der Küche mitten auf der Arbeitsplatte erwischt.«
»Was?!!! Das glaub ich nicht! Da hat sie euch einen Bären aufgebunden.«
»Nein, das stimmt! Woher sollte sie sonst den Code haben. Das war ihre Abmachung: Code gegen Verschwiegenheit.«
»Sie ist doch eine Nonne!«
Marie lachte. »Sie ist eben auch nur eine Frau und Jacques eben auch nur ein Mann«, kicherte sie.
»Und dann veranstaltet Schwester Angela bei mir so ein Theater? Einfach unglaublich. Schließlich hat sie das Gelübde abgelegt und nicht ich!«
Marie lachte und zuckte mir ihren Schultern. »Komm schon, die Zeit drängt.« Sie zwängte sich auf die Plattform. »So, und jetzt drück mal die 7491 und den Bestätigungsknopf für mich, wir sehen uns gleich oben«. Schon setzte sich der Aufzug in Bewegung und fuhr Marie langsam und ratternd hinauf. Es dauerte ein wenig, bis sie mir ihn zurückschickte. Ich tat es Marie nach und fuhr ebenfalls nach oben.

Dunkelheit empfing mich und ein feuchter Geruch stieg in meine Nase und ich war froh, als Marie mich in Empfang nahm.
»Und? Alles klar?«, fragte sie und half mir, aus dem Schacht zu klettern. Es war eine klare Nacht, der Mond leuchtete hell und die warme Sommerluft war erfüllt mit dem Leben der Großstadt. Das letzte Mal, als ich das Gebäude von außen gesehen hatte, war, als Luca, Mr. Chang und ich von der Insel nach Madrid gereist waren. Wir befanden uns an einem Lieferanteneingang. Niemand war zu sehen, es war absolut ruhig. Nur von weitem hörten wir Autos, die vorbeifuhren.
Marie hakte sich bei mir ein und wir traten gemeinsam aus dem dunklen Schatten des Gebäudes hervor. Abrupt blieb ich stehen.
Unsere Auren! Sie leuchteten beide hell. Das hätte ich beinahe vergessen. Marie musterte mich. Verschwiegenes Weiß, verzweifeltes, trauriges Schwarz und besorgtes Gelb strömten aus mir, als wäre es niemals unsichtbar gewesen. Auch Maries Aura leuchtete. Ihre Hauptfarbe war ein fröhliches Rosa, gemischt mit einem Hauch Grau, was wohl für ihre Traurigkeit wegen Daniel stand. Ich sah an mir herab. Vermisst hatte ich es nicht, doch es nicht mehr zu sehen, war am Anfang ein seltsames Gefühl gewesen. Schnell hatte ich mich daran gewöhnt, keine Ausstrahlung mehr zu haben. In vollen Zügen hatte ich es genossen, meine Gefühle für mich behalten zu können.
»Mein Gott, Jade! … Mir war nicht klar, wie … es dir wirklich geht.« Sie erkannte es an dem intensiven Schwarz, das meine Aura dominierte.
»Schon gut! Lass uns einfach gehen.«

Nach einem längeren, mitleidigen Blick hakte sie sich wieder bei mir unter. Wir verließen das parkähnliche Grundstück. Je weiter wir uns entfernten, desto mehr wich meine Anspannung und ich fühlte mich mit jedem Schritt freier.
Die Geräusche von vorbeifahrenden Autos wurden lauter und wir näherten uns einer Hauptstraße. Das Leben hatte mich wieder - wenn auch nur für ein paar Stunden.
»Was ist das eigentlich?«, fragte ich, als ich mich kurz umdrehte und einen Blick auf den Weg und das Gebäude warf, an dem wir vorbeiliefen. »Ist das ein Theater oder ein Gerichtsgebäude?« Ich zeigte auf das Grundstück, das mit mehreren Strahlern beleuchtet wurde. Auf dem Vorplatz zierten unzählige Bäume, kleine Blumenbeete und Sitzbänke den Eingangsbereich. Eine große Statue befand sich in der Mitte der kleinen Allee, die zum Gebäude führte. An mehreren Fahnenmasten waren die spanische und die europäische Flagge gehisst.
»Du weißt das nicht?«, fragte sie erstaunt.
»Nein, woher soll ich das wissen?«
»Das ist das Museo del Prado, eines der größten und bedeutendsten Kunstmuseen der Welt.«
Ich blieb stehen. Ich hatte schon mal davon gehört.
Marie kicherte und fragend sah ich sie an. »Was ist so witzig?«
»Naja, Tausende Besucher strömen in das Museum, ohne zu wissen, dass die Padres de Luz ihren Sitz unterhalb des Museums haben.«
»Wow! Die geheime Organisation der Padres de Luz befindet sich unterhalb dieses Museums?«
»Ja, Wahnsinn, oder?«

Jetzt erklärte sich auch der saubere und gut organisierte Keller, durch den ich mit Luca, Mr. Chang und dem Professor gegangen war.
»Befindet sich direkt darunter nicht das Jero?«
»Nein, unser Trakt ist direkt unter dem Jerónimo-Kloster, daher auch der Name Jero«, erklärte Marie. »Soweit ich weiß, wurde 2007 ein unterirdischer Gang gebaut, der beide Gebäude verbindet.«
»Und niemand hat bisher etwas davon bemerkt? Wie ist das möglich?«
»Naja, Prof. Tramonti und Prof. Dr. Evans sind mächtiger, als sie vielleicht den Anschein haben. Sie leiten das Museum und sind Mitbegründer der Padres.«
Erstaunt sah ich sie an. »Woher weißt du das alles?« Sie zuckte mit ihren Achseln und grinste. »Damals, als ich die Wahrheit erfuhr, hat mein Vater mir das alles erzählt. Aber jetzt komm! Wo möchtest du hingehen?«
Es war mir schon klar, dass der Professor eine wichtige Rolle bei den Padres einnahm, aber dass sich das Ganze unterhalb des weltberühmten Museums befand, damit hatte ich nicht gerechnet. Aber wer tat das schon? Niemand würde auf so eine absurde Idee kommen. Von daher war das Versteck schon genial.
»Ich möchte nach San Blas, in die Calle de Musica Nr. 1«, sagte ich gedankenverloren.
»So? Und was gibt es dort?«, fragte Marie verwundert.
Kleine Schuldgefühle plagten mich. Sie kannte noch immer nicht alle Geheimnisse. Kurz überlegte ich, ob ich sie in Gefahr brachte.
»Schwester Angela hat mir verraten, dass dort jemand ist, der mir Informationen geben kann. Und ich muss mit dieser Person sprechen. Vielleicht kann der- oder diejenige mir Antworten geben auf die Fragen, die mich

schon mein ganzes Leben beschäftigen«, sagte ich voller Euphorie.
»Aber … woher kennt Schwester Angela diese Adresse?« Wir kamen gerade an der Hauptstraße an. Mit ausgestrecktem Arm stand ich am Straßenrand und versuchte, ein Taxi auf uns aufmerksam zu machen. »Das weiß ich nicht.«

Ein Taxi brachte uns in die Calle la Musica Nr. 1 in San Blas, einem kleinen Wohnviertel in Madrid. Ich bezahlte den Fahrer und stieg aus. Etwas ängstlich sah sich Marie um. An der langen Straße befanden sich viele kleine Geschäfte. Aus einer offenen Bar drangen laute Männerstimmen, die wirr durcheinander sprachen. Ein paar Kinder spielten in einer kleinen Gasse Fußball und eine alte Frau saß auf einem Stuhl und schaute den Kindern dabei zu. Als das Taxi davonfuhr, wurden die Männer in der Bar ruhiger und sahen neugierig zu uns herüber.
»Bist du sicher, dass wir hier richtig sind?«, fragte Marie unsicher.
»Jetzt mach doch kein so finsteres Gesicht. Schwester Angela gab mir diese Adresse.« Ich sah zur Sicherheit noch einmal auf den kleinen Zettel, auf dem sie die Adresse notiert hatte. Eindeutig der Fahrer hattc uns richtig abgesetzt. Ich sah mich um und suchte die Hausnummer. Doch nirgends gab es eine zu sehen. Ich zog Marie einfach mit zu der älteren Frau.
»Entschuldigen Sie, wir suchen Carmen Ramos. Kennen Sie sie vielleicht?« Zuerst musterte mich die Frau. Sie hatte keine Zähne im Mund und es war sehr schwer, sie zu verstehen. Doch als sie merkte, dass ich kein Wort verstand, zeigte sie auf die Eingangstür am ersten Haus

in der Gasse. Gleich neben einem Unterwäschegeschäft fand ich dann schließlich auch die Hausnummer. Ich lächelte und nickte der alten Frau zu. »Gracias!«
Die Klingel mit dem passenden Namen fand ich sofort, mit klopfendem Herzen drückte ich darauf und wartete. Nichts!
»Komm, lass uns wieder gehen. Hier ist niemand«, meinte Marie und wandte sich gerade um, da ertönte ein summender Ton und ich konnte die Tür aufdrücken. Langsam ging ich mit Marie die Treppen hinauf. Im ersten Stock stand die linke Holztür einen Spalt offen.
»Klingel lieber noch einmal, Jade.«
Lautes Vogelgezwitscher kam aus der kleinen Wohnung. Langsam öffnete ich die Tür. »Hallo? Wer ist da?«, rief eine weibliche Stimme. Mein Herz klopfte so wild in meiner Brust, dass ich im ersten Augenblick nicht wusste, was ich antworten sollte.
»Entschuldigen Sie, bitte. Mein … Name ist Jade Lewis. Schwester Angela schickt mich.«
Es blieb still, nur die Vögel pfiffen. »Schwester Angela?«, rief die Stimme.
»Ja, ich bin Jade Lewis. … Kann ich hereinkommen?«
»Bist du allein?«, wollte die Stimme wissen. Kurz sah ich zu Marie. »Nein, ich … eine Freundin ist noch bei mir.«
Wieder folgte eine Pause und Marie schüttelte ihren Kopf. Ich sah ihr an, dass sie am liebsten wieder gehen würde. Und dann hörten wir schwere Schritte und wir traten ein wenig zurück.
Eine alte, sehr kleine Frau erschien in der Tür. Sie musterte mich mit ihren runden, braunen Augen. Ihr langes Haar war weiß und sie trug einen Zopf im Nacken. Ihr Gesicht war von vielen Falten gezeichnet,

die von einem sorgenvollen Leben erzählten und während sie mich weiter musterte, spielte sie mit einem goldenen Anhänger, den sie um ihren Hals trug.
»Entschuldigen Sie bitte die späte Störung. ... Ich habe ihre Adresse von Schwester Angela. Sind Sie Carmen Ramos? Sie erzählte mir, sie könnten mir vielleicht etwas über meine Mutter erzählen.« Ihre kleinen Augen weiteten sich und sie begann zu zittern.
»Carol?« Ihr Unterkiefer bebte und ihre Augen füllten sich mit Tränen.
»Ja, so hieß meine Mutter«, sagte ich verunsichert und schluckte aufgeregt. Die alte Frau trat näher, sah zu mir hinauf und schüttelte fassungslos ihren Kopf. »Dass ich das noch erleben darf!«, flüsterte sie leise und zog mich in ihre Arme. Ich ließ es geschehen.
»Mein Gott, ich kann nicht glauben, dass du wirklich vor mir stehst.«
Wer war diese Frau? Ihre Umarmung war so innig, als würde sie mich schon lange kennen. Sie löste sich von mir und sah mir in die Augen. »Du siehst genauso aus wie deine Mama.«
Plötzlich waren Geräusche zu hören. Jemand kam durch die untere Eingangstür und stieg die Treppen hinauf.
»Kommt schnell!« Sie ging voraus ins Wohnzimmer. Einen Schritt trat ich hinein und sofort erregten unzählige kleine Vogelkäfige meine Aufmerksamkeit, aus denen permanentes Gezwitscher kam. Auch Marie staunte, als sie die vielen kleinen Vögel entdeckte. Sie bat uns, an ihrem Tisch Platz zu nehmen, ließ mich aber nicht aus den Augen.
Ich sah mich weiter um. Über ihrem Sofa hingen viele Familienfotos. Bilder von lachenden Kindern hingen eingerahmt an der großen Wand - bestimmt ihre

Familienangehörigen. Eine winzige Kochnische grenzte an den Raum, in der höchstens zwei Personen Platz hatten.
»Ich kann nicht fassen, dass du wirklich hier bist«, sagte sie mit zittriger Stimme. Auch ihre Hände zitterten noch immer leicht.
»Sie kennen mich?«
Die alte Frau lächelte. »Ich kannte deine Mutter und deinen Vater und auch deinen Onkel. Ich habe euch schon gewickelt, dich und deine Schwester«, sagte sie und küsste wieder ihren goldenen Anhänger.
Ich war nicht fähig, zu sprechen, hing an ihren Lippen und konnte nicht erwarten, bis sie endlich weiter erzählte.
»Ja, damals, … vor vielen Jahren.« Ihr Blick schweifte ab und Tränen stiegen in ihre Augen. Sie sah zu Marie.
»Und wer bist du? Wo ist Amy?«, fragte sie und es klang fast wie ein Vorwurf.
Im ersten Augenblick wusste ich nicht, was ich ihr sagen sollte. Sollte ich sie belügen oder konnte ich ihr die Wahrheit sagen? Ihr sehnsüchtiger Blick traf mich und ich brachte es nicht übers Herz, ihr zu sagen, dass Amy … Verdammt! Ich konnte es noch nicht einmal denken.
»Das ist meine Freundin Marie und Amy geht es gut. Sie ist sicher bei den Padres.« Sofort verlor ihr Blick die Sorge.
»Woher kannten Sie meine Eltern?«
»Ich wusste, du oder Amy, ihr würdet eines Tages kommen und mehr wissen wollen. Das habe ich eurem Onkel immer gesagt, aber er hat mir nie geglaubt.« Sie sah mich wieder an. »Ich werde dir alles erzählen, was ich weiß. Es ist eine lange und für dich sehr emotionale

Geschichte, einiges wird dich erschrecken, deshalb hör mir aufmerksam zu.«
Ich nickte einverstanden, konnte es nicht erwarten, bis sie endlich anfing.
»PharmaZent heuerte damals ein junges, talentiertes Forscherteam an, das für ein geheimes Projekt arbeiten sollte. Das Team bestand aus deinem Vater, Mr. Tramonti und Roy Morgion. Ich war die Sekretärin dieses Teams.«
»Was? Mein Vater kannte Roy Morgion?«
»Ja! Morgion, Tramonti und dein Vater waren Studienkollegen. Sie kannten sich schon ein paar Jahre. In ihrer Studienzeit lernte Morgion Carol kennen. Sie wurden ein Paar …!«
»Was?« Erschrocken über diese Information stand ich so abrupt auf, dass der Stuhl umkippte. Meine Mutter hatte damals ein Verhältnis mit dem Mann, den ich so sehr hasste?
»Beruhige dich, Jade. Lass mich weiter erzählen«, sagte die alte Frau. Ich brauchte allerdings noch ein paar Augenblicke, bis ich diese schreckliche Nachricht verdaut hatte.
»Ich nehme an, du weißt … was ihr seid?«, fragte sie mich, als ich den Stuhl aufhob und mich wieder setzen wollte.
Ich nickte.
»Ich hatte damals ein enges Verhältnis zu deiner Mutter. Sie war wie eine Tochter für mich«, lächelte sie und streichelte mir über den Handrücken. »Du besitzt genau die gleichen Augen wie sie. Genauso grün, wie irisches Moos.«
»Was wissen Sie noch über meine Eltern?«
Ihr Blick schweifte wieder in die Ferne.

»Wie ich schon sagte, wir arbeiteten alle für den Konzern PharmaZent - Roy, Vico, Aaron und ich. Roy war sehr verliebt in deine Mutter. Doch für ihn zählte seine Arbeit mehr als sie und so verbrachte Carol viel Zeit allein. Dein Vater kümmerte sich um sie. Sie wurden enge Freunde, bis sie sich schließlich verliebten. Roy war so besessen von seiner Arbeit und merkte nicht, was hinter seinem Rücken geschah. Niemand wusste davon, nur ich. Es war ihr Geheimnis. Ich half ihnen bei den heimlichen Treffen. Als sie sich schließlich von Roy trennen wollte, verbot er ihr sogar das Studium. Er verbot ihr, Freundschaften zu haben – einfach alles. Einmal, als sie sich ihm widersetzte, schlug er sie. Da mischte sich dein Vater ein und half ihr. Dadurch kam es zum großen Bruch.
In den folgenden Wochen fand Roy heraus, dass Carol eine Illustris war. Er erkannte in der Gabe Potenzial, das er für seine Forschung nutzen wollte. Er versuchte, Vico zu überreden, mehr Geld zu organisieren, damit sie herausfinden konnten, wie die Gabe funktionierte. Da viel Geld floss, erhöhte der Konzern den Druck, jedoch blieben die Untersuchungen ergebnislos. Morgion wies mich an, den Konzern weiter hinzuhalten. Zum Glück stellten sich dein Vater und Vico Tramonti gegen ihn und wollten aus dem Vertrag aussteigen, weil sie nicht mehr länger dulden konnten, dass Morgion deine Mutter für seine Experimente missbrauchte. Morgion tobte, war unglaublich wütend und eines Tages wollte er deine Mutter sogar entführen, um weitere Versuche an ihr zu machen. Von da an waren Aaron, Carol und ich auf der Flucht vor ihm. Als wir glaubten, endlich Ruhe zu haben, folgten mehrere Mordanschläge und das zu einer Zeit, wo Carol schon mit euch schwanger war. Natürlich

vermuteten wir Morgion dahinter, doch leider verliefen unsere Nachforschungen im Sand. Schließlich versteckte uns dein Onkel Finley in Portland. Dort wurdet ihr auch geboren«, sagte sie lächelnd. »Die ersten Monate verstrichen, deine Eltern heirateten und als sie sich sicher glaubten, bewegten sie sich auch freier, was ein fataler Fehler war.«

»Onkel Finley hat uns immer erzählt, dass sie bei einem Autounfall ums Leben kamen.«

»Das stimmt nicht. Die Wahrheit ist, Jade, deine Eltern wurden kaltblütig ermordet. Dein Onkel Finley und ich, wir fanden sie. Deine Mutter war bereits tot, aber dein Vater lebte noch. Bevor der Krankenwagen kam, bat er deinen Onkel, euch mit seinem Leben zu beschützen. Dann verstarb auch er.« Tränen liefen der fremden Frau über die Wangen. »Sie haben euch so sehr geliebt - dich und deine Schwester.«

Ich konnte nichts sagen, sah stur auf die Tischdecke vor mir. Zu wissen, dass sie ermordet wurden und nicht bei einem Autounfall ums Leben gekommen waren, empfand ich als weitaus schlimmer. Onkel Finley hatte uns unser ganzes Leben belogen. Vielleicht zu unserem Schutz, aber ich wusste im Augenblick nicht, was ich davon halten sollte. Ich wusste nur, dass ich mir so hilflos vorkam.

Marie legte ihre Hand auf meine. »Es tut mir sehr leid für dich«, sagte sie leise, während sich die alte Frau mit einem Taschentuch immer wieder über ihre Augen rieb. Sie trank ein paar Schlucke von ihrem Orangensaft. »Möchtet ihr einen Kaffee?« Ohne auf eine Antwort zu warten, stand sie auf und ging hinüber zur kleinen Kochnische. Ich war ihr dankbar, denn ich brauchte eine kleine Pause.

Meine Mutter und Roy Morgion? Das konnte ich mir gar nicht vorstellen! Auch wenn ich sie nicht gekannt hatte, erschien mir allein die Vorstellung total abwegig. Ich hörte, wie mein Blut durch die Adern rauschte und wie mein Herz schlug. Dann war da dieses leise Gefühl von Rache, das ich schon einmal gespürt hatte. Ganz am Anfang auf Grace Island. Ich ballte meine Fäuste, bis die Knöchel weiß hervor traten. Mein Mund fühlte sich trocken an und eine Spannung baute sich in meinem Körper auf. Gerade, als ich glaubte, es nicht mehr auf dem Stuhl auszuhalten, legten sich Hände auf meine Schultern.
»Jade, mach keinen Blödsinn!«, flüsterte die alte Frau. Für einen Moment schloss ich meine Augen und kämpfte gegen den Rachedurst an.
»Jade! Bitte!« In Maries Stimme war die Verunsicherung und Angst deutlich zu hören.
»Sei ganz beruhigt, sie fängt sich gleich wieder. … Schsch...«
Und die alte Dame hatte Recht. Die beruhigende Geste dieser Frau besänftigte mich, half mir, mehr Platz für meine Trauer zu machen, bis ich schließlich hemmungslos anfing zu schluchzen.

Nach einer Stunde ging es mir viel besser. Carmen und Marie waren wunderbar. Sie ließen mich meine Trauer, Wut und Enttäuschung ausleben. Ich weinte um meine Eltern, um Amy und Onkel Finley, um Tom, Alegra, um unsere Gorillas, um unser Schicksal und um Luca. Ich weinte um diese Ungerechtigkeit, die Menschen anderen Menschen antaten. Mein Gott, ich weinte um das Leben!
»Hat die Polizei denn niemals eine heiße Spur gehabt, wer für den Tod meiner Eltern verantwortlich war?«,

fragte ich Carmen, die einen Teelöffel Margarine in ihren Kaffee tat. Marie verzog angewidert ihr Gesicht.
»Würg ... warum machen Sie das? Das ist ja eklig.«
Carmen lachte. »Ich mag es«, sagte sie achselzuckend. »Alte Menschen haben manchmal merkwürdige Angewohnheiten.« Sie wandte sich wieder mir zu. »Natürlich hatte die Polizei eine heiße Spur, aber alle Hinweise verliefen im Sand. Selbst Roy Morgion, den wir alle in Verdacht hatten, konnte man nichts nachweisen. Ich bin überzeugt, dass man die Mörder bei den Pharmaunternehmen suchen muss, denn schließlich ist viel Geld geflossen. Sie waren es, die die Jagd auf deine Mutter eröffneten, da sie unbedingt das Phänomen ihrer Gabe vermarkten wollten. Nicht nur die Taluris sind hinter euch her. Da gibt es noch einige, die ein großes Interesse an euch haben. Jahre später, nachdem Morgion das Obsensium erfunden hatte, wollte er auf jeden Fall verhindern, dass jemand aus dem Illustris-Gen ein Heilmittel oder eben das Obsensium gewinnt. Um ganz sicher zu gehen, dass Morgion seine Macht darüber behielt, tat er ab diesem Zeitpunkt alles dafür, um euch alle zu töten. Deshalb ist es auch für euch Illustris so gefährlich.«
»Ja, das kann ich jetzt nachvollziehen.« Wir schwiegen nachdenklich und Carmen rührte in ihrem Kaffee mit Margarine.
»Deine Eltern waren sehr glücklich miteinander, Jade. Dein Vater war ein Wissenschaftler. Er war sehr wissbegierig und von Natur aus sehr neugierig. Er verlor sich oft in seiner Arbeit, nur deine Mutter schaffte es, ihn davon loszureißen. Sie liebten sich sehr. Ihre Liebe war perfekt als ihr geboren wurdet.« Carmen nahm einen Schluck von ihrem Kaffee, während Marie angewidert

ihren Mund verzog. »Deshalb hat sie mir vor vielen Jahren einen Brief gegeben, mit der Bitte, ihn euch auszuhändigen, falls dieser Tag kommen sollte.« Sie stand auf und verließ für kurze Zeit das Wohnzimmer.

Einen Brief? Von … meiner … Mutter?

Als Carmen zurückkam, streckte sie mir einen vergilbten, jedoch mit einer schön geschwungenen Handschrift beschriebenen Briefumschlag entgegen.

Mit zittrigen Händen nahm ich ihn ganz vorsichtig. Es war der erste Kontakt zu meiner Mutter, den ich bewusst wahrnahm. Liebevoll strich ich über die Handschrift und schloss für einen Moment meine Augen. Mir wurde ganz schwer ums Herz. Mum!

Sekundenlang sagte niemand ein Wort. Sie gaben mir diesen Moment, den ich brauchte. Meine Gedanken wanderten zu Amy. Wie glücklich sie gewesen wäre, diesen Brief von unserer Mutter in ihren Händen zu halten. Es hätte ihr genauso viel bedeutet.

»Wir sollten langsam gehen«, sagte Marie in die Stille.

Ich nickte. Carmen legte liebevoll ihre Hand auf meine. »Jade, mein liebes Kind. Bitte pass auf dich auf. Traue niemandem!«

Ich nickte noch einmal und plötzlich tat mir der Abschied von Carmen sehr weh. Sie war neben Prof. Tramonti die einzige lebende Erinnerung an meine Mutter.

Unter Tränen und mit herzlichen Umarmungen verabschiedeten wir uns. Mit dem Versprechen, sie wieder einmal zu besuchen, verließen Marie und ich San Blas und machten uns auf den Rückweg.

Kapitel 19

Das Taxi ließ uns in der Nähe des Museums raus. Ich wollte unbedingt noch ein paar Meter zu Fuß gehen. Die Luft hatte sich ein wenig abgekühlt. Tief atmete ich ein. So viel hatte ich heute über meine Wurzeln und auch über die Vergangenheit meiner Familie erfahren.
Marie ließ mich den ganzen Rückweg nicht mehr los. Sie fühlte mit mir, hatte mit mir geweint und den Schmerz ähnlich empfunden wie ich. Marie löcherte mich nicht mit Fragen, für die ich jetzt keine Antworten hatte. Sie ließ mich einfach diesen Brocken verdauen. Dafür würde ich ihr immer dankbar sein.
»Lass uns noch etwas trinken gehen«, bat ich sie. Schlafen konnte ich sowieso nicht. Ich wollte Leben um mich herum haben und was lag da näher? Eine Bar.
»Jade, es ist schon spät. Wir sollten wirklich zurück.«
»Ich weiß, aber … ich brauche das jetzt. Kommst du mit?«
»Meinst du etwa, ich lasse dich hier allein? … Na gut, wenn du unbedingt willst. Hier in der Nähe ist die Kneipe, in die Madi und Amber auch immer gehen. Da gibt es Musik und auch alkoholfreie Drinks.«
»Ich bin mit allem zufrieden, nur lass uns einfach noch nicht zurück gehen.«
Die versprochene Bar war größer, als ich erwartet hatte. Sie war voll, laut und stickig. Aber es störte mich nicht. Ich war nur froh, endlich das normale Leben um mich zu spüren.
Die aktuelle Single von Katy Perry dröhnte aus den Lautsprechern und einige Frauen hatten Tische zur Seite geschoben und tanzten. In dem Gedränge gab mir Marie

ein Zeichen. Mein Blick folgte ihrem, der auf der Tanzfläche ruhte. Madi tanzte dort mit einem Typen. Sie war sehr aufreizend angezogen, was ich schon fast als geschmacklos empfand. Der Minirock war kein Mini, sondern eher Supermini und ihr Top war auch selbst mit dem schummrigen Licht fast durchsichtig.
»Sag mal, spinnt die?«, rief ich Marie zu, die wohl das gleiche dachte wie ich. »Komm, lass uns lieber etwas bestellen«, sagte Marie und zog mich zur Theke. Wir bestellten ein alkoholfreies Getränk und sahen uns um. Ich fühlte mich gleich viel wohler unter Menschen. So lange war ich nicht mehr in Freiheit gewesen.
»Jetzt fehlt nur noch, dass sie gleich Sex haben auf der Tanzfläche«, brüllte Marie gegen die Musik an. Ich verdrehte die Augen, musste dennoch hinsehen.
»Neidisch?«, fragte eine männliche Stimme neben mir. Ich sah ihn an. »Das auf der Tanzfläche ist mein Kumpel, Alejandro. Ich bin Juan ... und Sex auf der Tanzfläche, das würde ich mir nicht entgehen lassen«, sagte er und streckte mir seine Hand entgegen. Er sah gar nicht so schlecht aus, allerdings stank er enorm nach Alkohol. Er trug lässige Jeans und ein kariertes Hemd. Schon lange war sein Kurzhaarschnitt herausgewachsen und sein Dreitagebart ließ ihn verwegen aussehen. Ganz anders als sein Kumpel auf der Tanzfläche. Dieser schien sich stundenlang mit seinem Körper zu beschäftigen. Er war durchtrainiert, braun gebrannt und blondierte sein braunes Haar.
»Sex auf der Bühne? Bist du Pornodarsteller, oder was?«, platzte es aus mir heraus.
»Komm, Jade, lass uns wieder gehen. Hier gefällt es mir nicht.«

»Warum? Ist doch ganz harmlos und Taluris sind auch keine in der Nähe. Ich spüre sie nicht«, sagte ich und zeigte ihr meine Arme. »Schau, keine Ornamente oder Hitze.«
Madi entdeckte uns gerade, als Marie mit mir weiter diskutieren wollte. Sie kam mit diesem Alejandro und Amber im Schlepptau zu uns. Besser gesagt, sie stelzte auf unglaublichen High Heels zu uns. Entweder war sie betrunken, oder sie konnte absolut nicht in diesen Dingern laufen. Alegra hätte ihr ein paar Übungsstunden geben können.
»Ah..., unsere Hobbyhexe! Was hat euch denn hier her verschlagen?«, fragte sie und drängte sich an die Brust ihres Tänzers.
»Nichts Besonderes. Wir wollten einfach mal nach euch sehen«, antwortete Marie. Mir lief jedoch so langsam die Galle über. Was dachte sie sich eigentlich? Zuerst Noah, dann Luca, dann wieder Noah und jetzt irgendeiner? Was war sie nur für ein Mädchen?
»Und? Kontrollgang beendet?«
»Ich finde, du hast genug und solltest mit uns zurückkommen.«
»Das hast du mir nicht zu sagen, Hexe.«
Ich beherrschte mich, den kleinen Glutklumpen in mir nicht größer werden zu lassen, doch sie machte es mir nicht gerade einfach.
»Hör auf, Madi. Ich warne dich!«
Sie verzog ihre Augen und lachte höhnisch. »Willst du mir etwa drohen? Na, dann komm schon, ich warte schon lange darauf, dass ich dir zeigen kann, wer die Stärkere von uns beiden ist.«
Na toll. Jetzt legte sie es auch noch darauf an.

»Hey, cool! Die Mädchen prügeln sich gleich!«, rief Juan so laut, dass einige Leute um uns herum es hören konnten. Die Musik wurde leiser gedreht, was Madi zum Lachen brachte, da sie es genoss, im Mittelpunkt zu stehen. Super, das war genau das, was ich eigentlich nicht wollte. Der kleine Klumpen wurde mächtiger in mir und das Brodeln begann.
»Meinst du etwa, ich habe Angst vor dir? Du glaubst, weil du mit einem Taluri befreundet bist, hast du Sonderrechte?« Madi schmiss ihr langes blondes Haar nach hinten und baute sich förmlich vor mir auf. Diese kleine Schlange verstand es, mich zu provozieren.
»Ich bilde mir gar nichts ein, aber du hast wohl vergessen, aus welchem Grund wir hier sind. Ich habe mich weder an deinen Noah noch an sonst jemanden herangemacht. Die Einzige, die hier verrücktspielt, bist du.«
Unerwartet schlug sie mich fest an meine Schulter, so dass ich ins Straucheln geriet. »Madi, hör auf«, rief Amber hinter ihr.
»Halt den Mund! Ich weiß, was ich tue. Unsere kleine Hexe hat schon lange eine Abreibung verdient.«
Jetzt wurden noch mehr Leute auf unseren Streit aufmerksam und ein kleiner Kreis bildete sich um uns.
»Fass mich noch einmal an, dann kann ich für nichts garantieren«, zischte ich und meinte es auch so. Die Hitze in mir war durch ihren Stoß stetig gewachsen. Die Kontrolle darüber, sie klein zu halten, hatte ich schon vor einer Weile verloren.
»Soll ich dir sagen, was ich nicht verstehen kann? Zuerst bezirzt du mit deinem Hinterngewackel Noah und dann machst du dich völlig albern an Luca ran. Als du bei ihm auch abgeblitzt bist, warst du so in deiner Eitelkeit

getroffen, dass du ihn verraten hast. Dem Ganzen setzt du noch die Krone auf und spielst Noah die große Liebe vor. Und jetzt bist du total frustriert, weil auch er dich nicht will. Deshalb schmeißt du dich dem Nächstbesten an den Hals. Weißt du, da wo ich herkomme, nennen wir solche Mädels wie dich eine Schlampe.«
Das reichte, um Madi völlig die Kontrolle über sich verlieren zu lassen. Wie eine Furie ging sie auf mich los. Aber nicht so, wie wir es gelernt hatten, sondern wirklich wie eine Furie. Mit ihren knallroten Fingernägeln voraus und einer wirklich hässlichen Fratze versuchte sie, mich zu verletzen. Es gelang ihr aber nicht. Amber und ein Unbekannter hielten sie von hinten fest und Marie zog mich zurück. Einige Männer feuerten uns an, andere applaudierten und pfiffen laut, Madis Geschrei ging darin unter. Meine innere Glut glich einem Lavastrom und ich konnte nicht mehr ruhig atmen. Die Gefahr in mir zwang mich, mit Marie die Bar sofort zu verlassen. Erst draußen ließ Marie von mir ab.
»Lass gut sein, Jade. Sie war betrunken«, fauchte sie mich unter Anstrengung an. »Los komm, lass uns gehen.«
Wütend stapfte ich voraus, versuchte mich zu besinnen, doch diesmal gelang es mir nicht so leicht. »Was bildet sich diese blöde Ziege eigentlich ein?«
»Na, was wohl? Das ist ihre Art, mit Enttäuschungen umzugehen«, rief Marie mir zu. Sie war ein paar Schritte hinter mir, da ihr mein Tempo zu schnell war. Und für den Augenblick war das auch gut so.
»Egal, sie ist fast erwachsen, trägt das gleiche Schicksal und tut so, als wäre der Aufenthalt bei den Padres eine große Party. Das geht einfach nicht. Irgendjemand sollte ihr mal sagen, wie man sich zu benehmen hat. Sie ist

nicht nur blond, sondern auch total dumm, wenn sie glaubt, so gegen einen Taluri kämpfen zu können. Die denkt wohl, sie kann mit ihrem Hintern wackeln und sich ihm anbieten, dann würde er sie verschonen.« Ich schimpfte und fluchte den ganzen Rückweg, bis wir schließlich das Parkgelände des Museums wieder erreicht hatten. Marie lief immer noch hinter mir. Ich schaffte es zwar endlich meinen Mund zu halten, doch ich war noch genauso wütend wie vorher. Angst schlich in mir hoch. So lange war dieses dunkle Gefühl noch nie in mir gewesen. Normalerweise vergingen nur wenige Minuten, bis ich mich wieder völlig beruhigt hatte. Doch diesmal schien alles länger zu dauern.
Ich achtete darauf, dass Marie nicht in meine Nähe kam, denn ich wusste ja nicht, was passieren konnte. Ich schlug ihr vor, uns noch ein wenig im Park aufzuhalten. Zumindest bis sich bei mir wieder alles normalisiert hatte. Vielleicht würde mich der Park mit seinen Blumen und Bäumen besänftigen.
»Weißt du, Jade ... ich kann dich ja verstehen. Du hast wirklich viel erlebt. Ich rede nicht nur von heute Abend, sondern seit du hinter das Geheimnis gekommen bist. Ich kann dich verstehen, aber du musst dich zusammenreißen.«
Marie redete weiter, während ich sie ausblendete. Der Rachedurst war wieder da. Mit aller Kraft versuchte ich, ihn zu ignorieren und blieb kurz unter einem Rosenbogen stehen. Ich versuchte, die Schönheit und den Duft der Rosen in mir aufzunehmen. Vielleicht könnte ich mich so etwas beruhigen. Marie stapfte immer noch hinter mir. Als ich eine Rose mit meinen zittrigen Fingern berührte, hatte sie mich schon eingeholt. Ich lief schnell weiter und versuchte, wieder

einen größeren Abstand zwischen uns zu bringen. Sie schrie auf.
Maries Schrei ließ mich innehalten. Ich drehte mich zu ihr herum und traute meinen Augen nicht. Sie stand direkt unter dem Bogen, dessen Blätter gelbgolden glühten. Die Blüten fielen wie rosa Schneeflocken auf sie herab und die grünen Blätter leuchteten, bis sie rauchend zu Boden fielen.
Erschrocken schritt Marie ein paar Schritte rückwärts, sah abwechselnd fassungslos zu mir und dann zu dem Rundbogen, von dem nur noch das nackte Metallgestänge stand. Unterhalb dessen lag das angesengte Laub, welches noch leicht qualmte. Panik befiel mich, als ich Marie völlig verängstigt dort stehen sah. Tränenüberströmt ging ich einen Schritt auf sie zu.
»Marie, ich …«
»Bleib wo du bist, Jade!«
Wenn ich versuchte, einen Schritt auf sie zuzugehen, ging sie zwei Schritte zurück.
»Ich tue das nicht mit Absicht. … Ich weiß selbst nicht, was das ist. Bitte … es ist auch vorbei. Jetzt passiert nichts mehr. Ich verspreche es.«
Lange sah sie mich an.
»Schau, ich zeige es dir.« Ich ging zu einem Busch und berührte ihn. Nichts geschah und obwohl ich mir sicher war, beruhigte es mich, dass tatsächlich nichts passierte.
»Es geschieht, wenn ich sehr wütend bin. Dann kann ich es nicht mehr aufhalten.«
»Wie bei Mr. Finta?«, fragte sie vorsichtig.
Ich nickte. »Ja, wie bei Mr. Finta, dem Schmetterling und jetzt hier.«

Nochmals versuchte ich einen Schritt in ihre Richtung zu gehen, doch noch immer traute sie mir nicht über den Weg.
»Jade, um Gottes willen, was ist das? Wieso geschieht das mit dir?« Auch sie weinte.
»Das erste Mal ist es auf Grace Island passiert. Mehr weiß ich auch nicht. Es … macht mir genauso Angst wie dir. Ich kann es nicht kontrollieren und es wird immer stärker.« Ich krümmte mich, schlang meine Arme um meine Mitte und ließ mich ins Gras fallen.
»Es tut mir so leid, ich wollte dich nicht erschrecken und schon gar nicht verletzen. Bitte, das musst du mir glauben«, weinte ich laut. Meine Tränen nahmen mir die Sicht und ich fühlte mich so schlecht. Verzweiflung und Angst mischten sich und meine Aura war schwarz. Sie hüllte mich völlig ein, bis ich schließlich warme Hände auf meinen Schultern spürte.
»Ist schon gut. Ich glaube dir.«
»Oh, Marie!«, schluchzte ich und wir umarmten uns fest.

Als meine Tränen versiegt waren und ich Marie ausführlich von meiner dunklen Seite erzählt hatte, fühlte ich mich total befreit. Das Gefühl, dass sie nun Bescheid wusste, ließ mich erleichtert aufatmen. Schweigend blickten wir zu dem Laub, das verkohlt auf der Erde lag.
»Der Hausmeister wird sich bestimmt wundern, was für ein Blumenhasser heute Nacht unterwegs war.« Sie lachte über ihren eigenen Witz und auch ich konnte mir das Lachen nicht verkneifen.
»Wie viel Uhr ist es denn?«
»Keine Ahnung, aber bestimmt schon nach drei. Die Sonne geht bald auf.«

»Lass uns gehen.«
Gemeinsam verließen wir den Park und Marie hakte sich bei mir unter, wie sie es vorher auch immer getan hatte. Es fühlte sich gut an, eine Freundin zu haben. Für einen kurzen Augenblick war ich zufrieden.

Als wir in der Nähe des Klosters ankamen, hörten wir ein deutliches Rascheln aus einem der Büsche und erschrocken fuhren Marie und ich herum.
»Was war das?«, flüsterte sie.
Im Dunklen versuchte ich, etwas zu erkennen und spähte angestrengt in das dichte Geäst.
»Keine Ahnung, vielleicht ein Marder oder eine Maus?«
Ein leises Miauen wurde hörbar, da erkannte ich in dem Gebüsch eine winzige Bewegung.
»Da! Sieh nur!«
Ich kniete mich nieder und befreite ein kleines Kätzchen, das sich ungeschickt zwischen den Ästen verfangen hatte.
»Es ist verletzt, Marie«, rief ich ihr zu. Sofort war sie an meiner Seite. Vorsichtig befreite ich es von Schmutz und Blättern, bis ich eine kleine Wunde an ihrem Hinterlauf entdeckte. Die Wunde blutete und vermutlich war sie entzündet. Sie miaute unaufhörlich. Vielleicht hatte sie Schmerzen.
»Sie wird Hunger haben. Wie lange war sie wohl schon dort gefangen?»
»Keine Ahnung, sie sieht ganz abgemagert aus. Wir sollten schnellstens dafür sorgen, dass sie etwas zu fressen bekommt und die Wunde gesäubert wird. Sie ist ja schon ganz schwach.«

»Ja, lass sie uns mitnehmen«, sagte Marie und zog mich mit dem kleinen Kätzchen die letzten Meter zu unserem Lastenaufzug.
Unten angekommen, sorgten Marie und ich erst einmal für Nahrung, Verbandszeug und sauberes Wasser. Jetzt im Neonlicht konnten wir sehen, wie ausgemergelt der Körper tatsächlich war. Die Rippen traten deutlich unter dem Fell hervor und die verletzte Stelle war angeschwollen.
»Sie wäre verhungert, wenn wir sie nicht gefunden hätten. Aber… was machen wir jetzt? Sie kann unmöglich hier bleiben«, sagte Marie nachdenklich.
»Und wieso nicht? … Wir könnten sie Lucia geben. Vielleicht schafft sie es, dass das Tier wieder auf die Beine kommt und außerdem könnte ich mir vorstellen, dass Lucia gerne ein Tier hätte.« Marie sah mich mit großen Augen an. »Das ist die Idee überhaupt! Mensch, Jade. Sie hat mir schon einmal erzählt, wie sehr sie sich immer ein Haustier gewünscht hat und ihr Vater es nie erlaubte.«
Ich grinste. »Und wie wird sich die Katze ernähren? Hier unten findet sie bestimmt keine Mäuse«, überlegte ich und strich dem Tier sanft über das Tigerfell.
»Das braucht sie auch nicht. Wir werden schon eine Lösung finden. Wir nehmen sie jetzt erst mal mit in unser Zimmer und legen uns schlafen. Morgen können wir uns den Kopf darüber zerbrechen.«
Genau das taten wir. Ich säuberte die Wunde, betupfte sie mit Jod und legte einen dicken Verband an. Aus mehreren Handtüchern bauten wir ihr ein kleines Lager und betteten sie darauf.

»Marie! Marie, wach auf. Wir müssen Milch für die Katze besorgen.« Sie schlief tief und fest. Ich rüttelte sie stärker. »Wach auf!«
»Was?« Völlig schlaftrunken schaffte sie es, endlich ihre Augen zu öffnen.
Sie richtete sich auf. »Wie geht es der Katze?«
»Ich weiß nicht, sie miaut die ganze Zeit, ich denke, sie wird wieder hungrig sein.«
»Ist gut, ich werde etwas besorgen«, sagte sie, stand auf und ging ins Badezimmer. Eine halbe Stunde später war der Hunger der Katze gestillt, dennoch blieb sie auf ihrem Handtuchlager liegen.
»Es gibt gleich Frühstück. Wir sollten sie zu Lucia bringen. Vielleicht weiß sie, was wir noch tun können«, sagte ich und streichelte das kleine Köpfchen. Gemeinsam schafften wir die Katze zu Lucia. Als sie uns die Tür öffnete, blieb ihr Blick erstaunt auf das Tier gerichtet.
»Ohhh, wie süß! Wo habt ihr die her?«, fragte sie ganz verzückt und ließ uns eintreten.
»Wir haben sie gestern bei unserem Ausgang gefunden. Sie war halb verhungert und hat sich verletzt. Wir haben Jod auf die Wunde getan und sie verbunden. Allerdings ist sie schwach und wir dachten uns, du hättest einen Tipp, was wir noch für sie tun könnten.«
Lucia war ganz aus dem Häuschen. Sie kniete sich nieder, um das Kätzchen zu streicheln, da hob es das erste Mal den Kopf.
»Sie scheint dich zu mögen.«
Lucias Augen strahlten und ich wusste, sie war vernarrt in das Kätzchen.
»Wie heißt sie?«

»Wir wissen ja noch nicht einmal, ob es ein Männchen oder ein Weibchen ist«, sagte ich und zwinkerte Marie zu, die genau wie ich begeistert war, wie unser Plan funktionierte.
»Also, ich würde sagen, das ist eindeutig ein Weibchen«, belehrte uns Lucia, nachdem sie ihre Musterung abgeschlossen hatte.
»Gut, dann würde ich sagen, du suchst ihr einen Namen aus.«
»Was? Ich?«
»Wieso nicht? … Es ist so, wir haben uns gedacht, dass sie vielleicht bei dir bleiben könnte. Du bist viel in deinem Zimmer und da …!«, stammelte ich und hoffte, sie würde tatsächlich darauf anspringen.
»Ist das euer Ernst?«
»Ja. Wir würden dir das Futter und alles was die Katze braucht, besorgen. Zumindest, bis sie wieder vollkommen gesund ist. Du bist die einzige, die dafür in Frage kommt. Du hast ein sehr gutes Gespür für Tiere. Du kennst dich von uns am besten in der Heilungslehre aus und du bist vom Training freigestellt. Was sagst du?«
Sie fing an zu weinen und ihr Unterkiefer zitterte. Dann stand sie plötzlich auf und fiel mir um den Hals. »Danke! Ich werde sehr gut auf sie aufpassen. Ava und ich, wir werden sie pflegen. Darauf könnt ihr euch verlassen.«
Zufrieden lächelte ich sie an. Ich wusste, sie würde sich sehr darüber freuen. Doch dann legte sich ein Schatten über ihr Gesicht. »Aber was ist, wenn die Padres es rausbekommen?«

»Mach dir darüber keine Sorgen. Ich werde mich darum kümmern. Und falls es unerwartet doch durchsickern sollte, nehme ich alles auf mich.«
»Oh Jade, du hast keine Ahnung, wie viel mir das bedeutet. Seit ich ein kleines Mädchen war, wünschte ich mir immer ein Haustier. Und jetzt habe ich endlich eine Katze. Ich freue mich so sehr.«
»Naja, dir ist schon klar, dass wir sie wieder freilassen müssen, wenn ihre Wunde verheilt ist?«, mischte sich Marie ein.
Lucia nickte und wandte sich wieder dem Kätzchen zu.
»Und wie sollen wir sie nun nennen?«
»Nimm irgendetwas Hübsches.«
»Ja, ich glaube, ich werde sie Sternchen taufen«, sagte sie völlig zufrieden.
»Ein schöner Name und er passt zu ihr. … Gehst du mit zum Frühstück?«, wollte Marie wissen und ging schon zur Tür.
Sie schüttelte den Kopf. »Nein, ich muss gleich zu Dr. Nussbaum.«
Meine gute Laune war mit einem Schlag verschwunden. Es war bekannt, dass sie regelmäßig zu unserem Doktor ging, um sich wegen ihrer Depressionen behandeln zu lassen. Doch ich wusste, dass es noch um etwas anderes ging.
»Und was genau macht er? Dir geht es doch gut, oder?«
Sie senkte ihren Blick und ich spürte, dass sie nicht darüber reden wollte - oder durfte?
»Es geht mir gut.« Ihre Stimme verriet sie. Sie verheimlichte etwas.
»Na gut, wir sehen uns dann später«, lenkte ich ein und ging mit Marie zum Frühstück.

Der Speisesaal war leer. Nur Jacques konnten wir in der Küche mit dem Geschirr klappern hören. Marie und ich sahen uns fragend an. Wo sind denn alle? Verspätet hatten wir uns nicht.
»Jacques, wo sind die anderen?«, fragte Marie, als wir die Küche betraten.
»Oh, Bonjour«, grüßte er uns und belud den Geschirrspüler mit schmutzigen Tellern.
»Wir sind doch nicht zu spät dran, oder?«
»Oh, doch, das seid ir. Abt ir den nischt geört, dass das Training und der Unterrischte eute ausfallen?« Er unterbrach seine Arbeit und sah uns fragend an.
Marie und ich runzelten die Stirn. »Er fällt aus?«
»Oui. Warum weiße isch nischt. Eute ist das gesamte Teame außer Hause.«
»Außer Haus? Seit wann und wieso?«, wunderte ich mich und sofort wusste ich, dass etwas nicht in Ordnung war.
»Sie sinde gerade ebene lose.«
Hatten sie Informationen von Luca? Mein Herz begann sofort zu rasen und ich hatte nur einen Gedanken. Ich ließ Marie und Jacques einfach stehen und rannte aus dem Speisesaal. Vielleicht hatte ich Glück und Mr. Chang war noch hier. Ich musste ihn unbedingt nach Luca fragen. Ich hatte so ein schlechtes Gefühl, dass mir schon fast übel davon wurde. Alle Türen im Schlaftrakt der Männer waren verschlossen, auch Dr. Nussbaums Büro.
Niedergeschlagen und den Tränen nahe, setzte ich mich auf das Sofa im Wohnbereich. Sie waren schon fort. Bedeutete dies, dass Luca …? Nein, darüber durfte ich nicht nachdenken. Vielleicht gab es einen anderen Grund?

»Hey! Alles klar?« Marie setzte sich zu mir.
»Was könnte es für einen Grund geben, dass die Padres und das Trainerteam verschwinden? Das ist doch ungewöhnlich, oder?«
»Ja, wenn ich ehrlich bin, ist das schon ungewöhnlich, aber du solltest dir nicht so viele Sorgen machen. Wenn wir in Gefahr wären, dann würden sie uns niemals im Stich lassen.«
»Du denkst, ich mache mir Sorgen um uns?« Ich schüttelte mit dem Kopf. »Es geht mir um Luca, Marie. Vielleicht ist er mit seiner Mission gescheitert und …«
»Wir sollten uns nicht verrückt machen. Das sind nur Spekulationen. Komm, lass uns Billard spielen gehen«, versuchte sie mich abzulenken, stand auf und ging zum Spieltisch.
»Nein. Sei mir nicht böse. Ich werde trainieren gehen, dabei kann ich mich am besten ablenken. … Wo sind eigentlich die anderen?«
»Also, Madi und Amber sind wieder ins Bett gegangen, als sie hörten, dass wir heute unverhofft freibekommen haben und Miku Lu und Ava sind in der Bibliothek. Und ich werde mich auch noch mal aufs Ohr legen.« Sie streckte alle Glieder von sich und gähnte laut.
»Gut, dann wird der Termin von Lucia auch ins Wasser fallen. Das kannst du ihr gleich ausrichten«, rief ich ihr noch zu, als ich Richtung Trainingshalle lief.

Ich hatte es eilig, in die Halle zu kommen. Ich wollte laufen, laufen, laufen, bis meine Muskeln schmerzten, in der Hoffnung, den Schmerz in meinem Herzen für einige Zeit vergessen zu können. Ich zog meine Runden und erhöhte sogar das Tempo, bis meine Lungen brannten.

Meine Füße taten weh, doch ich rannte weiter, bis ich mich völlig verausgabt auf den Boden fallen ließ.
Nach der Pause nahm ich einen Stock und übte die alte Choreografie, die Mr. Chang mir beigebracht hatte. Es fiel mir leichter als ich dachte. Anschließend nahm ich das Schwert und versuchte, Noahs Techniken umzusetzen.
»Ich sage dir doch immer, dass du auf deine Beinarbeit achten sollst«, hallte eine Stimme durch die Halle.
Erschrocken fuhr ich herum. »Noah? Was machst du hier? Ich dachte, ihr seid heute alle ausgeflogen?«, fragte ich ihn so ruhig wie möglich. Natürlich hätte ich ihn gleich mit Fragen gelöchert, doch ich bezweifelte, dass er mir die Antworten geben konnte, die mir auf dem Herzen lagen. Vielleicht wusste er auch nichts darüber.
Er kam auf mich zu. »Ja, … ich bin hier geblieben. Sie brauchen mich heute nicht.«
»Wofür?«
Er grinste. »Das darf ich dir leider nicht sagen. Aber wenn du schon mal hier bist, dann können wir auch gleich da weitermachen, wo ich dich gerade unterbrochen habe.« Er nahm zwei Brustschutze aus einer Gitterbox und ein Schwert.
»Ich bin aber eigentlich völlig erschöpft und wollte Schluss machen für heute.«
»Jetzt komm schon. Du wirst doch nicht zu schwach sein, um mit deinem Trainer einen kleinen Spaßkampf auszufechten?« Wieso war er eigentlich so nett zu mir? Seit der Prügelei mit Luca hatte er keine fünf Worte mit mir gewechselt – noch nicht einmal während des Trainings. Er gab mir nur stupide Anweisungen.
»Komm schon, Jade. Lass mich nicht länger bitten.«

Bitten? Was war nur los mit ihm? Ich neigte misstrauisch meinen Kopf und sah ihn an.
»Du weißt doch, dass ich gegen dich keine Chance habe. Oder musst du dein Ego streicheln?«, gab ich bissig von mir.
Er lachte. »Du hast recht, vielleicht brauche ich einfach nur ein Erfolgserlebnis, bevor ich ...«
Hä? Bevor er was? Wieso sprach er in Rätseln? War nicht er derjenige, der ständig alle Kämpfe zwischen uns gewann?
»Bevor du … was?«
»Nichts, … jetzt komm schon. Du bist die einzige, die es mit mir aufnehmen kann«, drängte er das Gespräch wieder auf seine Bitte zurück. Ich musste mich verhört haben. Das konnte er nicht ernsthaft glauben.
»Du brauchst dich nicht bei mir einzuschleimen, nur weil du etwas von mir willst.«
Er lachte.
Ich überlegte und schließlich gab ich nach. »Also gut, ich mache dir einen Vorschlag. Wenn ich gewinne, habe ich drei Wünsche frei.« Wieder hallte sein lautes Lachen durch die Halle. Ich glaubte zwar nicht, dass er sich darauf einlassen würde, doch einen Versuch war es wert.
»Und wenn ich gewinne?«, fragte er belustigt.
»Dann werde ich die nächsten Sonntage mit dir freiwillig kämpfen.« Er lachte und schien dann aber tatsächlich darüber nachzudenken.
»In Ordnung! Ist dir klar, dass deine Sonntage die Hölle werden?«, fragte er siegessicher und warf mir einen Brustschutz zu. Auf was hatte ich mich nur eingelassen? Noah zu besiegen war wie den Mount Everest zu besteigen. Ganz egal wie groß mein Wille gewesen war, bisher hatte ich immer versagt. Jetzt musste ich mein

Bestmöglichstes geben, wenn ich die drei Wünsche erfüllt bekommen wollte. Hatte ich den Mund zu voll genommen?

Also band ich mir den Schutz um und versuchte, mich zu konzentrieren. Ich rief mir alles ins Gedächtnis, was Mr. Chang mir beigebracht hatte und als Noah mich mit dem Schwert angriff, strauchelte ich rückwärts, was ihm ein Grinsen ins Gesicht trieb. Viele Attacken von ihm konnte ich nur abwehren. Er schlug und hieb das Schwert so schnell, dass ich einfach nur in Deckung gehen konnte.

»Los, Jade, wehr dich endlich!«, keuchte er dazwischen.

Ich gab mein Bestes, doch Noah hatte kein Erbarmen mit mir. Das Geräusch von Metall erfüllte die Halle und schnell war ich mit meinen Kräften am Ende. Ich dachte an die Chance, die ich jetzt gleich verlieren würde, um an mehr Informationen zu kommen und riss mich zusammen. Verdammt! Ich brauchte doch nur einmal zu gewinnen. Das musste doch möglich sein! Fast hatte er mich soweit. Doch diesmal gab er mir einen kleinen Moment, damit ich mich wieder aus meiner Deckung aufrappeln konnte. Genau in diesem Augenblick hörte ich diese innere Stimme, die ich das letzte Mal in Bayville gehört hatte. Sofort galt ihr meine Konzentration. Eine tiefe Ruhe breitete sich in mir aus und dann gelang es mir plötzlich, Noahs Schläge abzuwehren. Der Schmerz in meinen Armen war vergessen und Stärke durchströmte mich. Ich fühlte mich gut und hatte plötzlich den Kopf frei, verdrängt waren alle Geräusche und Gedanken. Ich sah nur meinen Gegner vor mir. Es fiel mir leicht, seine nächsten Bewegungen zu erahnen und schlug das erste Mal zurück.

Erstaunt stolperte Noah und sah mich fragend an. Jetzt war ich es, die ihm keine Zeit zum Nachdenken ließ. Ich drängte ihn immer mehr zur Wand und attackierte ihn, bis auch er völlig atemlos versuchte, seine Deckung aufrechtzuerhalten. Das Überraschungsmoment war vorüber und unser Kampf war jetzt ausgeglichener. Vor Anstrengung keuchten wir beide. Ich fühlte mich großartig. Noah stolperte rückwärts über eine Matte. Da nutzte ich meine Chance und setzte zu einem finalen Schlag an. Er fiel und meine Schwertspitze zielte genau auf seine Kehle. Atemlos lachte ich, ließ jedoch nicht von ihm ab. Im Gegenteil, ich genoss meinen Triumph und hielt die Klinge noch eine Weile an seinen Hals. Ich lachte noch lauter, als ich seinen Gesichtsausdruck sah. Er konnte nicht glauben, dass ich gewonnen hatte. Ich, Jade Lewis, hatte den großen Noah besiegt.
»Ist schon gut. … Du kannst jetzt das Schwert von meinem Hals nehmen. … Du hast gewonnen«, gab er grimmig zu. Wir waren noch total außer Puste, sodass wir einige Zeit brauchten, um uns zu erholen. Nachdem ich meine Wasserflasche und mein Handtuch geholt hatte, setzten wir uns auf den Boden. Gierig trank ich und schielte immer wieder grinsend zu ihm.
Er schüttelte seinen Kopf. »Wieso jetzt? Ich verstehe das nicht, bisher hattest du große Schwierigkeiten, mit den Schwächeren im Schwertkampf mitzuhalten. Hast du heimlich geübt? Oder was ist dein Geheimnis?«
Ich zuckte mit den Schultern. »Keine Ahnung, es kam einfach über mich. Plötzlich war alles so klar und ich wusste plötzlich, was ich zu tun hatte.«
»Gut, wirklich gut. Ich glaube, der einzige, der mich je besiegt hat, war Mr. Chang. Wobei, natürlich habe ich

nicht mit voller Kraft gekämpft, das weißt du ja. Du bist eine Frau, da hat man eben … Hemmungen.«
Natürlich! Klar! Sein Ego war angekratzt.
»Im Ernstfall hättest du mich besiegt«, bestätigte ich sarkastisch seine Einwände. Er war in seiner Eitelkeit gekränkt, dass ausgerechnet ich ihn besiegt hatte und das musste er erst mal verdauen.
»So, lieber Noah. Ich würde gerne meine drei Wünsche einlösen!«
»Was? Jetzt? … Und was wünschst du dir? Eine Partie Billard oder mein Dessert?«
Mein Lächeln erlosch und ich wurde ernst. »Nein, ich möchte, dass du mir sagst, warum die Padres und das Trainerteam das Jero heute verlassen haben.«
»Herrje Jade! Solche Dinge darf ich dir nicht sagen. Damit breche ich Regeln und auch meinen Vertrag.«
»Du musst, Noah. Ich habe drei Wünsche und ich habe nicht vor, sie wegen irgendwelcher Regeln oder Verträge, die du abgeschlossen hast, nicht erfüllt zu bekommen.«
Er schüttelte den Kopf. »Es geht wirklich nicht!«
»Ich werde es für mich behalten, Noah. Niemand wird erfahren, dass du es mir gesagt hast. … Bitte, aber ich muss es wissen.« Er stützte seine Arme auf seinen Knien ab und senkte seinen Blick, dann sah er mich an und ein verbissener Ausdruck legte sich um seine Augen.
»Dir geht es um den Taluri, habe ich Recht?«
Röte schoss mir ins Gesicht.
»Also, ich verstehe dich nicht. Was findest du nur an ihm? Ist dir denn nicht klar, was er getan hat?«
»Jetzt fang du nicht auch noch damit an«, fauchte ich zurück. »Ihr versteht das alles falsch. Außerdem kennst du ihn nicht. Glaubst du wirklich, ihm gefällt das, was er

getan hat? Was glaubst du, warum er nach Rom gegangen ist? Ganz sicher nicht, weil er die Padres und uns Mädchen verraten will. Also, jetzt sag schon, was ist der Grund, dass die anderen das Museum heute verlassen haben?«

Erstaunt sah er auf. »Woher weißt du, dass wir unter einem Museum sind? Schwester Angela fährt nie, wenn Mädchen ankommen, den üblichen Weg. Sie fährt immer von anderen Zufahrtsstraßen in die hinteren Garagen, damit ihr Mädchen nicht erkennt, wo genau wir sind.«

Oh Scheiße, jetzt hatte ich mich verplappert.

»Egal, ich weiß es eben. Also …?«

Fragend sah er mich an. »Du weißt mehr, als gut für dich ist, weißt du das?« … Noah seufzte und presste seine Lippen aufeinander. »In Ordnung, wahrscheinlich werden wir uns sowieso nicht wiedersehen«, sagte er, doch er murmelte es mehr zu sich selbst.

»Wie, wir werden uns nicht wiedersehen?«

Er brauchte eine Weile, bis er endlich zu sprechen anfing.

»Die Padres hatten heute Morgen einen Termin mit dem Rat aus allen europäischen Ländern. Es wäre zu auffällig gewesen, wenn Personen der Öffentlichkeit an einem Samstagmorgen ins Museum marschiert wären, noch dazu so wichtige Personen.«

»Was für Personen? Und wozu treffen sie sich?«

Wieder seufzte er tief, brauchte aber noch einen Moment, um die richtigen Worte zu finden. Es fiel ihm wirklich nicht leicht.

»In der Nacht von Sonntag auf Montag wird ein Team von ca. 30 Leuten nach Rom reisen. Sie wollen einen Angriff vorbereiten, weil dein Freund Luca uns im Stich

gelassen hat. Dazu brauchen wir Geldgeber, die uns unterstützen.«
»Hat er sich jetzt endlich gemeldet? Habt ihr Kontakt mit ihm gehabt?«, hoffte ich zu hören.
Wieder runzelte er fragend seine Stirn. »Woher weißt du, dass wir auf Nachricht von ihm warten?«
»Das spielt doch jetzt keine Rolle. Ich muss es einfach wissen, ob ihr was von ihm gehört habt! Noah, bitte!«
Er nahm einen Schluck aus der Flasche und starrte auf seine Hände. »Die Padres glauben, dass er tot ist, aber ich denke, dass er ein Verräter ist. Sie stellen das Team zusammen. Nur die Besten werden mitgenommen. Der Abschaum der Welt wird sich in den nächsten Tagen in Rom einfinden. Das wollen wir vereiteln.«
»Und … du gehst auch mit«, stellte ich fest. Deshalb glaubte er, dass wir uns nicht mehr wiedersehen würden. Er wollte noch einmal mal mit mir kämpfen, sozusagen zum Abschied. Mein Mund wurde ganz trocken.
»… Ich bin davon ausgegangen nicht zurückzukommen, nur deshalb war ich mit deinem Vorschlag einverstanden. Außerdem habe ich nicht im Traum daran geglaubt, dass du mich heute besiegen würdest.« Sein Mund vibrierte und ein Grinsen zuckte auf seinen Lippen.
Ich konnte nicht anders, als ihn anzustarren. Er war genauso bereit wie Luca, zu dieser Operation aufzubrechen, ohne zu wissen, ob er jemals wieder zurückkehrte. Mein Gott! Waren sie alle lebensmüde?
»Und wer geht noch nach Rom?«
»Na, na! Das wäre dann schon dein zweiter Wunsch«, sagte er und drohte belustigt mit seinem Zeigefinger. Er hatte Recht, ich sollte meine Wünsche nicht so leichtfertig eintauschen.

»Versprichst du mir, auf die Mädchen aufzupassen, während wir fort sind?«
Wieso glaubte er, dass ich auf sie aufpassen könnte? Plötzlich nahm dieses Gespräch eine ganz andere Wendung an. Eine, die mir nicht gefiel, die sich traurig anfühlte und Schmerz verursachte.
»Glaubst du wirklich, Madi würde mich als Babysitter akzeptieren?«, sagte ich ein wenig herablassend.
Er lachte laut und warf seinen Kopf in den Nacken. »Das stimmt. Sie hat schon immer ihren eigenen Dickschädel gehabt. … Ich meine nur, du hast einen starken Willen, bist kämpferisch gut ausgebildet und hast Führungsqualitäten. Die Mädchen brauchen jemanden, der sie leitet.«
Jetzt war ich diejenige, die laut auflachte. »Das sagst du jetzt nur so.«
»Nein, ich meine das wirklich.«
»So bin ich aber nicht, Noah.«
»So sehe ich dich aber, Jade«, seine Stimme wurde sanft und seine Augen veränderten sich. Lange blickte ich in seine blauen Augen, die so tief waren, dass sie mich an das Meer erinnerten. Schnell nahm ich meine Flasche und trank den letzten Schluck, während er verlegen mit den Schnürsenkeln seiner Turnschuhe spielte.
Was war das denn? Meine Wangen röteten sich wieder und dieser peinliche Moment dauerte ewig.
»Ich war sauer auf dich, Jade. Ich mochte dich vom ersten Moment an, seit wir uns die Hände reichten. Es war schwierig für mich zu verstehen, dass du dich auf die Seite dieses Taluris gestellt hast. … Es war nicht ganz fair von mir, dich das im Training spüren zu lassen, aber … so bin ich eben.«

War das etwa eine Entschuldigung für den Muskelkater, den er mir beschert hatte? Irgendwie fand ich es total nett von ihm und er wurde mir immer sympathischer.

»Ist schon in Ordnung. Ich kann ja verstehen, dass das schwierig ist. Dem Professor hätte klar sein müssen, dass dies nicht lange ein Geheimnis bleiben würde«, kam ich ihm entgegen.

»Freunde?«, fragte er, streckte mir seine Hand hin und sah mir tief in die Augen. Eine seltsame Spannung baute sich zwischen uns auf. Ich konnte seinen Blick nur erwidern, zwang mich aber, sachlich zu bleiben und nahm seine Hand in meine.

»Freunde!«, bestätigte ich und schenkte ihm ein Lächeln.

Kapitel 20

Bis die Padres wieder zurückkamen, konnte ich an nichts anderes mehr denken, als an die Operation, die sie in wenigen Stunden durchführen wollten. Mit 30 Mann wollten sie einen Angriff vorbereiten und Noah war einer von ihnen. Damit war klar, dass die Padres Luca aufgegeben hatten.

Ich musste nach Rom! Ich musste nach Luca suchen. Ich wollte es mit meinen eigenen Augen sehen. Und falls die Padres Recht hatten und er wirklich nicht mehr am Leben war, könnte ich versuchen, seinen Plan zu Ende zu führen. Zumindest wollte ich es versuchen. Was hatte ich schon zu verlieren? Rom zog mich magisch an. Der Rachedurst, der leise in mir keimte, bestärkte mich mehr und mehr. Die Rosen und auch den Schmetterling hatte ich mit meiner Glut vernichtet. Und vernichten wollte ich auch Morgion. Luca hatte es sofort begriffen - meine dunkle Gabe könnte meine Geheimwaffe sein.

Die Mädchen waren mir ans Herz gewachsen, vor allem Marie. Zu gehen würde auch bedeuten, sie zurückzulassen und vermutlich alle nie wieder zu sehen.

Ava spürte, dass etwas in mir vorging. Während ich im Flur auf und ab tigerte, stand sie im Türrahmen und beobachtete mich. Sorgenvoll blickte sie mich an.

»Sie wollen nach Rom und ich muss da irgendwie mit«, flüsterte ich ihr zu. Entsetzt riss sie ihre braunen Augen auf und schüttelte energisch den Kopf. »Ich habe keine andere Wahl, Kleines.«

Die Padres hatten sich wieder im Jero eingefunden und seit Stunden hielten sie eine Besprechung. Sie würden es ablehnen mich mitzunehmen, das wusste ich. Dann

musste ich eben allein einen Weg nach Rom finden. Den Weg hier heraus hatte mir Marie gestern gezeigt. Das größere Problem war, wie kam ich an ein Flugticket, meinen Pass und an Geld?
Ich ging zu ihr und lächelte sie zaghaft an. »Du verstehst mich doch, oder? Ich kann nicht länger hier bleiben. Das macht mich noch ganz verrückt!«, sagte ich und stumm sahen wir zur Tür des Konferenzraumes, als die Männerstimmen laut zu uns drangen.
Ava seufzte und runzelte die Stirn. Offenbar zweifelte sie an meinem Verstand. Sie schüttelte abermals ihren Kopf und sah mich traurig an. »Ich weiß, es ist schwer zu verstehen, aber ich muss irgendetwas unternehmen. … Ich muss es wenigstens versuchen, auch auf die Gefahr hin, dass es schief gehen könnte.« Ich wusste genau, wie absurd es klang. Dennoch war es so klar für mich und meine Entscheidung festigte sich immer mehr.
Madi kam mit Amber den Flur entlang geschlendert. Deutlich sah man ihr die Spuren der Partynacht an. Ihre Haare hingen glanzlos in Strähnen herunter und tiefe Schatten lagen um ihre Augen. Sie war weiß wie eine Wand und sah einfach nur beschissen aus.
Als sie mich erblickte, kniff sie ihre Augen zusammen und kam direkt auf mich zu. »Was glaubst du eigentlich, wer du bist?«, blaffte sie böse. »Du kannst froh sein, dass man mich gestern Nacht zurückgehalten hat, sonst hätte ich dir wirklich die Augen ausgekratzt.«
Sie konnte einfach keine Ruhe geben, doch ich verspürte nicht die geringste Lust, jetzt mit ihr zu streiten. »Halt einfach die Klappe, Madi. Ich habe jetzt wirklich andere Probleme. Geh spielen und lass mich in Ruhe.« Ich drehte mich um, zog Ava mit mir, beachtete sie nicht weiter, was sie jedoch noch mehr in Rage brachte. Sie

schnaubte verächtlich, doch bevor sie weiter ihr Gift versprühen konnte, redete Amber auf sie ein. »Komm, lass uns gehen, bevor die Padres euren Streit hier draußen noch mitbekommen.« Sie wollte Madi mit sich ziehen, doch diese riss sich von ihr los.

»Wenigstens eine von euch ist vernünftig«, sagte ich. »Nimm dir an Amber ein Beispiel, Madi. Sie weiß, wie man sich benimmt.«

»Du, … du, … das zahle ich dir heim«, fauchte sie und schluckte ihre Gemeinheiten hinunter, als die Tür des Konferenzsaals plötzlich geöffnet wurde. Noah verließ den Raum und sah uns fragend an. »Ist irgendwas, meine Damen?« Er sah von einem Gesicht ins andere.

»Nein, nichts! Ich wollte gerade anklopfen. Ich muss dringend mit den Padres sprechen«, beeilte ich mich zu sagen.

Madi bekam große Augen. Wahrscheinlich glaubte sie, ich würde ihren nächtlichen Ausgang verpetzen, zumindest lag Verwunderung in ihrem Gesicht.

»Oh, ich glaube nicht, dass das jetzt so günstig ist. Wir stecken mitten in …»

»Ich weiß, es ist aber wichtig. Ich muss auf jeden Fall mit ihnen sprechen.« Noch bevor Noah etwas erwidern konnte, schob ich mich an ihm vorbei und betrat den Konferenzraum.

»Gut, dann wären auch die Waffen geklärt und … Jade?« Ich platzte mitten in die Besprechung. Auf der Leinwand wurde ein Satellitenbild angezeigt. Auf dem Tisch lag ein riesiger Grundplan, dessen Zeichnung ich nur von Weitem und sehr blass erkennen konnte. Die Padres und das ganze Trainerteam saßen gebeugt darüber und blickten auf, als sie mich hereinkommen sahen.

Mein Herz pochte. Was hatte ich mir dabei gedacht? Prof. Tramonti kam auf mich zu. Ich spürte sofort, dass ich nicht erwünscht war. »Gibt es ein Problem? … Wir haben gerade viel zu tun, Jade und ...«
»Ich weiß, … ich bin nur hergekommen, weil …, ich denke, ich könnte für dieses Vorhaben von Nutzen sein.« Ungläubig sah mich der Professor an. »Wie meinst du das?«
»Naja, ich weiß, dass einige nach Rom gehen und ich möchte mitkommen.«
»Jade? Was soll das? Hast du etwa an der Tür gelauscht?«
»Nein, ich meine es ernst. Ich könnte helfen.« Mein verzweifelter Versuch, ernst genommen zu werden, scheiterte kläglich und ich hörte Gelächter.
»Bist du von Sinnen? Das kommt überhaupt nicht in Frage und woher weißt du das schon wieder?« Er schob mich Richtung Tür. Ich ging gar nicht erst auf seine Fragen ein. »Sie verstehen nicht, Vico. Ich kann dort wirklich nützlich sein. Ich kann die Taluris spüren und ...«
»Vergiss es, Jade! Du wärst dort nicht sicher genug und wir haben keine Zeit, auf dich aufzupassen«, mischte sich Mr. Zanolla ein, richtete sich auf und verschränkte seine Arme vor der Brust.
»Niemand braucht auf mich aufzupassen. Ich könnte ...«
»Schlag dir das aus dem Kopf. Das wäre viel zu gefährlich. … Jetzt geh.« Damit schob mich der Professor aus dem Raum und schloss die Tür hinter sich. Ich hätte es wissen müssen. Aber wenigstens hatte ich es versucht. Egal, meine Entscheidung stand. Ich brauchte nur noch einen Plan.

Ich zog mich in den Garten zurück und spielte in Gedanken meine weitere Vorgehensweise durch. Vielleicht wäre Carmen bereit, mir zu helfen? Sie zu überreden würde nicht so schwer sein. Schließlich war sie so etwas wie eine Verbindung zu meiner Familie.
Mit dem Flugzeug wäre ich in drei Stunden oder sogar weniger in Rom. Mit dem Bus würde die ganze Reise schon viel länger dauern. Ich durfte keine Zeit verlieren, aber wie kam ich an die verdammten Flugtickets?
Marie riss mich aus meinen Gedanken. »Da bist du ja. Ich hab dich schon überall gesucht.« Sie lief über die Wiese und setzte sich zu mir unter unseren Baum. Wir schwiegen eine Weile. Doch dann hielt ich es nicht mehr länger aus.
»Marie?«
»Hm...?«
Kurz hielt ich inne und wagte es dann einfach, obwohl ich wusste, dass sie alles tun würde, um mir meinen Plan auszureden. »Du bist doch meine Freundin, oder?«
Sie sah verwundert auf. »Oh Gott, was kommt jetzt?«, fragte sie voller Misstrauen.
»Ich … brauche deine Hilfe.«
»Wobei?«
»Ich … werde nach Rom gehen. Ich muss Luca finden.«
Scharf sog sie die Luft ein. »Bist du jetzt total übergeschnappt?«, entfuhr es ihr.
»Nein, es ist mein voller Ernst.«
»Aber …?«
»Vertrau mir einfach, Marie. Ich weiß, was ich tue. Meine Entscheidung steht. Und entweder du hilfst mir oder ich werde es alleine durchziehen.« Meine Worte klangen hart, doch ich wusste, dass ich sie nur so dazu bringen konnte, mir zu helfen.

Sie schüttelte fassungslos den Kopf. »Du spinnst, echt!«
»Ich weiß, dass du davon nichts hältst, aber es ist meine Entscheidung.«
»Und wie willst du das schaffen? Hast du dir darüber schon Gedanken gemacht? Du kannst nicht einfach hier raus spazieren und einfach mal so nach Rom reisen. ... Und überhaupt, du hast kein Flugticket, keine Unterkunft, ja du kennst noch nicht mal irgendeinen Menschen dort.«
Damit hatte sie Recht und dann kam mir eine zündende Idee. Natürlich! Warum war ich nicht gleich darauf gekommen?
»Mensch, Marie! Ich hab's!« Sie kräuselte verständnislos ihre Stirn.
»In ein paar Stunden werden die Padres ein paar Leute nach Rom schicken. Ich werde mich einfach verstecken und ...«
»Die Padres schicken wen? Wohin?«
»Ich habe herausgefunden, dass die Padres ein Team von 30 Männern heute Nacht nach Rom schicken und da werde ich mich dazu schmuggeln.«
»Das ist die verrückteste Idee, die ich jemals gehört habe.«
»Ich muss herausfinden, wann genau sie gehen und was sie mitnehmen, dann könnte ich als blinder Passagier zwischen ihrem Gepäck mitfliegen.«
Ich hatte ja noch zwei Wünsche bei Noah frei, das könnte mir durchaus nützlich sein.
»Jade! Du machst mir Angst«, sagte Marie schließlich.
»Ich weiß, aber ich halte es einfach nicht mehr länger aus. Ich muss einfach nach Rom. Kannst du das nicht verstehen? Versetz dich doch mal in meine Lage. Du

kennst mich. Ich muss wissen, was mit Luca passiert ist.«
Sie sagte nichts und schien nachzudenken.
»Es fühlt sich schrecklich an, wenn man nicht weiß, was aus dem Mann geworden ist, den man liebt. Die Padres haben ihn so mir nichts, dir nichts für tot erklärt, aber ob das auch stimmt?«
Sie nickte endlich. »Ich kann es nachvollziehen, trotzdem halte ich es für falsch.« Natürlich musste sie das sagen. Wahrscheinlich würde ich an ihrer Stelle genauso denken.

Es war Abendessenszeit und ein paar Trainer und Mädchen waren dabei, den Tisch zu decken. Noah unterhielt sich mit Mr. Chang, dessen Augen sofort meine suchten, als ich den Speisesaal betrat.
Leicht außer Atem, weil ich den ganzen Weg zurückgerannt war, nahm ich mir etwas zu trinken. Mist! Ich musste als erstes mit Noah sprechen. Von ihm würde ich die nötigen Informationen bekommen. Ich warf ihm einen vielsagenden Blick zu und machte mich auf den Weg in mein Zimmer. Ich hoffte, er würde mir folgen.
Kaum hatte ich das Zimmer betreten, klopfte es auch schon.
»Komm rein«, empfing ich ihn und erstarrte, als Mr. Chang statt Noah vor meiner Tür stand.
»Ich weiß, Sie sind gekommen, um mir zu sagen, dass ich mich nicht in die Angelegenheiten der Padres einmischen soll. Aber ich will ...«
»Ich werde dir helfen!«, unterbrach er mich.
Damit sorgte er dafür, dass ich sprachlos war. War das nur ein Scherz oder hatte ich mich verhört? »Was?«

Er nickte nachdenklich. »Ja, ich werde dir helfen, nach Rom zu gelangen.«

Mr. Chang hatte es wirklich gesagt, aber begreifen konnte ich noch immer nicht. Er wollte mir helfen? Aus welchem Grund?

»Das tun Sie doch nicht einfach so, oder?«

Wieder nickte er. »Stimmt, aber das werde ich dir später erklären. Jetzt haben wir nicht viel Zeit. Morgen Nacht fliegen wir und du wirst mitkommen. Packe nur das Nötigste ein und tu nichts Auffälliges, damit niemand Verdacht schöpft. Ich hole dich, wenn es soweit ist.«

Es war das erste Mal, dass ich mich fragte, ob ich ihm wirklich vertrauen konnte. Bisher hatte ich keine Zweifel gehabt.

»Mr. Chang«, rief ich ihn, als er sich schon zum Gehen umgewandt hatte. Er blickte zu mir zurück und schien meine Gedanken zu kennen.

»Vertrau mir.« Damit ließ er mich allein.

»Wenn Sternchen nicht bald frisst, müssen wir sie zu Dr. Nussbaum bringen«, sagte Miku Lu und streichelte den kleinen Kopf der Katze.

Marie, Lucia, Ava, Miku Lu und ich hatten uns nach dem Abendessen in Lucias und Avas Zimmer versammelt. Sternchen hatte den ganzen Tag über ihr Futter nicht angerührt und sich auch nicht aus ihrem Handtuchlager bewegt. Stattdessen lag das Tier ruhig aber schnell atmend mit geschlossenen Augen da.

»Ja, wir sollten nicht länger warten«, sagte Marie. »Nicht, dass sie stirbt.«

Die Mädchen sahen alle zu Lucia, die mit Tränen in den Augen nickte. Sie war so traurig. Der Glanz in ihren Augen, den sie vor Kurzem noch hatte, war komplett

verschwunden. Sie liebte Sternchen, das konnten wir alle deutlich spüren. Wir mussten etwas unternehmen.
»Wann hast du das letzte Mal den Verband gewechselt?«, wollte ich wissen. Aus dem weißen Stoff drang bereits Eiter.
»Erst heute Nachmittag.«
»Dann lass uns die Wunde noch einmal säubern.« Vorsichtig und mit sanften Bewegungen lösten wir den Verband. Mit dem abgekochten Wasser, das Ava aus der Küche geholt hatte, reinigte ich vorsichtig die Wunde.
»Es ist schlimmer geworden«, meinte Miku Lu und Ava nickte zustimmend. Während Lucia das Pfötchen in ihrer Hand hielt, spürte ich plötzlich, wie schlecht es Sternchen wirklich ging. Mir wurde warm – sehr warm, sodass sich kleine Schweißperlen auf meiner Stirn bildeten. Auch Lucia fühlte es, kurz warf sie mir einen verunsicherten Blick zu. Ich fühlte mich seltsam – voller Spannung. Nicht fremd, ich wusste, was vor sich ging.
Von meinem Bauch aus bildete sich Energie, die sich einen Weg hinauf zu meiner Brust, in meinen rechten Arm zu Sternchen suchte. Es geschah einfach, wie damals, als ich Luca heilte. Es fühlte sich wie ein Reflex an, den ich nicht imstande war, zu unterdrücken. Ich schloss meine Augen und ließ der Energie einfach freien Lauf.
Erschrocken wichen die Mädchen zurück und ich spürte ihre Blicke auf mir. Meine ganze Konzentration war bei Sternchen. Ich fühlte ihre Infektion so deutlich, sah im Geist, wie ihr Blut total verunreinigt war und wie sie um ihr Leben kämpfte.
Mein Körper baute noch mehr Energie auf und nur ganz langsam wurde das Blut von Sternchen reiner, die Bakterien starben ab und schließlich wurde die Wunde

kleiner. Die Energie breitete sich aus, strömte von der Pfote in den gesamten Körper, nahm alles ein, von dem kleinen Katzenohr bis zur Schwanzspitze. Diese innere Spannung teilte ich mit Lucia. Ich fühlte auch ihren Kummer, sah die schreckliche Kindheit, die sie hatte und fühlte ihren Schmerz. Es war anstrengend und laugte mich aus, doch ich tat mein Bestes, um die Verbindung zwischen mir, Lucia und Sternchen nicht zu unterbrechen.
Lucia schwankte, ihr wurde schwindelig und genau in dem Augenblick, als ich die Verbindung nicht mehr länger halten konnte, wurde die Energie schwächer und die Spannung löste sich auf. Wow! Wahnsinn! Sternchen war geheilt.
Lucia ließ mit weit aufgerissenen Augen die Pfote los und lehnte sich erschöpft zurück.
»Jade! Lucia! Was ist mit euch? Alles in Ordnung?«, riefen alle durcheinander. Ich war nicht in der Lage zu sprechen, dafür fehlte mir die Kraft, aber ich nickte schwach. Lucia blickte fassungslos zu mir. Ich lächelte sie an, wollte ihr die Unsicherheit und die Angst nehmen.
»Habt ihr das gesehen? Sie hat Sternchen geheilt! Und seht, die Wunde ist zu«, rief Marie aufgeregt.
»Wie hast du das gemacht?«, fragte Miku Lu.
»Jetzt lass sie doch erst mal wieder zu sich kommen, Miku«, ermahnte Marie sie.
Schneller als ich dachte, kehrten meine Lebensgeister zurück und das Gefühl, es geschafft zu haben, war überwältigend.
»Das war ich nicht allein. Lucia und ich haben sie geheilt«, erklärte ich, während Sternchen sich

schnurrend an Lucia schmiegte und kurz miaute, als wollte sie meine Worte bestätigen.
»Jetzt hat sie bestimmt Danke gesagt«, lachte Miku Lu. Wir kicherten.
»Wow! Ihr habt sie wirklich geheilt. Das ist einfach fantastisch. Und wir waren alle dabei.« Marie war ganz außer sich.
»Mich würde ja interessieren, wie ihr das auf einmal gekonnt habt«, fragte Miku Lu.
Ich zuckte mit den Achseln. »Es kam einfach so. Lucia und ich haben es einfach geschehen lassen. Auf einmal war diese Verbindung da und der Rest geschah von ganz allein, aber es war sehr anstrengend«, erzählte ich.
»Ich hatte das Gefühl, Sternchen entzöge mir meine gesamte Energie«, versuchte Lucia zu erklären.
»Egal, wie es gewesen war, die Hauptsache ist, Sternchen geht es wieder gut«, meinte ich und strahlte erleichtert.
Sternchen streunte nun das erste Mal so richtig durchs Zimmer. Sie streckte und reckte sich. Mir wurde bewusst, dass dies das letzte Mal war, dass wir alle zusammensaßen - mit Ausnahme von Madi und Amber natürlich. Aber vermissen würde ich sie nicht – zumindest Madi nicht.
Trotzdem fiel es mir schwer, wenn ich an den Abschied dachte. Wobei mir klar wurde, dass ich mich gar nicht verabschieden durfte. Sie durften es nicht wissen.
Sternchen ließ sich bereitwillig von uns allen streicheln. Sie war völlig gesund und das Leuchten in Lucias Augen war zurückgekehrt. Nachdem ich einen Einblick in ihre Seele bekommen hatte, verstand ich sie besser. Mit jedem Blick wusste ich, wie unangenehm es ihr war, dass ich nun wusste, wie es in Wahrheit in ihr aussah. Es

war eine gute Entscheidung gewesen, Sternchen mitzunehmen und sie Lucia anzuvertrauen.

Gegen Abend öffnete ich das erste Mal den Umschlag, den Luca mir gegeben hatte. Außer den Konten und den Vollmachten enthielt er noch etwas. Etwas, was für mich viel wertvoller war als sämtliches Geld oder die Häuser, die er besaß.
Ein Lederarmband. Dunkelbraun, von ihm getragen. Mit zittrigen Fingern hielt ich es in meinen Händen und konnte nicht glauben, dass ich es erst jetzt entdeckt hatte. Es war sein Armband, das er immer bei sich getragen hatte und jetzt mir gehörte. Eine Erinnerung an ihn. Zu Tränen gerührt band ich es sofort um mein Armgelenk.
»Was ist das alles?«, fragte Marie, als sie aus dem Badezimmer kam und sich zu mir aufs Bett setzte.
»Lucas Erbe.«
Marie nahm nacheinander die Papiere in ihre Hand und sah sie durch. »Jade! Weißt du, wie reich du jetzt bist?« Fasziniert sah sie mich an. »Er hat dir das einfach so geschenkt?«
»Ja, er wollte, dass es mir gut geht«, sagte ich und fing an, alles wieder in den Umschlag zu packen. Ich würde eine kleine Tasche brauchen, in der alles Platz hatte, vielleicht eine, die ich um meinen Bauch binden konnte - so würde sie mich nicht stören und verlieren könnte ich sie auch nicht.
Der Brief von meinen Eltern lag auch dazwischen und bevor ich ihn auch einpacken konnte, griff Marie nach ihm.
»Willst du ihn denn gar nicht aufmachen?«
»Nein!«

»Und wieso nicht? Bist du gar nicht neugierig, was drin steht?« Ich nahm ihr den Brief ab und steckte ihn sorgfältig zu den anderen Sachen.
»Doch, aber nicht jetzt. Es würde mich zu sehr aufwühlen. Ich brauche einen klaren Kopf, verstehst du?«
Sie nickte. »Also wenn ich ehrlich bin, hab ich kein gutes Gefühl. Willst du das wirklich tun? Ich meine, du kannst dir nicht sicher sein, auch wegen Mr. Chang nicht. Wer weiß, was er mit dir vorhat!«
Es stimmte, was Marie sagte. Aber ich hatte keine andere Wahl. Wenn ich nach Rom wollte, musste ich Mr. Chang vertrauen.

Einschlafprobleme quälten mich. Ich war nervös und dachte zu viel nach.
Tränenüberströmt stürzte Marie am Nachmittag in unser Zimmer, während ich damit beschäftigt war, meine Habseligkeiten in einer kleinen Bauchtasche zu verstauen, die sie mir ausgeliehen hatte. Sie war bei Ava gewesen und hatte die Gebärdensprache weiter geübt. Doch vermutlich machte ihr meine Abreise zu sehr zu schaffen.
»Jade, bitte! Ich will nicht, dass du gehst«, schluchzte sie und warf sich in meine Arme.
»Hey, ... ich gehe nicht für immer.« Fest schloss ich meine Freundin in die Arme und schluckte den Kloß, den auch ich spürte, hinunter. Ich wollte stark sein.
»Das kannst du doch gar nicht wissen«, weinte sie weiter.
»Hast du vergessen, wozu ich fähig bin? Schsch... beruhige dich. Niemand weiß von der dunklen Macht, die ich noch in mir habe. Das ist mein Vorteil. Ich muss

nur schauen, dass ich lerne, sie gezielt einzusetzen.« Ich strich ihr eine Haarsträhne aus dem Gesicht und sah sie liebevoll an. »Hab keine Angst, ich denke, ich bin gut ausgerüstet.« Sie beruhigte sich langsam. »Versprich es mir!«

»Ich verspreche es.«

Es klopfte. Schnell wischte sie sich ihre Tränen aus dem Gesicht und ging ins Badezimmer. Ich öffnete die Tür und Mr. Chang trat ein.

»Jade, hast du deine Vorbereitungen getroffen?« Deutlich spürte ich seine Nervosität. Er schien total abgehetzt zu sein.

»Mr. Chang, … wenn ich ganz ehrlich bin ...«

»Hast du etwa deine Meinung geändert?«, unterbrach er mich und sah mich entsetzt an.

Ich schüttelte den Kopf. »Nein, ich muss wissen, warum sie mir helfen wollen.«

Er senkte seinen Blick. »Also gut. Ich möchte mit deiner Hilfe versuchen, die Taluris zu befreien und ich glaube, nur mit dir kann mir das gelingen.«

Ich starrte ihn an und brauchte eine Weile, bis ich verstand, worauf er hinaus wollte. Ich erinnerte mich, dass er Luca auf Grace Island gesagt hatte, dass er jeden Tag hoffte, eine Möglichkeit zu finden, seine Jungs zu retten. Das war seine Mission, die er die ganze Zeit verfolgt hatte. Das war sein Ziel.

»Ich soll sie alle heilen«, erkannte ich.

Er nickte, sagte aber nichts.

»Und wie stellen Sie sich das vor? Wir können doch nicht einfach da reinplatzen. Außerdem weiß ich nicht, ob es funktioniert, ich kann die Heilung nicht einfach abrufen. … Und bei Luca war das etwas völlig anderes.«

Nachdenklich kratzte er sich am Kopf. »Das weiß ich. Wir werden schon eine Lösung finden. Wichtig ist erst mal, dass wir dich nach Rom schaffen. … Ich habe einen Plan, wie wir dich ins Flugzeug bekommen, ohne, dass jemand etwas bemerkt.«

»Und wie?«

»Wir brauchen verschiedene Waffen und Geräte, um unsere Observation und den späteren Angriff auszuführen. Wir benutzen dafür große Holzkisten. In so einer leeren Kiste kann ich dich verstecken. Meinst du, du hältst es ein paar Stunden darin aus?«

Ich keuchte. »In einer Kiste?«

»Natürlich wirst du genug Sauerstoff bekommen. Ich habe dir auch eine Taschenlampe besorgt, damit du etwas sehen kannst.«

»Na ja, wenn es keine andere Möglichkeit gibt ... «, stimmte ich zu.

»Sie wollen Sie in eine Kiste sperren? Sind Sie verrückt?«, mischte sich Marie ein, die sauer aus dem Badezimmer kam. Sie stemmte ihre Fäuste in die Hüften und funkelte Mr. Chang unverständlich an.

Mr. Chang fuhr herum. Mit ihr hatte er nicht gerechnet. Irritiert sah er zu ihr.

»Sie weiß Bescheid. … Marie ist meine Freundin und über alles informiert.«

»Das ist zwar riskant, aber ich denke, wenn Jade dir vertraut, kann ich es auch«, meinte er.

»Ich würde nie etwas tun, was Jade in Gefahr bringt, Mr. Chang«, erwiderte Marie und stellte sich an meine Seite.

»Gut, dann … wenn ich später wieder komme, geht es los«, sagte er nickend. Mr. Chang ließ uns allein.

Später klopfte ich an Lucias Tür und trat ein. Sie saß auf dem Boden und spielte mit Sternchen, die quietschfidel einem kleinen Ball hinterher sprang, den sie ihr zuwarf.
»Hey!«
»Hey, kann ich reinkommen?«
»Natürlich.«
Ich schloss die Tür hinter mir. »Wie geht es ihr? Alles klar?«
»Ja, ihr geht es sehr gut. Sternchen hat ihre Schale leer geputzt, als wäre sie am Verhungern.«
Ich lachte. »Ja, sie hat eben Nachholbedarf. … Und wie geht es dir?«
Es war ihr unangenehm, darüber zu sprechen. Schnell wiegelte sie meine Frage ab. »Gut, danke. Sieh nur, wie sie mit dem Ball spielt.«
»Lucia, ich habe gesehen, wie es wirklich in dir aussieht«, sagte ich und sofort drehte sie ihren Kopf beiseite, damit ich ihr Gesicht nicht sehen konnte. Ich setzte mich neben sie auf den Boden. »Und ich weiß auch, dass Dr. Nussbaum dir etwas verabreicht«, begann ich vorsichtig.
»Das … stimmt nicht«, widersprach sie sofort.
»Lucia, ich weiß, dass es so ist.«
Zuerst stritt sie es ab, doch nach einer Weile wusste sie, dass ich nicht nachgeben würde. »Ich will nicht darüber reden, Jade.«
»Ich weiß, wie schwer es dir fällt. Aber ich möchte dir so gerne helfen.«
»Warum bist du schon die ganze Zeit so nett zu mir?«
»Also erstens, ich mag dich und zweitens bist du eine von uns. Du verdienst den gleichen Respekt wie alle anderen auch.«

Endlich drehte sie ihren Kopf wieder zu mir und sah mich an.
»Ich bin erst seit heute eine von euch.«
»Wie soll ich das verstehen?«
Sie senkte ihren Blick und deutlich sah ich, wie sie mit ihren Tränen kämpfte. »Sieh mich doch an. Sehe ich etwa aus wie eine Illustris? … Ich bin dick, hässlich und ich habe … keine Aura.« Sie vergrub ihr Gesicht in ihren Händen und weinte leise.
Keine Aura? Wie sollte ich das verstehen? »Das glaub ich nicht, du hast doch Sternchen mit mir geheilt. Wieso solltest du keine Aura haben? Du bist eine Illustris, Lucia.«
Sie fuhr sich übers Gesicht und schluckte weitere Tränen hinunter. »Du verstehst mich nicht. Dieser Tag heute ist etwas ganz Besonderes für mich. Für meine Familie war ich nie eine Illustris. Für sie war ich immer die kleine, dicke, nichtsnutzige Tochter, die wie ein Klotz am Bein eine Belastung für meinen Vater darstellte. Er gab mir nie das Gefühl, geliebt zu werden, bis heute. Falls ich diese Ausbildung je zu Ende bringe, weiß ich noch nicht einmal, wohin ich gehen soll.
Mein Vater hat meine Gabe immer als verkrüppelt angesehen, weil ich nie eine Aura hatte und nie aus den Kräften einen Nutzen ziehen konnte. Alles schien bei mir verkommen, missgebildet oder überhaupt nicht vorhanden. Ich bin für ihn eine behinderte Illustris, verstehst du? Und genau so wurde ich auch behandelt, wie ein Sonderling, ein Krüppel eben.«
Was hatte das arme Mädchen durchgemacht? Sie tat mir so unendlich leid.
»Der heutige Tag hat aber bewiesen, dass du Heilkräfte hast. Und ich bin davon überzeugt, dass du auch eine

Aura hast.« Sie sagte nichts und beobachtete völlig in Gedanken Sternchen, die noch immer mit dem Ball beschäftigt war.

»Lucia, du bist die Illustris mit dem größten Wissen. Du bist die Beste in den Lernfächern. Dein Vater wird stolz auf dich sein, wenn er von dem heutigen Tag erfährt.«

»Nein, Jade, du verstehst das nicht. … Meine Mutter war eine begabte Illustris und starb bei meiner Geburt und das allein ist der Hauptgrund. Er hasst mich. Das hat er mehr als einmal gesagt. Ihr habt immer geglaubt, ich hätte Heimweh wie Ava. Doch in Wahrheit will ich nicht nach Hause. Von Zeit zu Zeit überkommen mich einfach diese Erinnerungen an daheim und dunkle Gefühle, die mich einfach total fertigmachen. Ich will dann einfach nur allein sein. Dr. Nussbaum meint, ich solle dann zu ihm kommen, er würde mir ein Antidepressiva geben, aber an manchen Tagen schaffe ich das einfach nicht. … Manchmal hasse ich mich selbst dafür. … Weißt du, Jade, meistens wünsche ich mir, ganz normal zu sein. In der Schule wurde ich immer gehänselt, weil ich nur gute Noten hatte, aber selbst das konnte mein Vater nicht an mir wertschätzen. Aber das Schlimmste für mich war, dass ich nie Freunde hatte. Ich war immer allein.«

Das war hart. Jetzt konnte ich sie verstehen. Auch Onkel Finley gab mir immer das Gefühl, nicht gleich viel wert zu sein wie Amy. Doch so extrem wie es bei Lucia war, war es bei mir nicht. Trotz allem hatte ich mich immer geliebt gefühlt.

»Und was ist das, was Dr. Nussbaum dir gibt?«

»Ich darf darüber nicht reden, Jade.«

»Das denke ich mir, trotzdem würde ich es gerne wissen. Ich mache mir große Sorgen um dich.«

»Das brauchst du nicht. Es geht mir gut und seit Sternchen bei mir ist, geht es mir noch besser«, versuchte sie mich zu beruhigen. »Mach dir keine Sorgen«, fügte sie noch hinzu. Ich musste einsehen, dass sie dieses Geheimnis nicht mit mir teilen wollte. Ich würde Marie bitten, ein besonderes Auge auf sie zu haben.

»Du bist wirklich die Erste, der ich jemals davon erzählt habe. Danke, dass du für mich da bist.«

Ich lächelte sie an und gleichzeitig tat es mir so leid, dass ich in ein paar Stunden nicht mehr hier sein würde.

»Bitte, du musst mir versprechen, dass du mit Marie sprichst. Sie mag dich und kann dir helfen.«

Lucia kräuselte ihre Stirn und bevor sie etwas sagen konnte, drückte ich sie kurz an mich. Es war ein Abschied, nur wusste Lucia das nicht. Ich sollte gehen, bevor ich in Erklärungsnöte kam.

Kapitel 21

»Bist du bereit?«, fragte Mr. Chang. Er stand in unserem Zimmer, während ich mich unter Tränen von Marie verabschiedete.
»Wir werden uns wiedersehen. Pass auf dich auf und achte auf Lucia. Sie braucht eine Freundin.« Wortlos nickte sie.
»Jade, die Zeit drängt, wir müssen los«, sagte Mr. Chang und ging zur Tür. Ich ließ Marie einfach stehen und sah nicht mehr zu ihr zurück.
Es war mitten in der Nacht, als wir lautlos den Flur entlang liefen. Mr. Chang ließ das Licht aus, nur die Notbeleuchtung war eingeschaltet, wie jede Nacht. Am Gemeinschaftsraum gab Mr. Chang den Code ein, der die Tür öffnete, die zum Tunnel führte, zurück in das Verwaltungsgebäude des Museums.
Die schattigen Umrisse des Sofas und Billardtisches konnte ich erkennen. Plötzlich umfasste jemand mit eiskalten Händen mein Handgelenk.
»Ava! Was machst du hier? Du hast mich erschreckt«, flüsterte ich und Mr. Chang wandte sich zu uns um. Sie musste sich hinter den riesigen Blättern versteckt und auf uns gewartet haben.
»Du willst dich verabschieden«, erkannte ich und sie nickte.
»Sag mal Jade, wie viele der Illustris wissen es denn noch?«, fragte Mr. Chang leise.
Ich beugte mich zu ihr hinunter. »Nur Ava und Marie, Mr. Chang. Sonst niemand. … Hör zu, Kleines. Ich möchte, dass du zu Marie gehst. Sie braucht dich. Tust du mir den Gefallen?«

Sie nickte und dann presste sie sich fest in meine Arme. Mein Gott, ich hätte nicht gedacht, dass mir der Abschied so schwer fallen würde.
»Jade, wir müssen jetzt wirklich los.«
Ich löste mich aus der Umarmung, sah sie noch einmal lächelnd an, dann rannte Ava den Flur zurück. Mr. Chang hatte es wirklich eilig und ich folgte ihm. Endlich blieb er vor einer Tür stehen und drehte sich zu mir.
»Du bleibst bitte hier stehen. Ich muss erst nachsehen, ob die Luft rein ist«, flüsterte er. Dann öffnete er die Tür und trat in den großen Kellerraum, in dem die Kunstgegenstände und Bilder aufbewahrt wurden. Es dauerte nicht lange und er öffnete die Tür wieder, um mich herein zu lassen.
»Die Verbindungstür habe ich abgeschlossen. Trotzdem müssen wir uns beeilen. Sie werden gleich kommen, um unser Gepäck abzuholen. Bis dahin müssen wir dich in einer der Kisten dort drüben verstaut haben.« Er zeigte auf einige große Holzkisten. Da drin sollte ich mehrere Stunden verbringen? Ob ich das aushalten konnte? Mr. Chang öffnete die erste Kiste. Sie war gefüllt mit Unmengen von Verpackungsmaterial. Er entnahm dies, bis die Kiste völlig leer war, und stopfte alles in einen der Schränke.
»Was befindet sich in den anderen Kisten?«, wollte ich neugierig wissen und sah mich weiter in dem Keller um.
»Waffen, Jade. Möchtest du noch eine Decke? Im Flugzeug könnte es kühl werden.«
»Ja, zumindest kann es nicht schaden.«
»Wir müssen uns beeilen, Jade«, sagte er und drängte mich, endlich in die Kiste zu steigen. Ich kletterte hinein und Mr. Chang gab mir einen kleinen Beutel und die Decke.

»Hier hast du Proviant. Ich habe dir ein paar Sachen aus der Küche eingepackt. Überall hier am Rand sind kleine Löcher im Holz. Du bekommst genug Luft und kannst auch hinaussehen. Sobald du jemanden hörst, verhalte dich still. Sie kommen gleich und werden die Kisten hinaus in den Transporter laden, leg dich am besten auf den Boden der Kiste, dann kann dir nichts passieren. Wenn wir gelandet sind, werde ich dich zu einem Freund bringen, bei dem wir alles weitere besprechen. Versuche es auszuhalten. In Ordnung?«
»In Ordnung. Aber was ist, wenn etwas schief geht?«
»Positiv denken, Jade, positiv! Höre auf deine innere Stimme.«
Dann wurde es dunkel um mich. Während Mr. Chang die Holzkiste verschloss, versuchte ich, es mir einigermaßen bequem zu machen. Und dann waren sie plötzlich da. Ich hörte mehrere Männerstimmen. Schnell und leise legte ich mich auf den Boden, wie es Mr. Chang gesagt hatte.
»Hey! Geht vorsichtig mit den Kisten um! Oder wollt ihr, dass sie uns um die Ohren fliegen?«, hörte ich Mr. Chang schimpfen. Die Kiste, in der ich lag, wurde hochgehoben.
»Die ist aber leicht. Sind Sie sicher, dass die auch mit muss?«
»Ganz sicher«, bestätigte Mr. Chang.

Irgendjemand verlud die Kiste. Sie wurde abgestellt und ein Motor wurde angelassen. Jetzt befand ich mich im Transporter. Kurze Zeit später wurde der Motor wieder ausgeschaltet und ich erkannte Mr. Zanolla, der seine Leute anbrüllte, sich zu beeilen und vorsichtig mit der Fracht umzugehen. Plötzlich knallte meine Kiste hart auf und ich wurde innen gegen die Holzwände geschleudert. Das Holz knarrte. Mein Kopf schmerzte und in meinem Rücken fühlte ich einen schmerzenden Stich. Daher konnte ich einen leisen Aufschrei nicht verhindern. Doch niemand schien es gehört zu haben. Mr. Zanolla brüllte noch lauter. Da wurde ich angehoben und sofort wieder unsanft abgestellt.

»Chef, die Kiste ist beschädigt«, rief jemand. Ich wagte kaum zu atmen.

»Habe ich euch nicht gesagt, ihr sollt vorsichtig damit umgehen?«

»Soll ich sie öffnen und nachsehen, ob die Ware beschädigt ist?«

»Ja, sieh nach und wenn nötig packe sie um.«

Oh Gott! Ich hatte ein Problem. Was sollte ich jetzt tun? Schon machte sich jemand daran, die Kiste zu öffnen. Schnell nahm ich die Decke und versuchte, mich darunter zu verstecken. Vielleicht hatte ich Glück? Wobei der Typ die Decke sicher von mir nehmen würde. Es wurde heller in der Kiste und mein Herz schlug wild gegen meine Brust. So flach wie möglich drängte ich mich gegen den Boden.

»Was machen Sie da?«, hörte ich Mr. Chang rufen.

»Mr. Zanolla sagte, ich solle nachsehen, ob die Ware in Ordnung ist. Die Kiste wurde beschädigt.«

»Machen Sie die Kiste wieder zu. Was soll auch da beschädigt sein.«

»Wie Sie meinen.« Er tat, was Mr. Chang ihm sagte und verschloss die Kiste. Nur sehr langsam atmete ich erleichtert wieder aus. Das war knapp. Ich konnte zwar nicht sehen, wie weit er die Kiste geöffnete hatte, aber ein Blick hätte sicher gereicht und er hätte mich entdeckt.

Ein weiteres Mal wurde ich in der Kiste bewegt und durch ziehende und schiebende Geräusche befand ich mich dann im Frachtraum des Flugzeugs.
Kurze Zeit später vernahm ich die Turbinen. Dann spürte ich, wie wir starteten. Ich setzte mich auf und versuchte, durch eines der Gucklöcher etwas zu erkennen. Nur schemenhaft nahm ich die anderen Kisten wahr. Jetzt hatte ich viel Zeit zum Nachdenken. Ich hatte es also geschafft, die Padres zu verlassen. Wie lange würde es wohl dauern, bis sie mein Fehlen bemerkten?
Ich dachte an Marie. Im Nachhinein war ich froh, ihr nicht gesagt zu haben, dass ich Daniel an ihrem Spind erwischt hatte. Noch wusste ich ja nicht, ob er wirklich etwas für sie empfand. Und die Tatsache, dass auch er mit nach Rom ging und vielleicht nicht wieder zurückkommen würde, hätte ihr das Herz gebrochen.

Sehnsüchtig dachte ich an Luca. Würde ich ihn finden? Würde ich überhaupt etwas über ihn in Erfahrung bringen? Mein Herz brannte, wenn ich an ihn dachte und ich spielte mit dem Lederbändchen, das ich um mein Handgelenk gewickelt hatte. Beim Schließen meiner Augen sah ich sein Gesicht vor mir, wie er mich anlächelte. Was, wenn er wirklich tot war? Ich seufzte, verbarg die Gedanken an ihn tief in meinem Herzen.
Obwohl die Kiste groß genug war, kämpfte ich jetzt mit jeder Minute, in der ich weiter hier drin aushalten musste. Kurz schaltete ich die Taschenlampe ein und sah auf meine Uhr. Eine dreiviertel Stunde war erst vergangen seit wir in der Luft waren und für mich fühlte es sich jetzt schon wie eine Ewigkeit an. Ich versuchte, es mir bequem zu machen, setzte mich auf und streckte meine Füße gegen die Holzwand.

Eine Stunde später war ich einer Krise nahe. Mir war heiß und ich glaubte, es keine Sekunde länger auszuhalten. Durfte ich mir erlauben, nur für ein paar Minuten mein Gefängnis zu verlassen? Ich überlegte hin und her. Niemand würde etwas bemerken. Nach einer Weile war mein Durchhaltevermögen ausgereizt, von innen stieß ich den Deckel auf. Geschafft. Langsam und so leise wie möglich schob ich den Deckel beiseite.
Endlich umströmte mich kühlere Luft und ich konnte befreit durchatmen. Insgesamt befanden sich acht Kisten im Frachtraum. Mein Rücken schmerzte von der ständig zusammen gekauerten Haltung. Meine Beine fühlten sich taub an. Ich kletterte aus der Kiste heraus und ging ein paar Schritte hin und her. Langsam ließ das Taubheitsgefühl nach und mir ging es wieder besser. Gerade hatte ich beschlossen, wieder in die Kiste zu klettern, als ich eine Gestalt wahrnahm. Plötzlich wurde das Licht eingeschaltet und Mr. Zanolla sah mich entgeistert an.
»Ja, träum ich denn? Was zum Teufel … Jade? Was hast du hier zu suchen? Wie kommst du hier her?«, brüllte er.
Die Röte schoss mir ins Gesicht und ich wusste im ersten Moment nicht, was ich sagen sollte.
Wut blitzte in seinen Augen auf. »Das darf doch wohl nicht wahr sein! … Wie kommst du hier rein?«, schrie er mich wutentbrannt an.
»Ich …, ich... « Mehr brachte ich nicht heraus.
Er zupfte ein Funkgerät aus seiner Hosentasche.
»Wir haben einen blinden Passagier. Wir müssen umdrehen und die Sache sofort abblasen.« Kaum hatte er diese Worte in sein Funkgerät gebrummt, kamen bewaffnete Männer in den Frachtraum. Drohend hielten sie ihre Pistole auf mich, so dass ich langsam meine

Hände hob. Unter ihnen erkannte ich Noah, Daniel und Christiano, die nicht begreifen konnten, wie ich hier herkam.
Weitere Männer kamen in den Frachtraum, darunter auch Mr. Chang. Er bahnte sich einen Weg zwischen den Männern zu mir hindurch.
»Nehmt sofort die Waffen runter.« Die Männer taten sofort, was er sagte. »Was machst du hier, Jade?«, schrie Mr. Zanolla erneut. Ich sah ihm an, wie verärgert er war. »Ich begreife das einfach nicht. Wie bist du überhaupt in das Flugzeug gekommen?«
Alle sahen mich an und jetzt war es wichtig, dass ich meinen Mund hielt.
»Los, schafft sie nach vorne«, rief Mr. Zanolla, während Mr. Chang mir einen ernsten Blick zuwarf. Ein muskelbepackter, nach Schweiß riechender Typ trat hervor, packte mich fest am Oberarm und zog mich mit sich.
»Hey, Pfoten weg«, beschwerte ich mich und versuchte, mich ihm zu entreißen. Doch sein Griff wurde nur noch stärker.
»Aua! Du tust mir weh. Lass deine Drecksgriffel von mir«, jammerte ich.
»Lass sie los, Mo. Ich übernehme das«, mischte sich Noah ein und sofort ließ dieser Vollidiot tatsächlich los. Ich rieb mir die schmerzende Stelle am Arm. Langsam führte Noah mich in den Passagierbereich. »Willst du mich in Schwierigkeiten bringen? Was soll das, Jade?«, presste er flüsternd hervor.
»Mach dir keine Sorgen, ich werde dich nicht verraten.« Er führte mich den schmalen Gang entlang, bis wir zu den Sitzen gelangten. Hinter uns folgten Mr. Zanolla und Mr. Chang.

Ich setzte mich auf einen der Sitze.
»So, junges Fräulein. Wie kommst du hier her und erzähl mir nicht, du hattest keine Hilfe. Niemand kann unentdeckt die Padres de Luz verlassen.« Feindselig sah er mich an. »Hast du eigentlich eine Ahnung, was du angerichtet hast? Wegen dir können wir unsere ganze Aktion abbrechen und zurückfliegen.«
»Zurückfliegen und abbrechen? Das können wir nicht machen, Zanolla«, mischte sich Mr. Chang ein. »Wir sollten unseren Flug wie geplant fortsetzen.«
Der Cheftrainer schüttelte den Kopf. »Was reden Sie da, Chang. Wir haben eine Illustris an Bord und wohin wir fliegen muss ich Ihnen ja nicht sagen. Tramonti wird uns umbringen, wenn er davon erfährt«, schnaubte er aufgebracht.
»Denken Sie doch einmal nach. Wenn wir die Operation abblasen, könnte es viele Menschen das Leben kosten. Wollen Sie dafür die Verantwortung übernehmen?«
»Ich? Sie! Sie allein trägt dafür die Verantwortung«, brüllte er. »Ich werde dem Piloten sagen, er soll die Maschine zurückfliegen.«
»Nein, warten Sie«, rief Mr. Chang dazwischen und brachte ihn dazu, innezuhalten. »Wir können Tramonti später informieren.«
»Und was soll ihrer Meinung nach mit ihr geschehen? Ich kann keinen Mann als Babysitter für sie entbehren.«
Als Babysitter? Hatte er sie noch alle? Das hätte mir gerade noch gefehlt. »Ich bin durchaus in der Lage, auf mich selbst aufzupassen«, warf ich in die Diskussion ein.
Mr. Zanolla lachte böse auf. »Mutig bist du ja, das muss ich dir lassen. Aber nein, ich schlage vor, wir drehen um, je früher, desto besser.«

»Nein! Bitte! Ich verspreche, auch keinen Ärger zu machen.«
»Ich kann Tramonti nicht hintergehen und ihm so eine wichtige Information unterschlagen.«
»Wir haben zu viel investiert, Zanolla. Wir können nicht zurück. Wir werden Jade mitnehmen müssen«, sagte Mr. Chang.
»Ich bin hier der Leiter dieser Einheit. Ich entscheide«, brüllte er wieder.
»Natürlich, aber Sie sollten ihre Entscheidung überdenken. Noch ist nichts verloren.« Daraufhin wurde Mr. Zanolla nachdenklich. Ein paar Mal sah er in unsere Gesichter und ich betete inständig, er würde auf den Rat von Mr. Chang hören.
»Nun gut, die ersten Tage brauche ich nicht alle Männer«, überlegte er laut. »Mo, du bleibst bei ihr. Sei ihr Schatten. Wo sie hingeht, bist auch du, verstanden?«
»Ja, Sir!«, hörte ich den Grobian sagen, während ich über meinen Arm strich, der noch immer gerötet war. Oh nein, nicht dieser Kerl!
»Bitte, kann nicht jemand anders das übernehmen? … Noah könnte auf mich aufpassen!«
»Noah? Weshalb?« Na, auf keinen Fall wollte ich den nach Schweiß riechenden Typen in meiner Nähe haben.
»Weil er mein Trainer ist«, beeilte ich mich zu sagen. »Außerdem könnte er mich weiterhin trainieren.« Von meiner eigenen Idee begeistert, blickte ich zu Noah, in der Hoffnung, er würde meine Bitte bei Mr. Zanolla unterstützen.
»Hm... das soll er entscheiden. Ich brauche ihn vorerst für die Observierung nicht. Wenn er allerdings zustimmt, dann ist er für dich verantwortlich.« Zufrieden nickte ich und sah hoffnungsvoll zu Noah. Würde er einwilligen?

Er erwiderte meinen Blick, doch nichts konnte ich in seinen Augen lesen, sein Gesicht war ausdruckslos. Unauffällig zeigte ich zwei Finger. Sie signalisierten meinen zweiten Wunsch, den er mir noch schuldete. Ich konnte nur hoffen, dass er meine Geste verstand. Sein Blick war lang und intensiv, bis er sich endlich äußerte.

»Ich warne dich, Jade. Wenn du versuchst, mich zu hintergehen, dann …«

»Danke, Noah!«, flüsterte ich bedächtig. Damit war mein Aufenthalt in Rom sicher.

Kapitel 22

Wir verließen den Flughafen und fuhren mit mehreren Autos und Transportern durch Rom. Es dämmerte bereits. Noah benahm sich wirklich wie mein Schatten. Er wich keinen Schritt von mir und hin und wieder erinnerte er mich an die Gorillas, die Amy und mich nie aus den Augen gelassen hatten.

Die Schönheiten Roms konnte ich nur erahnen. Wir fuhren durch die große Stadt. Die Dichte der Häuser lockerte sich auf, da konnte ich meine Augen nicht mehr länger offen halten und nickte ein.

»Hey, Jade, wach auf! Wir sind da.« Noah, der neben mir saß, rüttelte mich wach. Autotüren wurden zugeschlagen und die Männer machten sich schon ans Ausladen des Gepäcks.

Aufrecht setzte ich mich hin und sah mich um. Wir parkten vor einem typischen italienischen Landhaus mit dunkelbraunem Ziegeldach und grünen Fensterläden, die zum Teil geschlossen waren. Durch die vielen Bäume konnte ich Nachbardächer der angrenzenden Häuser entdecken. Eine Mauer schützte das Haus vor neugierigen Blicken und vor unerlaubtem Zutritt. Das Grundstück schien nicht sehr groß zu sein. Wir hatten auf dem Kiesweg, der zum Haus führte, geparkt.

Ich griff nach meiner Tasche und stieg aus. Der kleine Platz vor dem Haus war sehr gepflegt. Überall blühten Blumen und die Wiese, die sich auf der rechten Seite in einen kleinen Wald erstreckte, war frisch gemäht.

Gemeinsam liefen Mr. Zanolla, Noah und ich zum Haus.

»Ich schlage vor, Jade soll sich erst mal ausruhen. Ich werde den Professor informieren. Ich bin gespannt, wie er entscheiden wird«, sagte Mr. Zanolla.
Plötzlich wurde die Eingangstür des Hauses geöffnet.
»Jade!«, rief jemand meinen Namen. Ich sah zum Haus und mein Herz kam für einen Moment ins Stolpern.
Wie war das möglich? Träumte ich vielleicht oder sah ich Gespenster? Sofort blieb ich stehen und hielt die Luft an. Fassungslos sah ich zu der Person, die uns langsam entgegenkam.
»Agnes!«, flüsterte ich ihren Namen und schon rannte ich ihr entgegen. Stürmisch umarmten wir uns und weinten beide, fest hielten wir uns umschlungen. Sie war schon immer wie eine Mutter für mich gewesen und endlich hatte ich sie wieder. So sehr hatte ich sie vermisst und an ein Wiedersehen mit ihr nicht mehr geglaubt.
Mehrmals löste ich mich von ihr und sah ihr tief in die Augen, um auch wirklich sicher zu sein, dass ich nicht träumte.
»Mein Mädchen, endlich hab ich dich wieder«, sagte sie unter Tränen und drückte mich immer wieder in ihre Arme. Tiefe Erleichterung durchströmte mich. Es fühlte sich so unsagbar gut an, als wäre ich … Plötzlich schossen Gedanken in meinen Kopf. Wieso war Agnes hier? Was hatte sie mit den Padres zu tun?
»Wir warten drinnen auf euch, Agnes«, sagte Mr. Zanolla und lief mit Noah an uns beiden vorbei.
Sie kannten sich? Was zum Teufel ging hier vor?
Ich versteifte mich, löste mich erschrocken von ihr. Ich bemerkte, wie die anderen Männer sie beim Vorbeilaufen grüßten. Die Freude, die ich eben noch empfunden hatte, verschwand. Ich trat ein paar Schritte

zurück und brachte kein Wort mehr heraus. Sie wusste sofort, was in mir vorging.
»Jade, ich muss dir ein paar Dinge erklären.«
»Das glaub ich einfach nicht«, sagte ich enttäuscht. »Du hast uns all die Jahre belogen.«
»Es ist nicht so, wie du denkst. Bitte!«
Die Erkenntnis traf mich wie ein Schlag. All die Jahre hatte sie uns etwas vorgespielt. Sie war ein Mitglied der Padres de Luz. Sie wusste von Anfang an über alles Bescheid.
Das glückliche Lila, welches aus mir strömte, verblasste und ein dunkler Rotton drängte aus mir. Ich war so entsetzt ... all die Jahre ihre Lügen. Wie hatte sie uns das nur antun können?
»Bitte Liebes, lass uns ins Haus gehen. Dort kann ich dir in Ruhe alles erklären.«
Ich konnte nicht. Die Wiedersehensfreude war in totale Enttäuschung umgeschlagen. In meinem Kopf spielten sich Bilder meiner Kindheit ab und verzweifelt durchforstete ich sämtliche Erinnerungen nach einem Hinweis. Ich konnte es noch immer nicht glauben! All die Jahre hütete sie dieses Geheimnis. Aber warum? Wusste Onkel Finley über sie Bescheid? Zu welchem Zweck hatte sie uns belogen?
Ich drehte ihr den Rücken zu und schloss für einige Augenblicke meine Augen. Jetzt wünschte ich mir, dass dies alles ein Traum sein würde. Alles war so verwirrend.
»Ich kann verstehen, dass du Zeit brauchst, Liebes. Ich werde ins Haus gehen. Wenn du soweit bist, komme einfach, dann können wir in Ruhe über alles sprechen«, sagte sie und ich hörte, wie beim Weglaufen der Kies unter ihren Sohlen knirschte. Der letzte Transporter war

ausgeladen. Alle waren nun im Haus. Ich stand irgendwo in Rom auf einem Grundstück und rang um Fassung.
Die letzte Erinnerung, die ich an Agnes hatte, war der Tag, an dem unser Haus in die Luft flog. Damals war sie krank gewesen und Onkel Finley hatte darauf bestanden, dass sich unsere Haushälterin frei nahm. Wie oft hatte ich daran gedacht, dass ihre Erkältung ihr das Leben gerettet hatte! Agnes wäre bestimmt, wie viele andere an dem Tag, getötet worden. Und jetzt? Jetzt musste ich feststellen, dass auch sie Teil dessen und offensichtlich über alles informiert gewesen war.
»Du solltest hineingehen, Jade. Du tust ihr Unrecht.«
Ich drehte mich um und sah zu Noah. »Ich tue ihr Unrecht? Was weißt du schon?«
Langsam kam er auf mich zu. »Das stimmt, ich weiß nicht viel. Aber das spielt keine Rolle. Agnes weint sich die Augen aus. Sie wusste nicht, dass du bei uns bist.«
»Und ich wusste mein ganzes Leben nicht, dass sie eine von euch ist. Sie hat mich belogen, Noah.«
Er nickte. »Manchmal muss man das, um die zu schützen, die man liebt. … Komm, gib ihr eine Chance.«
Ein nervöser Orangeton mischte sich in meine Aura. Was, wenn sie mir Dinge erzählte, die ich lieber nicht wissen wollte? Dinge, die mich noch mehr verletzten, mich noch mehr verstörten?
»Komm, sie wartet auf dich.« Er reichte mir seine Hand und sah mich eindringlich an. Ich schluckte und je länger ich darüber nachdachte, desto mehr wurde mir klar, dass ich mich der Wahrheit stellen musste. Vielleicht hatte sie ein paar Antworten auf meine Fragen.

Zusammen mit Noah betrat ich verunsichert das Haus. Ein großer Wohnbereich empfing uns. Ein langer Tresen

grenzte die Küche ab, an dem einige von Zanollas Männer saßen. Der rustikale Stil des Hauses fand sich auch in den Möbeln wieder.
Agnes schenkte den Männern gerade Kaffee ein, als sie mich hereinkommen sah. Sie putzte sich noch einmal die Nase und sah mich mit verweinten und glasigen Augen an.
»Zanolla telefoniert gerade mit Prof. Tramonti. Wenn du möchtest, können wir in einen anderen Raum gehen, dort sind wir ungestört«, sagte sie und kam auf mich zu.
Nickend presste ich meine Tasche fest an mich und folgte ihr schweigend die Treppe hinauf. Sie öffnete die Tür des ersten Zimmers auf der oberen Etage. Ein Schreibtisch, ein geblümtes, altes Sofa mit rosa Kissen und schwere Vorhänge an den großen Fenstern ließen es gemütlich wirken. Kleine Bilder mit gemalten Vasen zierten weiße Wände und ein Schaukelstuhl stand neben einem Bücherregal.
»Setz dich, mach es dir bequem!«, forderte sie mich auf. Ohne sie dabei anzusehen, nahm ich Platz. Die Kluft zwischen uns war groß, ich spürte, wie unangenehm es ihr war. Sie setzte sich neben mich und schwieg eine Weile. Die Anspannung zwischen uns wurde immer größer, dabei liebte ich diese Frau wie eine Mutter. Ich hielt es schließlich nicht länger aus.
»Seit wann gehörst du zu den Padres?«
»Jade, ich weiß, dass ich euch belogen habe. Aber bevor ich dir alles erzähle, möchte ich, dass du weißt, dass ich euch wie meine eigenen Töchter geliebt habe und es immer noch tue. Und egal wie dieses Gespräch ausgeht, ich werde immer hinter dir stehen und dich unterstützen, wo ich nur kann. … Ich arbeite schon sehr lange für die Padres. Ich bin so eine Art Mädchen für alles, wenn du

so willst. Damals, als Finley euch zu sich aufgenommen hatte, hielten wir es für das Beste, wenn jemand von uns deinen Onkel bei der Erziehung unterstützt. Außerdem gab es ein Problem und wir mussten sicherstellen, dass ihr bei Finley sicher seid.«

»Wieso?

»Seine Weste war nicht sauber und die Padres trauten ihm nicht.« Ich verstand kein Wort und kräuselte meine Stirn.

»Er war ein korrupter Mensch, Jade. Er war ein Senator und nutzte seine Macht für kriminelle Geschäfte aus. Er besaß ein großes Netzwerk, viele seiner Partner machten Geschäfte mit Morgion und wir wussten nicht, inwieweit auch er mit Morgion sympathisierte.«

Jetzt taten sich Abgründe auf. Nie im Leben hätte ich so weit gedacht. Die dunklen Geheimnisse meiner Familie wurden immer besser.

»In was für kriminelle Geschäfte war er verwickelt?«

»Willst du das wirklich wissen? Willst du ihn nicht lieber als deinen netten, lieben Onkel in Erinnerung behalten?«

»Nein, ich will alles wissen. Ihr habt uns beide so viele Jahre belogen, ich denke, ich habe die Wahrheit verdient«, gab ich tonlos zurück.

»Nun gut. Bevor er euch bei sich aufnahm, sagte man ihm Geldwäsche, Waffen- und Menschenhandel nach, allerdings fand man nie Beweise. Daher beschlossen sie, ihn zu überwachen und schickten mich als Haushälterin zu euch. Ich konnte nie eine nähere Verbindung zwischen deinem Onkel und Morgion feststellen.«

»Und er hat nicht einmal gemerkt, dass du im Auftrag der Padres in unserem Haus warst?«

Agnes stand auf und lief zum Fenster. »Nein. Bis heute war das alles ein Geheimnis.«
Das Bild, welches ich von Onkel Finley hatte, passte schon lange nicht mehr. Als ich ein Kind war, war mein Onkel für mich der liebste Mensch auf der Welt. Nie hätte ich gedacht, dass ich mich so in ihm hatte täuschen können. Je älter ich wurde, desto öfter blickte ich in sein sorgenvolles Gesicht. Wie oft fragte ich mich, was für Probleme er hatte und fand darauf nie eine Antwort. Vermutlich war es die Angst, dass seine vergangenen kriminellen Geschäfte aufgedeckt würden. Er liebte uns, wie oft hatte er uns dies gezeigt? Und dann kehrten die Erinnerungen an seine letzten Minuten zurück, bevor er starb.
»Weißt du, dass Amy ihn einmal geheilt hat?«
Sie wandte sich zu mir. »Du weißt davon?«
»In den letzten Minuten seines Lebens verlangte er von mir, dass ich ihn heilen solle und als ich es nicht konnte, sagte er mir, dass Amy es schon einmal geschafft hatte.«
»Das stimmt, allerdings war deine Schwester damals noch sehr jung und er glaubte, in ihr so eine Art Super-Illustris zu sehen. Amy war damals etwa fünf Jahre alt. Er schnitt sich versehentlich in die Finger und sie heilte die Wunde, ganz instinktiv. Normalerweise ist es in dem Alter sehr selten, dass eine Illustris heilen kann. Doch er glaubte, in ihr die Illustris der neuen Generation gefunden zu haben und behandelte sie von da an wie ein rohes Ei.« Agnes setzte sich wieder zu mir.
Das passte zu ihm. Wie oft hatte er mir eingetrichtert, auf Amy aufzupassen und wie oft hatte er mich für ihre Aussetzer verantwortlich gemacht!
»Du hast dich schlecht gefühlt, nicht wahr?«, fragte sie mich. Sie wusste es – schon immer. Sie war diejenige,

die mich immer getröstet hatte, wenn Onkel Finley mich mal wieder zur Rechenschaft zog.
Ich durfte nicht ungerecht sein. Oft war er wirklich lieb zu mir gewesen, doch jetzt legte sich ein weiterer Schatten auf all meine guten Erinnerungen, die ich von ihm hatte. »Er war kein schlechter Mensch«, sagte ich schnell, doch es fiel mir schwer, es selbst zu glauben.
»Nein, das war er nicht. Aber er hat sich all die Jahre getäuscht und dich nicht fair behandelt. … Dann wurde er unheilbar krank.«
Erstaunt sah ich auf. »Er war krank? Davon wusste ich nichts.«
»Er wollte nicht, dass ihr es jemals erfahrt. Er hatte Aids im Anfangsstadium und hoffte, dass Amy ihn irgendwann heilen könnte.«
»Aids? Davon hat er nie etwas erwähnt!«, sagte ich laut. Es stimmte, in den letzten Monaten war er öfters krank und sah nicht gut aus, aber dass er unheilbar krank war – auf diesen Gedanken wäre ich nie gekommen.
»In einer Spezialklinik, in der er sich behandeln ließ, lernte er schließlich Alegra kennen. Auch sie wusste nichts davon. Es gab nichts Schlimmeres für ihn als den Tod. Das sagte er einmal zu mir. Dass ausgerechnet er an so einer Krankheit sterben sollte, wo er doch ein Mädchen mit heilender Gabe zu Hause hatte, machte ihn schon ziemlich fertig.«
»Und dann ist er letztlich nicht an seiner Krankheit gestorben, sondern durch Morgion.« Es tat mir leid für Onkel Finley, dennoch löste es, erstaunlicherweise, nicht viel in mir aus. Eine Leere stieg in mir hoch, die mich so unglaublich müde werden ließ.
»Jade? Geht es dir gut?«

Ich schreckte auf, war so in meine Gedanken vertieft, dass ich nicht mitbekam, wie sie sich neben mich gesetzt hatte.
»Äh ja! Es ist nur ...«
»Es ist viel passiert in den letzten Wochen.«
»Ja. Und ich glaube, ich werde noch einige Zeit brauchen, bis ich alles verdaut habe.«
Sie stimmte mir nickend zu. »Kannst du mir verzeihen?«, fragte sie und sah mir ins Gesicht.
»Du bist alles, was ich noch an Familie habe. Es verletzt mich nicht, dass du in Wahrheit gar nicht unsere Haushälterin warst, es war mehr die Gewissheit, dass unser ganzes Leben eine Lüge ist. Wir hatten nie die Möglichkeit, etwas selbst zu entscheiden. Niemand sagte uns die Wahrheit. Diese vielen Lügen und Ausreden, ich habe es so satt. … Aber … ich freue mich, dich wieder zu haben und noch mehr, dass du jetzt ehrlich zu mir sein kannst.«
»Ach, Jade, mein Liebes«, sagte sie und schloss mich in ihre Arme. Ich ließ mich in die Umarmung fallen und endlich konnte ich mich wirklich freuen, Agnes wieder zu haben. Mit ihr hatte ich eine Verbündete, der ich vertrauen konnte.
»Du wirst müde sein. Ich werde dir dein Zimmer zeigen.« Wir standen auf und gingen zur Tür, bis sie plötzlich stehen blieb. »Ach du liebe Güte, das hätte ich ja beinahe vergessen!«
»Was denn?«
»Happy Birthday, Jade!«
Shit! Mein Geburtstag. War der wirklich heute?
Sie drückte mich noch einmal sanft und streichelte mir über meine Wange. »Mal sehen, vielleicht lässt sich ja noch ein Kuchen auftreiben.«

»Nein! Bitte, Agnes. Das brauchst du nicht.« Ich schüttelte leicht den Kopf. »Ich möchte diesen Tag nicht … feiern.« Eine Weile sah sie mich an und sie verstand. »In Ordnung, wie du möchtest. Aber dafür werde ich ein besonderes Essen für uns zubereiten.« Da war es wieder, das vertraute, liebevolle Grinsen auf ihren Lippen, wenn sie mir etwas Gutes tun wollte.

Nach einer Mütze voll Schlaf und einem besonders guten Gemüseauflauf, ging ich duschen und betrat am frühen Abend den Wohnbereich, wo Noah und ein paar andere Jungs Karten spielten. Wie üblich half ich Agnes in der Küche. Es war so normal, als wären wir zu Hause in Bayville und fast konnte ich für ein paar Minuten meinen Kummer vergessen.
»Wieso bist du eigentlich hier?«, wollte ich von Agnes wissen, während sie einen Topf spülte und ich das Besteck in eine Schublade räumte.
»Na, weil dieser Haufen, der mal wieder nur faul Karten spielt, sich nicht allein versorgen kann.« Sie nickte zu den Männern an den Tischen.
»Hey, Agnes, wir haben Ohren!«, rief Daniel gespielt beleidigt.
»Und genau diese gehören euch mal lang gezogen. Ihr könntet wenigstens euer Geschirr vom Tisch selbst zur Spüle tragen«, meckerte sie.
»Und was ist mit Ron? Ist er auch ein Mitglied der Padres?«
»Ja, das heißt, er war es. Nach seinem Herzinfarkt vor ein paar Jahren wollte er nur noch die Tätigkeit als Gärtner bei euch weiter ausüben. Alles andere wurde ihm zu viel.«

»Und was ist in Bayville geschehen? Was ist nach unserer Flucht passiert?«
»Das Haus … existiert nicht mehr. Alles ist zerstört. Die Zeitungen und die Nachrichtensender waren tagelang voll mit ganz unterschiedlichen Berichten, wovon kein einziger der Wahrheit entsprach. Du kannst dir vorstellen, dass ganz Bayville nur noch dieses Thema hatte. Du und Amy seid als vermisst gemeldet. Und die Polizei ermittelt noch immer.«
»Und Toms Eltern?«
Sofort legte sich ein trauriger Ausdruck auf ihr Gesicht.
»Tom wurde identifiziert. … Sie tun mir so schrecklich leid, Jade. Die Armen leiden wirklich sehr unter ihrem Verlust.«
»Ja, … ich vermisse ihn auch sehr.« Wieder schob sich das Bild in meinen Kopf, wie er angeschossen da lag und starb.
Mr. Zanolla betrat die Küche und räusperte sich.
»Mr. Tramonti möchte dich sprechen. Er ist am Telefon in meinem Büro, Jade.« Jetzt konnte ich mir bestimmt tausend Vorwürfe anhören und mich auf einiges gefasst machen. Ich straffte meine Schultern und folgte Mr. Zanolla in ein Büro, welches sich im Erdgeschoss befand. Der Telefonhörer lag auf dem Schreibtisch und ohne zu zögern nahm ich ihn und presste ihn an mein Ohr.
»Hallo, Prof. Tramonti!«
Es folgten erst ein Wutanfall und dann ein Schwall von Vorhaltungen, bis er sich letztlich beruhigte. Im Hintergrund hörte ich einige Männer aus dem Rat, wie sie dazwischen brüllten.
»Du hast ein solches Glück, dass ich nicht vor Ort bin, junge Dame. Was hast du dir dabei gedacht?«

»Ich weiß es nicht!«, sagte ich gespielt kleinlaut. »Es tut mir leid.«
»Wir werden uns noch ausführlich darüber unterhalten. … Ich habe mit Mr. Zanolla ausgemacht, dass du in zwei Tagen mit unserer Maschine zurückfliegen wirst. Vorher ist es einfach nicht möglich, ohne unsere Operation zu gefährden. Hast du verstanden?«
»Ja!«
»In der Zwischenzeit wirst du bei Agnes bleiben und das Haus nicht verlassen. Hast du das auch verstanden?«
»Ja, auch das habe ich verstanden!«
»Gut. Dann sehen wir uns in zwei Tagen und dann werden wir ausführlich über dein Verhalten sprechen müssen und über Regeln, die auch du einhalten musst. Zum Beispiel, dass wir keine Haustiere halten.«
Oh ohh... ! Das war gar nicht gut. Sie hatten Sternchen entdeckt. Wie waren sie dahinter gekommen?
»Wir werden uns ausführlich sprechen«, wiederholte er sich noch einmal.
»Ist schon gut, ich habe ja verstanden.« Dann legte er auf.
Also zwei Tage Aufschub, das war mehr als ich erwartet hatte. Damit hatte ich genug Zeit, mir einen Plan auszudenken.

Am nächsten Morgen teilte Mr. Zanolla alle Männer in Gruppen ein. Die meisten waren gekleidet wie normale Passanten und die anderen wie Touristen. Sie hatten den Auftrag, Beobachtungen durchzuführen und Informationen zu sammeln. Ein Stadtplan lag ausgebreitet auf dem Tisch und Mr. Zanolla hatte die Männer um sich herum geschart, so dass ich nicht sehen konnte, welche Zonen Roms er auf der Karte

einzeichnete. Ein paar Mal streckte ich neugierig den Kopf, doch es war vergebens. Es herrschte Aufbruchsstimmung. Sie verschwanden mit den Autos und ließen Agnes, Noah und mich zurück im Haus.
»Wie lange bleiben sie nun fort?«, wollte ich wissen, um mir einen Zeitrahmen zu verschaffen.
»Ein paar Stunden. Warum fragst du?« Noah saß auf einem Sessel und machte es sich gemütlich.
»Ich bin eben neugierig. Was ist, trainieren wir heute noch draußen im Garten?«
»Vergiss es, Jade. Du wirst das Haus nicht verlassen. Schon vergessen?«
Mist! Ich musste aber irgendwie ins Freie gelangen. Wie sollte ich sonst eine günstige Stelle an der Mauer finden, über die ich klettern könnte?
»Aber es ist so schönes Wetter draußen. Ich ersticke noch hier drin.« Es war wirklich warm, aber Noah schien das nicht zu interessieren. Er lag im Sessel und schloss die Augen.
»Nicht jetzt! Später, Jade, später.«
Er ließ mich einfach stehen und ich erkannte meine Chance, wenn er meinte, schon am Vormittag ein Schläfchen halten zu müssen. Agnes war mit der Reinigung der Zimmer beschäftigt. Ich wartete noch ein paar Augenblicke, bis Noah wirklich eingeschlafen war, um mich dann in den Garten zu schleichen.
Ich hätte es von jeder Stelle der Mauer aus geschafft, darüber zu klettern. Mein Problem war nur, wie kam ich zur Villa Ada? Ich hatte keine Ahnung, wo die sich genau befand - und Rom war groß.

Ein kleiner Steinweg führte um das Haus auf eine Wiese. Ich setzte mich ins Gras. Durch ein geöffnetes Fenster

hörte ich die Waschmaschinen schleudern und vernahm ein paar vorbeifahrende Autos auf der anderen Seite der Mauer. Vor mir sah ich in das kleine Waldstück. Wie weit wäre ein Fußmarsch in die Innenstadt? Vielleicht gab es die Möglichkeit, in die Stadt zu trampen?
Plötzlich spürte ich dieses merkwürdige Gefühl, beobachtet zu werden. Sofort richtete ich mich auf und sah mich um. Ich kannte dieses Gefühl. War ein Taluri in meiner Nähe? Sofort sah ich auf meine Haut. Keine Ornamente, keine Hitze. Warum nahm ich Gefahr wahr? War dort jemand im Wald? Unsicher stand ich auf und trat einen Schritt zurück, als mich jemand plötzlich von hinten angriff. Der Angreifer legte seinen Arm um meinen Hals und hielt mir mit der anderen den Mund zu, damit ich nicht schreien konnte.
Zuerst wollte mein Körper in Panik verfallen, doch dann besann ich mich rechtzeitig und stieß meine Ellenbogen in seine Rippen, bis er mich schließlich unter lautem Stöhnen losließ. Blitzschnell drehte ich mich um und wunderte mich über einen maskierten Typen. Er trug eine schwarze Maske, die nur seine Augen freigab.
Na, der konnte was erleben! Mit zwei heftigen Tritten in sein Allerheiligstes fiel er schwer keuchend auf die Wiese und winselte.
»Jade! Hör auf, ich bin's!«
Gerade wollte ich weiter auf ihn eintreten, als ich seine Stimme erkannte. »Noah?« Ich beugte mich zu ihm herunter und riss ihm die Maske vom Kopf.
»Aber …?«
Mit schmerzverzerrtem Gesicht rappelte er sich langsam auf.
»Schon gut, ich bin es doch nur! Bitte, ich ergebe mich!«

»Sag mal, spinnst du? … Verdammt! Du hast mich zu Tode erschreckt«, fuhr ich ihn an. Es dauerte mehrere Augenblicke, bis er sich von den Schmerzen erholt hatte. »Mensch, Noah! Was soll denn das?«

»Du wolltest doch trainieren, oder?«, presste er hervor und hielt mit beiden Händen seine Mitte.

»Ja, das wollte ich. Aber an deinen Schmerzen bist du wohl jetzt selbst schuld, würde ich sagen.«

»Was machst du überhaupt hier draußen? Hatte ich nicht gesagt, du bleibst im Haus?«, fragte er und setzte sich, nachdem er sich wieder einigermaßen erholt hatte, auf die Wiese.

Ich verdrehte die Augen. »Was spricht dagegen, wenn ich hier in der Sonne sitze? Außerdem hast du ja ein Schläfchen gehalten.«

»Ha, genau das solltest du ja auch glauben. Ich wollte sehen, ob du dich an die Abmachungen hältst.«

Genervt setzte ich mich neben ihn. »Dann würde ich sagen, wir sind quitt. Tut mir leid, aber jetzt weißt du wenigstens, dass ich nicht so wehrlos bin, wie ich aussehe.«

Gegen seinen Willen musste er grinsen. »Das spüre ich. … Was willst du hier?« Er sah mich fragend an und eigentlich wusste ich, dass ich ihm vertrauen konnte. Doch irgendetwas riet mir, es ihm nicht zu sagen.

»Ich habe meine Gründe.«

»Das sehe ich - und es war ein Fehler. Ich hätte dir nicht sagen dürfen, dass wir Madrid verlassen.«

Mag sein, dass dies in seinen Augen ein Fehler war. Für mich war es die Lösung. Länger hätte ich es bei den Padres nicht mehr ausgehalten.

»Wer unterrichtet die Mädchen, während ihr hier seid? Die haben doch nicht etwa frei?« Ich konnte nur hoffen, ihn so vom Thema abzulenken.
Jetzt lachte er laut auf. »Eigentlich sollten sie frei haben und dich müsste man dazu verdonnern, das Haus zu schrubben. Aber nein, die Padres haben noch mehr Leute, die das für uns übernehmen.« Nach einer Weile wurde sein Blick wieder ernster, fast schon mürrisch sah er mich an. Meine Güte, der Kerl war ja schlimmer als ein Chamäleon. Von einer Sekunde auf die nächste änderte sich seine Laune, wie das Tier seine Farbe.
»Ist er es wert?«, fragte er mich schließlich und in seiner Stimme lag etwas Provokantes und gleichzeitig Trauriges.
Er wusste, warum ich hier war. Es ging um Luca. Ihm war klar, dass ich nach ihm suchen wollte. War es so offensichtlich? Ich senkte meinen Kopf und zupfte an einem Grashalm.
»Was willst du jetzt von mir hören?«
»Die Wahrheit!«
»Die Wahrheit ist …!«
»Ach, hier seid ihr!«, rief Agnes. »Noah, kannst du mir mal helfen? Der Rollladen oben klemmt.«
Sie war meine Rettung. Es war schwierig, ihm zu antworten, ohne zu viel von mir zu verraten. Er wäre imstande und würde mich noch persönlich an den Flughafen bringen.
»Ich komme!«, rief er Agnes zu und wandte seinen Blick wieder mir zu. »Und du bleibst schön hier sitzen und rührst dich nicht. Ich kann dich vom Fenster aus sehen, Jade.« Er sprach es wie eine Warnung aus.

Die Sonne streichelte meine Haut. Ich saß auf der Wiese, kämpfte mit meiner inneren Unruhe. Noch war meine Idee nicht ausgereift. Aber den Weg zur Villa Ada würde ich finden, ganz egal, wie lange es dauern würde. Sollte ich Noah …? Nein, er war ein Freund. Kurz spielte ich mit dem Gedanken, ihn zu bitten, mit mir zu kommen. Aber würde er das auch tun? Immerhin hatte ich noch meinen dritten Wunsch offen. Aber diesen dafür einzusetzen war vermutlich vergebens. Vielleicht würde er mich bis zu meinem Heimflug einsperren und dann wäre wirklich alles umsonst.
Ein Schauer fuhr mir den Rücken hinunter, als das Gefühl, beobachtet zu werden, wieder da war. Noah war erst ein paar Minuten weg.
»Noah, lass das. Ein zweites Mal falle ich nicht auf dich herein!«, sagte ich und stand ruckartig auf und drehte mich um. Doch da war niemand. Kein Noah stand hinter mir, aber das Gefühl war eindeutig. Mein Blick streifte an der Mauer entlang, hinüber zu dem Wäldchen.
Plötzlich vernahm ich ein leises Krächzen und eine Krähe hielt meinen Blick gefangen. Mein Herz fing an zu klopfen und sofort ging ich ein paar Schritte auf sie zu. Sie saß auf einem Baum, hoch oben auf dem Wipfel und sah mich an.
War das Gavin? Zumindest war es eindeutig eine Maori-Krähe. Ich erkannte sie an ihrer ungewöhnlichen Größe, an ihren blauen Wangen, und wenn ich ganz genau hinsah, konnte ich an ihrem Fuß etwas Dunkles erkennen.
Vom Haus her hörte ich Gepolter und Noah laut fluchen. Meine Aufmerksamkeit blieb bei der Krähe. Mit klopfendem Herzen lief ich noch näher zum Baum und jetzt war ich mir sicher, der Vogel beobachtete mich.

Hatte Luca ihn geschickt? Oder hatte er vielleicht eine Nachricht für mich?
Ich streckte meinen Arm nach ihm aus, wie Luca es mir schon einmal gezeigt hatte, in der Hoffnung, der Vogel würde mich anfliegen und auf meinem Unterarm landen. Doch stattdessen kreischte er noch einmal leise, spreizte seine Flügel und flog davon.
Nein! Wo wollte er denn hin? Sollte ich nach ihm rufen? Aber dafür war er schon zu weit weg. Ich sah ihm nach, bis ich ihn am Himmel nicht mehr ausmachen konnte. Tausend Gedanken und Ideen schossen durch meinen Kopf. Es war Gavin, da war ich mir sicher und es musste eine Bedeutung haben. Mein Gott, ich war so aufgeregt, dass ich Noah, der am Fenster den Rollladenkasten reparierte, nicht rufen hörte.
Unentschlossen, was ich nun tun sollte, ging ich ins Haus zurück. Vielleicht hatte er eine Nachricht im Schnabel gehabt. Vom ersten Stock aus röntgte ich die gesamte Wiese ab nach einem Stück Papier, das er fallen gelassen haben könnte. Doch ich konnte nichts entdecken.
Am späten Nachmittag trudelten nacheinander Zanollas Späher wieder ein. Dann wurden alle Tische im Essbereich zusammengeschoben und die Ergebnisse des Tages ausgewertet. Mr. Zanolla schien sehr zufrieden mit seinen Männern zu sein. Während einer kleinen Pause nahm mich Mr. Chang unauffällig beiseite.
»Jade, wenn man dich zum Flughafen bringt, wird der Wagen dich stattdessen zu einem Bekannten von mir bringen. Leider hat mir Zanolla keine andere Wahl gelassen. Ich muss eine Entführung vortäuschen. Aber keine Sorge, dir wird nichts geschehen.«

»Ja, in Ordnung.« Nickend stimmte ich ihm zu. Ich wusste, im Zweifelsfalle würde sich Mr. Chang etwas einfallen lassen. Er tätschelte zufrieden meinen Oberarm und ging wieder zur Besprechung zurück.
Die meiste Zeit verbrachte ich in meinem Zimmer am Fenster, in der Hoffnung, Gavin noch einmal zu sehen. Die Stunden vergingen nur langsam. Als es dunkel wurde, verließ ich mein Zimmer und half Agnes in der Küche. So war ich wenigstens beschäftigt. Morgen würde es soweit sein und Mr. Changs Plan würde endlich in die Tat umgesetzt werden, eine gewisse Nervosität konnte ich nicht verbergen. Leider fiel das Noah auf. Er beobachtete mich immer wieder. Selbst als ich eine gute Nacht wünschte, begleitete er mich in mein Zimmer und überprüfte das Fenster.
»Nicht, dass du mir schlafwandelst und vielleicht aus dem Fenster fällst.«
»Ha, ha, ha, sehr witzig, Noah!«
»Also, gute Nacht, Jade!«, sagte er und einen Ticken zu lange sahen wir uns in die Augen. Schnell überlegte ich mir eine Frage, um aus der seltsamen Situation zu entkommen.
»Bringst du mich morgen zum Flughafen?«, wollte ich wissen. Jedoch tat er mir jetzt schon leid, falls er der Unglückliche sein würde. Mr. Zanolla hatte ihm die gesamte Verantwortung übertragen. Das würde bedeuten, man würde ihn einen Kopf kürzer machen.
»Mo wird dich hinfahren. Ich bin morgen eingeteilt.«
»Was? Dieser Grobian?«
Noah lachte. »So schlimm ist er nicht! Nur seine Deo-Marke, die sollte er dringend mal wechseln. Aber ansonsten ist er ein netter Kerl.«

»Du musst ja nicht den ganzen Weg zum Flughafen neben ihm sitzen.«
»Das stimmt - und du hast mein ganzes Mitgefühl!«, spielte er theatralisch und entlockte mir dadurch ein Lachen. Irgendwie fand ich ihn schon … nett. Na ja, er versuchte wenigstens, ein Freund zu sein.
»Ach, Jade!«, sagte er, als er schon fast an der Tür stand.
»Ja?«
»Dein dritter Wunsch. Den solltest du jetzt noch von mir einfordern, wir werden uns morgen nur noch beim Frühstück sehen.«
Ein Abschied vielleicht für immer. Wie ich dieses Gefühl hasste! Ich überlegte, doch so spontan fiel mir nichts ein.
»Hast du denn einen Wunsch?«
»Ich? … Mal sehen ...! Ja, da gäbe es schon ein paar Dinge«, überlegte er laut.
»Dann schenke ich dir den letzten Wunsch.«
»Du schenkst ihn mir?« Sein Blick wurde intensiver und jeder Witz, den er eben noch auf seinen Lippen hatte, verschwand.
»Dann … wünsche ich mir einen leidenschaftlichen Kuss von dir.«
Ein Moment verging, da sah ich den Schmerz in seinen Augen und wie sehr er sich das wirklich wünschte. Er verunsicherte mich, ließ mich kurz die Vorstellung in meinem Kopf ausleben. Ganz leicht sah ich seine Wangenknochen zucken, bevor mir klar war, dass dies wieder einmal einer seiner Scherze gewesen sein musste. Laut lachte er auf. »Reingefallen! Du hättest mal dein Gesicht sehen müssen.«
Ich griff lachend nach meinem Kissen auf dem Bett und warf es ihm entgegen. Noch bevor es ihn treffen konnte, war er laut lachend aus meinem Zimmer verschwunden.

Kapitel 23

Noahs Wunsch beschäftigte mich noch eine Weile. Ich war mir plötzlich nicht sicher, ob es wirklich nur ein Spaß gewesen sein sollte. Vielleicht wünschte er sich tatsächlich einen Kuss. Einfach, weil er glaubte, dass er Rom vielleicht nie wieder verlassen würde – zumindest nicht lebend. Und wenn es wirklich so war, was würde das verändern? Ich musste mir eingestehen, dass ich ihn wirklich gern hatte - sehr gern sogar.

Panisch wachte ich am nächsten Morgen auf und versuchte, die Bilder meines Traums aus dem Kopf zu schütteln. Ich hatte die ganze Nacht von gesichtslosen Kindern geträumt, wie sie verängstigt und völlig verwahrlost von Morgion in der Villa gefangen gehalten wurden.

Ich duschte und begab mich anschließend zum Frühstück. Agnes hatte schon für alle den Tisch gedeckt und einige der Männer tranken schon ihren ersten Kaffee.

»Guten Morgen, Liebes. Hast du gut geschlafen?« Agnes kam mir gleich mit der Kanne entgegen und stupste mich zum Tisch, an dem Noah saß. Ich setzte mich ihm gegenüber.

»Guten Morgen.«

»Morgen«, erwiderte er und diesmal schien er tief in Gedanken zu sein. Kein Lächeln, kein Anflug von Freundlichkeit. Im Gegenteil, er wirkte kühl, fast so, als würde er sich über etwas ärgern.

»Kaffee, Jade?«, fragte Agnes und führte die Kanne zu meiner Tasse.

»Ja, bitte!« Ich nahm ein Brötchen und begann es aufzuschneiden. Noah sah stur auf seinen Teller.
»Was ist los? Hast du deinen Charme verschluckt und ihn heute Morgen noch nicht verdaut?«
Er sagte nichts, nahm stattdessen einen Schluck aus seiner Tasse. Leise klirrend stellte er die Tasse wieder auf den Unterteller. »Ich bin nur konzentriert auf meine heutige Aufgabe.«
Ich glaubte ihm kein Wort. Das Frühstück bei den Padres hatte er sonst auch immer mit seinen Späßen bereichert, zumindest war er kein Morgenmuffel. Er gehörte viel mehr zu der "unerträglich gut gelaunten" Sorte.
Still aß ich mein Käsebrötchen, während mir klar wurde, wie schwer es nicht nur Noah, sondern auch den anderen fallen musste, sich zu verabschieden. Ständig mit dem Tod vor Augen, mussten sie leben.
Hin und wieder trafen sich unsere Blicke. Jedes Mal breitete sich ein unangenehmes Gefühl in mir aus. Ich war traurig - traurig darüber, Noah vielleicht nicht wieder zu sehen.
Mr. Zanolla betrat den Wohnraum. »Guten Morgen, Männer, seid ihr startklar?«
»Wir sehen uns, Jade«, sagte Noah, als würde er eben nur kurz in die Stadt gehen und einen Einkaufsbummel machen. Er nahm seinen Teller vom Tisch und stellte ihn an die Spüle. Mit ihm brachen auch die anderen Männer auf, sie liefen nacheinander hinaus zu den Autos. Nur Noah lief zu seinem Rucksack, den er neben den Eingang gestellt hatte.
»Jade, ich habe hier noch etwas für dich.« Er zog aus seinem Rucksack ein schwarzes Tauchermesser heraus und reichte es mir.

Ich stutzte. »Danke! Aber …!«
»Ich bin mir sicher, du wirst es brauchen. Es hat mich schon aus den schwierigsten Situationen gerettet.«
Gerührt begutachtete ich das Messer in meiner Hand. Am Schaft entdeckte ich eine Inschrift. "Kehre wieder"
»Das Messer hat mir meine Schwester geschenkt. Du musst mir versprechen, es mir irgendwann wiederzugeben. Okay?«
»Ja«, flüsterte ich. In diesem Moment wurde mir klar, dass Noahs Wunsch von gestern Abend tatsächlich nicht nur so daher gesagt gewesen war.
Mr. Zanolla öffnete die Tür und unterbrach uns. »Jade, Mo wird dich zum Flughafen bringen. Wenn alles gut läuft, sehen wir uns in ein paar Tagen.«
Noah wandte sich von mir ab, nahm seinen Rucksack und verließ das Haus.
»Noah!«, rief ich ihm hinterher.
Er blieb stehen und sah mich an. Schmerz lag in seinen Augen. So konnte ich ihn unmöglich gehen lassen.
Schnell lief ich zu ihm, blieb unmittelbar vor ihm stehen und blickte ihm in die Augen. Meine Hände berührten sanft seine Wangen und sachte zog ich ihn zu mir. Dann küsste ich ihn. Erst sanft und zärtlich, bis er plötzlich meinen Kuss erwiderte und mich fest in seine Arme zog. Jetzt schmeckte ich ihn und merkwürdigerweise gefiel es mir. Mein Herz flatterte, während sich unsere Zungen berührten. Meine Hände fuhren automatisch durch sein Haar, bis er schließlich den Kuss beendete.
Langsam ließ er mich los und ging einen Schritt rückwärts, ohne mich aus den Augen zu lassen.
»Noah!«, riefen die Jungs draußen und jetzt wandte er sich grußlos von mir ab und ging zum Transporter, der mit laufendem Motor bereits auf ihn wartete. Bewegt

schluckte ich meine Tränen hinunter und räumte schweigend die Tische ab. Was hatte ich getan? Dieser Kuss fühlte sich ähnlich an wie … Nein, so durfte ich nicht denken! Dennoch verriet mich mein Herzschlag. Er war eindeutig eine Spur zu schnell. Was hatte das zu bedeuten? Ich liebte Luca. Da gab es nichts zu rütteln. Oder etwa doch? Die ganze Sache mit dem Kuss war einfach eine dumme Idee von mir gewesen.

Mein neuer Schatten Mo saß auf einem Stuhl und las in der Zeitung, während ich die Frühstücksspuren im ganzen Wohnraum beseitigte. Agnes war schon beim Betten machen. Die Sonne schien auch heute und ich hatte noch einige Stunden Zeit, bis mich Mr. Stinksoldat zum Flughafen begleiten würde.
»Ich bin in meinem Zimmer. Hol mich, wenn es Zeit wird zu gehen.« Er sah kurz auf und nickte mir grimmig zu.
In meinem Zimmer öffnete ich das Fenster und sah hinaus. Ich wollte die Hoffnung noch nicht aufgeben. Vielleicht würde … und tatsächlich. Ich hatte meinen Gedanken noch nicht einmal zu Ende gedacht, da sah ich ihn auf einem Zweig sitzen. Gavin. Und diesmal konnte ich deutlich einen weißen Zettel in seinem Schnabel erkennen. Jetzt war ich mir sicher. Das war eine Nachricht von Luca.
Durch den Garten konnte ich nicht. Mo saß ja unten und würde mich durch das Fenster sehen. Aber vielleicht könnte ich den Vogel an mein Fenster locken. Schon mehr als einmal hatte er mir auf diese Weise eine Nachricht überbracht.
Wild winkend machte ich ihn auf mich aufmerksam. Natürlich sah er zu mir, doch es dauerte noch eine ganze

Weile, bis er schließlich den Anschein machte, ans Fensterbrett zu fliegen. Ich wich ein paar Schritte zurück und dann flog der Vogel tatsächlich auf mich zu.
Ein wenig scheu näherte ich mich. Endlich legte er den Zettel ab, doch diesmal flog er nicht davon, so wie beim letzten Mal. Er blieb am Rand sitzen. Vorsichtig, um keine zu schnellen Bewegungen zu machen, nahm ich das Stück Papier. Meine Hände schwitzten und mein Mund war völlig ausgetrocknet.

Folge dem Vogel, er wird dich zu mir bringen. Luca

Schnell faltete ich das Stück Papier wieder zusammen und stopfte es in meine Hosentasche. Ich sollte ihm folgen. Nur wie? Kurz überlegte ich und da kam mir die Lösung.
In Windeseile packte ich meine Sachen in die Hüfttasche und band sie mir um. Gavin beobachtete mich und plötzlich flog er wieder zu dem Baum, auf dem er vorher gesessen hatte. Von dort aus wartete er auf mich.
Ich schlich mich in den Flur und ging leise die Treppe hinunter. Von Agnes war immer noch nichts zu sehen und von Mo konnte ich nur einen Schatten erspähen und das Geräusch der Zeitung hören, die er umblätterte.
So leise wie möglich betrat ich das hinterste Zimmer. Es war das Büro, von dem aus ich mit Mr. Tramonti telefoniert hatte. Hier aus dem Fenster zu klettern war ein Kinderspiel. Ich musste nur sehen, dass ich in gebückter Haltung unter dem Fenster der Küche vorbei ging und so schnell wie möglich über die Wiese lief, um dann über die Mauer zu klettern.
Alles klappte wie am Schnürchen und Gavin wartete geduldig auf mich, bis ich die Mauer schließlich

überquert hatte. Schon einmal hatte er mich zu Luca geführt. Von daher wusste ich, wie schnell er fliegen konnte. Doch diesmal war es wenigstens hell. Auch wenn die Sonne hinter ein paar Wolken verschwunden war und es nach Regen aussah, lief mir der Schweiß den Rücken hinunter.

Gavin flog Etappe für Etappe weiter. Brav wartete er immer, bis ich ihn eingeholt hatte. Diesmal war der Weg weit. Ich sah mich um, ständig in Angst, von Mo erwischt zu werden. Hier kannte ich mich nicht aus, also musste ich dem Vogel einfach vertrauen. Ich joggte die Straße entlang und je weiter ich lief, desto mehr führte er mich aus dem Stadtteil hinaus. Lange hatte ich die Häuser hinter mir gelassen. Keine Menschenseele weit und breit. Ich folgte der Krähe in einen Feldweg. Ein wunderschönes Sonnenblumenfeld erstreckte sich neben mir und ab hier überkam mich ein merkwürdiges Gefühl. Sollte ich wirklich weiter gehen? Aber das Papier in meiner Hosentasche trieb mich voran.

Nicht weit von mir setzte sich Gavin an einen alten Brunnen und wartete auf mich. Wo in aller Welt führte er mich hin? Wo wollte sich Luca mit mir treffen?

Je näher ich dem Vogel kam, desto seltsamer wurde mein Bauchgefühl. Wieso flog er nicht weiter? Er blieb an dem Brunnen sitzen, bis ich nur noch wenige Meter von ihm entfernt war. Auch als ich den Brunnen erreichte, flog er nicht davon.

»Was ist los? Flieg weiter!«, sagte ich. »Oder sind wir etwa schon da?« Ich sah mich um. Es gab nichts, außer einer alten Scheune. Ich war völlig allein.

»Du hast es also tatsächlich geschafft, Jade«, sagte eine Stimme hinter mir. Erschrocken fuhr ich herum.

»Matteo!«, entfuhr es mir völlig entgeistert. Sofort wich meine Überraschung und Hitze stieg in mir auf. Ich konnte sie kaum kontrollieren.
»Du?«
Er lächelte mich an und irgendwie irritierte mich das. Nichts deutete auf Aggressivität oder Boshaftigkeit hin. Er sah so … normal aus. Jetzt hatten seine Augen einen Glanz und besaßen ein schönes Blau. Im Tageslicht kam er mir nicht so gefährlich vor, wie ich ihn in Erinnerung hatte. Dennoch war er es gewesen, der Amy entführt hatte.
»Wo ist meine Schwester?«, brüllte ich und schlug gegen seine Brust, sodass er ins Straucheln kam. »Was hast du mit ihr gemacht?«, schrie ich weiter und stieß ihn noch einmal.
»Beruhige dich, ihr geht es gut«, rief er und versuchte noch nicht einmal, sich zu wehren.
»Wo ist sie?« Mein Blick fixierte seine Augen und ich konnte nicht anders, als weiter auf ihn zuzugehen und ihn so kräftig zu stoßen, dass er rücklings in den Acker fiel.
Seine Augen weiteten sich und er begann zu stottern. »Sie … ist in Sicherheit …, glaub … mir, ihr … geht es … gut. Auch … Luca. Er … er schickt mich.«
Misstrauisch sah ich ihn an. Zögernd, weil er nicht wusste, ob ich ihn ein weiteres Mal attackieren würde, stand er auf und klopfte sich den Staub von seiner Hose. »Ja, Luca schickt mich, er will dich sehen … und Amy auch.«
Ich hielt die Luft an. Hatte er wirklich Amy gesagt? Sie lebte und war bei Luca?
»Und wieso kommt er nicht selbst? Wo sind sie?«

»Ich bringe dich hin, Jade. Komm!« Er zeigte auf den alten Schuppen. »Dort habe ich mein Motorrad versteckt. Es ist nicht sehr weit.« Er ging ein paar Meter, blieb jedoch wieder stehen, als er merkte, dass ich ihm nicht folgte.

Es fiel mir schwer, mich ihm einfach so auszuliefern und vertrauen konnte ich ihm auf keinen Fall.

»Was ist? Worauf wartest du noch?«

»Wieso sollte ich dir glauben? … Wer ist in der Scheune?«

»Nichts! Nur mein Motorrad.« Er schnaufte schwerfällig. »Na gut, dann hole ich es eben und bringe es hier her.« Er wandte sich von mir ab und marschierte auf den Schuppen zu. Ich beobachtete ihn und meine Umgebung sorgfältig. Er öffnete das Scheunentor, fuhr die Maschine heraus und knatterte zu mir.

»Na? Glaubst du mir jetzt? Hier!« Er warf mir einen Helm zu und zog auch einen an. »Jetzt bringe ich dich zu Luca und zu deiner Schwester.«

Vielleicht war mein Misstrauen wirklich unbegründet. Trotzdem zögerte ich noch kurz, doch dann stieg ich hinter ihm auf das Motorrad und wir brausten davon.

Wir fuhren durch Rom. Endlich ließen wir den Hauptverkehr hinter uns und fuhren in eine Nebenstraße, die sich am Rand eines parkähnlichen Geländes befand. Er hielt direkt an einem Haus. Die Bäume und Büsche boten Sichtschutz zur Straße hin.

»Wir sind da. Luca wird sich freuen, dich zu sehen«, sagte er und nahm mir den Helm ab. »Komm!«

Er führte mich an das Haus. Als wir direkt vor der Tür standen, klingelte er und trat hinter mich.

Nichts war zu hören, keine Geräusche, überhaupt nichts. Jetzt klingelte ich ein zweites Mal.
»Wieso öffnet er nicht?« Fragend drehte ich mich zu Matteo.
»Sorry Jade! Ich hatte keine andere Wahl!«
Noch bevor ich verstand, was er damit meinte, drückte er ein Taschentuch fest in mein Gesicht. Panisch atmete ich einen stechenden Geruch ein, versuchte ich mich zu wehren, schlug wild um mich und schrie. Dann verschwamm das Bild, das ich vor Augen hatte, mein Körper wurde so schwer, dass ich mich nicht auf den Beinen halten konnte. Ich verlor sämtliche Kraft, schaffte es noch nicht einmal mehr, meine Augen aufzuhalten. Meine Lider fielen zu und ich spürte, wie mich jemand auffing. Beim nächsten Atemzug wurde es schwarz um mich und ich verlor das Bewusstsein.

Kapitel 24

Mein Leben hatte sich in eine völlig andere Richtung entwickelt, als ich es mir jemals hätte vorstellen können. Wenn dies nun mein Ende sein sollte, dann mit der Gewissheit, dass ich gekämpft hatte.
Es war dunkel und auf eine Art so friedlich und still. Aber etwas schrie in mir, feuerte mich an, befahl mir, die Augen zu öffnen und mich zu bewegen. Es war so schwer. Alles war verschwommen und es kostete so unheimlich viel Kraft. Immer wieder riss ich mich zusammen und schließlich schaffte ich es, meine Augen einen Spalt zu öffnen. Schmerz war das dominierende Gefühl, das meinen Körper im Augenblick beherrschte. Meine Beine zuckten. Ich war schwach, aber dieser Zustand schien ganz langsam zu weichen. Ich kämpfte gegen den Schmerz an, bis wieder Leben in meine Glieder zurückkehrte. Ich begriff, dass ich mich aufrichten musste, um meinen Armen etwas Entspannung zu geben.
Ich nahm das Metall um meine Armgelenke wahr, straff waren sie an den Ketten gefesselt, die die Schmerzen verursachten. Sobald ich meinen Kopf langsam hob und mich etwas aufrichtete, verspürte ich eine kleine Erleichterung in meinen Gliedern.
Je wacher ich wurde, desto klarer wurden die Erinnerungen. Matteo hatte mich reingelegt. Er wollte mich nie zu Amy oder zu Luca bringen. Es war von Anfang an ein Spiel gewesen und ich war naiv und dumm darauf reingefallen.
Wo war ich? Es war kühl und roch wie in einem Krankenhaus. Mein Blick wanderte durch den Raum. Es

sah aus wie in einem Labor. Überall an den Wänden standen Regale mit Einmachgläsern und merkwürdigen Gefäßen. Mehrere Computer und Ordner befanden sich gegenüber auf einer Arbeitsplatte.
»Ah..., wie ich sehe, bist du wach«, sagte eine Stimme und kam näher. Ein Mann mit Glatze, den ich noch nie gesehen hatte, kam auf mich zu. Er war geschminkt und eine große Narbe zierte seine linke Wange. Er trug eine weiße Leinenhose und ein weißes Hemd aus dem gleichen Stoff. Irgendwie wirkte er nicht so, als entstamme er aus unserer Zeit und genauso bewegte er sich auch - elegant, leicht, mit einem Hang zum Theatralischen.
»Du bist also die berühmte Jade«, sagte er, als er mich aus seiner Musterung entließ.
»Wer sind Sie und was wollen Sie von mir?«
»Mein Name ist Rabas und was du für uns tun kannst, das wird der Meister dir gleich persönlich sagen. Er ist schon sehr gespannt auf dich.« Seine Stimme klang sehr melodisch und war hoch für einen Mann. »Ich werde ihn holen.« Er breitete leicht seine Arme aus, drehte sich und lief fast schwebend zur Tür.
»Nicht weglaufen, ich bin bald wieder bei dir. Dann können wir endlich anfangen. Ach, ... ich bin schon so aufgeregt!«
Dieser Rabas musste total verrückt sein.
Kaum war er aus der Tür, zerrte ich an den Ketten. Sie waren zu dick, als dass ich mich hätte befreien können. Tausend Gedanken schossen mir durch den Kopf. Ich spürte die Gefahr hier und überall.
Die Tür wurde geöffnet und angespannt erwartete ich den verrückten Rabas wieder. Erstaunt sah ich auf, als ein kleiner Junge mit roten Haaren vorsichtig in den

Raum spähte. Das musste Pepe sein. Fast lautlos und sich immer wieder umschauend, tapste er zu mir. Ich erkannte die vielen Sommersprossen und seine Zahnlücke, von der Luca mir erzählt hatte.
Eine Weile sah er mich an. »Du musst fort von hier«, flüsterte er und sah sich im Labor um, als würde er nach etwas suchen.
»Ich weiß nicht, wie ich dich befreien kann«, sagte er niedergeschlagen, als er nichts fand, womit er mir helfen konnte.
»Pepe, geh lieber, bevor sie dich erwischen. Diese Ketten kann nur ein Schlüssel öffnen.«
»Du weißt, wie ich heiße? Woher?«
»Von Luca, er hat mir von dir erzählt.«
Als ich Lucas Namen nannte, verfinsterte sich sein Gesichtsausdruck und er senkte den Blick.
»Weißt du, wo er ist? Hast du ihn gesehen?«
Traurig schüttelte der Junge den Kopf. Dann sah er sich weiter um, öffnete Schränke und Schubladen. Sein Gesicht erhellte sich schließlich, als er in einem Schrank Werkzeug fand. Er sah sich alles an und entschied, es mit einer Axt zu versuchen.
»Wir können es hiermit probieren«, sagte er, doch als er vor mir stand und hinauf zu den Ketten sah, ließ er resigniert die Schultern hängen. »Ich glaube, ich schaffe es nicht.« Tränen standen in seinen Augen. Er tat mir so leid.
»Ist schon in Ordnung, Kleiner. Geh jetzt lieber, bevor er zurückkommt.« Noch bevor ich es ausgesprochen hatte, hörten wir die schillernde Stimme von Rabas, wie er begeistert mit jemandem sprach. Die Tür wurde geöffnet und es war zu spät für Pepe. Rabas betrat zusammen mit einem älteren Herrn im Anzug den Raum.

Panisch riss Pepe seine Augen weit auf. Die Axt fiel laut zu Boden und der Junge lief erschrocken rückwärts, bis er die Wand in seinem Rücken hatte.
»Was machst du denn hier?« Die Männer sahen die Axt und sofort verschwand der kindlich verspielte Ausdruck in Rabas‘ Gesicht. Es war als hätte jemand einen Schalter bei ihm gedrückt. Böse und bedrohlich baute er sich vor Pepe auf. Der kleine Junge fing an zu wimmern und hob seine Arme zum Schutz, als wäre er es gewohnt, geschlagen zu werden.
»Nicht hier, Rabas! Ich möchte mich gerne mit der jungen Dame unterhalten«, sagte der Mann im Anzug, ohne den Blick von mir zu nehmen.
Pepe fing heftig an zu zittern und zu weinen, was Rabas völlig kalt ließ. Er packte Pepe an seinem roten Schopf und schleifte ihn aus dem Raum. Der Junge schrie.
»Bitte, tun sie ihm nichts«, flehte ich den Mann an, der mich immerzu anstarrte. Die Tür fiel zu. Ich schloss die Augen, als die Schreie von Pepe und lautes Gepolter zu mir drangen.
»Bitte, sagen Sie ihm, er soll aufhören«, bettelte ich ihn an. Die Schreie waren so schrecklich, dass mir Tränen in die Augen schossen. »Sagen Sie ihm, er soll aufhören! Bitte!«
Er verzog keine Miene. »Das geht leider nicht. Sie müssen alle ihre Lektionen lernen, auch du, mein Kind.«
Plötzlich war es still. Kein Laut drang mehr zu uns. Mein Gott! Was hatte dieser Rabas mit Pepe getan?
»Verzeih, dass ich mich noch nicht vorgestellt habe. Mein Name ist Roy Morgion.«
»Ich weiß, wer Sie sind«, unterbrach ich ihn und sah ihn hasserfüllt an. Er sah aus wie ein Universitätsprofessor. Grauer Vollbart, schlank, mit einem kleinen Bauch.

Lange, knöcherne Finger und einem fast freundlichen Gesicht. Nur seine Augen verrieten sein wahres Wesen. Sie waren kalt und tot - leblos.
»Ich freue mich sehr, dich endlich kennenzulernen, Jade. Wenn ich dir ein Kompliment machen darf, … du bist genauso schön wie deine Mutter. Du ähnelst ihr sehr.« Ein verträumter Ausdruck lag für einen Augenblick in seinem Gesicht. »Wenn ich dich so anschaue, werden Erinnerungen in mir wach. … Ach, … aber lassen wir die Vergangenheit ruhen. Wir haben heute noch viel vor.« Mir wurde ganz übel.
Rabas kam wieder, schloss leise die Tür hinter sich.
Morgion wandte sich zu ihm um. »Tz tz tz..., wie siehst du wieder aus? Wie oft soll ich dir noch sagen, für solch eine Arbeit haben wir unser Personal, Rabas? Auch wenn ich weiß, dass du dir die Hände gerne selbst schmutzig machst, solltest du wenigstens dafür sorgen, dass du dich nicht so einsaust. Geh dich frisch machen, unsere Gäste warten nicht gerne«, schimpfte er mit ihm wie mit einem kleinen Kind, das im Matsch gespielt hatte.
Rabas sah an sich herunter. In seinem Gesicht, an seinem Hemd und auch an seiner Hose klebte Blut. Auf seiner Glatze glitzerten Blutperlen und die Schminke war verschmiert. Einzelne Blutstropfen leckte er sich genüsslich, wie andere eine Süßigkeit, von den Fingern.
»Tut mir leid, Meister! Ich werde mich gleich umziehen gehen.« Sofort verschwand er.
Morgion wandte sich wieder mir zu. »Es tut mir leid, meine Liebe, dass du das mit ansehen musstest. Aber auch Rabas braucht strenge Führung und manchmal geht es einfach mit ihm durch.«

Fassungslos über so viel Grausamkeit schüttelte ich den Kopf. Mein Hass wuchs von Minute zu Minute. Sie waren beide absolut verrückt.
»So und jetzt zu dir, mein Kind. Du bist mein Ehrengast. Der heutige Tag wird in die Geschichte eingehen und du wirst dazu beitragen. Ist das nicht wunderbar?« Er klatschte in die Hände und lächelte.
»Sie sind absolut krank.«
»Nein, das ist genial. Mir ist es gelungen, das Obsensium so zu verbessern, dass es unzerstörbar ist, nicht mal von einer Illustris. Du hast die große Ehre, es heute auszuprobieren. Deshalb werden wir gleich zu meiner kleinen Party gehen und ich hoffe, du wirst uns allen zeigen, was du kannst.«
»Und wenn ich mich weigere?«, presste ich wütend hervor.
»Dann wirst du sterben. Ich denke nicht, dass du den Kampf verweigern wirst. Die Taluris werden sofort auf dich reagieren.«
»Warum tun Sie das?«
»Was glaubst du, werden meine Gäste denken, wenn sie die Wirkung des neuen Obsensiums in meinem Kämpfer entdecken? Sie werden die Möglichkeiten erahnen, welche ich ihnen damit biete. Endlich können sie ihre Feinde töten, ganze Heere aufbauen und Kriege gewinnen. Ich verkaufe ihnen die Macht, über Leben und Tod zu entscheiden.«
Mein Gott! Das war mein Todesurteil. Ich war nicht vorbereitet genug, fühlte mich noch zu schwach, um in einem solchen Kampf auch nur eine echte Chance zu haben. Ich musste hier raus. Eine Mischung aus Panik, Wut und Hass wuchs in mir heran.

Vier bewaffnete Männer in Soldatenuniform betraten den Raum zusammen mit Rabas, der sich wieder sauber gekleidet und mit tadellosem Make-up neben mich stellte.
»Ihr könnt sie losmachen«, sagte Morgion, der zurücktrat. Die Männer gehorchten. Einer zog einen Schlüssel aus seiner Hosentasche und öffnete die Metallmanschetten um meine Armgelenke. Meine Arme fielen schwer wie Blei an mir herunter. Voller Schmerz stöhnte ich auf, war im ersten Moment nicht fähig, mich zu bewegen. Sofort nahmen sie mich an den Armen und führten mich, Morgion folgend, hinaus.
»Es wird ganz wundervoll werden, Meister. Ich bin mir sicher, die Gäste werden entzückt sein«, sagte Rabas und tapste Morgion hinterher.
Wir liefen einen langen Flur entlang, bis zu einer Aufzugstür. Ich hatte keine Ahnung, wie viele Etagen wir hinunterfuhren. Die Türen glitten nach beiden Seiten auf. Vier weitere bewaffnete Männer standen vor einem Eisengitter, das das Tor zu einer Halle darstellte. Lautes Gemurmel drang zu uns, das sogleich verstummte, als zwei der Männer das Eisentor öffneten. Sie bildeten eine Gasse, durch die Morgion, Rabas, meine Bewacher und ich unter dröhnendem Applaus hindurch traten. Die Halle glich einem riesigen Saal, in dem man große Events oder Empfänge geben konnte. Sie war hell und vornehmlich in Weiß gehalten. Nur der Boden wies hier und da Spuren der Abnutzung auf. Ein langes Büffet mit verschiedenen Gerichten stand an einer Seite des Saals und auch eine Art Bar befand sich daneben. Es sah aus, als gäbe Morgion wirklich eine Party. Nur, was hatte dieses kranke Hirn vor?

Ich fühlte die Blicke auf mir und eine Gänsehaut durchfuhr meinen Körper. Die meisten Männer waren bewaffnet. Manche hielten ihre Pistole sogar in den Händen, als würden sie damit rechnen, jederzeit angefallen zu werden.
Morgion schüttelte viele Hände und bedankte sich bei seinen Gästen für ihr Erscheinen. Er lief weiter, bis wir schließlich in der Mitte des Saals standen. Man gab ihm ein Mikrofon in die Hand. Es knackte kurz unangenehm, bevor er sprach.
»Meine lieben Freunde, ich freue mich, dass ihr es alle einrichten konntet, hier zu sein. Ich hoffe, eure Anreise war angenehm.« Er lächelte. »Bevor wir zu meiner Überraschung kommen, möchte ich euch erzählen, wie ich zu der Entdeckung meines Lebens kam.« Er warf kurz einen Blick zu mir und wandte sich dann wieder seinem Publikum zu.
»Als mein Vater starb, vermachte er mir eine alte Schriftrolle und eine Schatulle, in der sich in einer speziellen Verpackung Haare befanden. Beides hatte er in einem luftsicheren Tresor aufbewahrt. Wer meinen Vater kannte, weiß, dass er sehr gewissenhaft mit seinen Schätzen umging. Ich konnte damit erst nichts anfangen, und wie junge Menschen eben sind, war auch ich enttäuscht von meinem Erbe. Geld wäre mir lieber gewesen.« Die Leute lachten.
»Doch eines Tages versuchte ich, diese Rollen zu verkaufen und kam per Zufall hinter ihr Geheimnis. Ich fand jemanden, der die Schriftrollen entschlüsseln konnte und er entdeckte eine alte Sage. Diese beschrieb die Hexen aus dem 18. Jahrhundert. Daraufhin fand ich mehrere Hinweise, dass es damals besondere Hexen gab. Diese sind euch bekannt als Illustris. Und mein Vater,

dieser Teufelskerl, war im Besitz der Haare einer solchen. Ich wäre kein Forscher, wenn mein Interesse jetzt nicht geweckt gewesen wäre. Natürlich untersuchte ich die Haare und dabei stieß ich auf ein Gen, welches nur die Illustris besitzen.«

»Du willst uns tatsächlich weismachen, dass du in einem Hexenhaar aus dem 18. Jahrhundert noch Genmaterial finden konntest?«, kam die Frage aus der Menge.

»Natürlich! Haare halten sich unter Luftverschluss jahrelang. Erst durch Bakterien im Sauerstoff zersetzen sie sich«, erklärte er. Gemurmel ging durch die Menge.

»Dank dieses Gens konnte ich das Obsensium entwickeln. Ihr wundert euch bestimmt, was es damit auf sich hat, da ich euch alle eingeladen habe. Mein Obsensium ist die Wunderwaffe des 21. Jahrhunderts. Meine Kämpfer sind die perfektesten Soldaten, die die Welt je gesehen hat. Sie haben keine Emotionen, keine Gefühlsregungen. Sie hören nur auf meinen Befehl, ihre Fehlerquote liegt bei null. ... Ich bin ihr Gott. Könnt ihr euch vorstellen, welche Macht ich in meinen Händen trage?«

Morgion nickte Rabas zu, der auf einen Knopf einer Fernbedienung drückte. Ein brummendes Geräusch war zu hören und alle sahen zur Decke. Ein riesiges Metallgerüst wurde von der Decke herunter gelassen. Die Leute wichen zurück und verteilten sich im Saal, um Platz zu machen. Der Käfig nahm mich gefangen, zusammen mit den Männern, die mich bewachten. Ich war umgeben von dicken, meterhohen Metallstäben. Jemand öffnete die einzige Tür, ließ die Männer hinaus und laut scheppernd wurde die Tür wieder verriegelt.

Jetzt war ich gefangen und zitterte vor Angst. Was würde auf mich zukommen? Waren dies meine letzten Minuten, bevor ich sterben würde?
»Es ist soweit, meine verehrten Gäste. Genießt die Show!«, rief Morgion in die Menge.
Meine Haut begann zu kribbeln und Hitze breitete sich aus. Das Tor des Saals wurde geöffnet und Männer brachten eine gefesselte Person, die einen Sack über den Kopf gestülpt hatte, herein.
Sofort bildeten sich die Ornamente auf meiner Haut und die Hitze nahm schlagartig zu. In dem Augenblick, als man die Fesseln löste und den Sack vom Kopf nahm, entfuhr mir ein Keuchen und ich rannte ans Gitter, krallte mich verzweifelt fest, wollte nicht glauben, was ich mit eigenen Augen sah.
»Amy! Amy!«, schrie ich, doch ihre Augen blickten mich hasserfüllt und tot an. Ein Knurren drang aus ihrer Kehle, als sie mich erblickte. Drei Männer brauchte es, um sie daran zu hindern, sofort auf mich loszugehen. Ihr Körper war dünner geworden und ihre Haut schien grau. Ihre Haare waren kurz geschnitten und einzelne längere Fransen standen von ihrem Kopf ab. Ich war geschockt.
»Nein! Nicht! Was habt ihr mit ihr gemacht? … Ihr Schweine!«, schrie ich Morgion entgegen, was ihm jedoch nur ein boshaftes Grinsen entlockte.
»Ich präsentiere euch hier Zwillinge. Amy hier, die nicht die perfekten Gene ihrer Illustris-Mutter geerbt hat – sozusagen eine verkrüppelte Illustris, im Gegensatz zu Jade, dort im Käfig«, sagte Morgion stolz in das Mikrofon zu seinem Publikum. »Ich habe Amy vor ein paar Stunden einen Spy eingepflanzt, der das Obsensium enthält. Damit demonstriere ich euch, dass das Obsensium sogar vor Blutverwandten keinen Halt

macht.« Plötzlich war Musik zu hören und man öffnete den Käfig.
»Das ist einfach nur krank«, entfuhr es mir, als sie Amy zu mir in den Käfig brachten. Sofort wurde ihr Knurren lauter, als sie zielstrebig in meine Richtung lief. Ihre Augen waren kalt, sahen genauso aus wie damals Matteos, als ich mit ihm kämpfte. Leer und tot fixierte sie mich.
Ich wich zurück und sie folgte mir. Die Tür wurde von außen geschlossen.
Meine Ornamente waren völlig ausgebildet, doch ich fühlte keine Kraft, mit der ich sie hätte heilen können. Ich war angespannt und total ängstlich, konnte keine Konzentration aufbauen. Also redete ich auf sie ein. »Amy, wach auf! Ich bin es, Jade!« Noch bevor ich weitersprechen konnte, trat sie mit aller Kraft gegen mich, so dass ich gegen das Gitter knallte und auf den Boden fiel. Die Leute lachten und applaudierten.
Ich hatte keine Chance, sie würde mich töten. Aus den Augenwinkeln sah ich, wie ein Mann an den Käfig kam und ihr ein Schwert entgegen hielt. Sofort hatte Amy es in ihren Händen und versuchte, mich damit zu treffen. Genau im richtigen Augenblick schaffte ich es noch, auszuweichen. Ein paar Mal ließ sie mich ihre unglaubliche Kraft spüren, in dem sie mich gegen den Käfig warf. Doch dann fand ich endlich den Mut, mich gegen sie zu wehren. Ich stieß sie mit aller Härte zurück, womit sie nicht gerechnet hatte. Irgendwie schaffte ich es, sie mit einer Schlagkombination zuerst gegen die Käfigwand zu drängen, um dann ihre Beine zu packen und sie anschließend zu Boden fallen zu lassen. Allerdings rappelte sie sich schneller auf als ich dachte und genau in dem Augenblick streifte das Schwert meine

Hüfte. Ein stechender Schmerz durchfuhr mich und ich keuchte auf. Blut tropfte auf den Boden, doch das hielt Amy nicht auf. Sie schlug mir ins Gesicht. Ihr letzter Schlag traf mich so hart, dass ich einige Meter durch den Käfig taumelte. Ich konnte mich nicht länger auf den Beinen halten und fiel zu Boden. Mit einer Hand drückte ich auf meine Wunde und sah dann meine Schwester mit dem Schwert auf mich zu kommen. Da wusste ich, ich hatte verloren. Sie stand direkt vor mir, bereit, mir den Kopf von den Schultern zu schlagen. Sie hob beide Arme hoch und …

Meine letzten Gedanken galten Luca. Bilder meines Lebens liefen wie ein Film in meinem Kopf ab und ich drängte meine Tränen zurück. Ich erkannte, dass ich für eine Heilung Amys viel mehr Konzentration hätte aufbauen müssen. Dafür hätte ich mehr Zeit gebraucht. Bei Luca damals hatte ich die Möglichkeit gehabt, mich zu besinnen. Aber hier ging das einfach nicht.

Ich verbarg alle dunklen Gedanken, verzieh meiner Schwester und dachte an den Mann, den ich liebte. Vielleicht würden wir in einer anderen Welt vereint sein. Ich schloss die Augen und wartete auf meinen Tod.

Der erwartete Schmerz blieb aus.

»Stopp! Amy, warte!«, rief Morgion in das Mikrofon. Und tatsächlich verharrte sie in dieser Stellung. Obwohl ihr Drang, mich zu töten, übermächtig in ihr zu sein schien, war das Wort von Morgion stärker. Sie war zu jeder Zeit bereit, ihren Schlag doch noch auszuführen, sobald sie den Befehl dazu bekommen würde.

Ich sah in irritierte Gesichter und auch ich fragte mich, was Morgion damit bezweckte. Die Männer öffneten die

Käfigtür und liefen auf Amy zu, nahmen ihr das Schwert aus der Hand und führten sie hinaus.
»Wie hat euch die Vorstellung gefallen? Unglaublich, nicht wahr? Schwester gegen Schwester. Amy hätte sie getötet, wenn ich ihr nicht einen anderen Befehl gegeben hätte.« Sichtlich mit sich zufrieden grinste Morgion in meine Richtung.
Ich saß immer noch am Boden und hielt meine Verletzung. Eine große Blutlache hatte sich bereits auf dem Boden gebildet. Die Hitze nahm noch weiter zu und ich spürte, wie der Schnitt an meiner Hüfte zu kribbeln begann. Mein Blick wanderte zu Amy. Drei Männer hielten sie fest, dabei ließ sie mich nicht aus den Augen.
»Entnehmt ihr den Spy!«, rief Morgion und sofort machten sie sich daran, mit einem Messer ihren Oberarm aufzuschneiden. Man ging dabei nicht sehr behutsam um und bohrte aus ihr das kleine Metallblättchen, das ich schon bei Luca gesehen hatte. Auch sie verzog keine Miene, keine Spur von Schmerz. Der Mann legte den Spy auf einem Tablett ab. Dieses brachte er zu Morgion.
Nach der Entnahme ließ man Amy verwirrt und starr sitzen. Sie bewegte sich nicht und sah abwesend auf den Boden. Noch bevor ich sie rufen konnte, ertönte Morgions Stimme durch den Lautsprecher.
»Das war das Obsensium. Es braucht ein paar Stunden, bis es seine volle Wirkung entfaltet. … Das war schon nicht schlecht, oder? Dank Jade, der besonderen Illustris, kann ich euch heute auch noch das Super-Obsensium präsentieren. Durch dieses könnt ihr innerhalb von Sekunden eure Feinde zu euren Verbündeten machen.«
Die Leute tuschelten und ich versuchte aufzustehen.
»Innerhalb von Sekunden? Wenn das wirklich wahr ist, dann kaufe ich dir dein Obsensium ab, egal zu welchem

Preis«, rief jemand aus der Menge. Plötzlich mischten sich weitere Interessenten mit ein. Bevor sich ein Streit ausweiten konnte, hob Morgion gebieterisch seine Hand. »Über den Preis werden wir uns später unterhalten. Jetzt lasst uns zusehen, wie mein neu entwickeltes Obsensium wirkt.« Morgion gab Rabas wieder nickend ein Zeichen und kurz darauf wurde ein weiteres Mal das Gittertor des Saals geöffnet.

Sechs Männer begleiteten eine Person. Sie liefen so eng zusammen, dass ich erst nicht erkennen konnte, wer den Saal betrat. Und mit einem Mal wusste ich es. Es konnte nicht anders sein – Luca. Tränen schossen in meine Augen, als ich den verbitterten Gesichtsausdruck in seinem Gesicht sah. Sein ganzer Oberkörper war übersät mit blauen und grünen Flecken, Schnittwunden und anderen Verletzungen und auch in seinem Gesicht sah man Spuren von Schlägen, die er hatte erleiden müssen. Er trug nur eine zerschlissene Hose. Er sah nicht auf, als man ihn zu Morgion führte und bisher hatte er mich nicht entdeckt.

»Luca!«, rief ich leise und weinte still. Mein Herz zog sich zusammen, als sich endlich unsere Blicke trafen.

»Jade!« Er machte große Augen, als er mich im Käfig stehen sah. »Nein! Nicht Jade!« Wütend wehrte er sich gegen seine Bewacher, jedoch hatte er keine Chance. Sofort hielten sie ihn fest, sodass er sich kaum mehr rühren konnte.

Morgion lachte laut auf. »Wie ihr sehen könnt, ist unser Mann hier völlig verzweifelt. Sein Herz schreit nach dem Mädchen, welches er liebt. Zu gern würde er sie befreien. Seine Emotionen sind also völlig intakt.«

»Du Schwein! Dafür wirst du bezahlen!«, brüllte Luca ihn wütend an. Morgion lachte noch lauter und selbst seine Gäste stimmten mit ein.
»Rabas!«, rief Morgion ihm auffordernd zu. Dieser schob ein Rolltischchen zu ihm, auf dem eine Spritze und ein kleines Fläschchen mit dunkler Flüssigkeit waren. Während Morgion Vorbereitungen traf, sah Luca wieder zu mir.
Trotz schneller Heilkräfte war meine Heilung noch nicht ganz abgeschlossen und ich wusste, was gleich geschehen würde.
»Töte mich, Jade! Töte mich, bevor ich dich töte«, schrie Luca in seiner Verzweiflung. »Hast du mich verstanden? Versuche es, nutze deine besondere Gabe. Du weißt, wovon ich spreche.« Kaum hatte er diese Worte an mich gerichtet, schlug ihn einer der Männer nieder und Morgion lachte laut.
»Das kann sie ja ruhig versuchen. Sie wird schon sehen, was das Obsensium mit ihrem Geliebten anrichten wird.« Wieder war sein grausames Lachen in der Halle zu hören. Rabas und die Gäste ließen sich davon anstecken.
»Du sprichst nur, wenn der Meister dich etwas fragt!«, brüllte einer der Männer. Luca keuchte und krümmte sich vor Schmerz. Nur langsam rappelte er sich wieder auf. Eindringlich sah er mich an und versuchte mir mit seinem Blick die Botschaft zu verdeutlichen. Seine Lippe war aufgeplatzt und blutete.
Ich sollte ihn töten? Ich war total überfordert, wusste nicht, was richtig war. Unsere Lage war mehr als nur beschissen. Wie sollte ich uns nur daraus befreien?
»Das neue und sofort wirksame Obsensium, ich nenne es das Superopsensium, werde ich nun in seinen

Blutkreislauf spritzen. Binnen von Sekunden wird aus dem verliebten und … im Moment zuhöchst besorgten Romeo ein kaltblütiger Soldat werden, der ohne mit der Wimper zu zucken seine Liebste töten wird. ... Seht euch das Mädchen an. Ihre Wunden sind bereits fast verheilt. Schneller als es bei den anderen Illustris üblich ist. Wir werden jetzt die beiden zusammenführen, aber es wird nicht so harmonisch ablaufen, wie sich die zwei das vielleicht gedacht haben.« Die Leute lachten.
Morgion hob die Nadel an, während Luca sich wehrte und von den Männern festgehalten wurde. Als sie ihn soweit ruhiggestellt hatten, bohrte Morgion ihm die Nadel in den Hals und drückte die ganze Flüssigkeit in seinen Körper.
Ich weinte laut, wusste, dass ich ihn jetzt verlieren würde. Mein Herz zog sich zusammen, es tat so schrecklich weh. Konnte ich das ertragen? Mein Gott, was sollte ich nur tun? Ich rief in meiner Verzweiflung seinen Namen, wollte ihm sagen, wie leid es mir tat. In den letzten Sekunden, bevor er zum Taluri wurde, erkannte ich in seinem Blick die stumme Bitte, ihm ein schnelles Ende zu bereiten.
Das warme Braun seiner Augen verschwand, wurde dunkler, bis sie mir völlig schwarz und tot entgegenblickten. In ihm war der Taluri erwacht, bereit, mich zu töten.

Meine Heilung war abgeschlossen. Ich konzentrierte mich auf den Taluri, der mit großen Schritten, schnaubend und knurrend auf mich zu lief. Der Käfig wurde geöffnet und man gab ihm ein Schwert in die Hand, welches er schwingend vor sich her kreisen ließ.

Ich wich zurück, konzentrierte mich auf den Kampf, der sofort begann.
»Luca! Hör auf! Hörst du mich?«, schrie ich verzweifelt.
»Er kann dich nicht hören, Liebes. Das ist nicht mehr dein Romeo, verstehst du?«, rief Morgion belustigt.
Ein paar Mal traf das Schwert das Gitter. Seine Kraft war durch das Superopsensium um ein Vielfaches stärker. Wortfetzen von Mr. Chang drangen in meine Erinnerung. Worte von Onkel Finley und dem Professor. Ich war so durcheinander und es kostete unglaubliche Kraft, mich vor Luca zu schützen und mich gleichzeitig auf eine beginnende Glut zu konzentrieren. Das Schwert schlitterte gefährlich nahe an meinem Hals vorbei. Luca atmete schwer, während ich die Glut in mir zum ersten Mal bewusst zuließ. Eine innere Stimme rief mir zu, ich solle ihn töten, solle meine Kraft nutzen, solle auf meine Gabe vertrauen, doch ich schaffte es nicht. Ich war nicht bereit dazu. Luca trat mich und schleuderte mich auf den Boden. Blitzschnell rollte ich beiseite, bevor das Schwert mich treffen konnte. Welche Möglichkeiten hatten wir, das alles zu überleben? Mitten unter all den Verbrechern und skrupellosen Mördern gab es nicht viel Hoffnung. Ich war hier allein. Doch plötzlich änderte sich etwas in mir. Wenn ich es schaffte, den Taluri zu besiegen, würde Morgion mich zwar töten, doch seinen Plan, das Obsensium an Kriminelle zu verkaufen, würde damit scheitern. Wenigstens musste ich es versuchen. Mein Kampfgeist war geweckt und mit neuem Mut stellte ich mich dem Taluri entgegen. Seine Versuche, mich mit dem Schwert zu treffen, konnte ich ein paar Mal abwehren. Ein Schlag von ihm und ich krachte hart ein weiteres Mal gegen die Käfigwände, so dass ich glaubte,

meine Knochen splittern zu hören. Meine Konzentration galt dem Kampf.

Mein Feuer war erwacht und ich spürte die Kraft, die nun durch meinen Körper floss. Ich berührte die Gitterstäbe, das Metall glühte orangerot auf. Erschrocken entfernte sich die Menge ein paar Schritte und Morgion runzelte seine Stirn.

Meine rot-weiße Aura strömte aus mir und plötzlich wusste ich genau, was ich tun musste.

Entschlossen rappelte ich mich auf, rannte so schnell ich konnte auf die andere Seite des Käfigs, um mir einige Sekunden Zeit zu verschaffen. Während der Taluri auf mich zu stürmte, nahm ich Anlauf, rannte ihm entgegen, sprang hoch und traf mit aller Kraft seine Brust. Er fiel rückwärts zu Boden und ließ dabei das Schwert fallen. Sofort nahm ich es an mich. Während die Menge aufschrie, traf ich eine Entscheidung.

Mein Herz raste und mein Atem ging schnell. Ein Schrei voller Trauer und Schmerz entfuhr mir. Ich hob das Schwert senkrecht an und stieß die Klinge tief in seine Brust, genau durch sein Herz. Mit weit aufgerissenen dunklen Augen sah mich der Taluri an, bäumte sich noch einmal auf und blieb schließlich regungslos liegen. Ich hatte Luca getötet. Ich weinte laut, schloss meine Augen, konnte den Anblick seines toten Körpers nicht ertragen. Mit zittrigen Händen ließ ich den Schaft des Schwertes los. Doch meine Seele schürte das Feuer in mir weiter an. Ich wich zurück und sah mich um.

Panik war entstanden. Viele der Gäste drangen zum Ausgangstor, während Schüsse und lauter Donner von draußen zu hören waren. Einige leblose Körper lagen im Saal und Männer kämpften und brüllten durcheinander.

Was war während des Kampfes passiert und wo war Amy?

Ich berührte das Metall des Käfigs an mehreren Stellen. Sofort glühte es auf, fraß sich weiter, breitete sich über das gesamte Gerüst aus. Es dauerte nicht lange, bis die Metallstäbe weiß-golden aufgleißten, bis sie unter der Hitze zu schmelzen begannen. Zähflüssig wie Honig tropfte die glühende Masse zu Boden. Mein Gefängnis schmolz dahin. Eine Öffnung war entstanden, irgendwann groß genug, sodass ich hindurch schlüpfen konnte.

In dem Getümmel suchte ich nach Amy und spürte plötzlich Blicke auf mir ruhen. Am Ende des Saals stand Morgion. Verwirrt sah er mich mit weit aufgerissenen Augen an. Die Macht meines Seelenfeuers ging wohl über seine Vorstellungskraft.

Als sich unsere Blicke begegneten, schrie meine Seele auf. Das Flüssigmetall auf dem Boden hatte einen Strom gebildet, wurde immer mehr, bis sich fast der ganze Käfig aufgelöst hatte - nicht mehr lange, und es würde Lucas Körper erreichen.

Der Drang, Morgion meinen Hass spüren zu lassen, war übermächtig, doch ich musste mich entscheiden.

Noch bevor ich eine Wahl treffen konnte, wandte er sich um und floh durch den Hinterausgang. Durch die enorme Hitze des Metalls waren mehrere Feuer ausgebrochen. Der Qualm erschwerte mir das Atmen.

»Mein Gott, Jade! Gott sei Dank!«, schrie Mr. Chang. Er kam auf mich zu gerannt und sah schockiert dem Feuerstrom nach, der sich einen Weg durch den Saal fraß.

»Was ist geschehen?« Gebeugt standen wir beiden vor dem leblosen Körper von Luca. Er sah mich an und erkannte, dass ich dafür verantwortlich war. »Du musst ihn heilen, Jade.«
»Er ist tot!«, rief ich. »Ich habe ihn getötet.«
»Das spielt jetzt keine Rolle. Du musst es versuchen! Wir haben keine Zeit zu verlieren.« Er zog das Schwert aus Lucas Brust, packte ihn und trug ihn aus der Zone des Käfigs, der kurz darauf durch die Hitze in sich zusammenfiel.
Er brachte Luca in eine Nische, legte ihn behutsam dort ab.
»Versuche es, bitte!«
Wie gern hätte ich es getan, doch ich konnte ihn nicht berühren. Sein Körper würde sofort in Flammen aufgehen. Zu viel Energie steckte noch in mir, ich fühlte es ganz deutlich. Ich versuchte einen klaren Gedanken zu fassen und kniete mich zu ihm nieder.
»Ein- und Ausatmen, Jade. Konzentriere dich und versuche diese Stimme zu finden, die du damals beim Training gehört hast. Sie wird dir helfen. Das ist die Stimme der Göttin Illis, die Mutter der Illustris.«
Der Saal war inzwischen leer, nur Mr. Chang, das Feuer und der Lavastrom waren Zeuge, wie ich versuchte, mich auf die Stimme zu konzentrieren. Nichts nahm ich wahr, nur meine tödliche Gabe, die einen beginnenden heilenden Nebel sofort im Keim erstickte.
Erneute Zweifel überkamen mich, die Mr. Chang in meinem Gesicht erkannte. »Jade, du musst darauf vertrauen. Du bist die einzige Illustris, die beide Seiten von Gut und Böse in sich vereint. Dadurch sind deine Heilkräfte sehr stark. Versuche, völlig in dich zu gehen. Vertraue auf die Stimme, sie wird dich leiten.«

Ich biss auf meine Lippen, zögernd öffnete ich meine Hand und ließ sie behutsam auf seiner Brust nieder. Nichts geschah, ich löste keinen Brand aus – nichts! Dadurch gewann ich meine Sicherheit zurück. Ich schluckte. Nervös sah ich kurz zu Mr. Chang, der mir aufmunternd zunickte.
Ich sah das dunkle Obsensium in seinem Körper, wie es sich wie Teer auf seiner Seele und in seinem Herzen abgelegt hatte. Meine heilende Wärme wurde stärker, drang in ihn, golden leuchteten meine Ornamente. Sie wurden immer mehr, größer und schöner als jemals zuvor. Ich hatte sogar das Gefühl, dass die heilende Wärme bis in meine Haarspitzen vordrang. Die Stimme in mir wurde lauter und deutlicher, ihre Worte klarer.
"Schenke ihm dein Herz und er wird leben."
Ganz eindeutig nahm ich wahr, wie sich ein Hitzestrahl von meinem Herzen aus durch meinen Arm einen Weg zu ihm bahnte - auch die Ornamente machten keinen Halt vor seinem Körper. Sie wanderten glühend weiter, nahmen seinen ganzen Körper ein, bis ich glaubte, keine Kraft mehr zu haben. In dem Augenblick, als die Ornamente seinen Körper komplett in Besitz genommen hatten, funkelten sie weiß auf, ein Strahlen erfüllte die Nische. Ein Ruck ging durch seinen Körper und er öffnete seine Augen. Die Verbindung zwischen uns brach ab, die Stimme in mir wurde leiser. Mein Blickfeld wankte, mir wurde schwindelig und erschöpft brach ich schließlich zusammen.

Kapitel 25

»Du bist der Grund, warum sie hier ist. Also erzähl mir nicht, du wusstest nicht, dass sie dich suchen kommen würde!«
»Nein! Ich wusste es wirklich nicht! Aber dich ärgert doch nur die Tatsache, dass sie wegen mir hier ist und nicht wegen dir!«
»Hört auf zu streiten. Das bringt uns jetzt auch nicht weiter. Sie kommt zu sich!«
Jemand berührte meine Hand und streichelte sanft die Innenfläche. Verschwommen hatte ich die Worte wahrgenommen.
»Mea Suna«, flüsterte seine tiefe, sanfte Stimme. Ich öffnete die Augen und nur langsam wurde das Bild klar. Ich sah in sein schönes Gesicht. Warm und lebendig waren seine braunen Augen. Er lebte, ein weiteres Mal war es mir gelungen, ihn zu heilen. »Was ist passiert?«, fragte ich und setzte mich langsam auf.
»Du hast mich gerettet.«
»Ja! Und damit dein Leben aufs Spiel gesetzt«, mischte sich Noah in vorwurfsvollem Ton ein. Jetzt kam meine Erinnerung wieder.
»Wie lange war ich bewusstlos?« Ich fühlte mich erstaunlich gut, weder müde, noch träge. Ich war fit und absolut klar.
»Höchstens ein paar Minuten«, sagte Mr. Zanolla.
»Wo ist Amy?« Ich blickte aus der Nische heraus. Der Saal war verlassen, das Feuer hatte bereits mehr als die Hälfte des Saals eingenommen und deutlich konnte ich die Schießerei draußen hören.

»Wir werden sie finden. Mach dir keine Sorgen, weit kann sie nicht sein. Ich schlage vor, einer von euch bringt Jade in Sicherheit und wir anderen teilen uns auf«, sagte Mr. Zanolla.
»Das können Sie komplett vergessen. Ich werde nicht wieder tatenlos herumsitzen und darauf warten, dass man mir die Mitteilung macht, dass Amy wieder verschwunden ist.«
»Jade! Sei vernünftig«, sagte Noah. »Das ist viel zu gefährlich.«
»Erzähl du mir nicht, was hier alles gefährlich ist, Noah. Ich hatte bereits mehrere Kostproben. Ich werde mit euch gehen, ansonsten gehe ich eben allein.«
Luca schüttelte den Kopf. »Du bist so starrsinnig!«
Mr. Zanolla und Noah starrten mich eine Weile an, bis der Cheftrainer schließlich einwilligte. »Na gut, aber du hältst dich im Hintergrund. …«
»Das ist nicht Ihr Ernst!«, brauste Noah auf. Jedoch wurden seine Worte von Mr. Zanolla unterbrochen. »Wir haben keine Zeit für Diskussionen. Ich denke, sie hat gezeigt, wozu sie fähig ist und wir sollten ihr einfach mehr vertrauen. Also, … am besten teilen wir uns auf.«
»Nein! Es wäre besser, wenn wir uns nicht aufteilen. Die Taluris sind noch hier. Wenn wir uns aufteilen, haben sie eine größere Chance, Jade zu erwischen. Wir sollten zusammenbleiben«, sagte Luca.
Mr. Zanolla war einverstanden und so verließen wir den Saal gemeinsam, welcher durch den Lavastrom, den ich mit dem Schmelzen des Käfigs verursacht hatte, zur Hälfte zerstört war. Wir rannten durch die Hintertür, durch die Morgion geflohen war.
»Wohin führt dieser Gang?«, fragte Mr. Zanolla.

»Zum Schlafsaal der Kinder«, erwiderte Luca tonlos. Seine Wangenknochen spannten sich an und ich wusste, worauf er hoffte – die gefangenen Taluri-Kinder zu befreien.
Mr. Zanolla gab ihm ein Zeichen voranzugehen. Er drückte ihm eine Pistole in die Hand und befahl uns anderen, leise zu sein.
Mir war unbehaglich zumute. Was würde mich dort erwarten? Am Ende des Ganges blieb Luca stehen, die Tür war nur angelehnt, sodass er sie aufschwang und schnell wieder zurückwich. Er riskierte einen weiteren Blick, betrat den großen Raum und winkend gab er uns an, ihm zu folgen.
Dies musste der Schlafsaal sein, von dem Luca gesprochen hatte. Vor uns lag ein riesiger länglicher Raum, in dem auf beiden Seiten Betten standen. Trostlose graue Wände, nirgends Spielzeug oder irgendetwas, das auf Kinder hingewiesen hätte. Kein Kuscheltier, einzig ein Bild von Morgion. Es hing auf der anderen Seite des Durchgangs über der Tür. Eine Gänsehaut durchfuhr mich.
»Wo sind die Kinder?«, fragte Mr. Zanolla. Zielstrebig ging Luca zu einem großen Schrank.
»Genau! Sie werden sich alle da drin verstecken!«, sagte Noah abwertend und kreuzte seine Arme. Luca ließ sich jedoch von seinem Vorhaben nicht abbringen. Er öffnete den Schrank, warf ein paar Decken heraus und kratzte an der Rückwand.
»Was zum Teufel tust du da?«, fragte Noah, der zu ihm getreten war.
Luca schob die Rückwand des Schrankes zurück. Noah wich erstaunt zurück, als sich dahinter ein Hohlraum verbarg. Mr. Zanolla gab Luca eine Taschenlampe,

damit leuchtete er in die kleine Höhle. Erschrocken hielt ich die Luft an.
Ein Kindergesicht wurde im Strahl der Taschenlampe sichtbar.
»Ich bin's, Luca. Ihr braucht keine Angst zu haben. Wir sind gekommen, um euch zu retten«, sagte er und reichte dem Jungen seine Hand. Es brauchte eine Weile, bis sich schmutzige zitternde Fingerchen um seine krallten. Vorsichtig half er ihm aus der Höhle heraus.
Mein Gott, wie schrecklich. Fünf kleine Jungs kletterten nacheinander heraus. Sie waren total verschmutzt und barfuß, an Armen und Beinen vernarbt und verletzt, ihre dünne Kleidung war zerrissen. Ihre ausgemergelten Körper zitterten vor Angst und unter ihren Augen lagen tiefe Schatten.
»Wo ist der Rest von euch?«, fragte Luca sanft. Die Jungs starrten mich an, als hätten sie noch nie eine Frau gesehen. Endlich begann der Älteste zu sprechen. »Der … Meister hat sie weggebracht.«
»War Pepe auch bei ihnen?«
Der Junge schüttelte langsam den Kopf.
»Seid unbesorgt. Wir werden euch hier rausholen. Aber solange müsst ihr wieder in euer Versteck. Meint ihr, ihr schafft das?« Der Älteste nahm seinen Blick von mir und sah Luca an. »Du kommst wieder? Versprochen?«, fragte er und deutlich konnte man in seinem verdreckten Gesicht Tränenspuren sehen. Mein Herz zog sich zusammen. Die armen Kinder! Als Luca mir von ihnen erzählt hatte, hätte ich nie gedacht, wie schrecklich es tatsächlich war. Ich verstand plötzlich, warum ihm diese Kinder so wichtig waren. Er war einer von ihnen.
Und Pepe? Ich hatte den kleinen Rotschopf nicht mehr gesehen, seit Rabas ihn … Weiter wollte ich diesen

grausamen Gedanken nicht zu Ende denken. Ich schluckte und betete, dass uns weitere grausige Bilder erspart bleiben würden.

»Ich verspreche es«, sagte Luca.

Nacheinander schlüpften die Kinder wieder in die winzige Höhle und Luca verschloss den Schrank.

»Luca, ich muss dir etwas sagen. Pepe war bei mir, nach dem ich gefangen genommen wurde. Rabas hat ihn erwischt, als er mir zur Flucht verhelfen wollte. Und ich weiß nicht, ob er ihn am Leben gelassen hat.«

Eine Weile sagte er nichts. »Mach dir keine Sorgen. Ich werde ihn finden.«

»Woher wusstest du, dass die Kinder sich hier versteckten?«, fragte Noah. Er war genauso erschüttert, wie wir anderen.

»Es hat Jahre gedauert, dieses Versteck zu graben. Was glaubst du, warum die Finger der Taluris nie manikürt waren?« Damit ließ er Noah einfach stehen und lief durch den Raum, um die nächste Tür zu öffnen. Dahinter verbargen sich ein Aufzug und eine Tür, die zu einem Treppenaufgang führten. Wir liefen leise die Stufen hinauf.

Gerade wollte Luca in einen weiteren Gang laufen, als wir einen Schrei von Amy auf der anderen Seite des Flurs hörten. Sofort änderten wir unsere Richtung und gelangten schließlich an eine offen stehende Tür. Wir blieben an der Wand stehen und lauschten, doch Mr. Chang betrat mutig das Zimmer.

»Leg deine Waffe weg, Naoki. Sonst wird diese kleine Illustris ihren Kopf verlieren, wie alle anderen auch. Und das wäre jammerschade, findest du nicht?«

Das war Rabas. Seine Stimme würde ich unter Tausenden wiedererkennen. Sofort dachte ich daran,

dazwischen zu gehen, doch Noah hielt mich mit einem warnenden Gesichtsausdruck zurück.
»Ihr werdet nicht weit kommen. Die Padres haben Verstärkung mitgebracht.«
»Mein lieber Naoki, nach all den Jahren unterschätzt du mich noch immer. … Ist dir denn nicht klar, dass selbst die Polizei mir gehört?«, sagte Morgion gewohnt ruhig und selbstsicher.
»Ich will das Mädchen, Roy. Sie ist unschuldig.«
Morgion lachte auf. »Unschuldig sind sie alle, nicht wahr?«
Plötzlich hob Luca die Pistole und stellte sich direkt in den Türrahmen neben Mr. Chang. »Lasst das Mädchen gehen«, sagte er.
»Luca? Aber …? Wie ist das möglich?«, hörten wir Morgions Stimme.
»Das kann nicht sein, Meister! Ich habe mit eigenen Augen gesehen, wie die Illustris ihm das Schwert in sein Herz gerammt hat«, gab Rabas genauso erstaunt von sich.
»Erstaunlich und äußerst bemerkenswert. … Sie hat ihn geheilt, ihn von den Toten auferstehen lassen. Unglaublich, zu was sie fähig ist. Wie war es möglich, sie so lange nicht zu finden, Rabas? Mit ihr hätten wir ganz andere Möglichkeiten gehabt.«
Eine Gänsehaut durchfuhr mich und gleichzeitig brodelte in mir der Hass. Damit schürten sie mein Feuer wieder an und mein Atem wurde schneller. Ich wich einen Schritt von Noah zurück. Verblüfft warf er einen kurzen Blick zu mir und schüttelte energisch mit dem Kopf, als er mein Vorhaben erkannte.
»Vertrau mir«, flüsterte ich kaum hörbar und ging an ihm vorbei, lief direkt in die Höhle des Löwen.

»Lasst meine Schwester frei und ihr könnt mich haben«, rief ich entschlossen.
»Jade! Bist du verrückt geworden?«, entfuhr es Mr. Chang.
Rabas hatte Amy in seiner Gewalt und hielt ein Messer an ihre Kehle. Einen kleinen Schnitt hatte er bereits gemacht und ein Blutstropfen suchte sich einen Weg an ihrem Hals entlang. Morgion und Mr. Chang zielten beide mit einer Pistole aufeinander.
»Jade! … Du erstaunst mich immer wieder. Gerade sagte ich, was für ein bemerkenswertes Mädchen du bist, stimmt's, Rabas?«
Amy wimmerte laut auf. Ihre schwarze Aura nahm ihren ganzen Körper ein. Sie zitterte vor Angst. Ich versuchte, sie nicht anzusehen, um selbst nicht in Panik zu geraten. Mein Seelenfeuer kam jetzt richtig in Fahrt und loderte so stark in mir auf, als hätte jemand Öl ins Feuer gegossen.
»Lasst meine Schwester gehen. Dafür ergebe ich mich freiwillig.«
Morgion erwiderte erstaunt aber misstrauisch meinen Blick. Die Gier nach Macht in seinen Augen ließ ihn innehalten. Die Aussicht, eine Illustris mit zwei so unterschiedlichen Gaben zu besitzen, schien ihn nachdenklich zu stimmen.
Mr. Chang beschimpfte mich. Verstand er denn nicht, was ich vorhatte? Oder spielte er mein kleines Spielchen mit?
»Vielleicht ist das eine Falle, Meister?«, sagte Rabas und rückte mit Amy einen Schritt zurück. Morgion hob seine Hand und brachte Rabas damit zum Schweigen.
»Warum sollte ich dir glauben?«

»Ich habe es damals Onkel Finley versprochen. Ich werde mein Leben für Amy geben. … Und für gewöhnlich halte ich meine Versprechen«, sagte ich so sicher wie möglich und trat noch einen Schritt in Morgions Richtung. Okay, das war eigentlich Lucas Spruch, aber ich hoffte, er würde sich genauso glaubhaft anhören.
Lange sahen wir uns in die Augen. Dieser Mann, der von der Welt so verehrt wurde, ekelte mich an. Mein Hass war grenzenlos und es brauchte meine ganze Willenskraft, ihm dies nicht zu zeigen. Stattdessen legte ich einen Gesichtsausdruck auf, der ihn glauben lassen sollte, ich hätte wirklich aufgegeben. Seine Pupillen wanderten nachdenklich hin und her.
»Legt die Waffen auf den Boden und schiebt sie zu mir rüber!«, forderte Morgion von Mr. Chang und Luca.
»Macht schon!«, zischte ich die beiden an, als sie sich nicht rührten. Luca war der erste, der seine Pistole auf den Boden legte und sie mit dem Fuß zu Morgion schob. Widerwillig folgte Chang.
»Sind Sie sich sicher, Meister?«
»Beruhige dich, Rabas! … So, und jetzt legt euch hin, mit dem Gesicht zum Boden und breitet eure Arme aus.«
Während Mr. Chang und Luca hilflos auf dem Boden lagen, streckte ich meine Handgelenke Morgion entgegen, bereit, von ihm gefangen genommen zu werden.
»Wenn ihr jetzt meine Schwester freigebt, gehöre ich euch.«
»Nein, Jade! Was tust du?«, weinte Amy panisch.
»Beruhige dich. Wenn Rabas dich loslässt, rennst du so schnell du kannst hier raus. Hast du mich verstanden. Ich will, dass du hier verschwindest und nicht zurück

kommst.« Ich betete inständig, dass sie wenigstens dieses eine Mal auf mich hören würde – bitte, nur dieses eine Mal.
Morgion grinste und ich war mir nicht sicher, ob er mich durchschaut hatte oder was ihn sonst amüsierte.
»Wie ich sehe, bist du diejenige, die den Ton zwischen euch angibt. Das gefällt mir. ... Lass das Mädchen gehen, Rabas!«, sagte er, ohne mich aus den Augen zu lassen.
Mein Feuer glühte förmlich, trieb mir Schweißperlen auf die Stirn. Es war so anstrengend, mir nicht anmerken zu lassen, welches Inferno gleich aus mir brechen würde. Es trieb mir sogar Tränen in die Augen, was Morgion offensichtlich als Abschiedsschmerz wahrnahm.
»Sollen wir nicht beide Mädchen behalten, Meister?«
»Nein, mit Jade haben wir einen ganz besonderen Schatz. Mehr brauchen wir nicht.«
Endlich ließ Rabas Amy los. Doch anstatt sie tat, was ich ihr gesagt hatte, blieb sie weinend und zitternd stehen und sah mich verzweifelt an. Hoffentlich würde sie damit nicht alles verderben. Außerdem hielt ich es nicht mehr lange aus. Das Seelenfeuer wollte aus mir brechen.
»Geh Amy, ... geh endlich!«, schrie ich sie schließlich an und bot mich weiter Morgion an.
»Tu endlich, was sie sagt, verdammt!«, brüllte Luca. Er war der einzige, der verstand, was in mir vorging und ich war ihm so dankbar für seinen Ton, denn endlich rannte Amy weinend aus dem Raum.
»Fessle sie, Rabas! Dann lass uns hier verschwinden. Unser Helikopter wartet.«
Rabas nahm einen Strick aus seiner Hosentasche und trat zu mir. Er schien die Hitze zu spüren und hielt kurz inne. Der Puder in seinem Gesicht war durch seinen Schweiß

bröckelig geworden und deutlich war die Narbe auf seiner Wange sichtbar.
Sekunden vergingen, während er den Strick auseinander knotete, bevor er ihn endlich um meine Gelenke legen konnte. Ich hielt es plötzlich nicht mehr länger aus. Ich ließ dem *Seelenfeuer* freien Lauf, in dem ich meine Handfläche schnell auf sein Gesicht presste und sämtlichen Hass in Form von alles zerstörender Glut auf ihn übertrug. Es war befreiend und so erlösend, der Hitze endlich ein Ventil geben zu können.
Dann geschah alles sehr schnell. Luca warf sich blitzschnell auf Morgion, während Mr. Zanolla und Noah zu uns rannten und entsetzt mit ansahen, wie Rabas versuchte, das Ausbreiten meiner Glut auf seinem Körper zu verhindern. Er schrie, stieß gegen Möbel, die er sofort mit seinem Feuer ansteckte. Sich windend stolperte er durch den Raum, schrie vor Schmerz, schlug sich verzweifelt ins Gesicht und auf seinen Hals, um die Glut, die sich immer weiter in seine Visage fraß, aufzuhalten. Jedes Mal, wenn er in die Nähe von den anderen kam, gab ich ihm einen Schubs in eine andere Richtung, um Luca, Noah, Mr. Chang oder Mr. Zanolla nicht zu gefährden.
Allerdings lösten meine Berührungen weitere Feuerstellen bei Rabas aus, was ihn immer schriller aufschreien ließ. Es dauerte nicht lange, da blieb er schließlich stehen und sackte in sich zusammen. Seine Haut warf Blasen durch die Hitze, sämtliches Wasser verdampfte aus seinem Körper und seine Augen quollen widerlich heraus. Nach qualvollen Sekunden verstummten seine Schreie und das Feuer loderte noch einmal auf und verbrannte seinen Körper zu Asche.
Alle Augen waren nun auf das tote Fleisch gerichtet. Selbst Morgion, der aufgehört hatte, sich aus Lucas Griff

befreien zu wollen, konnte meine Macht nicht fassen. »Was hast du nur getan? Du hast Rabas umgebracht!«, entfuhr es ihm fassungslos.
Ich lächelte ihn an. »Ups! … Tut mir sehr leid, war keine Absicht«, sagte ich flapsig und legte eine Unschuldsmiene auf, doch dann konnte ich mir ein böses Grinsen nicht verkneifen. In diesem Augenblick genoss ich einfach nur die Furcht in Morgions Gesicht.
Mr. Zanolla fand Amy, völlig am Ende mit ihren Kräften, im Flur und brachte sie zu uns. Sie weinte unaufhörlich und zu gerne hätte ich sie in meine Arme genommen, doch noch war meine innere Glut nicht erloschen. Außerdem rückte das Feuer aus dem Raum bedrohlich näher und es war höchste Zeit zu gehen.
»Ab hier trennen sich unsere Wege«, sagte Luca, als wir am Ende des Flurs ankamen.
»Was? Nein, ich komme mit dir.«
»Nein, Jade. Ab hier werde ich allein weiter gehen. Ich muss die Kinder befreien und vielleicht … meine Brüder.« Eindringlich sah er mich an und ich wusste, er hatte seine Entscheidung getroffen. Nichts, was ich jetzt noch sagen würde, könnte etwas daran ändern.
»Ich werde mit dir kommen«, schlug Noah plötzlich vor und Luca sah ihn skeptisch an. Doch schließlich schien er von diesem Angebot nicht abgeneigt zu sein und nickte einverstanden.
»Geht einfach den Weg zurück. Meidet den Aufzug. Über die Treppe gelangt ihr in das Hauptgebäude und von dort aus aufs Dach, da steht der Helikopter.«
Mr. Zanolla nickte, griff zusammen mit Mr. Chang nach Morgion und sie machten sich auf den Weg Richtung Dach. Ich blieb stehen, ich konnte doch nicht einfach

zurückgehen. Meine Füße waren schwer wie Blei und mein Herz zog sich zusammen.
»Geh mit ihnen, Mea Suna. Wir werden nachkommen.«
Ein Lächeln huschte über seine Lippen, welches mir zuversichtlich sagen sollte, dass wir uns später wieder sehen würden. Doch irgendwie hatte ich kein gutes Gefühl dabei. Ich glaubte ihm nicht. Noch bevor ich etwas sagen konnte, rannten Luca und Noah los.

Durch den Wind der Propeller peitschten meine Haare ins Gesicht. Es war dunkel und von unten hörten wir noch immer Schüsse und Männergebrüll.
Der Helikopter war startbereit und nur wenige Meter fehlten uns, um endlich von hier zu verschwinden.
Hitze stieg wieder in mir auf und meine Ornamente bildeten sich. Alarmiert sah ich mich um und blieb sofort mit Amy stehen. Mr. Zanolla und Mr. Chang liefen in gebückter Haltung über den Platz. In dem Augenblick, als sie sich nach uns umsahen, schoss ein Taluri aus dem Hubschrauber. Morgion nutzte diesen Moment und befreite sich. Ein Kampf zwischen Zanolla, Chang und Morgion entfachte, doch meine Aufmerksamkeit lag bei dem Taluri, der bewaffnet mit einem Schwert auf uns zu rannte.
Amy schrie auf. »Matteo, nein!«
»Amy, geh zurück!«, schrie ich und machte mich bereit.
»Bitte, Jade! Töte ihn nicht«, rief sie mir nach. Ich wehrte mich, schlug ihm in den Bauch und versuchte, ihm das Schwert aus seiner Hand zu schlagen. Aus den Augenwinkeln sah ich, wie Morgion versuchte, Mr. Chang vom Gebäude zu stoßen. Mr. Zanolla kam mir zur Hilfe.

»Amy! Tu irgendetwas! Hilf Chang«, brüllte ich ihr entgegen. Sie stand weinend an der Tür und wusste nicht, was sie tun sollte.
Durch meine Unaufmerksamkeit verschaffte sich Matteo einen Vorteil. Er schleuderte mich in die Luft und hart schlug ich auf dem Boden auf. Getrieben von der inneren Hitze, die er spürte, rannte er auf Amy los. Sofort erhob ich mich und warf mich auf ihn. Er taumelte, als ich auf ihn einschlug, endlich fiel er zu Boden. Mit mehreren Schlägen gelang es mir, dass Matteo benommen liegen blieb.
»Jade! Der Spy!«, rief Mr. Zanolla. Sofort war er bei mir und schnitt mit einem Messer seinen Oberarm auf, während ich ihn mit aller Kraft festhielt.
Amy war endlich aus ihrer Angststarre erwacht. Sie nahm eine Waffe, die in der Nähe des Helikopters auf dem Boden lag, und lief damit zu Morgion und Mr. Chang. Dieser hatte es in der Zwischenzeit geschafft, sich von der Brüstung zu entfernen und schlug auf Morgion ein. Amy zielte auf Morgion, der benutzte Mr. Chang jedoch als Schutzschild. Ständig änderten sie die Position und dabei kam ihr Mr. Chang vor das Visier.
Plötzlich entluden sich Schüsse. Morgion und Mr. Chang erstarrten in ihrer Bewegung. Amy stand mit der Pistole in ihrer Hand wie in Trance da, behielt Morgion mit zitterndem Lauf im Visier. Aus seinem Mund drang ein Schwall Blut. Seine Augen waren geweitet. Wie in Zeitlupe sank er auf seine Knie, hob seine Hand, als wolle er Chang um Hilfe bitten, was dieser ihm verweigerte. Schließlich fiel er und blieb schwer atmend auf dem Boden liegen.
Amy weinte und zitterte am ganzen Körper. Der Hass stand ihr ins Gesicht geschrieben. Plötzlich feuerte sie

völlig apathisch das ganze Magazin in seinen Kopf, bis Morgion nicht mehr zu erkennen war - Morgion war tot. Ein Lachen entwich meiner Kehle. Endlich war dieses grausame Kapitel vorbei! Doch dann erstarb mein Lachen, als ich Amy schreien hörte. Mr. Chang sackte zusammen. Erst jetzt sah ich das Blut, das sein Hemd aufgesogen hatte.
»Nein! Mr. Chang, das wollte ich nicht«, schrie meine Schwester entsetzt, während Mr. Zanolla den Spy von Matteo in seinen Händen hielt. Ich ließ Matteo los und rannte zu ihnen.
»Mr. Chang!« Ich zog ihn in meinen Schoß, während Amy sich zu ihm kniete. Seine Wunde blutete stark.
»Ist schon gut, meine Mädchen. Mich hat es eben auch erwischt.«
»Schsch... nicht sprechen. Wir schaffen Sie jetzt in den Helikopter und bringen Sie zu einem Arzt«, versicherte ich ihm.
»Nein, … Morgion ist tot … und Luca … rettet die … Taluri-Kinder. Das ist alles, … was ich je wollte«, sagte er schwach. »Mit Morgions Tod habe ich … meine Frau gerächt. Das ist alles, … was ich … wollte.«
»Ihre Frau?«, fragte ich und sah im Geiste das Bild der schönen jungen Frau vor mir, das ich in seinem Haus in einer Vitrine gesehen hatte.
»Morgion machte mich … zu seiner Marionette. Meine Frau Yoki war ihm da im Weg, … da gab er mir damals … den Auftrag, … sie … zu töten.«
Ekel erfasste mich und ich schloss meine Augen nach diesem Geständnis.
»Erst als mein Spy … nicht mehr richtig … funktionierte, kam ich dahinter. … Jahrelang habe ich … gelitten und mich … selbst so sehr dafür gehasst. Es gibt

nichts … auf der Welt, was das wieder gutmachen konnte, … außer Morgions Tod und die Befreiung der Kinder.«

Sein Atem wurde schwächer, er war ganz blass. Tränen liefen über seine Wangen. Dennoch lag ein zufriedener Ausdruck in seinem Gesicht.

»Es tut mir so leid. Ich hatte keine Ahnung.«

Er lächelte schwach.

»Morgion wird in der Hölle schmoren«, sagte ich und warf einen kurzen hasserfüllten Blick auf den Leichnam, der nicht weit von uns entfernt lag.

»Jade!«, flüsterte er schwach. Ich beugte mich näher zu ihm.

»Geht nach Grace Island … bis alles vorbei ist …«

Weiter kam er nicht. Seine Augen wurden glasig und sein letzter Atemzug entwich aus seinem erschlafften Körper. Sein Herz hatte aufgehört zu schlagen. Weinend strich ich ihm übers Gesicht.

»Ich bin schuld. Ich habe ihn umgebracht!«, flüsterte Amy immer wieder.

»Hör auf! Er hat dir keine Schuld gegeben. Seine Lebensaufgabe, seine Frau zu rächen, Morgion zu töten und die Kinder zu befreien, war erfüllt. Lassen wir ihn in Frieden ruhen«, sagte ich weinend. »Den Einzigen, den Schuld trifft, hast du ins Jenseits befördert. Ich hätte genau das Gleiche getan.«

Mr. Chang war tot und mit ihm starb ein Freund. Ein Freund in all dieser schrecklichen, dunklen Zeit. Aber was sollten wir auf Grace Island?

»Wir sollten gehen. Man hat uns entdeckt«, sagte Mr. Zanolla vorsichtig. Amy, die immer noch fassungslos weinte, sah zu Matteo, der in sich zusammen gekauert

seine Wunde am Arm hielt und völlig verstört hin und her wippte.
»Ich habe ihm den Spy entnommen. Der wird wieder.«
Zum Abschied küsste ich Mr. Chang auf die Stirn. Er hatte mir viel beigebracht und ich würde ihn nie vergessen. Es tat mir so leid, dass er so hatte sterben müssen.
Sirenen waren von Weitem zu hören und die Schießerei war immer noch im Gange.
»Wir sollten los, das ganze Gelände wird gleich umstellt sein«, rief Mr. Zanolla mir zu und zog meine Schwester mit sich. Ich lief zu Matteo.
»Los, steh auf. Du kommst mit uns«, herrschte ich ihn an. Er runzelte jedoch nur die Stirn, ließ sich aber trotzdem von mir in den Hubschrauber ziehen.
Gerade, als Mr. Zanolla starten wollte, wurde die Tür des Dachzugangs geöffnet. Sofort stieg die Hitze in mir wieder an und die Ornamente bildeten sich kräftiger auf meiner Haut aus – die Taluris hatten uns gefunden!
»Machen Sie schneller, die Taluris kommen!«, schrie Amy panisch. Schon machten sie sich an der Tür zu schaffen, als Mr. Zanolla uns endlich in die Luft brachte. Ein Taluri fiel und ein zweiter schaffte es, sich an der Tür festzukrallen. Wie konnten wir ihn loswerden?
»Amy! Wir holen ihn rein und entfernen den Spy! Schaffst du das?«
Sie nickte ängstlich und daraufhin öffnete ich mit ihrer Hilfe die Schiebetür. Sofort kletterte der Taluri zu uns. Ich überwältigte ihn, während Amy ihn festhielt. Sofort und ohne zu zögern, schnitt ich ihm den Spy heraus. Er wehrte sich, doch er hatte keine Chance.
Endlich steuerte Mr. Zanolla den Hubschrauber aus dem Gelände. Ich sah hinunter, in Gedanken bei Luca und

Noah, die dort unten zu kämpfen hatten. Würden sie es schaffen?
Erleichtert zog ich Amy in meine Arme. Ich hatte sie wieder und ich war so dankbar dafür. Bis zum Schluss hatte ich gehofft, dass Luca und Noah zum Helikopter kommen würden.
Ich starrte in die Dunkelheit, sah hinunter zu den Lichtern der Stadt, die bis heute ahnungslos war über das Verbrechen, das sich unterirdisch in Rom abgespielt hatte.

Der Hubschrauber landete außerhalb von Rom, mitten in der Pampa auf einem abgelegenen Flugplatz. Mr. Zanolla steuerte unsere Maschine direkt auf ein größeres Flugzeug zu. Mit Amy im Arm liefen wir die wenigen Meter in Richtung der Maschine. Mr. Zanolla kümmerte sich um Matteo und den anderen Typen. Kurz bevor wir dort ankamen, öffnete sich die Einstiegsluke und Prof. Tramonti stieg aus.
»Jade … Amy! Ich bin ja so froh, euch zu sehen«, lächelte er. »Geht es euch gut? Ist euch auch nichts passiert?«
Ich schnaubte verächtlich. »Ob uns nichts passiert ist? Können Sie sich eigentlich vorstellen, was dieses Arschloch Morgion da unten getrieben hat? … Wissen Sie, wie viele gefoltert und wie viele Menschen dort umgekommen sind? Haben Sie eigentlich eine Ahnung, wie es sich anfühlt, dort gefangen zu sein? Mein Gott, … es war so fürchterlich. Ich kann es immer noch nicht fassen.« Es sprudelte nur so aus mir. Ich konnte nicht anders.
»Ich will, dass alles aufgedeckt wird. Morgion ist tot, aber es gibt genug Leute, die bereit waren, ihn zu unterstützen. Sie alle müssen zur Rechenschaft gezogen werden«, schnaubte ich wütend und stemmte meine Hände in die Hüften.
»Kommt, ich bringe euch nach Hause«, sagte der Professor mitfühlend.

Kapitel 26

Matteo und Miguel wurden von Mr. Zanolla in den hinteren Teil der Maschine gebracht. Dort sollten sie während des Fluges zu sich kommen können. Er blieb bei ihnen.

Nachdem man Amy und mir etwas zu essen gebracht hatte, beobachtete ich meine Schwester. Sie zerbröselte ein Brötchen und schien tief in Gedanken versunken zu sein.

»Hast du keinen Hunger?«, fragte ich sie, um das Schweigen zwischen uns endlich zu brechen. Sie schüttelte jedoch nur traurig mit dem Kopf. Ich nahm meine Tasse Kaffee und trank einen Schluck. Was ist nur passiert in all den Wochen? Sie war so anders – so völlig in sich gekehrt.

»Willst du darüber reden?«, versuchte ich es noch einmal.

Endlich sah sie auf. Sie sah wirklich mitgenommen aus. Ihr Haar würde wieder wachsen und ihre gesunde, frische Farbe würde in den nächsten Tagen zurückkehren. Aber ob sie die letzten Wochen verkraften würde?

»Matteo hat mich gerettet, Jade«, sagte sie und fast verschluckte ich mich an dem Kaffee.

»Red keinen Blödsinn. Er war doch derjenige, der dich erst in Gefahr gebracht hat!« Wie konnte sie nur so etwas glauben? Verständnislos schüttelte ich den Kopf.

»Nein, du verstehst das nicht.«

Eine kleine Hitzewelle durchfuhr meinen Körper, was mich sofort ermahnte, ruhig zu bleiben.

»Amy, er hat dich am Flugzeug in Bayville aus Mr. Changs Armen gerissen. Hätte er das nicht getan, wären wir zusammengeblieben.« Betont leise und langsam erinnerte ich sie daran, wie sich alles abgespielt hatte.
»Er hatte seine Gründe«, entgegnete sie gewohnt flapsig. Sie nahm ihn in Schutz? »Seine Gründe? Jetzt mach aber mal einen Punkt. Er hätte doch leicht zu uns ins Flugzeug springen können, Luca hat es ja schließlich auch getan.«
Ihr Gesicht zeigte keine Regung und ich konnte nicht verstehen, was in ihrem Kopf vorging. Was hatten die nur mit ihr gemacht?
»Er war so durcheinander, weil der Spy nicht mehr in seinem Körper war. In dem Augenblick konnte er einfach nicht klar denken«, versuchte sie zu erklären.
Wieso verteidigte sie ihn auch noch? Und dann sah ich es in ihren Augen. »Du hast dich in ihn verliebt?«, sprach ich laut meine Gedanken aus. Dennoch wollte mir einfach nicht in den Kopf gehen, dass sie sein falsches Spiel nicht erkannt hatte.
»Amy! Er hat mich von den Padres fortgelockt. Er erzählte mir, er würde mich zu dir bringen. Er hat mich betäubt und mich an Morgion ausgeliefert. Wie kannst du ihm da noch vertrauen?«
»Ja aber, … das hat er nur getan, weil ...«
»Weil?«
»Weil … Morgion ihn erpresste. Sein einziger Fehler war, dass er mich retten wollte. Und es war nicht seine Schuld. … Ein paar Stunden nachdem wir es geschafft hatten, aus Bayville zu fliehen, brachte Matteo mich in ein Motel. Ich hab schnell gemerkt, dass etwas mit ihm nicht stimmte. Er war so durcheinander, nervös und völlig neben sich. In den Nächten träumte er und wachte

schreiend auf. Manchmal weinte er sogar. Ich war zwar seine Gefangene, doch je länger wir zusammen unterwegs waren, desto mehr … Naja, … du weißt schon, wie das ist.«

»Nein, … wie ist es denn?«, fragte ich sie und ein warnender Unterton mischte mit.

»Ach, Jade! Du weißt genau, was ich sagen will. Jedenfalls erzählte er mir von seinen schlimmen Träumen, von dem Obsensium und von dem Spy und wir … verliebten uns. Irgendwo an der deutschen Grenze erwischten uns Morgions Männer. Matteo meinte, dass Morgion durch ein Video von Gavin gesehen hatte, wie du Luca geheilt hast. Somit wusste er über unsere Besonderheiten bescheid. Dadurch konnte er Matteo erpressen und forderte von ihm, dass er dich finden sollte, sonst würde er mich töten. Verstehst du, Jade? Matteo musste so handeln. Ich konnte es ihm nicht ausreden.«

Ich erinnerte mich daran, als Matteo mich angeblich mit dem Motorrad zu Luca und ihr bringen wollte, kurz bevor er mir das Taschentuch vor mein Gesicht presste, murmelte er irgendeine Entschuldigung. Wenn das wirklich die Wahrheit war, dann ... Vielleicht täuschte ich mich in ihm, vielleicht war er wirklich kein so schlechter Kerl, wie ich dachte.

»Ist das wahr?«, fragte ich sie.

»Ja, er wusste, Morgion würde nicht zögern, mich zu töten.«

Sie weinte und ich nahm sie in meine Arme, strich über ihr kurzes, strubbeliges Haar. »Es ist vorbei, Amy. Wir sind wieder zusammen, nur das zählt.«

Irgendwann, als wir uns in Decken gehüllt hatten, schliefen wir ein. Es war kein Wunder, so erschöpft, wie wir waren.
Erst Stunden später erwachte ich. Sofort, als ich meine Augen öffnete, suchte ich Amy. Sie schlief neben mir in aller Seelenruhe.
»Ich hoffe, der Schlaf hat dir gut getan«, sagte der Professor. Er saß auf der anderen Seite und sah zu mir herüber.
»Wo sind wir?« Ich richtete mich auf.
»Wir landen gleich. Ich bringe euch nach Grace Island.«
»Nach Grace Island? Warum nicht nach Madrid?«, wunderte ich mich.
»... weil es euer Zuhause ist«, sagte er und seine Stimme wurde sanfter.
Skeptisch sah ich ihn an. Unser Zuhause war Bayville. Im Grunde hatten Amy und ich kein Zuhause mehr. Er nahm gedankenverloren seine Brille von der Nase, zog aus seiner Hose ein Taschentuch und hauchte die Gläser seiner Brille an, um diese dann zu polieren.
»Deine Mutter, Jade, … war ein Mädchen aus reichem Hause. Als sie damals mit euch schwanger wurde, gaben sie und euer Vater mir den Auftrag, für euch ein Zuhause zu schaffen, für den Fall, dass euer Onkel sich nicht mehr um euch kümmern kann. Sie wollten ein Paradies für euch, damit ihr eine Möglichkeit habt, aus dem grausamen Alltag zu fliehen. Daraufhin kaufte ich, im Namen eurer Eltern, diese Insel und ließ die Villa darauf bauen.«
Ich runzelte die Stirn und plötzlich fiel mir der Brief ein, den mir Carmen gegeben hatte. Die Bauchtasche mit dem Brief meiner Mutter fühlte sich plötzlich so schwer an.

»Sie wollte für euch beide einen Zufluchtsort - ein Zuhause. … Die Insel gehört euch. Die nötigen Papiere habe ich unterzeichnet und befinden sich bereits vor Ort.«
Sprachlos sah ich ihn an. Mein Mund war so trocken, dass ich nichts sagen konnte.
Amüsiert lachte mich der Professor an. »Ihr braucht sicher einige Zeit, bis ihr euch beide von den Strapazen der letzten Wochen erholt habt. Es ist sehr viel geschehen und ihr müsst das alles erst verarbeiten.«
Noch konnte ich nicht begreifen, was er mir da erzählte. Meine Gedanken schwirrten. Ich konnte jetzt nicht darüber nachdenken.
»Haben Sie etwas von Luca und Noah oder den anderen gehört?«
Er senkte den Blick und ein Stich durchfuhr mein Herz.
»Nein, leider haben wir bisher keinen Kontakt mit den restlichen Verbliebenen. Mr. Zanolla hat mich über die Umstände aufgeklärt. … Mr. Chang ist für uns alle ein herber Verlust und er war immer ein sehr guter Freund. Ich … werde ihn vermissen.«
»Wussten Sie, zu was Morgion ihn gezwungen hatte?«
Der Professor blickte ins Leere und nickte. »Ja, ich wusste über das Schicksal seiner Frau. Naoki hat Qualen gelitten, viele Jahre. Erst als er in dir die Illustris mit den zwei Gaben erkannte, keimte Hoffnung in ihm auf.«
Ich stand auf und setzte mich direkt zu ihm.
»Kennst du die Legende über die Göttin Illis und Gott Luma?«
»Ja, Mr. Chang erzählte sie mir auf der Insel.«
»Dann kannst du dir vielleicht auch denken, warum Morgion dich unbedingt haben wollte.«

»Naja, ich glaube, dass er mit meinem Blut das Super-Obsensium herstellen konnte«, sagte ich.
»Er isolierte das Gen des Verderbens und vermischte es mit dem Obsensium.«
Wahnsinn! Wie krank es ist, aus meinen Genen eine solch schreckliche Waffe herzustellen.
Nickend sah er durch die kleine Fensterluke. »Hat Morgion meine Eltern ermordet?«, fragte ich in die Stille.
»Das lässt sich nicht beweisen, entweder war es Morgion oder aber die Pharmakonzerne gaben den Auftrag dazu.«
»Wissen Sie, Professor, die ganze Zeit habe ich darüber nachgedacht, wie er es geschafft hat, die Kinder wieder zum Leben zu erwecken, nachdem er sie vergiftet hat.«
»Er nutzte das Gen aus dem Hexenhaar nicht nur für sein Obsensium, sondern auch, um die Kinder zu heilen.«
»Ja, darauf hätte ich auch selbst kommen können.«
»Naja, das alles ist nicht leicht zu verstehen. Dieses ganze Thema ist schon sehr verwirrend.«
»Aber nun ist er tot. Und wir können nur hoffen, dass Luca es geschafft hat, die Taluri-Kinder zu befreien«, sagte ich und sah ihn dabei an.
»Das hoffe ich auch. Trotzdem ist die Gefahr, in der ihr schwebt, noch nicht ganz gebannt. Eure Auren sind für andere unsichtbar und niemand wird so leicht erkennen können, wer eine Illustris ist. Vielleicht gerät dadurch euer Geheimnis irgendwann in Vergessenheit.«

Die Sonne ging bereits unter, als wir die Insel Grace Island erreichten – Amys und meine Insel. Ich konnte es immer noch nicht glauben - dieses herrliche Fleckchen Erde gehörte uns.

Dennoch entschieden Amy und ich, die Villa erst am nächsten Tag zu besichtigen und bezogen für die erste Nacht ein gemeinsames Zimmer.
Erst als sie sich vergewissert hatten, dass das Obsensium von Matteo und Miguel keine Gefahr mehr für uns war, fuhren der Professor und Mr. Zanolla zurück zum Festland. Quinn würde ein Auge auf die beiden haben. Sie brauchten mehr Informationen über die Ereignisse in Rom.
Nach einer Dusche und einem ausgiebigen Abendessen erzählte ich Amy von den Padres de Luz, den anderen Illustris und von Carmen Ramos.
Wir saßen auf dem Doppelbett, als ich den Umschlag mit dem Brief unserer Mutter aus der Tasche nahm.
»Du hast ihn noch nicht gelesen?«, fragte sie erstaunt, als sie den ungeöffneten Brief in meinen Händen ansah.
»Nein, ich wollte ihn mit dir gemeinsam lesen. Willst du ihn vorlesen?«
Zögernd nahm sie den Brief und öffnete ihn. Während sie das Papier auseinander faltete, wurde mir ganz warm vor Aufregung.

Geliebte Töchter,
viel zu kurz war unsere Zeit mit euch. So gern hätten wir gesehen, wie ihr zu jungen, starken Frauen heranwachst. Wenn ihr diesen Brief in euren Händen haltet, dann habt ihr bestimmt schon einiges über euch und unser Schicksal erfahren. Ich hoffe, dass es kein zu großer Schock für euch war. Die Welt ist nicht immer so grausam, wie sie scheint, aber wenn ihr Hilfe oder eine Auszeit braucht, dann wendet euch an Vico Tramonti. Er genoss schon immer unser Vertrauen. Ihm gaben wir auch den Auftrag, für euch eine Rückzugsmöglichkeit zu

schaffen. Die Insel Grace Island gehört euch, damit ihr jederzeit in Sicherheit seid und euch erholen könnt.
Gefahren lauern überall und ihr solltet mit eurem Vertrauen an die Menschen sparsam umgehen. Leider sind wir nicht da, um euch zu beschützen, aber wir haben unser Möglichstes getan.
Es fällt mir gerade so schwer, diese Zeilen zu schreiben und ich habe nicht mehr viel Zeit. Eure Mutter sein zu dürfen, war das größte Geschenk, das ich je bekommen konnte und ihr sollt wissen, dass wir euch unendlich lieben und euch nur das Beste wünschen. Eine Sache tröstet uns: ihr habt euch. Ihr könnt euch gegenseitig helfen und unterstützen, ihr seid nicht allein. Vergesst nie, ihr seid einzigartig auf dieser Welt, ein kostbarer Schatz, den es zu behüten gilt.

In tiefer Liebe, Mum und Dad

Amy faltete den Brief zusammen und wir ließen die Zeilen auf uns wirken. Es war das erste Mal, dass wir eine Stimme von den Menschen hörten, die wir bisher nur von Fotos kannten. Aber in jedem Wort sprach die Liebe und Verbundenheit, die sie für uns empfunden hatten.
»Das … ist … unglaublich, oder?«
Nickend stimmte ich ihr zu, nahm den Brief noch einmal und fuhr mit meinen Fingern über die gleichmäßige, schöne Schrift. Wie mochte sie sich gefühlt haben, als sie diese Zeilen schrieb? Durch Carmen wusste ich, dass sie auf der Flucht waren. Sie wurden gejagt und schließlich getötet.
Mein Herz zog sich zusammen. Durch Mums Worte fühlte ich mich in diesem Augenblick seltsam geborgen und beschützt. Es war dieses seltsame Band, welches ich

auch beim Betrachten unseres Familienporträts gespürt hatte.
Amy stand am Fenster und sah in die Nacht hinaus. Das Fenster stand weit offen und ein laues Lüftchen wehte ins Zimmer.
Gedankenverloren sah sie auf das Meer hinaus. Ich betrachtete ihre Silhouette. Seit ihrer Rettung kam sie mir so anders vor. Irgendwie … gereifter.
»Wieso sind deine Haare eigentlich kurz?«
Sofort zupfte sie an ihrer Frisur und verzog dabei das Gesicht. »Das war Matteos Idee, als wir unterwegs waren. Er meinte, so würden mich die Leute nicht so schnell erkennen. … Ich weiß, es sieht schrecklich aus, aber es wächst ja wieder.«
»Nein, so schrecklich sieht es gar nicht aus. Irgendwie passt es sogar zu dir. Es lässt dich reifer wirken.«
»Findest du?« Noch bevor ich ihr antworten konnte, hörten wir Stimmen von unten. Sofort sprang ich auf. »Das ist bestimmt der Professor.« Amy und ich liefen eilig die Stufen hinunter. Endlich! Vielleicht hatte er Informationen für uns.

Quinn, Johanna, Matteo und Miguel standen auf dem Vorplatz des Hauses, als Amy und ich zu ihnen stießen. Amy ging sofort zu Matteo, der sie in seine Arme nahm. Der Professor kam gerade mit Mr. Zanolla zurück. Ihre Gesichter waren ernst, worauf Johanna ihren Arm um meine Schultern legte, als befürchtete sie die gleichen schlechten Nachrichten wie ich.
»Und?«, entfuhr es mir, als ich es nicht mehr länger aushielt.
»Ganz Rom steht Kopf durch den Skandal. Das Militär ist sogar im Einsatz. Einige Hintermänner der Mafia und

andere Größen der Verbrecherszene, die Morgion eingeladen hatte, konnten festgenommen werden. Dadurch ist jetzt der Name Morgion nicht mehr so blütenweiß. Allerdings spricht die Presse bisher nur von Toten und es gibt keine Zahl über Überlebende.«
»Und die Kinder?«
»Nichts, zumindest wurde darüber nicht gesprochen. Was auch zu einem Problem werden kann, ist, dass die Zwillinge von einigen Personen, die festgenommen wurden, identifiziert worden sind. Man sucht nach euch und bringt euch sogar mit Morgion in Verbindung.«
Amy sog scharf die Luft ein und hielt sich ihre Hand vor den Mund. »Oh Gott! Die denken doch nicht etwa, wir hätten etwas mit diesen grausamen Dingen zu tun?«
»Macht euch keine Sorgen, es wird alles gut werden. Wir warten einfach ab. Es wird nun alles nach und nach ans Tageslicht kommen. Zwei unserer Leute, die wir bei den Carabinieris eingeschleust haben, werden mich auf dem Laufenden halten«, sagte Prof. Tramonti.
»Und ich werde wieder aufs Festland gehen und weitere Nachforschungen stellen.«
»Jetzt lasst euren Kopf nicht hängen. Noch wissen wir nichts Genaues«, versuchte Johanna uns zu trösten.
Ich brauchte einen Moment für mich und lief die Stufen in den Garten hinunter. War jetzt wirklich das eingetroffen, wovon Luca ausgegangen war? War dies das Ende gewesen? Mein Herz wollte es einfach nicht glauben, doch mein Verstand sagte etwas anderes.
Ohne, dass ich es bemerkt hatte, war ich den kleinen Weg zum Strand hinunter gelaufen. Die Drohne, die mir folgte, riss mich aus meinen Gedanken. Ich schenkte ihr jedoch keine weitere Beachtung und setzte mich in den Sandstrand, der noch warm von der Sonne war.

Für einen Abschied war es doch einfach noch zu früh gewesen. Luca und ich hatten noch nicht einmal eine Chance gehabt. Das war nicht fair und verbittert warf ich eine Handvoll Sand in die Wellen. Noah war ihm gefolgt. Hatte ich sie nun beide verloren?
»Hey!«, sagte Amy und setzte sich zu mir. Ich ignorierte sie und sah weiter aufs Meer hinaus.
»Es ist Luca, nicht wahr?«, fragte sie und ließ den Sand durch ihre Hände rieseln. »Ich wusste es von Anfang an, weißt du noch?«
Ich nickte. »Er wollte zurück. Schon die ganze Zeit bei den Padres wollte er das. Er konnte einfach nicht damit leben, dass seine Brüder und auch die, die Morgion zu Taluris ausbilden wollte, noch dort lebten, während er die ganze Wahrheit kannte. Und ich? Ich war egoistisch und dachte dabei nur an mich.«
»Sei nicht so hart mit dir, Jade.«
»Als er fort war, hielt ich es bei den Padres nicht mehr aus und mit Mr. Changs Hilfe kam ich nach Rom. Dort wollte ich nach ihm suchen, obwohl alle davon ausgegangen waren, dass er nicht mehr lebte. Aber ich wollte es nicht glauben. … Und wenn ich ihn jetzt verloren habe, dann …« Mein Gesicht glühte und Tränen brannten in meinen Augen.

Die Villa, die unsere Eltern für uns hatten erbauen lassen, war sehr beeindruckend. Sie enthielt sämtlichen Komfort, den man sich vorstellen konnte. Die Räume waren groß, hell und luxuriös eingerichtet. Amy war sofort Feuer und Flamme, während ich mich nicht richtig freuen konnte. Es gefiel mir, doch wollte ich hier leben?
»Es gehört alles euch«, sagte Quinn und hielt seinen Schlapphut in der Hand.

»Wow, sieh nur, Jade! Alles ist elektronisch.« Sie hatte eine große Fernbedienung in ihrer Hand und drückte alle Knöpfe. Mehrere Motorengeräusche waren zu hören, während sich die Lamellenvorhänge an den riesigen Wohnzimmerfenstern automatisch zuzogen. Ein Fernseher wurde an- und ausgeschaltet und das Licht spielte verrückt, während Amy wie ein kleines Kind sämtliche Knöpfe ausprobierte.
»Du kannst alles mit der Fernbedienung schalten, sogar die Kaffeemaschine«, mischte sich Quinn begeistert mit ein. Ich schlenderte zu dem großen Panoramafenster, welches eine unglaubliche Aussicht bot. Es war einfach wunderschön hier, vielleicht zu schön. Auch wenn ich meine Augen schloss, wollten sich meine trüben Gedanken nicht vertreiben lassen, egal welchen Reichtum wir nun besaßen.
»Lass uns nach oben gehen, Jade. Ich will mir ein Zimmer aussuchen.« Schon nahm sie Matteo an die Hand und lief mit Quinn in die erste Etage. Von dort hörte ich ihr begeistertes „Ohhh“ und „Wahnsinn“! »Jade, jetzt komm schon! Das musst du dir unbedingt ansehen«, rief sie.
Mein Blick schweifte über den Ozean. Nicht weit von uns lagen die anderen Inseln. Der azurblaue Himmel und die heißen Temperaturen lockten viele Touristen an den Strand. Ich wandte mich gerade um und wollte zu Amy gehen, als ich ein größeres Boot direkt auf unsere Insel zufahren sah.
Sofort ertönte ein Alarmsignal und eine elektronische Stimme im ganzen Haus. »Achtung, Unbekannte nähern sich der Insel.« Schon schoss Quinn die Stufen hinunter. »Wir bekommen Besuch. Bestimmt ist es der Professor«, sagte er und verließ eilig die Villa. Ich folgte ihm.

Wir warteten schon am Strand unten, als die Jacht anlegte. Johanna, Miguel und die Kinder blieben zur Sicherheit erst mal oben an der Böschung stehen, bis wir wussten, wer kommt. Mein Herz klopfte wild und nervös sah ich zu Amy. Durch die Sonne konnte ich nur dunkle Schatten erkennen. Doch endlich sah ich einen lockigen Rotschopf. Er kletterte auf den Steg.

»Pepe!«, entfuhr es mir und im ersten Moment wusste ich nicht, ob ich weinen oder lachen sollte. Ein dunkles Lila strömte munter aus mir, gemischt mit dem ewigen Schwarz, welches mich wohl nie mehr loslassen würde. Der Junge hatte mich gehört und sah zu mir. Er winkte und schenkte mir ein schüchternes Lächeln. Weitere Kinder stiegen von der Jacht, doch so sehr ich mich freute, ihr Anblick war einfach nur schockierend. Sie hatten aschfahle Haut und sahen so dünn aus. Sie warteten am Steg, während ich Noah entdeckte. Kurz schloss ich meine Augen und dankte dem Himmel. Daniel stieg aus und kurz, bevor ich glaubte, vor Anspannung zu sterben, sah ich ihn endlich. Luca. Nachdem alle das Boot verlassen hatten, sprach Luca noch mit dem Steuermann, bevor dieser die Jacht wieder von der Anlegestelle fuhr.

»Sie haben es geschafft«, strahlte Amy und umarmte mich kurz.

»Ja, das haben sie«, flüsterte ich, zu mehr war ich nicht in der Lage. Gemeinsam kamen sie mit den Kindern den Steg entlang und Quinn lief ihnen entgegen. Wortlos reichten sie sich die Hände.

»Die Kinder brauchen dringend eine Bleibe, etwas zu essen und ein paar ruhige Nächte. Luca meinte, hier wären sie sicher«, sagte Noah.

»Natürlich, meine Frau Johanna wird sich um alles kümmern«, antwortete Quinn und war sichtlich berührt von dem Anblick der Kinder. Matteo lief zu Luca und sie umarmten sich innig. Ich beobachtete Noah und die Kinder, wie sie gemeinsam den Steg entlang liefen. Die Kinder folgten Quinn und Noah kam direkt auf mich zu. Ohne darüber nachzudenken, umarmte ich ihn fest und freute mich, ihn ohne große Verletzungen vor mir stehen zu sehen.
»Wir haben es geschafft, Jade.«
»Ja, das habt ihr«, sagte ich leise. Wir ließen uns los und sahen uns an. Das Gefühl, etwas falsch gemacht zu haben überkam mich. Ich sah es in seinem Blick und verzweifelt suchte ich nach den richtigen Worten.
»Noah, ich …!«
»Du brauchst mir nichts zu sagen, Jade. Es ist alles in Ordnung. Ich verstehe dich.« Er sah kurz zum Steg zurück, wo Luca mit ein paar Taschen entlang lief. »Er ist ein cooler Typ, zwar nicht so cool wie ich, aber ich kann damit leben.« Er grinste mich an und ich senkte mit roten Wangen den Blick.
»Es wäre sowieso mit uns nicht gut gegangen, du bist viel zu stark für mich. Und ich könnte es auf Dauer nicht ertragen, ständig gegen ein Mädchen im Kampf zu verlieren«, grinste er.
Jetzt musste auch ich lachen. »Dein Messer, … ich habe es nicht gebraucht«, sagte ich.
Er lachte. »Du kannst es mir später geben«, meinte er und blickte zu Luca, der am Ende des Stegs stehen geblieben war. »Ich denke, ich gehe mal zu den anderen. Wir sehen uns«, sagte er noch, lief zurück, klatschte mit Luca ein, nahm die Taschen und machte sich auf den

Weg zum Haus. Ich war erleichtert, dass Noah verstand, dass ich zu Luca gehörte.
Mein Blick blieb an Luca hängen. Ich zwang mich, stehen zu bleiben und ihm nicht wie eine liebeskranke Vollidiotin um den Hals zu fallen. Doch meine Freude, ihn wiederzuhaben, war so viel größer, dass ich es nicht mehr länger aushielt.
Luca stand dort im Sand und sah mich an. Langsam liefen wir aufeinander zu und jetzt konnte ich meine Tränen nicht mehr zurückhalten. Mein Herz stand in Flammen. Ich blickte in seine schönen Augen. Da wusste ich, nichts würde mich mehr von ihm trennen.
»Da bin ich, Mea Suna«, sagte er und grinste schief, als er vor mir stand. Meine Vernunft verabschiedete sich, ich sprang in seine Arme und schlang meine Beine um seine Hüften. Er trug mich und ich spürte seine starken Hände unter meinem Po. Sein Blick ging durch und durch. Ein weißer und lila Schleier umgab mich, verdrängte in diesem Augenblick meine schwarze Aura. Es gab nur uns beide, nichts lag mehr zwischen uns. Eben hatte ich noch tausend Fragen an ihn und jetzt war mein Kopf wie leergefegt. Ich existierte nur für ihn. Nur er und ich.
Ich nahm sein Gesicht in beide Hände und legte meine Lippen auf seine. Unser Kuss war sanft und zärtlich, wurde dann aber stürmischer, sodass wir ins Straucheln gerieten und lachend in den weichen Sand fielen. Er zog mich fest an sich.
»Ich hatte solche Angst um dich.«
»Und ich um dich«, sagte er und sah mich an. Sein Blick schweifte von meinen Augen zu meinem Mund. Ich spürte seinen warmen Atem und ein Kribbeln durchfuhr meinen ganzen Körper. Es fühlte sich richtig und gut an.

»Ich liebe dich, Mea Suna«, hauchte er rau und endlich küsste er mich wieder. Seine Worte erfüllten mich, machten alles in mir vollständig. Sie halfen meine Wunden zu heilen. Mit dem Daumen strich er über meine Lippen. In diesem Moment nahm ich nur noch ihn wahr, schaltete alles um mich herum aus. Das Kribbeln in meinem Körper wurde stärker. Diese tiefe Sehnsucht erfüllte mich wieder, die ich schon einmal mit ihm erlebt hatte.

Doch plötzlich unterbrach er den Rauschzustand, indem wir uns beide befanden.

»Ich muss hier leider abbrechen. … Wenn du so weiter machst, kann ich für nichts garantieren.« Er lächelte und deutlich spürte ich seine Erregung, die gegen meinen Bauch drückte.

»Merk dir genau, wo wir stehen geblieben sind, dort werden wir später weiter machen. Aber ich glaube, wir werden erwartet«, sagte er und küsste mich kurz auf den Mund, bevor er sich aufrichtete. Ich verspürte keine Lust, aus meinem Rausch wieder aufzuwachen, doch er hatte Recht. Außerdem würde Johanna bestimmt jede Hilfe gebrauchen können. Ich seufzte tief und stand auch auf. Nachdem wir uns vom Sand befreit hatten, liefen wir Arm in Arm ins Haus zurück.

Später am Abend saßen wir alle am Tisch. Noah und Daniel erzählten, was geschehen war, als wir uns von ihnen getrennt hatten. Amy saß Händchen haltend neben Matteo, der ständig den Blick senkte, wenn ich ihn ansah.

»Es war wirklich knapp. Das Gelände war voll mit Soldaten, überall brannte es. Wenn Luca nicht gewesen wäre, hätten wir es niemals geschafft«, sagte Noah.

»Und wie viel der Taluris konnten letztlich gerettet werden?«, wollte ich wissen.
»Insgesamt neun. Toni, Stefano und Benny haben es nicht geschafft.« Miguel senkte traurig seinen Kopf.
»Und wo sind die anderen sechs jetzt?«
»Luca hat Kontakte, wo sie unterkommen konnten. Diese Leute halfen uns schließlich auch, aus Italien zu fliehen. … Ich kann immer noch nicht glauben, dass unser Meister …« Miguel schüttelte den Kopf. Dunkle Schatten lagen unter seinen Augen, auch jetzt, nachdem das Obsensium aus seinem Körper war, war ihm anzusehen, wie er immer wieder nach Fassung rang, wenn er an die Ereignisse dachte, die er erlebt hatte.
Johanna nickte verständnisvoll und legte eine Hand auf seine Schulter. »Du darfst dir keine Vorwürfe machen, Miguel. Du warst, wie alle anderen Taluris, ein Opfer - ein Gefangener. Ich bin mir sicher, man versteht euch.«
Matteo beobachtete mich, während Johanna liebevolle Aufbauarbeit bei Miguel leistete.
»Das Schlimmste ist, ich bin jetzt frei, aber ehrlich gesagt, fühle ich mich so … verloren. Ich weiß ja nicht mal, wo ich hin soll! Die Meisten von uns haben kein Zuhause, kennen weder Heimat noch sonst irgendwas. … Was soll nur aus mir werden?« Verzweiflung drang aus jedem seiner Worte und er tat mir so leid.
»Ich bin mir sicher, wir werden eine Lösung finden. Der Professor kommt in zwei Tagen, da wird sich alles Weitere klären«, sagte Mr. Zanolla. Er gähnte, erhob sich vom Tisch und wünschte uns eine gute Nacht. Auch Quinn und Johanna schlossen sich ihm an und wenig später folgte ihnen auch Miguel.
»Was wird aus den Kindern? Sie brauchen bestimmt eine Therapie, um all die schrecklichen Erinnerungen los

zu werden«, sagte Amy. Die Kinder, die Luca und Noah befreit hatten, waren schwer traumatisiert. Nur Florin, der Jüngste, schien sich in meiner Gegenwart sicher zu fühlen. Er wich mir nicht von der Seite, sprach jedoch kein Wort.

Als Johanna, Amy und ich die Kinder an diesem Abend zu Bett brachten, war er nicht bereit gewesen, sich in eines der Betten zu legen. Erst als ich ihn in mein Bett brachte und mich zu ihm legte, schlief er endlich ein. Luca verzog zuerst schmollend seinen Mund, doch dann gab er verständnisvoll nach und mit einem stummen Einverständnis beschlossen wir, unsere Zweisamkeit auf einen späteren Zeitpunkt zu verschieben.

»Ich denke, es wäre am sinnvollsten, wenn sie erst einmal hier bleiben. Eine Reise ist noch zu riskant und außerdem denke ich, sie brauchen einen festen Ort, an dem sie lernen können, zu vergessen«, sagte Luca und legte seinen Arm um mich.

Zustimmend nickten wir.

»In Madrid wäre es trotzdem einfacher, die Kinder zu behandeln. Sie wären unter dem Museum geschützt und könnten dauerhaft therapiert werden. ... Es muss einfach Gras über die Sache wachsen«, meinte Noah nachdenklich.

Sicherlich waren alle Überlegungen richtig. Dennoch stellte ich mir etwas anderes vor als dunkle Räumlichkeiten, abgeschieden von der Öffentlichkeit. Kinder brauchen Sonne, bunte Zimmer und viel frische Luft. Ob die Katakomben bei den Padres da das Richtige waren, bezweifelte ich.

»Es tut mir leid, Jade, dass ich Amy entführt und dich später betäubt habe«, sagte Matteo plötzlich. Der abrupte Themenwechsel überrumpelte mich ein wenig. Amy

schmiegte sich an ihn. Bestimmt hatte sie ihn ermutigt, endlich mit mir zu reden.
»Ist schon gut, Matteo. Amy hat mir alles erzählt und ich bin dir nicht böse. … Außerdem habe ich sie ja wieder.« Mit einem Lächeln versuchte ich ihm zu zeigen, dass es nichts zu verzeihen gab.
Seine Augen erhellten sich. »Ehrlich? Und du bist nicht sauer, weil ich dich zu Morgion gelockt habe?«
»Nein, bin ich nicht.« Ich lächelte ihn an und sein Gesicht begann zu strahlen.
»Siehst du! So schlimm ist sie doch nicht«, lachte Amy ihn an.
»Ha, da wäre ich aber vorsichtig. Leg dich bloß nicht mit ihr an. Das kann schmerzhaft enden«, sagte Noah zwinkernd.
»Du bist wirklich ein schrecklicher Mensch, Noah! Man fällt auch keine jungen Mädchen von hinten an, merk dir das!« Die lockere Stimmung tat uns allen gut. Später fiel ich in mein Bett und war beinahe glücklich.
Florin lag in unserer Mitte und schlief tief und fest. Luca und ich sprachen nicht und sahen uns einfach nur an. Zufrieden mit dem Tag lächelte ich. Kurz schloss er seine Augen und lächelte zurück. In diesem Moment lag so viel Liebe wie in einem Kuss und ich erwiderte seine Geste.
Dann löschte er das Licht und wir schliefen, glücklich uns wieder zu haben, ein.

Eigentlich hätte jetzt alles gut werden können. Trotzdem fühlte ich eine innere Unruhe. Am nächsten Tag hatte ich kaum Zeit, die ich mit Luca verbringen konnte. Der kleine Bench wachte in der Nacht mehrmals schreiend auf, ließ sich kaum beruhigen und weckte so die anderen

Kinder. Ricky räumte heimlich den Kühlschrank aus und hortete die Lebensmittel unter seinem Kopfkissen, aus Angst, wir würden ihn vielleicht doch verhungern lassen und Alessandro behielt stundenlang einen Löffel Suppe im Mund, ohne zu schlucken. Pepe war der einzige, der einigermaßen zufrieden schien. Er hing an Luca, der ihn an diesem Vormittag mitnahm, als die Männer Quinn auf der Insel halfen. Trotz allem frustrierten mich die Probleme der Kinder. Es machte mich wütend, welches Leid sie hatten ertragen müssen. Sie waren so hilflos. Jedes Mal wenn ich ihre traurigen Gesichter sah, stieg neue Wut in mir auf, die in den letzten Stunden deutlich anstieg.
Wie so oft an diesem Vormittag schloss ich mich im Badezimmer ein, um meine Glut zu beruhigen. Viel schlimmer als meine Frustration war die Tatsache, dass ich es nicht schaffte, einen heilenden Nebel aufzubauen. Ich verstand einfach nicht, warum es gerade bei den Kindern nicht funktionierte. Gerade sie hatten doch den Seelenfrieden verdient. In diesen Augenblicken fehlte mir Mr. Chang. Ich war überzeugt, er hätte mir die nötige Konzentration und den Willen geben können.
Die Kinder hatten Schlimmes erlebt, jedes auf seine Weise. Mit viel Liebe und Geduld versuchten wir ihnen zu zeigen, dass sie in Sicherheit waren. Es würde bestimmt Monate dauern, bis sie wenigstens einen Teil ihrer Ängste verlieren würden.
Langsam fingen sie an, sich für ihr Umfeld zu interessieren und nahmen vorsichtig mal ein Spielzeugauto in die Hand, das Johannas Kinder im Garten liegen gelassen hatten.

Daniel und Mr. Zanolla fuhren aufs Festland und brachten Zeitungen mit. Es gab ein abhörsicheres Telefon, welches sich in einem angemieteten Büro befand. Sie fuhren morgens mit dem Boot hinaus und kamen erst Stunden später wieder.
Gierig scharten wir uns um die Zeitungen und lasen uns gegenseitig die verschiedenen Artikel vor. Die Blätter waren voll mit dem Skandal um Morgion, seiner Sunshine Foundation und den wildesten Spekulationen. Die Aussagen einiger Mitglieder der Mafia und der festgenommenen, weltweit gesuchten Terroristen belasteten mehrere politische Köpfe und korrupte Hintermänner. In einigen Ländern traten Minister zurück, nachdem die dunklen Machenschaften immer mehr ans Tageslicht kamen. Ein großer Teil der Villa Ada brannte nieder und damit wurden die Untersuchungen schwierig, die Interpol durchführen wollte. Viele der geretteten, dennoch totkranken Kinder, waren zu schwach, um befragt zu werden. Fakt war, dass nach Amy und mir gefahndet wurde.

In der Küche hing ich meinen Gedanken nach. Luca, Mr. Zanolla und Daniel unterhielten sich, während ich Florin auf die Arbeitsplatte der Küche gesetzt hatte. Ich wusch die Kartoffeln in der Spüle ab und öffnete die Schublade. Der Junge beobachtete jeden meiner Schritte und alle Handgriffe genau. Ich redete freundlich mit ihm und erzählte, welchen Arbeitsschritt ich als nächstes machen würde. Als ich ein Küchenmesser aus der Schublade nahm, fing er plötzlich an zu hecheln. Er riss ängstlich seine Augen auf und mit einem Mal fing er an zu schreien. Seine Schreie waren laut und kamen aus tiefster Seele.

Sofort war ich bei ihm und versuchte, ihn zu trösten. Meine Glut, die sich schon seit Stunden angestaut hatte und meine Verzweiflung darüber, dass ich nichts für die Kinder tun konnte, flackerten auf. Meine Aura färbte sich rot. Ich spürte die Gefahr, die tief aus mir kam und entfernte mich von dem Jungen.

Luca, Mr. Zanolla und Daniel waren sofort bei ihm, doch da war es schon zu spät. Meine Flammen loderten innerlich auf und das Küchenpapier, welches neben Florin lag, fing lichterloh an zu brennen. Auch die Arbeitsplatte, die ich berührt hatte, glimmte auf und sengte das Holz an. Zwischen dem Geschrei von Florin und der größer werdenden Flammen wich ich erschrocken zurück.

»Feuer!«, rief Mr. Zanolla und alle wurden ganz hektisch. Da hatte Luca schon einen Feuerlöscher in der Hand und löschte den Tresen und auch die Küchenrolle. Daniel hatte den schreienden Florin an sich genommen und die Küche verlassen, doch wir hörten ihn auch noch, als sie schon draußen im Garten waren.

»Lasst mich einfach durch, bitte. Ich muss hier raus.«

»Beruhige dich, das kann ja mal passieren«, versuchte Mr. Zanolla das Missgeschick zu schmälern.

Der hatte vielleicht Nerven! Ich rauschte an ihnen vorbei und achtete darauf, nichts und niemanden zu berühren. Ich hatte die Nase voll. Statt dass mein Feuer langsam erlosch, wurde es stärker, was mich so sehr in Rage brachte, dass ich den Weg zum Strand nahm und mich einfach mit den Klamotten ins Meer stürzte. Vielleicht würde mir eine Ganzkörper-Abkühlung gut tun. Das Summen der Drohne ignorierte ich und schwamm einfach so lange, bis ich müde wurde. Ich hatte gehofft, die Glut in mir ein bisschen kontrollieren zu können.

Fehlanzeige! Ich saß schon wieder am Strand in der Sonne, als Luca zu mir kam. Er setzte sich zu mir und sah aufs Meer hinaus.
»Alles wieder in Ordnung?«
»Wie soll denn alles wieder in Ordnung sein? Ich weiß einfach nicht, wie ich damit umgehen soll! Und ich verstehe nicht, wieso ich meine Gabe nicht anders einsetzen kann. Stattdessen erschrecke ich die Kinder noch mehr und wahrscheinlich wird er mich nicht mal mehr in seiner Nähe haben wollen.«
Das Feuer in mir war zwar erloschen, doch ein Funke hätte gereicht, um es erneut anzufachen. Es tat mir so unendlich leid und meine Hilfslosigkeit machte es nicht besser.
»Du darfst nicht so streng mit dir sein, Jade. Florin und auch die anderen, die hier sind, gehörten zu den Kindern, die er als schwach befunden hat. Florin hat sich einfach an ein Messer erinnert, mit welchem er schlechte Erfahrungen gemacht hat. Ich denke nicht, dass er dich damit in Verbindung bringt.« Er legte seinen Arm um mich, zog mich an sich und küsste meine Schläfe.
»Und einen Fortschritt hat das Ganze schließlich auch gebracht. Wir wissen jetzt, dass Florin eine Stimme hat.«
Stimmt! Darüber hatte ich mir noch keine Gedanken gemacht.
»Ja, und es freut mich für ihn. Trotzdem verstehe ich einfach nicht, warum ich es nicht schaffe, die Kinder zu heilen. Wieso versagt meine Gabe bei ihnen? Stattdessen bringe ich die Kinder und euch alle in Gefahr.«
Nachdenklich sah er in die Wellen. »Vielleicht liegt es ja gar nicht an dir. Es kann viele Gründe dafür geben, Jade.«
»Und die wären?«

Kurz dachte er nach. »Vielleicht bezieht sich die Heilung nur auf körperliche Verletzungen - oder sie sind seelisch einfach zu krank. Es könnte tausend Gründe dafür geben. Vielleicht weiß Prof. Tramonti mehr darüber.«
Ich nickte. »Auch wenn ich die Kinder nicht heilen kann, macht mich dieses ewige Feuer wahnsinnig. Ständig habe ich Angst, es könnte plötzlich, so wie vorhin, aus mir herausbrechen. Ich kann es dann kaum kontrollieren. Jetzt hat es eine Küchenrolle getroffen und den Tresen. Was aber, wenn ich ein Kind gerade berühre, oder … dich? Ich könnte nicht damit leben, euch jemals zu verletzen.«
Er schwieg, was mir deutlich machte, dass er für dieses Problem auch keine Lösung hatte. Es hätte alles so schön sein können, aber mit dieser dunklen Seite war ich einfach eine große Gefahr.
»Ich weiß nicht, Mea Suna. Darüber habe ich mir noch keine Gedanken gemacht«, sagte er mitfühlend.

Kapitel 27

Der Professor kam um die Mittagszeit. Zu unser aller Verwunderung war er diesmal aber nicht allein. Ihn begleiteten Dr. Nussbaum, Prof. Dr. Dearing, einige Sicherheitsmänner und alle Illustris.
Mir blieb fast der Mund offen stehen, als Amy und ich von der Veranda aus die Auren der Mädchen schon leuchten sehen konnten, als sie gerade den Weg zum Haus liefen.
»Jade!«, schrie Marie und deutlich konnte ich die Aufregung in ihrer Stimme hören.
»Marie?« Eilig lief ich die Stufen hinunter und rannte ihr entgegen. Wir lachten beide laut auf, als wir uns in den Armen lagen. Fest drückte ich sie an mich und aus uns beiden leuchtete ein fröhliches Rosa.
»Ich kann es nicht glauben, du hier?«
»Ja, ich kann es selbst noch nicht fassen. … Meine Güte, ich bin so froh, dich lebend zu sehen«, sagte sie weinerlich.
»Na, na! Du wirst doch nicht wieder anfangen zu weinen, oder?« Ihre Augen wurden ganz glasig. »Ich hab dir gesagt, wir sehen uns wieder. Du könntest mir ruhig mal glauben, wenn ich etwas sage.«
»Ja!«, sagte sie mit brüchiger Stimme und sah zum Haus hinüber, während der Professor mit seinem Gefolge zu uns aufschloss. Miku Lu, Lucia und Ava liefen gleich zu mir und wir umarmten uns innig.
»Mensch, Jade! Du hast uns einen ziemlichen Schrecken eingejagt«, beschwerte sich Miku Lu. Ava nickte zustimmend.

»Ich weiß, aber es ist ja alles gut gegangen«, sagte ich und blickte zu Madi und Amber, die bei den Sicherheitsleuten stehen geblieben waren.
»Hallo Madi, hi Amber«, grüßte ich die beiden. Madi nickte mir zu und Amber hob grinsend und schüchtern ihre Hand. Der Professor wurde sofort von Quinn und Mr. Zanolla in Beschlag genommen, während die Mädchen verwundert zu Amy auf die Veranda blickten.
»Darf ich euch meine Zwillingsschwester Amy vorstellen?«
»Du hast eine Schwester?«, entfuhr es Miku Lu und Lucia fast gleichzeitig. Madi und Amber traten näher zu uns, Madi zog ihre Sonnenbrille tiefer, um Amy näher zu begutachten.
»Oh mein Gott, jetzt laufen also zwei solcher Freaks durch die Gegend. Das ist ja nicht auszuhalten!«, giftete sie und verdrehte dabei ihre Augen.
»Wie immer sehr geistreich, Madi. Aber mehr scheint dein Spatzenhirn ja nicht herzugeben«, konterte ich. Doch ich musste mich zurückhalten und schluckte einen weiteren Kommentar hinunter. Schließlich wollte ich nicht schon wieder ein Feuer entfachen.
Mit hoch erhobenem Kopf stöckelte sie mit ihren viel zu hohen Pumps und ihrer kitschigen kleinen rosa Handtasche an uns vorbei und zog die arme Amber mit sich, die nur schüchtern lächelte. Ich sah ihr an, dass sie gerne mehr von Amy und mir erfahren hätte, doch Madi ließ ihr keine Chance.
»Hi! Ich bin Amy. Jade hat mir schon viel von euch erzählt.«
Nach dem freudigen Wiedersehen hatten wir ein bisschen Zeit zu quatschen.

Lucia lächelte. Ich hatte sie noch nie so zufrieden und ausgelassen gesehen. Sie wirkte so in sich gestärkt und völlig verändert. Doch es gab etwas, was ich mir nicht erklären konnte: Sie besaß tatsächlich keine Aura. Keine Farbe schimmerte aus ihr, was mich an den Abend erinnerte, als sie sagte, dass sie noch nie eine farbliche Aura besessen hatte. Sie hatte Recht gehabt.
Munter erzählte sie, dass der Professor zwei Tage nach meiner Flucht selbst über Sternchen im Speisesaal gestolpert war. Da flog der kleine Untermieter natürlich auf. Und erst nach langem Hin und Her gestattete er, dass Lucia ihn behalten durfte - solange niemand eine Allergie gegen Katzenhaare entwickelte und sie sich um ihn kümmerte.
Marie ging es in den letzten Tagen nicht sehr gut. Sie erzählte mir, dass sie vor Sorgen nicht mehr schlafen konnte und sich ihre Konzentration für das Training und den Unterricht in Luft aufgelöst hatte. Schließlich hatte sie sich Dr. Nussbaum anvertraut, der sie dann freundlicherweise über die neusten Entwicklungen in Rom auf dem Laufenden hielt.
Luca baute mit den Männern die Tische auf, damit wir alle im Garten sitzen konnten, während Mr. Zanolla sich als alter Pfadfinder bereit erklärte, sich um das Feuer zu kümmern. Die meisten Kinder blieben im Haus. Dr. Nussbaum wollte sich gleich um sie kümmern. Um keine unnötige Angst hervorzurufen, untersuchte er die Kinder am großen Tisch in der Wohnküche, während Johanna ihm half.
»Ihr scheint ja total verliebt zu sein, du und Luca«, grinste Marie. Wir standen in der Küche und richteten die Salate für unser Barbecue. »Du musst mir später

alles erzählen, was passiert ist. Ich will alles wissen«, sagte sie.
Seufzend rupfte ich den Salat in kleine Stücke. »Es war schrecklich und fast wie in einem Horrorfilm.« Wenn ich ehrlich war, wollte ich nicht darüber reden. »Vielleicht erzähle ich es dir einmal, aber nicht heute. Heute will ich einfach nur glücklich sein. Alle, die mir etwas bedeuten, sind hier. Das ist schon wie ein kleines Fest, findest du nicht?«
Sie strahlte mich an. »In Ordnung. Ich hab mir schon gedacht, dass es dir schwerfallen wird, darüber zu reden. Ich bin einfach nur froh, dass euch allen nichts passiert ist. Bis auf Mr. Chang, ich konnte stundenlang nicht aufhören zu weinen. Es ist wirklich fürchterlich, was er durchmachen musste.«
»Er war ein großartiger Mann und ich werde ihn nie vergessen«, stimmte ich ihr zu. Wir schwiegen eine Weile.
»Hallo Marie! Kann ich dir helfen?«, unterbrach uns Daniel. Mit roten Wangen stand er hinter uns und wischte nervös seine Hände an seiner Hose ab.
Überrascht sah sie in sein Gesicht und Augenblicke vergingen, bis sie registrierte, was er von ihr wollte.
»Oh, … Da … Daniel, äh, … klar, wenn du … willst, kannst du die Küsse schon mal raus tragen«, sagte sie und wandte ihm den Rücken zu und nahm die Schüssel. Sie schloss sekundenlang ihre Augen, als ihr klar wurde, was sie gerade zu ihm gesagt hatte. Rot wie eine Tomate drehte sie sich wieder zu ihm.
»Ähhh, … ich meine natürlich … die Schüssel.« Ihre Stimme klang brüchig und viel zu dünn. Schnell drückte sie ihm die Schüssel in die Hand, wobei sich ihre Finger berührten. Kurz verharrten sie so. Ich kicherte leise und

zupfte die Salatblätter weiter klein. Erst als Daniel die Küche mit der Schüssel verließ, sah ich zu ihr.
»Küsse?« Fragend runzelte ich meine Stirn.
»Ja ja, mach dich nur lustig über mich.« Sie schlug sich mit der Hand auf die Stirn. »Ich muss verrückt geworden sein. Küsse? Das kann ja auch nur mir passieren«, ärgerte sie sich.
»Jetzt komm, ich fand es total süß.«
»Ha, jetzt glaubt er, ich bin total durchgeknallt.«
»Nein, das glaube ich nicht. Ich … dachte, du bist nur … genauso nervös, wie … ich.« Erschrocken drehte sie sich um. Wir hatten ihn nicht reinkommen gehört und Maries Gesichtsfarbe änderte sich nun von rot in ein Feuermelder-Rot.
Irgendwie fühlte ich mich total fehl am Platz, während die Funken nur so sprühten zwischen den Zweien.
»Ähm, ich geh kurz … ich schau mal …«, stammelte ich. Egal, nach was ich sehen wollte, die beiden bekamen es doch nicht mit. Daher verließ ich einfach die Küche und stieß an der Eingangstür zur Veranda mit Luca zusammen.
»Hoppla, nicht so stürmisch, Mea Suna!«
Ich lachte und sofort legte er seine Arme um mich. Wir versperrten zwar allen den Weg, die in das Haus oder in den Garten wollten, doch Luca schien dies nicht zu stören und ließ sich einfach von einer grinsenden Johanna zur Seite schieben.
»Na, alles klar?«, fragte er.
»Ja, ich glaube, es funkt gerade zwischen Marie und Daniel.«
Luca warf seinen Kopf nach hinten und seufzte tief. »Na Gott sei Dank. Das wurde aber auch Zeit.«
»Du wusstest davon?«

»Naja … Noah, Daniel und ich haben schließlich viel Zeit gehabt, als wir von Rom auf dem Weg hierher waren. Außerdem spricht der Typ im Schlaf, da blieb sein Geheimnis nicht lange verborgen.«
»Marie ist schon sehr lange in ihn verliebt, aber sie hat sich nie getraut, es ihm zu sagen. Und ausgerechnet heute spricht er sie an. Ist das nicht schön?«
»Dann hat er sich jetzt endlich getraut! Es geschehen noch Zeichen und Wunder.« Er neigte seinen Kopf und küsste mich zärtlich auf den Mund. Sofort war das Kribbeln wieder da und gerne hätte ich den Kuss vertieft, doch Johanna rief nach mir.
»Ich muss gehen«, flüsterte ich zwischen zwei weiteren Küssen. Seufzend gab er mich frei.

Marie und Daniel blieben lange in der Küche. Nur hin und wieder vernahm ich Maries Gekicher. Beim Essen saßen sie nebeneinander und endlich schien Daniel die Gelegenheit zu nutzen, sich Marie zu nähern. Spätestens als ich ihn damals in der Umkleidekabine an ihrem T-Shirt schnüffeln sah, wusste ich, dass auch er mehr für sie empfand.
Nach dem Essen erhob sich der Professor und räusperte sich.
»Was kommt jetzt? Etwa eine Rede?«, flüsterte Marie mir zu.
Erwartungsvoll sahen wir ihn alle an.
»Ihr wundert euch bestimmt, warum ich die Illustris, die derzeit bei uns in Madrid in Obhut sind, alle mit nach Grace Island gebracht habe. Nun, … dazu möchte ich euch etwas erzählen.« Er machte eine kleine Pause und schob seine Brille höher auf die Nase.

»Die Padres de Luz gibt es schon seit Jahrhunderten, gegründet von den Jeronimo Mönchen, die es sich zur Aufgabe gemacht hatten, Illustris zu finden und zu schützen. Im Laufe der Jahre erweiterten sich die Ziele und sie bildeten die Mädchen im Kampf und in der Heillehre aus. Jahrzehntelang suchte man nach einem Stoff, der den Mädchen helfen könnte, ihre Aura geheim zu halten. Und erst jetzt in den letzten Wochen ist es uns endlich gelungen, etwas zu entwickeln, wovon wir hoffen, dass es für das eine oder andere Mädchen eine Lösung sein könnte.«
»Jetzt machen Sie es doch nicht so spannend, Professor!«, unterbrach ihn Madi und ausnahmsweise musste ich ihr Recht geben.
»Ist schon gut, Madi. Ich komme gleich zum Punkt«, sagte er.
»Dr. Nussbaum hat es geschafft, einen Impfstoff herzustellen, der euch von eurem Schicksal befreit«, sagte er betont langsam.
Mein Mund klappte auf und zuerst sah ich zu Luca und dann zu Lucia. Sie erwiderten meinen Blick.
»Das bedeutet, ihr könnt eure Gabe, eure Heilkräfte und auch eure Auren loswerden – für immer! Dafür erhaltet ihr ein Leben ohne Angst und Verfolgung.«
Plötzlich redeten alle durcheinander. Meine Gedanken überschlugen sich und ich wagte kaum zu atmen.
Das war also das Geheimnis, welches Lucia umgab. An ihr hatten die Padres es die ganze Zeit über getestet. Wusste sie davon?
»Was ist das genau für ein Stoff?«, fragte Miku Lu. Dr. Nussbaum erhob sich. Schließlich war er der Mediziner, der es entwickelt hatte und er konnte uns genauere Auskünfte geben.

»Darf ich, Vico?«, fragte er und der Professor übergab das Wort an ihn.
»Vor einigen Jahren entschlossen wir uns, einen Impfstoff herzustellen, um euch Illustris besser schützen zu können. Der Impfstoff sollte euer Gen vernichten. Wir sind nun in der Lage, bei euch eine Gen-Therapie durchzuführen. Diese funktioniert folgendermaßen: Ihr bekommt Viren gespritzt, die Gene mit veränderter DNA in sich tragen. Die Viren befallen Körperzellen und schleusen somit das manipulierte Gen in die Zellen ein. Sie zerstören fortan den Stoff, der eure Heilungskräfte aktiviert.«
»So ein Kauderwelsch! Können Sie das auch verständlich erklären?«, fragte Madi, was Dr. Nussbaum grinsen ließ.
»Natürlich! Entschuldige. Es ist so ähnlich wie Doping, ganz einfach ausgedrückt … Die Gene, die wir euch einschleusen, zerstören eure Heilungskräfte.«
»Also ich weiß nicht, was ich davon halten soll«, sagte Marie gedankenverloren. Ich stimmte ihr zu.
»Ich habe euch heute deshalb alle zusammengebracht, weil ich jedem Mädchen die Möglichkeit geben möchte, es sich zu überlegen. Ihr könnt euch darüber austauschen. Ich denke, das wäre ganz sinnvoll. … Ihr habt die freie Entscheidung, ob ihr ein Leben als Illustris führen möchtet oder nicht.«
Diese Neuigkeit brachte mich völlig aus dem Konzept. Auch die anderen starrten den Professor mehr oder weniger sprachlos an.
»Also mal ehrlich, wir sind doch etwas Besonderes, oder? Wir könnten Gutes tun – Menschen heilen«, äußerte sich Madi als erste.

»Schweben dann aber immer in Gefahr!«, sagte Amber, die einen verwunderten Blick von Madi erntete, weil sie es wagte, anderer Meinung zu sein und diese dann auch noch laut äußerte.
»Ihr müsst das nicht sofort entscheiden. Jede hat die Wahl«, mischte sich Dr. Nussbaum mit ein. Deutlich war ihm der Stolz über seine Arbeit anzusehen.
»Und was ist, wenn die Illustris sich für eine Impfung entscheiden? Ich meine, so viele von ihnen gibt es nicht mehr. Es sind doch nur noch ein paar, die wir finden müssen. Wenn sich alle für diese Impfung entscheiden, dann stirbt das Gen, oder was auch immer die Mädchen dazu macht, völlig aus. Ist das im Sinne der Padres de Luz? Madi hat Recht, die Mädchen sind einzigartig und sollten der Menschheit dienen. Dafür wurden sie doch geboren, oder?«, warf Noah ein.
»Ja, die Illustris werden dann aussterben. Aber in der heutigen Zeit ist es sehr schwer, diese Gabe vor skrupellosen Geschäftsleuten zu schützen«, erklärte Dr. Nussbaum.
Alle murmelten durcheinander. In Quinns Gesicht sah ich deutliches Missfallen. Madi fühlte sich von Noahs Einwand bestätigt und rückte näher zu ihm auf.
Lucia, Ava und ich hielten uns aus der Diskussion heraus und waren gespannt, was die anderen dazu zu sagen hatten. Madi hatte eindeutig Angst, ihre Privilegien, die sie in ihrer Familie dadurch genoss, zu verlieren und Miku Lu sah nach der Vernichtung der Taluris keine größere Gefahr mehr.
Amber war zwiegespalten. Doch je mehr Madi ihre Meinung kundtat, nickte sie und ließ sich wie immer von ihr beeinflussen. Dass Lucia die Impfung schon in sich trug, davon war ich überzeugt. Ihre Gründe, sich gegen

ihre Gabe zu entscheiden, lagen klar auf der Hand. Unter Tränen hatte sie mir damals erzählt, wie schwer sie es in ihrer Kindheit hatte. Mit der Impfung war sie nun frei und sagte sich auch von ihrem Vater los.
Avas Miene war ausdruckslos. Ihre Gedanken blieben mir verborgen. Amy und Marie diskutierten mit Daniel und Noah, während Matteo, Miguel und Luca einfach still dabei saßen und sich aus dem Gespräch heraushielten.
»Ich kann dieses Leben nicht einfach aufgeben. Meine Familie erwartet viel von mir«, sagte Miku Lu. »In unserem Dorf wird meine Mutter verehrt wie eine Heilige. Die Menschen dort wissen es zu schätzen, sie in ihrer Mitte zu haben. Man erwartet von mir, dass ich in ihre Fußstapfen trete. … Wenn ich mich für diese Impfung entscheide, dann enttäusche ich alle.« Die starke und selbstsichere Miku Lu. So unerschrocken wie ich sie kannte, ließ sie jetzt ihre Schultern hängen.
»Aber ist es das, was du willst?«, fragte ich sie. »Diese Entscheidung solltet ihr nicht leichtfertig treffen. Überlegt genau, was ihr wollt und lasst euch nicht von den Erwartungen anderer beeinflussen. Ihr müsst schließlich damit leben.«
»Das ist richtig, Jade«, mischte sich Prof. Tramonti wieder ein. »Aber, wie ich schon sagte, ihr braucht euch nicht sofort zu entscheiden. … Und jetzt lasst uns diesen Tag genießen.« Er lächelte und versuchte so, die Stimmung wieder etwas zu heben.
Quinn lud die Männer zu seinem Lieblingswhiskey ein und sie zogen sich in das Wohnzimmer zurück, während wir Mädchen uns nützlich machten und Johanna mit dem Geschirr halfen.

»Was haltet ihr davon, wenn wir heute Abend am Strand eine kleine Party feiern?«, versuchte Amy, die gedrückte Stimmung in der Küche zu heben. »Wir könnten ein Lagerfeuer machen. Oben in einem der Zimmer habe ich ein Radio entdeckt. Das könnten wir mitnehmen. Johanna hat bestimmt noch ein paar Cracker und Bier für uns übrig.«
»Deine Schwester ist mir sympathischer als du, Jade«, sagte Madi und lächelte Amy dabei aufgesetzt an. Klar, da hatten sich ja die richtigen Partymäuse gefunden. Ich verdrehte die Augen, was Marie grinsen ließ.

Das Lagerfeuer am Abend brachte mich dazu, mir ernsthaft Gedanken zu machen, was aus mir und Amy werden sollte. Das Feuer knisterte leise und im Hintergrund rauschte das Meer. Musik ertönte aus dem kleinen Radio, das Amy mitgenommen hatte.
Während wir Mädchen um das Lagerfeuer saßen und uns unterhielten, standen die Männer etwas abseits und tranken Bier.
»Also, ich weiß nicht, was ich davon halten soll. Einerseits hab ich es schon immer genossen, die Aura meiner Schwester zu sehen. Dadurch wusste ich fast immer, was los war. Sie konnte nichts vor mir geheim halten und andererseits könnten wir endlich frei sein«, sagte Amy und grinste mich frech an, während die anderen lachten.
»Also, ich werde diese Impfung nicht machen. Ich wurde so geboren und so möchte ich auch sterben. Und wenn es durch die Hand eines Killers ist, dann ist es einfach so«, meinte Madi.
Ava riss schockiert die Augen auf. Ich verstand sie sehr gut. Madi konnte null Erfahrungen mit den Taluris

vorweisen. Sie hatte keine Ahnung, wie schrecklich das Erlebnis für Ava gewesen war. Für Madi war alles immer noch ein Spiel, das sie nicht ernst genug nahm.
Ich stand auf, hatte genug von dem Hin und Her, welches in ihren Köpfen geisterte. »Die ganze Zeit redet ihr davon, wie besonders die Gabe ist und wie besonders ihr seid. Und ständig höre ich, man erwartet es von euch, … das ist euer Schicksal. … Aber habt ihr euch noch nie gefragt, wie euer Leben verlaufen wäre, wenn ihr gewöhnliche Mädchen wärt?« Ich sah in die Runde, blickte in ihre Gesichter. Auch Luca und Noah traten interessiert zu uns.
»Habt ihr noch nie daran gedacht, wie es zum Beispiel wäre, ohne Angst zu verreisen? Oder in eine normale Schule zu gehen, Jungs zu treffen, vielleicht sogar an einer öffentlichen Uni zu studieren, oder eine Familie zu gründen? Auf das alles habt ihr bisher immer verzichtet. Ihr könnt mir nicht erzählen, dass ihr davon noch nie geträumt habt.«
»Wir kennen es aber nicht anders, Jade«, warf Marie ein. »Die meisten von uns sind so aufgewachsen.«
»Und was ist mit dem Heilen?«, warf ich ein. »Wir haben hier auf der Insel schwer traumatisierte Kinder, sie leiden jeden Tag und werden vielleicht nie wieder richtig gesund. Kam euch, seit ihr hier seid, noch nie der Gedanke, sie heilen zu wollen? Mich macht es krank, es nicht zu können. Und vielleicht werden wir es nie richtig lernen, weil unsere Heilkräfte nicht mehr stark genug sind.«
»Aber bei Sternchen hat es funktioniert!«, rief Miku Lu.
»Ich weiß. Trotzdem … Wenn wir sagen, wir wollen die Impfung nicht, sind wir dann nicht verpflichtet, alle Menschen zu heilen? Wo liegt der Grad, zu

unterscheiden, diese Frau heile ich und dieses Kind nicht? Oder was ist, wenn ihr nie die Energie aufbringen könnt, um die Heilung zu vollziehen? Wir können also nie sicher sein, wirklich heilen zu können. Was hat dann das Ganze noch für einen Sinn? … Sorry, aber diese Verantwortung ist mir einfach zu viel.« Schweigend sahen mich alle an. Luca kam zu mir und legte seinen Arm um mich. Seine Berührung sprach mir Mut zu.
»Vielleicht hast du Recht, Jade«, sagte Marie und die anderen Mädchen nickten langsam zustimmend, selbst Madi verstand meine Argumente.
»Vielleicht sollten wir wirklich nochmal alle darüber nachdenken, was wir von unserem Leben erwarten. Und erst dann entscheiden, ob wir diese Impfung wollen oder nicht.«
»Mein Traum war es immer, Schauspielerin zu werden. Meine Mom hat immer gesagt, ich solle mir das aus dem Kopf schlagen. Und es war schwer für mich. Einmal habe ich heimlich sogar Schauspielunterricht genommen«, gab Amber schüchtern zu.
»Ich wollte immer Ärztin werden«, kicherte Miku Lu.
»Und jetzt? Kannst du dir das heute noch vorstellen?«, wollte ich wissen.
»Ja, eigentlich schon, aber darüber habe ich noch nie weiter nachgedacht, weil es einfach ...«
»Bisher nicht möglich war?«, unterbrach ich sie. »Der Professor bietet uns jetzt ein Leben, über das wir alle künftig selbst entscheiden können. Ob dafür oder dagegen, ihr solltet euch sicher sein. Ich denke, jede muss das ganz für sich allein entscheiden. Ihr dürft nicht vergessen, es gibt immer zwei Seiten.«

Luca zog mich langsam mit sich. Wir spazierten schweigend Arm in Arm den Strand entlang. Ich wusste, dass ich in meinem Innern schon eine Entscheidung getroffen hatte. Je länger ich darüber nachdachte, desto sicherer wurde das Gefühl. Das Feuer und die ständige Angst würden verschwinden, das hatte mir Dr. Nussbaum zugesagt. Es war eine Chance für mich, die ich ergreifen musste. Alles, was ich wollte, war, meine Familie zu rächen, Amy wiederzufinden und dem ganzen Wahnsinn ein Ende bereiten – und genau dies hatte ich getan.
Mit der Impfung könnte ich das Seelenfeuer löschen und ein neues, normales Leben mit Luca anfangen. Mein Schicksal war schwer zu ertragen gewesen. Letztlich verspürte ich Erleichterung, weil ich das alles mit Luca teilen konnte. Er verstand mich, mit ihm fühlte ich mich vollständig.
Während wir am Strand spazieren liefen, umströmte mich ein lila Schimmer – seit langer Zeit war ich wieder glücklich. Zärtlich küsste er mich und ein ganz anderes Feuer erwachte in mir.

Ende

Epilog

Luca

Das Telefon klingelte, riss mich aus meinen Gedanken. Ihre Hand lag ruhig auf meiner Brust, während sie in meinen Armen lag. Die ganze Nacht waren wir wach gewesen, hatten uns unterhalten, auch über das, was in den letzten Wochen und Monaten geschehen war.
Aufdringlich gab das Telefon keine Ruhe.
»Willst du nicht rangehen?«, fragte Jade völlig verschlafen und reckte sich. Warum musste dieses verdammte Ding immer zu den ungünstigen Zeitpunkten klingeln?
»Ja!«, gab ich genervt von mir, als ich es aus meiner Jeanshose, die auf dem kleinen Sessel lag, herauszog.
»Ja? Moment, sie ist hier!«
»Jade? … Für dich!«
Sie richtete sich auf, zog das Bettlaken bis unter ihre Achseln, um ihre Brüste zu verdecken – als würde ich ihren wunderschönen Körper nicht genau kennen.
»Hallo?«
Ihr langes braunes Haar war durcheinander, dennoch liebte ich diesen Anblick. Mit einem Mal war sie hellwach. Mit weit aufgerissenen Augen sah sie mich an.
»Wir kommen mit der nächsten Maschine!«, sagte sie aufgeregt ins Telefon. Sie legte auf.
»Luca! Es ist so weit. Dr. Nussbaum wird mich impfen.«
Ich setzte mich zurück auf das Bett.
»Wir müssen mit der nächsten Maschine nach Madrid.«
»Dann hast du dich also entschieden?«
Sie nickte. »Ja, dann bin ich endlich frei.«

Ich verstand ihren Wunsch nach Normalität und dem Bedürfnis, sich von allen Verpflichtungen loszusagen. In den letzten drei Wochen mussten ein Papierkorb, mein Briefkasten und eine Parkbank dran glauben. Ihre Glut war unberechenbar. Sie setzte den Papierkorb in Brand wegen einer Diskussion, die wir hatten. Sie war so ungeduldig und wollte die Impfung sofort. Doch ich wollte, dass sie sich wenigstens ein paar Tage Zeit nahm und gründlich darüber nachdachte.
Sie erzählte mir von ihren Gefühlen auf der Insel, als sie erkannte, wie machtlos sie den Kindern gegenüberstand - wie schlecht sie sich dabei fühlte.
Auch nach zwei Wochen, die wir in La Rochelle in meinem Haus verbracht hatten, kam ihre Wut heftiger zurück, als ich es je hätte einschätzen können - trotz des Abstandes, den wir zu Madrid hatten.
An einem frühen Abend ging leider eine alte Parkbank, auf der wir gesessen hatten, sofort in Flammen auf. Zum Glück war niemand in unserer Nähe und ich konnte die Bank in den gegenüberliegenden kleinen See werfen. Das glühende Holz zischte dabei auf. Ich trat ins Wasser, um die Bank wieder herauszuholen. Jades Glut beruhigte sich schnell und sie fing schallend an zu lachen, als ich tropfnass das verkohlte Ding wieder an seinen Platz stellte. Ich kam mir vor wie ein Vollidiot. Dennoch wurde mir an diesem Abend klar, welche Belastung diese Gabe für sie immer noch sein musste.
»Dr. Nussbaum meinte, in ein bis zwei Tagen können wir dann wieder gehen, bis dahin müssten alle Tests und Nachuntersuchungen, die er machen möchte, abgeschlossen sein.« Sie klang begeistert. Mein Wunsch war es, sie glücklich zu sehen. Als ich nichts erwiderte, sah sie mich stirnrunzelnd an.

»Jade, niemand versteht dich besser als ich. Ich stehe hinter dir, egal welche Entscheidungen du triffst. … Mir kam nur gerade ein Gedanke.«
»Und was für einer?«
Ich grinste sie frech an, und genoss den Moment, in dem sie mich neugierig ansah. Auf den Knien rutschte sie auf der Matratze in meine Richtung und hielt mit einer Hand das Bettlaken über ihre Brust. »Jetzt sag schon!«
Sie kniff mich in die Rippen. »Aua! … Ist ja schon gut«, lachte ich. »Nicht, dass du mich auch noch anzündest«, neckte ich sie, was mir einen vielsagenden Blick einbrachte.
»Also, du hast mir erzählt, du und Tom habt immer davon geträumt, zu reisen. … Naja, wenn du die Impfung hinter dir hast, dann lass uns doch einfach eine Tour machen. Ich kann dir einiges zeigen. Ich war in den letzten Jahren viel unterwegs.«
Erstaunt riss sie ihre Augen auf und sie brauchte eine Weile, bis meine Worte zu ihr durchgedrungen waren.
»Luca! … Du würdest das wirklich machen?«
»Natürlich! Der Professor hat euch gesagt, er kümmert sich um alles, damit die Suche nach euch eingestellt wird.«
»Oh mein Gott! Ich bin jetzt schon so aufgeregt und kann es gar nicht glauben. Ich werde tatsächlich verreisen!«, lachte sie und ihre Augen leuchteten dabei. Sie krabbelte noch näher zu mir und legte ihre Arme um meinen Hals, dabei rutschte das Laken von ihrem Körper. Warm fühlte sich ihre Haut an, als sie sich an meinen Oberkörper lehnte. Meine Arme umschlangen sie.
»Es wird wundervoll werden, Mea Suna«, hauchte ich zart, nahe an ihrem Mund.

»Mea Suna?« Sie ging mit ihrem Kopf ein Stück zurück und sah mich an. »Eigentlich bin ich das ja nicht mehr.«
»Wieso?«
»Na, weil du die Hitze ja nicht mehr fühlst, die ich damals als Illustris in dir ausgelöst habe, oder? Also, kann ich nicht mehr deine Mea Suna sein.«
Sie hatte ja keine Ahnung, was sie dennoch in mir auslöste.
»Es war unerträglich heiß damals. … Aber hast du eine Ahnung, wie heiß du jetzt bist?« Ich konnte mir ein verschlagenes Grinsen nicht unterdrücken. Damit sie verstand, drückte ich meine Lenden gegen ihren Bauch.
»Du bist so heiß! Du wirst immer meine Mea Suna sein.« Ich küsste sie gierig und gab mich völlig ihrer Hitze hin.

Was wurde aus ...

Jade wurde geimpft und gemeinsam mit Luca verließen sie Madrid. Sie verbrachten mehrere Wochen in seinem Haus in La Rochelle und genossen ihre Liebe - ihr neues, freies Leben.
Jade fühlte sich endlich wohl in ihrer Haut. Mit der Weltreise erfüllte Luca ihr einen Kindheitstraum.

Luca konnte seine inneren Dämonen durch Jades Hilfe besiegen. Hin und wieder träumte er noch von seinen schrecklichen Taten. Doch mit der Gewissheit, Jade an seiner Seite zu haben, konnte er anfangen, sein Leben zu genießen.

Gavin fand den Weg zu Luca nach La Rochelle und lebt bei ihm.

Amy und Matteo überraschten alle mit einer Blitzhochzeit in Las Vegas. Sie ließen sich in Madrid nieder und eröffneten eine Fitnessstudiokette - Center of Body (C.O.B)

Marie und Daniel gingen gemeinsam nach London. Daniel begann ein Sportstudium und Marie beendet ihre Schule. Sie entschied sich für die Impfung. Bis heute haben sie noch engen Kontakt zu Jade und Luca.

Noah ging zur US Army und dort wurde er in die Spezialeinheit DELTA FORCE aufgenommen, welche als Schwerpunkt Terrorismusbekämpfung und Geiselbefreiung hat. Jade konnte er nie vergessen.

Prof. Tramonti blieb Museumsdirektor im del Prado in Madrid. Weiterhin bot er an, die Illustris zu trainieren. Bis heute weiß niemand, was sich tatsächlich unter dem Museum befindet.

Prof. Dr. Nussbaum arbeitet noch heute als Arzt bei den Padres de Luz. Er kümmert sich um die Illustris und freut sich, dass das Impfmittel weiterhin angewendet und gut vertragen wird.

Dr. Jefferson Evans blieb der Organisation der Padres de Luz treu und unterstützt tatkräftig Prof. Tramonti. Außerdem sammelt er Spendengelder für die Opfer Morgions.

Mr. Fintas Haare wuchsen nie wieder nach, nachdem Jade ihr Seelenfeuer auf ihn übertragen hatte. Er hat ihr nie verziehen. Heute trägt er eine Perücke.

Prof. Dr. Dearing verließ die Padres des Luz und schloss sich den tibetischen Rotmützenmönchen des Sera-Klosters an.

Dr. Rediaz starb 6 Wochen später bei einem Autounfall. Man vermutete, dass die Mafia dahinter steckte. Die genauen Umstände konnten nie geklärt werden.

Pepe und die anderen Kinder kamen in einem Heim unter, welches von Professor Tramonti geleitet wird. Die meisten Kinder konnten therapiert und an Familien vermittelt werden. Der kleine Florin jedoch blieb bei

Johanna und Quinn auf der Insel und wächst wie ihr eigener Sohn auf.

Agnes hielt weiterhin engen Kontakt zu Jade und Amy. Sie wurde von den Padres de Luz aus dem Dienst entlassen und lebt mit ihrem Mann wieder in Bayville. Gemeinsam eröffneten sie eine kleine Gärtnerei.

Ava, die sich ebenfalls für die Impfung entschied, ging nach Hause zurück und beendet die Schule. Sie konnte ihr Trauma überwinden und mit Luca Frieden schließen. Bis heute ist sie mit ihnen befreundet.

Miku Lu entschied sich gegen die Impfung. Sie studiert Medizin und will Ärztin werden. Nur hin und wieder gelingt es ihr, kleinere Wunden zu heilen.

Lucia verließ mit Sternchen die Padres de Luz und begann ein Leben in Schweden, wo sie in einem Tierheim eine Anstellung fand. Durch ihre offene und freundliche Art fand sie schnell Freunde. Den Kontakt zu ihrer Familie hat sie völlig abgebrochen. Auch sie ist mit Jade befreundet.

Sternchen lebt an Lucias Seite. Die Katze führt ein erfülltes Leben, das sie hauptsächlich mit der Mäusejagd und ausgiebigen Streicheleinheiten ihrer Herrin verbringt.

Madison (Madi) entschied sich ebenfalls gegen die Impfung. Sie gewann ein paar Schönheitswettbewerbe, bis sie einen reichen Medienmogul heiratete. Mit Jade wurde sie bis heute nicht warm und sie haben auch keinen Kontakt mehr.

Amber nimmt tatsächlich Schauspielunterricht und konnte ein paar Rollen in kleineren Fernsehproduktionen ergattern. Ihr Ziel ist, Theater am Broadway zu spielen. Seit sie die Impfung bekommen hatte, wuchs ihr Selbstbewusstsein und sie entwickelte eine starke Persönlichkeit.

Carmen Rodea bekam oft Besuch von Jade und Amy. Sie freute sich, die beiden Zwillinge gesund in ihre Arme schließen zu können. Leider verstarb sie ein paar Monate später.

Schwester Angela ist bis heute bei den Padres de Luz. Die zwielichtige Nonne treibt es noch heute heimlich mit Jacques hinter verschlossenen Türen. Sie grinst, wenn sie an Jade denkt.

Jacques Baptist Lacroix bekocht die Illustris und das Trainerteam noch heute. Oft erzählt er den neuen Illustris von Jade und ihrem mutigen Weg nach Rom und wie Roy Morgions Imperium zugrunde ging.

Mr. Zanolla setzte sich zur Ruhe. Er heiratete seine langjährige Lebenspartnerin Ella. Seine Ehe ist glücklich.

Christiano blieb bei den Padres de Luz. Er schloss sich den Männern an, die die restlichen Illustris suchen.

Quinn und Johanna leben bis heute noch auf Grace Island. Sie halten für Jade und Amy die Insel in Schuss. Jade und Amy räumten ihnen ein lebenslanges Wohnrecht in dem großen Blockhaus ein.

Der Ex-Taluri Miguel zog in die Schweiz. Dort arbeitet er in einer kleinen Fahrradwerkstatt. Bis heute hat er die schrecklichen Ereignisse in Rom nicht vergessen.

Die Taluris, die nicht in Rom umkamen, versuchten, in ein normales Leben zu wechseln. Nachts plagten sie jedoch weiter die blutigen Albträume, woraufhin sich zwei von ihnen auf tragische Weise das Leben nahmen.

Wichtig für alle Fans von Mea Suna

MEA SUNA geht weiter !!!

Aufgrund der unglaublichen Flut an Mails und Nachrichten, die mich durch euch, liebe Leser erreichte, habe ich beschlossen die Reihe mit einem neuen Gesicht fortzuführen.

Mea Suna – Seelenschmerz Band 3 erscheint im Herbst 2015

»Mea Suna! Es ist vorbei«, schreie ich verzweifelt, ziehe sie in meinen Schoss und halte sie fest. Sanft streiche ich blutverschmiertes Haar aus ihrem Gesicht. Ihr Kopf fällt nach hinten - Jades leblose Augen starren ins Leere.

Manchmal reicht Liebe nicht aus, um das Schicksal aufzuhalten.
Jade und Luca versuchen, ein normales Leben zu führen. Doch die Zeit als Taluri hat ihn geprägt. Emotionen zuzulassen und mit der Schuld zu leben, ist für den Ex-Killer fast unmöglich. Seine Heimlichkeiten drohen ihre Liebe zu vernichten. Verzweifelt versucht Jade, Luca zu helfen, ihm seine Geheimnisse zu entlocken. Doch sie droht ihn an seine Vergangenheit zu verlieren.
Wut und Verzweiflung lassen Jades Seelenschmerz aufflammen, ihre dunkle Gabe kehrt zurück - stärker und tödlicher als jemals zuvor.

Mehr von Any Cherubim

Nach dem Bestseller "Mea Suna" erscheint nun die neue Liebesroman Reihe YOU & ME von Any Cherubim.
Ein MUSS für Romance - Fans!

Er hat das Herz eines Heiligen, den Geist eines Philosophen und das Geschick des Teufels – Jake Bennet – alias Roger Roon.
Er stürzt meine Gefühle in ein Chaos, er erlaubt mir, so zu sein, wie es mir all die Jahre zuvor verboten war.
Durch ihn habe ich die Chance, einmal das Abenteuer zu spüren – etwas Unvernünftiges zu tun.
Dennoch werde ich Matt heiraten und in mein vorbestimmtes Leben eintreten, er gibt mir Halt – ihn liebe ich!

Band 2

YOU ME – Der Zauber am Ende des Tages

"Es ist schwierig, mit Lu befreundet zu sein. Sie ist wie eine Rebellion, stürzt sich in mein Leben und wirbelt alles durcheinander - bringt mich um den Verstand."

Matt fällt aus allen Wolken - ausgerechnet er muss Lucinda Godluc, die verrückte Pummelelfe heiraten. Was sie verbindet - die Hoffnung, was sie trennt - die Vergangenheit. Ist ihre Hoffnung stark genug, um die Vergangenheit zu vergessen?

Band 3

YOU ME – Ein neues halbes Leben

Er trat auf mich zu, strich eine Träne aus meinem Gesicht. "Ich will dir niemals wehtun, aber es ist schwer, weil ich weiß, dass ich keine andere Wahl habe."
Die Zeit läuft. Liam ist nicht aufzuhalten - sein Plan steht. Lisa muss das verhindern und bricht bei ihm ein - in seine Wohnung und in sein Herz. Dabei entdeckt sie die grausame Vergangenheit und eine schreckliche Zukunft. Sie verlieben sich, doch Liam und Lisa dürfen das niemals zulassen - zu schmutzig ist ihre gemeinsame Geschichte.
Der Leser wird sich wünschen, die beiden hätten sich zu einer anderen Zeit oder in einer besseren Welt kennengelernt.

HERZZERREIẞEND - VERFÜHRERISCH - GEHEIMNISVOLL

6346655R00289

Printed in Germany
by Amazon Distribution
GmbH, Leipzig